은둔자

이 도서의 국립중앙도서관 출판시도서목록(CIP)은 서지정보유통지원시스템 홈페이지(http://seoji.nl.go.kr)와
국가자료공동목록시스템(http://www.nl.go.kr/kolisnet)에서 이용하실 수 있습니다.
(CIP제어번호: CIP2013009508)

세계문학전집
110

Максим Горький : Отшельник

은둔자

막심 고리키 소설

이강은 옮김

문학동네

차례 ▌

거짓말하는 검은방울새와
진실의 애호가 딱따구리

이것은 진리에 관한 이야기다. 이야기는 이렇다.

어느 작은 숲에서 생긴 일이다. 숲속에서 지저귀던 새들 중 한 마리가 갑자기 희망과 확신에 찬 노래를 불러 모두의 시선을 사로잡으면서 시작되었다.

그때까지 모든 새들은 갑자기 찾아온 흐리고 음울한 날씨에 겁을 집어먹고 잔뜩 위축되어 노래랄 것도 없는 그런 노래만 부르고 있었다. 그 노래에는 침울하고 어둡고 절망적인 음률이 넘쳐흘렀다. 그런 노래를 듣고 있던 새들은 처음에는 죽어가는 자들의 흐느낌이라고 생각했지만 점차 조금씩 익숙해져서, 비록 듣고 있기가 아주 힘들긴 하지만, 거기에도 나름대로 아름다움이 담겨 있다고 생각하게 되었다.

숲속의 분위기를 그렇게 지배한 것은 태생적으로 염세주의적인 까마귀였다. 까악까악 제법 커다란 그 울음소리가 아니더라도 까마귀는 그 무엇도 할 수 없다고 노래하는 것 같았다. 다른 때 같았으면 아무도 까마귀에게 관심을 기울이지 않았을 텐데, 이제는 모두들 까마귀의 목소리를 경청하면서 아주 지혜로운 새라고 입을 모았다. 이런 점을 알아채고 까마귀들은 더욱 음울하게 노래를 불렀다.

까악!…… 엄혹한 숙명과의 싸움 속에서
아무것도 아닌 우리에게 구원은 없다.
눈에 띄는 그 모든 것은
고통과 슬픔, 해골과 부패……
까악!…… 무섭고 무서운 숙명의 습격이여!……
그에 순응하는 자, 지혜로운 자여……

까악…… 까악!…… 참으로 지루한 노래였다!…… 하지만 그 노래는 모든 숲을 짓누를 만큼 힘이 있었다.

그런데 갑자기 자유롭고 용감한 노래가 울려퍼져나왔다……

수없이 많은 노래를 들어왔던 숲 전체가 화들짝 놀라며 조용히 가지를 털고 깨어났다. 언제나 멋진 목소리를 자랑하던 순수예술의 봉헌자 꾀꼬리들마저 기쁜 마음으로 경청하며 이렇게 말했다.

"그런데 저 가수의 노래에는 불꽃이 담겨 있네!……"

이런 말에는 자신들의 차분함에 대한 자부심이 은근히 묻어났다.

가수의 노래가 이어졌다.

까마귀의 깍깍 소리가 들린다,
추위와 어둠으로 어쩔 줄 모르는……
암흑이 눈앞에 있지만, 나의 이성이 대담하고 투명하다면
그따위 암흑이 무슨 의미가 있는가?……
용기 있는 자, 나를 따르라! 어둠을 몰아내자!
살아 숨쉬는 영혼은 암흑 속에 머물 수 없도다!
가슴에 지혜의 불꽃을 피워올려,
온 세상에 그 빛을 떨치자!……

"참으로 힘이 넘치는 노래로군!" 꾀꼬리들이 한마디씩 했다. "조금 미숙하고 혈기가 과하고 음악적으로 부족하긴 하지만 힘이 넘쳐……" 그들은 깊은 생각에 잠겨 부리를 깨끗이 닦으며 노래를 들었다.

전투에서 명예롭게 죽음을 맞이한 자,
그는 과연 쓰러져 패배한 자인가?
겁에 질려 웅크리고 전장에서 도망친 자,
바로 그자가 진정 쓰러진 자다……
동지여! 할일을 두려워하고,
격정과 상처의 고통을 두려워하고,
전쟁에 대해 입만 놀리고,
궤변의 안개에 빠진 자들이야말로
진정 쓰러진 패배자다……

"흐음…… 아주 독창적인 데가 있어!" 꾀꼬리들이 다시 말했다. "대체 어떤 새가 저렇게 노래를 하는 거지!……" 그들은 노래의 주인을 알고 싶은 호기심에 가득찼다.

　　동지들! 쓰러진 자들은 침묵하게 하라.
　　의혹의 검은 구름이 그들의 눈을 파먹었다.
　　그들의 가슴속에 있는 명예와 자존심은 잠들어 있을 뿐이다.
　　동지들! 그들에게 외치자.
　　꺼져라! 당신들의 가장된 지혜의 악취가
　　이 밤을 더욱더 암울하게 만들었고,
　　독약으로 젊은이의 지혜와 영혼을
　　중독시켰나니…… 꺼져라!……
　　꺼져라!…… 이 자리에서 신께 선포하노라.
　　최고의 자리에 오르기 위한 전쟁을!

"정말 용감해!" 꾀꼬리들이 말했다. "오, 그래! 참으로 용감한 노래야!……"

숲 전체가 노래를 경청하면서 뭔가 훌륭하고 힘찬 감정이 솟아오르는 것을 느꼈다. 이런 감정은 숲 전체를 따뜻함과 밝은 빛으로 채워주었다. 회색 이끼에 덮인 늙은 나뭇가지들도 옛날의 추억을 되살리며 뒤척였다. 그 영광스러웠던 봄날, 꽃들이 만발하고 희망이 넘치던 시절, 자유롭고 명랑하게 태양의 찬가를 불러대던 시절, 먹구름 한 점 없는 자유로운 하늘은 한도 없이 깊어, 힘껏 날갯짓하여 그 깊은 곳까지 날아오르라고 새들을 부르던 그 시절…… 참으로 좋은 시절이었다. 살기 위해 발버둥칠 필요도 없던 시절, 목적이 있고 목적을 달성할 수 있으리란 희망이 있던 시절이었다. 그런 날들이 숲에 찾아와 하늘을 가린 안개를 뚫고 별처럼 반짝였었지.

새들은 부르르 몸을 털며 기다렸다. 가수는 어디에 있는가? 그에게 환호와 감사를 바치자! 분명 위대하고 아름다운 새이리라!

그들은 구름처럼 모여서 그 용맹하고 당당한 노랫소리가 들려오는 곳으로 내달렸다.

하지만 그들이 달려가서 만난 것은 평범한 검은방울새, 가장 볼품없고 자그마한, 밀랍 같은 부리의 잿빛 검은방울새였다. 그는 호두나무 가지에 앉아 자신에게 바치는 명예로운 말들에 당황해했다. 초라하고 머리털이 부석부석하고 어수선한 그의 모습에 모두들 이해가 되지 않는다는 듯 불만스러운 표정이었다.

꺼져라!…… 이 자리에서 신께 선포하노라.
최고의 자리에 오르기 위한 전쟁을!

만일 독수리나 매나 아니면 다른 어떤 맹금류가 이렇게 외쳤더라면 아름답고도 강력하게 들렸을 것이다. 하지만 검은방울새가, 저 검은방울새가 신에게 전쟁을 선포하다니!…… 뭔가 어울리지 않고 이상하고 우스운 데가 있다. 모든 새들은 참으로 모욕적인 느낌을 감출 수 없었다. 하다못해 오색방울새나 푸른머리되새나 피리새도 아니고 왜 하필 저런 검은방울새란 말인가?……

충격을 받고 화가 난 새들이 검은방울새를 바라보며 '이제 어떻게 하지?' 하고 고민에 빠졌다.

이들은 모두 부지불식간에 언젠가 이 웃기는 검은방울새가 바다를 불태워버리고 싶어했다는 사실을 떠올렸다.

그런데 이때 직업이 언론가인 기지 넘치는 오색방울새가 검은방울새에게 물었다.

"저, 그런데 방금 노래를 부른 것이 당신인가요?"

"예……" 검은방울새가 대답했다. "예, 제가 불렀습니다."

"음…… 한데 어떻게 증명하지요? 다시 말하자면, 그러니까 물론 우리는 당신의 능력을 의심하는 것은 아니지만……"

검은방울새는 파드득 몸을 떨더니 깃털을 곤두세우고 노래를 부르기 시작했다.

우리에 의해 창조된 밤의 암흑 속에서

잿빛 부엉이들만 횡횡 날아다니네……

그들의 음울한 눈동자만 번뜩이네,

흉흉하고 불길하고 섬뜩하게!……

그들의 외침만이 낮고 길게 울려퍼지고,

그들은 웃고 흐느끼며,

낮에는 그들을 저주하는 소리가 울리지만,

그들은 웃으며 밤을 맞이하네……

오, 어둠의 족쇄만

우리 신생의 숲에서 벗어버릴 수 있다면,

저 야만스러운 부엉이도 사라지고
오로지 매들이나 날아다닐 텐데!……
그러나 매들은 약하고 무력해
두려워서 계곡에 몸이나 숨기고
남의 즐거운 소리 아래에서
명예도 힘도 없이 저주나 하지.
그들의 날개는 서글프게 매달려 있고,
그들의 심장은 부끄럽게 졸고 있어,
명예와 사상의 목소리를
자유로운 새들은 들을 수가 없다네……

어떤 새들에게 이 노래는 인신공격으로 여겨졌는지 야유의 휘파람 소리가 나왔다. 하지만 오색방울새가 말했다.

"좋습니다. 그 정도면 충분해요! 그런데 말이지요, 당신은 말하자면 사회의식을 일깨우고 있는 것인데요…… 음!…… 솔직히 말해, 당신에게 그럴 권리가 있다고 보는지요? 즉 제가 하고 싶은 말은 당신이 무슨 명분으로 그렇게 노래하느냐는 겁니다!"

검은방울새는 놀란 눈으로 말없이 군중을 바라보았다.

"아시겠지만 우리가 실수를, 아시다시피 우리에겐 그런 일이 너무 많잖아요, 실수를 하고 싶지 않아서 말인데요, 그런 목적에서 우리는 당신이 하고자 하는 일의 출발점과 궁극적인 지점을 알고 싶습니다. 말하자면 어디로 왜 우리를 불러내려는 건지요?" 오색방울새가 이렇게 질문을 던지고 스스로 만족스러운 듯 뭔가 어색하게 휘파람 소리를 냈다. 모두가 알다시피 오색방울새들에겐 그들만의 노래가 없었다.

검은방울새가 후드득 몸을 떨었다……

"저는 자연의 창조물 속에서 우리 조류의 사명이 최종적인 것이며, 매우 복잡하고 지혜로운 행동을 요하는 것이라는 불굴의 신념에서 출발하고 있습니다. 우리는 힘들어해서는 안 됩니다. 우리는 항상 싸워서 이겨야 하며, 모든 과거와 현재와 미래는 자연의 맹목적인 힘이 아니라 바로 우리에게 달려 있다는 것을 우리 자신의 눈으로 우리 자신에게 확신시켜줘야 합니다. 우리가 가야 할 길은 저도 분명히는 모르지만, 우리가 앞으로 나아가야 한다는 것만큼은 확신합니다. 우리가 그 길에서 치러야 할 노고에 보답해줄 훌륭한 나라가 그곳에 있습니다! 그곳에는 영원히 꺼지지 않는 빛이 있고 아직 우리가 모르는 기적의 세계가 있습니다. 그곳에서 우리는 위대하고 자유로우며 모든 것을 이겨낸 새로서 우리 자신의 힘에 기쁨을 느낄 것이고, 전 세계는 우리 위업의 무대가 될 것이며, 그 위업은 지금 우리가 상상도 못하는 그런 것이 될 겁니다. 그곳에서 우리의 사상은 막힘이 없고 우리의 감정은 기적처럼 고양되고 우리 앞에는 이제까지 보지 못한 새로운 환희의 세계가 열릴 것입니다. 바로 그곳에 우리에게 어울리는 삶이 존재합니다!…… 승리를 향한 당당하고 용감한 전사가 되어 서로 존중하고 사랑합시다. 그 점에 대해 의심하지 마십시오. 여러분보다 고귀한 것이 뭐가 있겠습니까? 뒤를 돌아보세요. 전에, 삶의 여명기에 여러분이 어땠는지를 보십시오. 그 당시 여러분의 신념은 한 방울의 의심도 품지 않았지요. 그런데 지금은…… 모든 것에 대해 끔찍한 의심만 품고 있지요. 이제 때가 왔습니다. 우리 자신을 믿어야 합니다. 오직 위대한 존재만이 지금 여러분이 의심하고 있는 그곳까지 나아갈 수 있습니다.

그곳을 향하여, 행복의 나라로! 위대한 승리가 우리를 기다리는 곳으로, 우리가 세계의 입법자가 되고, 세계의 영주가 되고, 모든 것의 영주가 되는 곳으로…… 그곳을 향하여, 그곳으로 기적과도 같은 '전진'을!……"

"전진!" 가슴에 당당한 자신감이 불타오른 새들이 따라 외쳤다.

검은방울새의 눈에 감동과 신념의 눈물이 가득했다. 모든 새들이 함께 노래를 불렀고 모두 한껏 들뜬 기분이 되었다. 가슴속에 삶과 행복에 대한 열정적인 갈망이 타올랐다.

"잠깐만, 잠깐만요!…… 한마디하겠습니다…… 저도 한마디만 좀!……"

사시나무 꼭대기에서 딱따구리가 소리쳤다. 그의 목소리가 너무나 크게 울렸기 때문에 곧바로 그에게 발언권이 주어졌다.

"친애하는 여러분! 저는 딱따구리라고 합니다. 저는 벌레를 잡아먹고 살면서 제가 변함없이 기대고 있는 진실을 사랑합니다. 그 진실이 저로 하여금 말하지 않을 수 없게 하는바, 지금 여러분은 헛되이 기만당하고 있습니다. 친애하는 여러분, 여러분이 지금 들으신 노래와 말은 뻔한 거짓말에 지나지 않습니다. 저는 그것이 거짓임을 명백한 사실로써 증명하는 것을 저의 명예라고 생각합니다…… 명백한 사실로써 말입니다. 여러분! 검은방울새 님에게 그가 한 말을 사실로써 증명할 수 있는지 물어봅시다. 그에겐 증명할 사실이 없지요. 저보다도 저분께 사실이 필요할 겁니다. 그 사실이 모든 것을 말해줍니다, 여러분.

자연의 지혜와 힘이라는 거대한 사실을 확증해준다면, 아주 사소한 사실일지라도 우리는 그것을 무시할 수는 없지요. 아이들이 어미에게 속하듯이 우리는 자연에 속한 존재 그 이상일 수 없기 때문입니다.

검은방울새 님이 우리에게 호소하고 있는 그곳, 저 앞쪽에 무엇이 있는지 냉정하게 살펴봅시다. 여러분 모두 숲을 넘어 날아가보면 그 즉시 알게 될 겁니다. 숲 너머로 들판이 시작되는데, 여름에는 작열하는 태양이 그대로 쏟아지고 겨울에는 차가운 눈에 뒤덮이는 그런 들판이지요. 그 끝에 가면 새잡이 그리시카라는 사람이 있고요. 그곳이 바로 저 검은방울새 님이 여기서 수없이 말한 그 '전진'의 노정에서 만날 첫번째 정거장입니다!……

우리가 저분의 뜻대로 앞으로, 앞으로 전진해간다고 합시다. 저로서는 저분이 사심이 있는 건 아닌지 하는 의심을 완전히 거두기는 힘든데요, 저 검은방울새 님 역시 다른 이와 마찬가지로 대중적 인기나 명예욕 같은 것으로부터 완전히 자유롭다고 말할 수는 없기 때문이지요. 하여튼 우리가 운좋게 그리시카의 새그물을 피해서 마을을 지나 날아간다고 칩시다. 거기에는 또다시 들판이 있을 테고, 그 끝에서 또다른 마을을 만날 테고, 마을을 넘어서면 또다시 들판이 있을 겁니다…… 지구는 둥글기 때문에 우리는 지금 이 순간 영광스럽게도 여러분과 이야기하고 있는 바로 이 숲으로 어쩔 수 없이 다시 날아올 수밖에 없는 것입니다.

여기가 검은방울새 님이 말하는 그 나라입니까? 그 고난을 겪은 우리가 여기서 무슨 보상을 받을 수 있단 말입니까?…… 이게 보상입니까?!

친애하는 여러분, 저는 여러분이 얼마나 높이 날 수 있는지 잘 알고 있습니다. 하지만…… 이런 말씀을 드리려니 마음이 아프지만, 여러분 중 누구도 저보다 높이 날지 못한다는 사실은 아셔야 합니다.

저 검은방울새 님은 화려하고 과장된 말로 여러분의 눈앞을 가려 여러분의 관심을 사로잡으려고 합니다. 저분은 마치 여러분이 아주 합리적이고 이성적인 존재인 양 높이 치켜세우고 있지요! 친애하는 여러분, 그런 행동은 엄한 처벌을 받아야 마땅합니다!……"

응당 해야 할 사회적 책무를 다해야 한다는 사명감에 가득찬 지혜로운 딱따구리는 근엄한 눈으로 청중들을 내려다보고 나서, 자신이 앉았던 사시나무의 껍질을 쪼기 시작했다.

새들은 아무 말도 하지 않고 검은방울새를 바라보았다. 검은방울새의 눈에서 한 방울 두 방울 흘러내리는 눈물이 보였다. 우리에게 지은 죄 때문에 저렇게 눈물을 흘리는 것 아닌가?! 저런 초라하고 보잘것없는 거짓말쟁이 같으니라고!

검은방울새는 풀이 죽은 채 먼 곳을 바라보고 있었다. 두 눈은 마치 무언가에게 작별이라도 고하는 것 같았다.

숲은 적막해지고 새들은 소리 없이 각자 흩어져 제자리로 날아갔다. 지혜가 높다고 존경 어린 경배를 받던 딱따구리도 자리를 떴다.

참으로 슬픈 하루였다. 통곡이라도 터져나올 것 같은 날이었다.

다들 떠나고 거짓말을 하던 검은방울새 혼자 남았다. 그는 꼼짝도 하지 않고 침울하게 호두나무 가지에 앉아 있었다. 어치 한 마리만이 파르르 떨리는 사시나무 잎사귀에 앉아 호기심 어린 눈으로 그를 바라보고 있었다. 하지만 금세 지루해졌는지 조롱하듯 휘파람을 불어대고는 날아가버렸다.

검은방울새는 여전히 호두나무 가지에 꼼짝 않고 앉아서 생각했다.

"내가 거짓말을 했어. 그래, 저 숲 너머에 무엇이 있는지 나도 모르니까 분명 거짓말을 한 거지. 하지만 믿고 희망을 가진다는 건 좋은 일이잖아!…… 난 그저 신념과 희망을 일깨우고 싶었을 뿐이야. 그래서 거짓말을 한 거지…… 그래, 딱따구리 말이 옳을지도 몰라. 그러나 그의 진실이 우리의 날개에 돌덩이나 하나 올려놓는 것이라면, 그런 진실이 어디에 쓸모가 있단 말이야?"

가엾은 작은 검은방울새는 주위를 돌아보고 나서 깃털을 곤두세웠다.

이야기는 이것으로 끝난다…… 이 이야기를 읽고 나서 여러분은 물론 검은방울새가 고결한 성품을 지녔지만 확고한 근거가 없어 그 주장이 빈약하고, 딱따구리는 분별력이 높지만 비굴하며, 듣고 있던 청중 새들은 그저 호기심만 있을 뿐 본질적으로 냉담한 가슴을 지닌, 수치스럽게 비루하고 허접스러운 자들이라고 생각할 것이다…… 그렇게 생각하면서 여러분은 정말 우스운 이야기를 내가 별로 재미없게 이야기했다고 여길지도 모르겠다. 그렇게 생각하시라, 그렇게 하여 위로가 된다면, 그렇게 생각하시라!……

첼카시

남쪽 푸른 하늘은 먼지에 덮여 어둑하고 희뿌옇다. 작열하는 태양은 마치 회색 베일 사이로 초록 바다를 내려다보는 것 같다. 햇빛은 바다에 제 모습을 비추지 못하고 있었다. 노와 증기선의 스크루, 비좁은 항구 안을 이리저리 돌아다니는 터키 범선과 온갖 돛단배의 용골이 바다 수면을 수없이 가르고 있었기 때문이다. 화강암 사이에 갇힌 파도는 등골을 타고 미끄러지는 거대한 중량의 배에 짓눌려 돛단배들의 뱃전에 부딪히고 해변에 몸을 던지며 툴툴거린다. 온갖 잡동사니에 뒤섞여 더럽혀진 거품을 내뿜으면서⋯⋯

닻을 올리고 내리는 쇠사슬 소리, 화물 차량을 연결하는 굉음, 돌 포장도로 위 어딘가에 떨어지는 철판의 금속성 비명, 둔탁한 목재 소리, 덜커덩거리는 짐마차 바퀴 소리, 때로는 귀청을 찢는 듯이 때로는 둔중하게 울어대는 증기선 고동 소리, 짐꾼과 선원과 세관 병사들의 고함소리, 이 모든 소리는 귀를 먹먹하게 만드는 하루의 노동이라는 음악 속에 뒤섞인다. 이 모든 소리는 격렬하고 불온하게 떠올라 항구 위 하늘을 나지막이 덮고 있고, 주변의 모든 것을 가차없이 뒤흔들며 둔중하게 울어대는 소리와 먼지에 절어버린 무더운 대기를 찢는 날카로운 굉음 따위가 새로운 소리의 파도를 일으키며 대지 위로 거듭 솟아오른다.

화강암, 쇠, 목재, 항구의 포장도로, 배, 사람들, 이 모든 것이 메르쿠리우스*를 찬양하는 열정의 송가를 힘차게 불러대고 있다. 그러나 그 속에서 사람들 소리만은 거의 들리지도 않을 정도로 미약하고 우스꽝스럽다. 이 소음을 맨 처음 만들어낸 인간 자신은 정작 우스꽝스럽고 가련한 것이다. 먼지투성이 누더기를 걸치고 등에 짊어진 무거운 짐 때문에 허리가 꺾인 왜소한 군상들이 무더위와 소음 속에서 구름 같은 먼지 사이로 분주하게 이리저리 뛰어다닌다. 그들은 주변의 거대한 쇳덩이와 산처럼 쌓여 있는 짐, 굉음을 내지르는 화물 차량들, 즉 그들이 창조해낸 그 모든 것에 비하면 너무나도 미미한 존재였다. 그들이 창조한 것들로 인해 그들은 노예화되고 비인격화되어버린 것이다.

줄지어 서 있는 육중하고 거대한 증기선들은 휘파람 소리를 내며 증기를 뿜고 깊은 한숨을 쏟아낸다. 그 소리는 노예처럼 노동하여 생산한 산물들을 선창 깊은 곳에 채워넣으려고 갑판 위를 기어다니는

---

* 로마 신화에 나오는 상업의 신.

회색의 먼지투성이 사람들에 대한 경멸을 담은 조롱의 노래처럼 들렸다. 굶주린 배를 채울 한줌의 빵을 얻기 위해 수십 톤의 빵을 어깨에 짊어지고 기선의 무쇠 뱃속으로 줄지어 들어가는 짐꾼들의 행렬은 눈물겹게 우스꽝스럽다. 땀투성이 누더기를 걸친, 피로와 소음과 무더위로 멍해진 사람들과 햇빛에 빛나는 거대한 기계들—그것은 바로 사람들에 의해 창조되었고, 뭐라 해도 결국은 증기가 아니라 그 창조자들의 근육과 피로 움직이는 것이다—그 대비적인 모습에는 잔인한 아이러니의 대서사시가 담겨 있지 아니한가.

소음은 사람을 놀라 움츠러들게 하고, 먼지는 콧구멍을 자극하고 눈을 뜰 수 없게 만들며, 찌는 듯한 무더위는 육체를 달궈 탈진시킨다. 주변의 모든 것은 더이상 견딜 수 없을 만큼 팽팽하게 부풀어 금방이라도 폭발하여 거대한 파국을 일으킬 것만 같았다. 그렇게 터져버리고 나면 맑은 공기를 자유롭고 편안하게 들이마실 수 있고, 우울한 광기로 내모는 저 귀청을 찢을 듯한 자극적인 굉음도 사라져 지상에는 고요가 찾아오고, 이 도시와 바다, 저 하늘에 고요와 청명함과 아름다움이 깃들지 않겠는가……

열두 번의 종소리가 규칙적으로 울려왔다. 청동의 종소리가 마지막으로 울리자 야만적인 노동의 음악도 잦아들어 고요해졌다. 곧이어 그것은 둔중한 불평 소리로 변했다. 이제 사람들의 목소리와 철썩거리는 바닷소리가 들려왔다. 점심시간이었다.

1

인부들이 일을 멈추고 장사치 아낙들에게 점심거리를 사 들고는 그 늘진 길가 구석을 찾아 이리저리 흩어지고 있을 때 그리시카 첼카시가 모습을 나타냈다. 항구 사람들에게는 아주 잘 알려진 노련한 늙은 늑대이자 지독한 술주정뱅이에다 솜씨가 훌륭한 대담한 도둑이었다. 그는 낡고 해진 면비로드 바지를 입고 깃이 찢겨나간 더러운 무명 셔츠를 걸치고 있었다. 맨발에 모자도 쓰지 않았다. 앞섶을 다 풀어 헤친 셔츠 사이로는 구릿빛 피부와 울퉁불퉁하고 깡마른 뼈가 내비쳤다. 검은 머리칼과 은색 머리칼은 마구 뒤엉켜 있고 날카롭고 사나운 얼굴에는 눌린 자국이 뚜렷한 것으로 보아 이제야 자리에서 일어난 게 분명했다. 한쪽 콧수염에는 지푸라기가 하나 걸려 있고 대충 면도한 왼쪽 뺨의 뻣뻣한 털에도 지푸라기가 묻어 있었다. 한쪽 귀에는 방금 꺾은 작은 보리수 나뭇가지가 꽂혀 있었다. 기다랗고 뼈가 앙상한 그는 구부정한 모습으로 천천히 돌길을 걸어가면서 사납게 생긴 매부리코를 벌름거리고 차디찬 잿빛 눈알을 번뜩이며 날카로운 시선으로 주위를 살폈다. 인부들 사이에서 누군가를 찾기라도 하는 듯했다. 숱이 많고 길게 자란 갈색 콧수염은 꼭 고양이 수염처럼 움찔거렸고, 뒷짐을 진 두 손은 길고 마디가 굵은 억센 손가락을 신경질적으로 거듭 바꿔 쥐며 비벼댔다. 초원의 맹금류처럼 사나워 보이는 단단하고 깡마른 몸집이며 먹이를 노리는 듯 유연하면서도 평온한, 그러나 속으로는 온 신경을 날카롭게 집중하고 있는 걸음걸이는 그와 마찬가지로 허름하기 짝이 없는 수백 명의 부랑자들 중에서도 단연 주위의 시선을 끌었다.

그가 석탄 더미 옆 그늘에 모여 앉아 있던 인부들 무리를 지날 때 땅딸막하고 좀 아둔해 보이는 한 인부가 일어나서 그를 맞이했다. 얼굴의 퍼런 멍과 목의 할퀸 상처로 보아 분명 최근에 어디선가 죽도록 두들겨 맞았음이 틀림없었다. 그는 첼카시와 보조를 맞추어 걸으며 속삭였다.

"해군 공장 두 군데가 털렸다는데…… 조사하고 있대."

"그래서?" 첼카시가 표정 하나 변하지 않고 그를 훑어보며 되물었다.

"그래서는 뭐가 그래서야? 조사하고 있다잖아. 그냥 그렇다고."

"그래, 나더러 조사하는 걸 도와달래?"

그러고 나서 첼카시는 미소를 지으며 높이 솟아 있는 해군 의용병 함대 창고 쪽을 건너다보았다.

"에이, 빌어먹을!"

인부는 왔던 방향으로 휙 몸을 돌렸다.

"어이, 잠깐만! 근데 누가 네 얼굴에 그렇게 색깔을 칠해놨어? 낯짝이 영 말이 아니구먼…… 그런데 여기서 미시카 못 봤어?"

"못 본 지 오래야!" 인부는 함께 있던 무리로 돌아가며 소리쳤다.

첼카시는 가던 길을 계속 걸었다. 마주치는 사람들은 누구나 잘 아는 사람처럼 그를 맞이했다. 늘 명랑하고 농지거리를 좋아하던 그는 오늘은 왠지 그럴 기분이 아니었는지 묻는 말마다 퉁명스럽게 한두 마디로 잘랐다.

그때 물품더미 뒤쪽에서 암녹색 제복에 먼지를 뒤집어쓴 세관 경비원이 군인처럼 뻣뻣한 자세로 불쑥 튀어나왔다. 그는 도전적으로 첼카시를 가로막았다. 그러고는 옆구리에 찬 단검 손잡이에 왼손을 올리고 오른손으로 첼카시의 옷깃을 잡으려 했다.

"거기 서! 어디 가는 거야?"

첼카시는 한 걸음 물러나 경비원에게 시선을 던지며 입가에 마른 미소를 지었다.

경비원의 불그레한 얼굴은 선하지만 짓궂은 데가 있었다. 그는 위엄을 풍기려고 얼굴에 한껏 힘을 주고 있었다. 얼굴은 둥글게 부풀어 적자색을 띠었고, 눈썹을 꿈틀거리며 두 눈을 부라리는 모습은 아주 우스꽝스러웠다.

"말했지, 항구 근처에는 얼씬도 하지 말라고! 갈비뼈 나가고 싶어, 왜 또 나타났어?" 경비원이 위협적으로 소리쳤다.

"안녕하시오, 세묘니치! 참 오랜만이올시다." 첼카시는 아무렇지도 않다는 듯이 인사하며 손을 내밀었다.

"너 같은 놈 평생 다시 보고 싶지 않으니 어서 꺼져! 어서!"

그렇게 말하면서도 세묘니치는 내민 손을 뿌리치지는 않았다.

"그런데 말이오." 첼카시는 갈퀴같이 억센 손으로 세묘니치의 손을 꽉 잡은 채 반가운 친구처럼 흔들며 말했다. "미시카 못 봤소?"

"무슨 놈의 미시카? 미시카란 놈은 들어보지도 못했어! 가, 얼른, 저리 가! 창고지기가 보기라도 하면 네놈은 끝장이라고……"

"거, 빨간머리놈 있잖아요, 지난번 '코스트로마'에서 나하고 같이 일했던." 첼카시는 제자리에서 꿈쩍도 하지 않고 말했다.

"같이 도둑질한 놈이라고 해야 맞지! 네놈의 그 미시카란 놈은 병

원에 실려갔어. 쇳덩어리에 다리를 찧었거든. 이제 가봐. 좋은 말로
할 때 꺼지라고. 모가지를 잡고 끌어내기 전에!……"

"허 참, 이보쇼! 방금 모른다고 하더니…… 이렇게 잘 알면서. 왜
그렇게 성질을 내고 그래요, 세묘니치?"

"이거 봐, 이빨 그만 까고 가라고, 어서!"

경비원은 화를 내기 시작했다. 그리고 주위를 살피면서 첼카시의
억센 손아귀를 뿌리치려고 애썼다. 첼카시는 그런 그의 모습을 무성
한 눈썹 아래로 지그시 바라보며 여전히 손을 붙잡은 채로 말했다.

"뭘 그렇게 내쫓으려고 하쇼. 할말 다 하면 가지 말래도 가죠. 그래,
요즘 어떻게 지내쇼?…… 부인과 애들도 다 별일 없죠?" 첼카시는
눈빛을 반짝이고 비웃는 듯 이빨을 드러내면서 덧붙였다. "한번 찾아
뵈어야 할 텐데 통 시간이 없으니 원. 술이나 먹느라고 바쁘다보
니……"

"그만, 그만, 집어치우라고! 어디서 누굴 놀리려는 게야, 이 개뼈다
귀 같은 놈이! 나 참, 이런…… 네 녀석이 이젠 시내에서 누구 집을
털어먹으려고 그래?"

"그럴 리가? 당신이나 나나 여기서 이대로 충분하지 않소. 뭘 더 바
라겠소, 안 그래요, 세묘니치! 그건 그렇고 듣자 하니 두 군데나 또 털
렸다면서요? 조심하쇼, 세묘니치, 경비 잘 서시라고! 곤란해지지 말
고!"

더이상 참지 못한 세묘니치는 흥분해서 침을 튀기며 뭔가 말하려고
몸을 부르르 떨었다. 첼카시는 마침내 그의 손을 풀어주고는 아무 일
도 없었다는 듯이 항구 정문을 향해 긴 다리로 걸음을 옮겼다. 경비원

은 미친듯이 욕을 하며 그의 뒤를 따라왔다.

기분이 좋아진 첼카시는 잇새로 나지막이 휘파람을 불면서 바지 주머니에 손을 찔러넣은 채 느긋하게 걸어갔다. 가는 길에 이쪽저쪽 사람이 보일 때마다 한마디씩 찔러대거나 농담을 던졌고 그럴 때마다 똑같이 농담조의 반응이 튀어나왔다.

"굉장하네, 첼카시, 이젠 나리님 호위도 다 받으시네그려!" 점심 요기를 하고 땅바닥에 뒹굴며 쉬던 인부들 중 하나가 소리쳤다.

"보다시피 내가 맨발이잖아. 내 발가락이라도 다칠까봐 세묘니치님께서 내 뒤를 살피시는 게지." 첼카시가 응수했다.

첼카시와 뒤를 쫓아오던 세묘니치가 정문에 도달하자 병사 두 명이 몸수색을 하고 가볍게 등을 떠밀어 첼카시를 거리로 내몰았다.

첼카시는 길을 가로질러 선술집 문 앞의 말뚝에 걸터앉았다. 항구 정문에서 짐을 가득 실은 마차들이 요란스럽게 줄지어 나왔다. 반대로 빈 마차들은 항구 안으로 들어갔다. 빈 마차에 걸터앉은 마부들은 온몸이 털썩털썩 요동쳤다. 항구는 으르렁거리는 굉음과 유독성 먼지를 피워올리고 있었다……

이런 미친 듯한 소란 속에서 첼카시는 기분이 아주 최고였다. 그저 솜씨만 충분하면 약간의 노동만으로도 해낼 수 있는 확실한 돈벌이가 그에게 미소를 짓고 있었던 것이다. 그는 자신에게 그런 솜씨가 충분하다고 확신하면서 눈을 살며시 뜨고는 그저 내일 아침 두둑한 주머니를 가지고 어디서 뒹굴까 하는 행복한 생각에 빠져 있었다…… 친구 미시카가 떠올랐다. 다리만 다치지 않았다면 오늘밤 일에 아주 적격인 친구였다. 미시카 없이 혼자 일하는 것은 무리라는 생각에 첼카시의 입에서 절로 욕이 튀어나왔다. 오늘밤 날씨는 어떠려나?…… 그는 하늘을 살펴보고 거리 저멀리로 시선을 던졌다.

대여섯 걸음 떨어진 곳에서 한 젊은이가 돌로 된 보도 위의 말뚝에 등을 기대고 앉아 있었다. 푸른 마직 셔츠와 마직 바지에 나무껍질로 엮은 신발을 신고 다 해진 불그죽죽한 둥근 모자를 썼다. 옆에는 새끼줄로 감싸고 다시 꼼꼼하게 밧줄로 감은, 손잡이 없는 낫 한 자루와 작은 배낭이 놓여 있었다. 딱 벌어진 어깨에 골격이 탄탄해 보였다. 햇볕과 바람에 검게 그은 얼굴, 푸르스름한 눈동자, 아맛빛 머리의 젊은이는 순진하고 사람 좋은 눈길로 첼카시를 바라보았다.

첼카시는 험상궂은 표정으로 눈을 부릅뜨고 이를 드러내면서 혀를 쑥 내밀고는 젊은이를 노려보았다.

젊은이는 처음에는 왜 그러는지 모르겠다는 듯이 눈만 껌벅거리더니 갑자기 깔깔깔 웃음을 터뜨리며 소리쳤다. "아이고, 괴짜셔!" 그러고는 땅바닥에서 몸을 떼지도 않은 채 낫 끝으로 돌바닥을 찍으면서 배낭을 먼지 나게 질질 끌고 첼카시가 있는 곳으로 기어왔다.

"안녕하세요, 뭐 좋은 일이라도 있으신가봐요!……" 젊은이는 바지춤을 고쳐 올리며 첼카시에게 먼저 말을 걸었다.

"그럼, 아주 그럴싸한 일이 있었지, 이 애송이야." 첼카시는 미소를 지으며 대꾸했다. 그는 어린애같이 맑은 눈빛을 한 건강하고 순진한 젊은이가 금세 마음에 들었던 것이다. "풀 베다 왔지, 그렇지?"

"그렇지요!…… 1킬로미터를 베면 반 코페이카* 줘요. 못해먹을 일

---

* 1코페이카는 100분의 1루블.

이죠! 그래도 하겠다는 놈들이 수도 없어요! 배고픈 놈은 다 달라붙어요. 품삯만 떨어뜨려요, 일도 할 줄 모르면서! 쿠반*에서는 60코페이카 은화를 줘요. 그럼 할 만하죠! 전에는 3루블, 4루블, 5루블도 줬다던데!……"

"전이라!…… 전에는 러시아 사람 얼굴만 보여도 3루블이지. 한 십년 전에 내가 정말 그랬거든. 일단 카자크 마을로 가서, 난 러시아 사람이다! 하고 소리치는 거야. 그럼 와 몰려들어서 날 들여다보고 만져보고 놀라워하다가 3루블을 주지! 그걸로 진탕 먹고 마시면 되고. 뭐든 하고 싶은 대로 하고 살 수 있었던 때지!"

젊은이는 첼카시의 말에 귀를 기울이면서 처음에는 펑퍼짐한 얼굴에 입을 딱 벌리고 어떻게 그럴 수가 있을까 하고 감탄의 표정을 감추지 못했다. 그러다가 이내 이 부랑자가 거짓말을 하고 있다는 것을 알아채고 쩝 소리를 내며 깔깔깔 웃어댔다. 첼카시는 콧수염 속에 미소를 감추면서 여전히 심각한 표정을 지었다.

"괴짜시네, 정말. 진짜처럼 말을 잘해요. 정말인 줄 알았어…… 아무리 옛날이라고 거기서……"

"뭐, 내 말이 어때서? 옛날에 그랬다는 거잖아, 정말 거기서……"

"아, 됐어요!" 젊은이가 손을 내저었다. "그런데 뭐하시는 분이세요? 제화공? 아님 재봉사?…… 뭐하세요?"

"나 말이야?" 첼카시는 그렇게 되묻더니 잠시 생각하다가 대답했다. "나…… 어부지."

---

* 남부 러시아의 큰 도시.

"어부라고요! 정말요! 아저씨가 정말 고기를 잡는 어부라고요?"

"왜 꼭 고기여야 해? 여기 어부들은 고기만 잡지 않지. 물귀신이 된 송장도 잡고 낡은 닻도 걷어올리고 가라앉은 배도 끌어내고 뭐든 다 하지! 그런 일 하는 데 쓰는 낚싯대가 다 따로 있다고……"

"또, 또 거짓말! 이런 노래를 부르는 어부들 말이지요.

우린 그물을 던졌다네
물 없는 해변가
창고나 집안에다가!……"

"그럼 넌 그런 어부들 봤어?" 첼카시가 미소를 머금고 그를 바라보았다.

"아뇨, 보긴 어디서 봐요? 들은 얘기지……"

"마음에 들기는 하고?"

"그런 어부들요? 물론이죠! 제멋대로 자유롭게 사는 사람들이죠, 뭐 어때요……"

"네게 자유가 뭔데? 그래, 넌 자유를 좋아하나보지?"

"그럼요, 당연하죠. 자기가 자기 주인이 되는 거잖아요. 가고 싶은 대로 가고 하고 싶은 대로 하고…… 그보다 좋은 게 어디 있어요! 그 저 어디 매이지 않고 살 수 있다면 그게 최고죠! 아무 생각 없이 맘대로 사는 거죠. 하느님만 잊어버리지 않는다면야……"

첼카시는 경멸하듯 침을 퉤 뱉고는 젊은이에게서 얼굴을 돌렸다.

"사실 저는 말이죠……" 젊은이가 말문을 열었다. "아버지는 죽고 재산은 별로 없고 늙은 어머니에 땅뙈기라고는 다 말라비틀어지고, 어찌할 바를 모르겠더라고요. 그래도 먹고살아야지요. 하지만 어떻게 살지? 막막했죠. 살 만하다는 집에 장가를 들려고 했지요. 그럼 잘될 거다. 딸에게 재산이라도 좀 나눠주지 않겠어!…… 아뇨, 그럴 리가 없죠. 망할 놈의 장인이 그럴 리가 없죠. 결국 난 뼈도 못 추릴 거다, 오랫동안…… 일 년이 지나도! 세상일이란 게 다 그렇잖아요! 단돈 150루블만 있어도 당장 혼자 살 수 있는데. 안티프에게 옜다, 먹어라 하고 돈도 갚고! 마르파라는 처녀는 재산을 좀 나눠 받으려나? 아닐까? 아니, 됐어! 마을에 여자가 어디 그 여자 하나뿐이야? 그래서 난, 말하자면 완전히 자유롭게 됐지요, 완전히 혼자서…… 그래, 좋다!" 젊은이는 한숨을 내쉬었다. "그렇지만 결국 데릴사위로 가는 거 외에 다른 도리가 없더라고요. 그래서 생각했지요. 자, 쿠반으로 가서 2백 루블쯤 거머쥐자, 그럼 끝이다! 지주가 되는 거다!…… 하지만 말짱 황이었죠. 이제 그저 날품팔이나 하게 됐어요…… 아무리 해도 내 힘으론 어쩔 수가 없나봐요! 헤헤!……"

젊은이는 데릴사위는 정말로 하기 싫은 모양이었다. 우울한 듯 얼굴이 어두워졌다. 그는 땅바닥에서 힘겹게 몸을 뒤척였다.

첼카시가 물었다.

"그럼 이제 어디로 갈 거야?"

"어디긴 어디예요? 그냥 집으로 가는 거지."

"그래, 난 또 어디 터키라도 간다고……"

"터어키요!……" 젊은이가 길게 말을 끌었다. "아니, 정교 신자가 어떻게 그런 데로 가요? 말씀을 하셔도 어디 그런 말씀을!……"

"에이, 이 바보 같은 놈!" 첼카시는 숨을 크게 내쉬며 젊은이에게서 몸을 돌렸다. 이 건강한 시골 젊은이가 왠지 그의 마음속을 헤집어놓았던 것이다.

마음속 깊은 곳 어딘가에서 뭔지 모를 분노의 감정이 서서히 꿈틀거렸기 때문에 첼카시는 오늘밤 결행할 일에 집중이 되지 않았다.

욕을 한 방 얻어먹은 젊은이는 첼카시를 힐끗거리며 뭐라고 투덜거렸다. 뺨을 잔뜩 부풀리고 입술은 쭉 내민 채 눈을 가늘게 뜨고 계속해서 껌벅대는 모습이 우스꽝스러웠다. 분명히 그는 이 콧수염쟁이 부랑자와의 대화가 이렇게 갑작스럽고 불쾌하게 끝나리라고는 전혀 예상치 못했으리라.

첼카시는 그에게는 더이상 눈길도 주지 않고 곰곰이 생각에 잠긴 채 더러운 발뒤축으로 말뚝을 차며 휘파람을 불어댔다.

젊은이는 대화를 이렇게 끝내고 싶지는 않았다.

"이봐요, 어부 아저씨! 어떻게, 술은 자주 마셔요?" 그가 그렇게 말을 꺼낸 바로 그 순간 어부가 얼굴을 홱 돌리며 물었다.

"이봐, 애송이! 오늘밤 나하고 일 하나 할래? 싫으면 말고!"

"무슨 일인데요?" 젊은이가 못 믿겠다는 듯 물었다.

"무슨 일이면 어때! 내가 시키는 대로 하는 거지…… 고기를 잡으러 가는 거야. 넌 노를 저으면 되고……"

"그래요…… 정말요? 좋아요, 그런 일이라면 할 수 있지요. 다만 뭔가…… 아저씨와 엮이는 것은 싫은데요. 너무 괴상한 분이라서…… 도대체 속을 알 수가 없으니……"

첼카시는 가슴속에 뭔가 뜨거운 불똥이 튀는 느낌이 들었다. 그는 독기가 서린 싸늘한 어조로 나지막이 뇌까렸다.

"생각 없이 함부로 지껄이지 마. 대갈통을 한 방에 날려버려야 정신을 차릴 거냐……"

첼카시는 벌떡 일어나 왼손으로 콧수염을 잡아당기며 쇳덩어리 같은 오른손 주먹을 움켜쥐고 눈을 부라렸다.

젊은이는 덜컥 겁이 났다. 그는 겁먹은 눈을 깜박이며 재빨리 주위를 살피면서 벌떡 일어났다. 그렇게 서로 눈길을 마주한 둘 사이에 잠시 침묵이 흘렀다.

"한번 맛 좀 볼래?" 첼카시가 아주 사납게 물었다. 그는 새파란 햇병아리에게서 받은 모욕감으로 속이 뒤집혀 부르르 몸이 떨렸다. 이야기를 나누는 동안에는 그를 깔보고 경멸했지만 이젠 그 푸른 눈과 건강하게 잘 그은 얼굴, 짧고 단단한 두 팔 따위가 첼카시의 증오심을 불러일으켰다. 돌아갈 고향이 있고, 집이 있고, 데릴사위로 갈 만한 부잣집도 있다는 사실이, 다시 말해 그의 과거와 앞으로의 미래 등등 그 모든 것이, 게다가 무엇보다도 이 새파랗게 어린 놈이 그 가치와 의미도 모르면서 자유를 사랑합네 어쩌네 하고 감히 입을 놀리고 있다는 사실이 그의 증오심을 더욱 부추겼다. 자신보다 형편없이 못하다고 생각했던 자가 자신과 흡사하거나 자신과 똑같은 애증의 감정을 가지고 있다는 사실은 결코 유쾌한 일이 아니었던 것이다.

젊은이는 그런 첼카시 앞에서 하인이라도 된 듯한 마음이 들었다.

"아니, 전 그냥…… 그냥……" 그는 이렇게 입을 열었다. "일거리를 찾던 중이니까, 뭐든 괜찮아요, 무슨 일이든. 누구하고라도 괜찮아요. 그저 아저씨가 노동일을 하시는 분처럼 보이지 않아서 그랬던 거예요. 아주 다 떨어진 누더기를 걸친 모습이며…… 알았어요, 하긴 세상엔 별일이 다 있으니까. 정말 전 술주정뱅이들을 수도 없이 봤어요! 수도 없이요!…… 하지만 아저씨 같은 분과는 다르지요."

"됐어, 됐어! 그럼 동의한 거다?" 이제 한결 누그러진 첼카시가 재차 다짐을 받았다.

"그래요, 동의하고 말고가 어디 있어요?…… 당연히 하죠! 그런데 돈은 얼마 주실 건데요?"

"일에 따라서 결정해야지. 무슨 일을 하느냐에 따라서 말이야. 고기를 얼마나 낚아올리느냐에 따라서…… 수입의 5분의 1을 주지, 됐어?"

하지만 막상 돈 문제가 입에 오르자 이 농촌 젊은이는 정색을 하고는 고용주에게 계산을 정확히 해달라고 요구하고 싶어졌다. 젊은이의 마음에 다시 불안과 의혹의 그림자가 드리워졌다.

"하지만 그건 딱 정해진 게 아니잖아요!"

첼카시는 아랑곳하지 않았다.

"따지지 말고 두고 봐! 그럼 이제 한잔 마시러 가자!"

그렇게 그들은 나란히, 첼카시는 콧수염을 매만지며 주인이나 된 것처럼 근엄한 표정으로, 젊은이는 분부만 내리면 즉각 뭐든지 하겠다는 자세로 길을 걸었다. 하지만 젊은이는 내내 불만과 걱정이 가득했다.

"그런데 이름이 뭐야?" 첼카시가 물었다.

"가브릴라라고 해요!" 젊은이가 대답했다.

더러운 냄새에 찌든 선술집에 들어가자 첼카시는 계산대 앞으로 가서 거리낌없이 친근한 어조로 보드카 한 병과 배추 수프, 구운 고기 등을 주문하고 계산한 것을 살펴보고는 점원에게 한마디 툭 던졌다. "전부 달아둬!" 그 말에 점원은 아무 이의 없이 고개를 끄덕였다. 그런 모습을 보자 가브릴라에게는 자기의 새 주인에 대한 존경의 마음이 넘쳐올랐다. 비록 외양은 사기꾼 같지만 저렇게 유명하고 신용이 있지 않은가.

"자, 우리 이제 배 좀 채우면서 자세히 얘기하자고. 여기 잠깐 앉아 있어, 내 어디 좀 다녀올 테니까."

첼카시가 자리를 뜨자 가브릴라는 주위를 살펴보았다. 지하실에 위치한 술집은 축축하고 어두웠다. 보드카 썩은 냄새, 담배 냄새, 타르, 그리고 뭔가 코를 찌르는 냄새가 진동하여 숨이 막힐 듯했다. 가브릴라의 맞은편 다른 탁자에는 석탄 먼지와 타르를 잔뜩 뒤집어쓴, 해군 제복 차림에 불그스름한 턱수염을 기른 술 취한 사내가 앉아 있었다. 그는 연신 딸꾹질을 하면서 무슨 노랫가락을 흥얼댔지만 씩씩거리거나 우물대는 바람에 토막토막 헝클어진 가사를 도저히 알아들을 수가 없었다. 분명 러시아인은 아니었다.

그의 뒷자리에는 몰다비아 여자 두 명이 자리를 잡고 있었다. 남루한 차림새에 새카만 머리와 햇볕에 그은 얼굴을 한 이들 역시 술에 취해 빽빽 노래를 불러댔다.

시간이 좀 흘러 어둠에 익숙해지니 그 외에도 여러 인물들이 눈에 들어왔다. 모두들 이상스럽게 너절하고 반쯤 술에 취해 소리를 질러댔는데, 하여튼 어수선한 모습들이었다.

가브릴라는 기분이 섬뜩해져서 어서 주인이 돌아오기만을 기다렸다. 술집의 시끄러운 소음은 한 음조가 되어 마치 어떤 거대한 짐승이 웅얼거리는 것처럼 들렸다. 그 짐승은 수백 개의 각기 다른 목소리를 휘어잡아 불안하게 몸을 떨며 미친듯이 돌구멍에서 밖으로 뛰쳐나가려 하지만 출구를 찾지 못하고 있었다. 가브릴라는 뭔가 사람을 취하게 만드는 무겁고 고통스러운 것이 몸속으로 파고드는 느낌을 받았다. 호기심 반 두려움 반으로 술집 안을 둘러보던 두 눈이 흐릿해지고 머리가 빙빙 도는 것만 같았다.

마침내 첼카시가 돌아왔고 그들은 먹고 마시며 이야기를 나누기 시작했다. 가브릴라는 석 잔째에 이미 취기가 올랐다. 그는 기분이 좋아져서, 이렇게 맛있는 것도 대접해주고, 아 정말 멋진 분이세요, 라고 뭔가 기분좋은 말을 주인에게 해주고 싶었다. 하지만 목까지 물결처럼 밀려든 단어들이 왠지 갑작스레 무거워진 혓바닥에서 떨어지지 않았다.

첼카시는 그런 모습을 보면서 놀리는 듯한 미소를 지으며 말했다.

"완전히 맛이 갔군!…… 에헤, 이런 촌뜨기! 다섯 잔에 벌써 그 모양이야! 그래가지고 일은 어떻게 하려고?……"

"형님!……" 가브릴라가 혀 꼬부라진 소리로 말했다. "걱정 마세요! 형님을 존경합니다!…… 입을 맞추고 싶어요!…… 괜찮죠?……"

"됐어, 됐다고!…… 자, 어서 한 잔 더 마셔!"

가브릴라는 주는 잔을 받아 마셨다. 그리고 마침내 눈앞의 모든 것이 흔들리며 파도처럼 일렁이는 것 같았다. 기분이 불쾌했고 속이 메스꺼웠다. 얼굴은 환희에 젖은 멍청한 표정이었다. 뭔가를 말하려고 애를 썼지만 우스꽝스럽게 입술만 실룩거렸고 짐승 우는 소리만 흘러나왔다. 첼카시는 그런 모습을 가만히 지켜보면서 뭔가를 회상하듯이 콧수염을 잡아 꼬며 내내 음울한 미소만 지었다.

술집은 취한 손님들이 내지르는 소리로 아우성이었다. 해군 복장을 한 불그레한 턱수염의 사내는 탁자에 팔꿈치를 괴고 잠들어 있었다.

"자아, 이제 가자고!" 첼카시가 자리에서 일어나며 말했다.

가브릴라도 따라 일어나려 했지만 몸이 말을 듣지 않았다. 그는 뭐라고 큰 소리로 자신에게 욕을 하고는 무의미한 웃음을 터뜨렸다.

"엉망진창이군!" 첼카시가 중얼거리더니 맞은편 의자에 다시 주저앉았다.

가브릴라는 초점을 잃은 흐릿한 눈길로 주인을 바라보며 계속해서 깔깔댔다. 하지만 첼카시는 차분하고 형형한 눈으로 무슨 깊은 생각에 잠긴 듯 그를 지그시 바라볼 뿐이었다. 늑대의 발톱과도 같은 손아귀에 걸려든 젊은이였다. 그의 목숨을 쥐었다 폈다 할 수 있는 힘이 완전히 자기에게 있었다. 카드 한 장처럼 구겨버릴 수도 있고 착실한 농사꾼으로 제자리에 돌려놓을 수도 있었다. 첼카시는 다른 사람의 목숨을 지배하고 있다고 느끼면서 운명이 그에게, 이 첼카시에게 내밀었던 그런 쓰라린 잔을 이 젊은이는 결코 마셔본 적이 없으리라고 생각했다…… 그런 마음에 그는 이 젊은이가 부럽기도 하고 안돼 보이기도 했다. 이런 녀석이 어떻게 나 같은 놈의 손아귀에 떨어지게 되었는지 생각하며 쓸쓸한 미소를 지었고 한편으로 서글픈 생각까지 들었다. 하지만 그런 모든 감정들은 결국에는 하나의 감정으로, 아버지 같기도 하고 주인 같기도 한 감정으로 모아졌다. 그러나 안쓰러운 마음보다 필요 쪽이 더 컸다. 마음이 정리되자 첼카시는 가브릴라를 무릎으로 가볍게 밀면서 팔에 그의 옆구리를 끼고 밖으로 나와 파이프

담배를 피워물었다. 가브릴라는 잠시 소란을 피우며 중얼대다가 잠이
들고 말았다.

2

"자, 준비됐어?" 첼카시는 노를 만지작거리는 가브릴라에게 속삭
이듯 말했다.

"잠깐만요! 노를 거는 데가 좀 흔들리는데, 노로 한 대 쳐도 돼요?"

"아, 아! 소리를 내면 안 돼! 손으로 꽉 눌러봐, 제자리에 들어갈 테
니."

두 사람은 참나무 합판을 실은 범선들과 종려나무와 백단나무, 두꺼
운 삼나무 통목 따위를 실은 터키 배들이 선단을 이루고 있는 틈새, 어
떤 배의 고물에 매달린 작은 나룻배 위에서 일을 벌이고 있었다.

하늘에 짙은 먹구름이 흘러가는 칠흑같이 어두운 밤이었다. 기름처
럼 짙고 새카만 바다는 고요했다. 바다는 습기를 머금은 짠 냄새를 풍
기며 부드럽게 숨쉬고 있었다. 그러면서 첼카시의 나룻배를 가볍게 흔
들며 뱃전에서 해안으로 물결을 밀어 보냈다. 해안에서 먼바다까지 어
두운 배의 커다란 몸체들이 가득 늘어서 있고 갖가지 색상의 등불이
반짝이는 뾰족한 돛대들이 하늘로 높이 솟아 있었다. 바다에 그 등불
들이 비쳐 점점이 노란 점을 뿌려놓은 듯 보였다. 비로드같이 부드러
운 점들은 짙은 흑색의 바다 위에서 아름답게 어른거렸다. 바다는 하
루의 힘든 일과로 지친 노동자처럼 건강하게 단잠을 자고 있었다.

"가요!" 가브릴라가 노를 바닷물에 담그며 말했다.

"그래!" 첼카시가 키를 힘차게 당기며 범선들 사이의 좁은 틈새로 방향을 잡았다. 나룻배는 매끄러운 물 위로 빠르게 움직여갔다. 바닷물은 노의 타격에 불이 붙어 푸르른 인광을 뿜는 듯했다. 푸른빛 리본이 부드럽게 반짝이며 배 뒤쪽으로 길게 이어졌다.

"머리는 괜찮아? 안 아파?" 첼카시가 다정하게 말을 걸었다.

"끔찍해요!…… 쇳덩어리가 웅웅거리는 것 같아…… 지금도 물을 뒤집어쓰고 싶어요."

"뒤집어쓰긴 뭘? 그럴 땐 뱃속을 씻어야지. 그 편이 빠르다고." 첼카시는 이렇게 말하고 병을 내밀었다.

"아이고, 이것 참 감사합니다!"

꿀꺽꿀꺽 물 마시는 소리가 조용하게 들려왔다.

"어때, 좋지?…… 이제, 그만!" 첼카시가 가브릴라를 제지했다. 배가 다시 큰 선박들 사이를 누비며 가볍게 나아갔다…… 그러다가 갑자기 탁 트인 공간이 열렸다. 그들 앞에 끝없이 넓고 강력한 힘을 지닌 바다가 멀리 푸른빛으로 펼쳐졌다. 저 멀리 수평선 위에는 구름이 산이 되어 하늘을 향해 솟아오르고 있었다. 가장자리가 노란색으로 부풀어오르는 자청색 구름, 바닷빛과 같은 초록색 구름, 우울하고 무거운 그림자를 드리우는 납빛의 단조로운 구름…… 구름들은 서서히 움직이면서 서로 몸을 합치거나 밀어내며 색과 모양을 변화시켜 거듭 새롭게 장엄하고 음울한 모양을 만들어냈다. 이 느릿하고 냉담한 구름들의 움직임 속에는 운명적인 무언가가 담겨 있었다. 저 바다 수평선 너머에는 구름이 끝도 없이 많아서 저렇게 무심하게 하늘을 향해 기어오르고 있는 듯했다. 그것은 마치 하늘 위에 빛나는 별들, 그 순결한 빛으로 사람들에게 고귀한 희망을 일깨우며 꿈꾸듯 푸르게 반짝거리는 온갖 색색의 수많은 별들이 잠든 바다 위에 더이상 비치지 못하도록 막으려는 사악한 목적을 가지고 있는 것만 같았다.

"바다 좋지?" 첼카시가 물었다.

"좋긴요! 무섭기만 한데요." 가브릴라가 고르게 힘을 주어 노를 저으며 대답했다. 긴 노가 바다를 칠 때마다 물결이 일어나며 나지막한 소리가 들려왔다. 노에 갈라진 물결은 따스하고도 푸르른 인광으로 반짝였다.

"무섭다고! 이런 바보 같은 녀석!" 첼카시가 놀리듯이 내뱉었다.

도둑인 그는 바다를 좋아했다. 다혈질에 신경질적이며 온갖 것에 욕심이 많은 그는 이렇게 어둡고 광활한 바다를 보고 있노라면 그 끝없이 펼쳐지는 자유롭고 힘찬 모습에 결코 질리는 법이 없었다. 그는 자신이 이렇게 좋아하는 바다의 아름다움에 대해 그따위로 대답하는 것에 화가 났다. 선미에 앉아 배의 키를 잡으며 그는 이 비로드 같은 바다를 따라 멀리멀리로 나아가고만 싶은 마음에 말없이 앞을 바라보았다.

바다에만 나오면 그의 마음은 넉넉하고 따뜻해졌다. 바다는 영혼을 사로잡아 일상의 비루함을 다소나마 깨끗하게 정화시켜주는 것만 같았다. 그는 이런 느낌을 훌륭하다 여기며 바다에 나와 있기를 좋아했다. 바다에 나와 숨을 쉬면 삶에 대한 생각과 삶 자체를 대하는 마음이 우선 너그러워지고 그다음에는 모든 게 다 부질없는 것처럼 여겨졌다. 밤이 되면 바다 위에는 바다의 잠든 숨결이 부드럽게 유영하듯 떠다녔고, 그 다함없는 소리는 사람의 마음을 평온하게 만들어 사악한 욕망을 온화하게 가라앉히며 강력한 희망의 꿈을 불러일으켰다……

"그런데 낚시 도구는 어디 있죠?" 갑자기 가브릴라가 불안하게 배 안을 둘러보며 질문했다. 첼카시는 흠칫했다.

"낚시 도구? 그건 내 뒤 선미 쪽에 있어."

그러나 그는 이 어린놈 앞에서 거짓말을 하는 것에 화가 났다. 게다가 공연한 질문 때문에 마음에 차오르던 상념과 감정이 어디론가 사라져버린 것이 안타까웠다. 그는 화를 냈다. 화가 나자 늘 그렇듯이 가슴과 목구멍 속에서 뜨거운 불덩어리가 불끈 솟아올라 그를 사로잡았다. 그는 엄하고 사나운 목소리로 가브릴라에게 말했다.

"넌 가만히 앉아 있기나 해! 괜히 끼어들지 말고 말이야! 노질하라고 널 고용한 거니까 노나 저어. 함부로 혓바닥을 놀리다가 험한 꼴 당하지 말고. 알아들어?……"

잠시 배가 흔들거리더니 그대로 멈춰 섰다. 노는 물방울을 튀기며 바닷물 속으로 잠겼다. 가브릴라가 불안하게 제자리에서 몸을 뒤척였다.

"노 저어!"

서슬 퍼런 고함이 대기를 갈랐다. 가브릴라가 부산스럽게 노를 잡았다. 배가 놀란 듯 흔들리고, 다시 빠르게 신경질적으로 앞으로 나아가며 소란스럽게 물을 갈랐다.

"좀 조용히 저어!"

선미에서 조금 몸을 일으킨 첼카시는 노를 손에 쥔 채로 가브릴라의 창백한 얼굴에 싸늘한 시선을 내리꽂았다. 앞으로 몸을 굽힌 그는 금방이라도 튀어오르려는 고양이 같았다. 독기에 싸여 부드득 이 가는 소리와 우두둑 손가락 뼈마디 꺾는 소리가 들려왔다.

"거기 누구야, 소리친 게?" 바다 쪽에서 엄한 고함소리가 울렸다.

"이런 염병할, 노 저어!…… 어서, 조용하게!…… 죽여버리겠어, 이 개자식!…… 어서, 어서 저어!…… 하나, 둘! 어디서 지랄이야! 이 찢어 죽일 놈!……" 첼카시가 씩씩거렸다.

"성모…… 마리……" 가브릴라는 공포에 젖어 몸을 떨며 마구 노를 젓느라 기진맥진했다.

배는 경쾌하게 방향을 틀어 항구 쪽으로 향했다. 항구 쪽에는 갖가지 색상의 등불이 어른거리고 수많은 돛대가 보였다.

"어이! 거기 누구냐니까?" 또다시 누군가 소리쳤다.

그러나 그 소리는 먼젓번 소리보다 먼 곳에서 들려왔다. 첼카시는 안도의 한숨을 내쉬었다.

"고함은 바로 네놈이 치고 있잖아!" 첼카시는 소리가 들려오는 방향을 향해 이렇게 말하고는, 여전히 쉴새없이 기도문을 웅얼대던 가브릴라에게 몸을 돌렸다.

"이봐, 운좋은 줄 알아! 저 악마 같은 놈들이 쫓아오기라도 했으면 넌 끝장이야. 알아들어? 내가 네놈을 그대로 고기밥을 만들어버렸을 거야, 알아?……"

이제 첼카시의 목소리는 평온했고 심지어 너그럽기까지 했다. 하지만 가브릴라는 여전히 공포에 질려서 몸을 떨며 애원했다.

"저기요, 절 보내주세요! 제발 부탁인데, 돌려보내주세요! 어디라도 좀 내려줘요! 아이고, 아이고!…… 내가 완전히, 어떻게 이런 데에…… 제발 좀 놓아주세요! 제가 무슨 잘못을 했다고…… 전 이런 일 못해요!…… 이런 일은 전혀 해본 적이 없어요…… 처음이라서…… 하느님, 맙소사! 난 망했어! 어떻게 절 이렇게 만들 수가 있어요, 예? 정말 나쁜 사람이야!…… 절 죽이려고…… 어떻게 이런 일을……"

"이런 일이라니?" 첼카시가 엄하게 되물었다. "엉? 그래, 이런 일이란 게 뭔데?"

가브릴라가 공포에 떠는 모습이 우스웠다. 첼카시는 그의 공포를 즐겼다. 그리고 자신이, 바로 첼카시가 그렇게 두려운 사람이라는 사실을 확인하자 달콤한 기분에 빠져들었다.

"떳떳하지 못한 일이잖아요…… 제발 절 그냥 놔주세요!…… 제가 뭘 잘못했어요? 예?…… 아저씨, 제발요……"

"아가리 닥쳐! 일 끝나면 잡으라고 해도 안 잡아. 알겠어? 그만 닥치고 잠자코 있어!"

"오, 맙소사!" 가브릴라가 탄식했다.

"자, 자!…… 더이상 내 기분 건드리지 마!" 첼카시가 가브릴라를 제지했다.

그러나 가브릴라는 이미 더이상 자신을 억제하지 못했다. 그는 조용히 흐느끼다가 울음을 터뜨리거나 코를 훌쩍거리며 좌불안석이었다. 하지만 노 젓는 일만은 힘차게, 절망적으로 계속했다. 나룻배는 화살처럼 나아갔다. 또다시 검은 선체들이 길을 막았다. 그들이 탄 배는 이리저리 회전하며 선박들 사이 좁은 틈새로 숨어들었다.

"너 이 녀석! 잘 들어! 누가 뭘 묻든, 살고 싶으면 아가리 닥치고 있어! 알겠어?"

"아이고!……" 가브릴라는 엄격한 명령에 절망적인 한숨으로 대답하면서 쓸쓸하게 덧붙였다. "내 인생도 이제 끝장이구나!……"

"징징거리지 마!" 첼카시가 심각한 목소리로 속삭였다.

이 속삭임 소리에 가브릴라는 머릿속이 하얘지면서 아무 생각도 할 수 없었고 냉혹한 불행의 예감에 사로잡혀 그대로 몸이 굳어버렸다. 그는 기계적으로 노를 물속에 넣어 잡아당겼다가 다시 앞으로 뽑아내 당기면서 내내 제 신발만 응시했다.

잠든 파도 소리가 음울하고도 무시무시했다. 그들은 부두에 도착했다…… 화강암 벽 너머에서 사람들 목소리, 물소리, 노랫소리, 가느다란 휘파람 소리가 들려왔다.

"세워!" 첼카시가 속삭였다. "노를 놔! 손으로 벽을 잡고 배를 딱 붙여! 조용, 조용히 하란 말이다! 이런 빌어먹을……"

가브릴라는 미끌미끌한 돌을 손으로 꽉 잡고 배를 벽 쪽으로 붙였다. 배는 돌 위에 자란 수초를 스치면서 소리 없이 움직였다.

"세워!…… 노 이리 줘! 이쪽으로! 그리고 너 신분증 어디 있어? 배낭에? 배낭 이리 내! 얼른, 이리 내놔! 이봐, 이건 네놈 도망 못 치게…… 이젠 도망 못 치겠지. 노 없이도 어떻게든 도망칠 수 있겠지만 신분증 없이는 꼼짝 못 할 테니. 여기서 기다려! 그리고 조심해, 찍소리라도 내면 그냥 바다에 처박을 거야!……"

그러고는 첼카시는 손으로 뭔가를 홱 휘어잡고 훌쩍 몸을 날려 벽을 타고 넘어 자취를 감췄다.

가브릴라는 덜덜 떨고만 있었다…… 정말 순식간의 일이었다. 가브릴라는 저 말라깽이 콧수염 도둑놈에게서 느꼈던 저주스러운 공포와 압박감으로부터 벗어난 것 같아 홀가분한 느낌이 들었다…… 도망치려면 지금이다!…… 그는 한껏 안도의 한숨을 내쉬고 주위를 둘러보았다. 왼편에는 돛이 없는 시커먼 선체가 인적도 없이 텅 빈 거대한 무덤처럼 버티고 서 있었다. 파도가 그 선체에 부딪힐 때마다 깊은 한숨처럼 텅텅 메아리가 울렸다. 오른편에는 바닷물 위로 방파제의 축축한 돌담이 차갑고 묵직한 뱀처럼 길게 늘어져 있었다. 뒤쪽에는 역시 뭔가 시커먼 구조물이 보였다. 앞쪽에는 시커먼 선체와 돌담 사이 좁은 틈새로 검은 구름에 덮인 황량하고 말없는 바다가 내다보였다. 거대하고 묵직한 구름들은 그 무게로 인간을 짓누르려는 듯 서서히 움직이며 어둠 속에서 끔찍한 무언가를 끌어내고 있는 것만 같았다. 모든 것이 차갑고 새카맣고 불길했다. 가브릴라는 두려웠다. 이런 공포는 첼카시에게서 느낀 것보다 더 좋지 않았다. 그 공포는 가브릴라의 가슴을 강력하게 움켜쥐고 한줌의 고깃덩어리로 만들어 앉은 자리에 그대로 못박아놓았다.

주위의 모든 것이 쥐죽은듯 조용했다. 바다의 한숨 소리 외에는 아무 소리도 들리지 않았다. 먹구름은 여전히 느릿느릿 지루하게 하늘을 기어다녔다. 구름은 바다 위로 더욱더 높이 솟아올라, 하늘을 보고 있노라면 이제 하늘도 고요히 잠든 매끄러운 바다 위에 뒤집어진 또다른 일렁이는 바다처럼 보였다. 먹구름은 구불구불한 회색 물마루가 되어 지상으로 내려치는 파도와 같았고, 바람에 의해 솟아올랐던 그 바닷속 심연과도 같았고, 아직은 광기와 분노의 초록빛 거품에 덮이지 않은 갓 태어난 힘찬 파도와도 같았다.

가브릴라는 이 음울한 적막과 아름다움에 압도된 느낌이었다. 그는 어서 주인이 돌아오기만을 기다렸다. 만일 돌아오지 않는다면?……시간은 하늘을 기어다니는 구름보다도 더 느리게 흘렀다. 시간이 갈수록 적막감은 더더욱 불길해졌다. 그때 방파제 벽 너머에서 물 튀기는 소리와 바스락거리는 소리, 뭔가 속삭이는 소리 같은 것이 들렸다. 가브릴라는 이제 죽는구나 하고 생각했다.

"어이! 자는 거야? 이거 받아!…… 조심해!……" 첼카시의 탁한 목소리였다.

벽 위에서 뭔가 네모나고 묵직한 물건이 내려왔다. 가브릴라는 그걸 배 안으로 받아놓았다. 같은 물건이 또하나 내려왔다. 그리고 기다란 첼카시의 모습이 담을 넘어 나타났고, 어디선가 노도 나왔고, 가브릴라의 발 앞에 배낭도 던져졌다. 첼카시는 힘겨운 숨을 내쉬면서 선미에 자리를 잡고 앉았다.

가브릴라는 그를 바라보며 기쁜 마음에 소심하게 미소를 지었다.

"힘들었죠?" 그가 물었다.

"이놈아, 그럼 힘 안 들겠냐! 자, 어서 노 저어! 있는 힘껏 죽자고 저어라!…… 잘했어, 너, 아주 잘했어! 그렇다고 끝난 게 아냐. 이제 놈들 눈에 띄지 않기만 하면 돼. 그럼 넌 돈을 받고 네 계집이나 찾아가면 되고. 너한테도 계집이 있겠지? 이 덜떨어진 놈아?"

"아, 아녜요!" 가브릴라는 있는 힘을 다해 노를 저었다. 두 팔은 금속 용수철처럼, 가슴팍은 짐승 가죽처럼 움직였다. 배 밑의 바닷물은 배를 밀며 소리를 냈고, 배 뒤로는 푸르른 띠가 더 넓게 펼쳐졌다. 가브릴라는 온통 땀범벅이었지만 쉬지 않고 노를 저었다. 오늘밤 두 번이나 끔찍한 공포의 순간을 겪고 나자 그는 이제 다시는 그런 공포를 느끼고 싶지 않았다. 바라는 것은 오직 하나, 어서 빨리 이 저주스러운 일을 끝내고 육지에 올라가 진짜로 죽기 전에, 감옥에 끌려가기 전에 한시라도 빨리 이 사나이로부터 도망치는 것뿐이었다. 그는 저자와는 아무런 말도 하지 않고 그저 시키는 대로 뭐든 거역하지 않으리라고 결심했다. 다행히 아무 일 없이 그의 손아귀를 빠져나가기만 한다면 내일 아침 기적의 성인 니콜라이에게 기도를 올리러 달려갈 작정이었다. 가슴속에서 열정적인 기도문이 쏟아져나올 것만 같았다. 하지만 그는 마음을 다잡고 증기기관처럼 씩씩거리며 노를 저었다. 그러는 중에도 그는 말없이 첼카시를 힐끗힐끗 쳐다보았다.

한편 깡마르고 기다란 몸을 구부정하게 앞으로 숙인 상대방은 금방이라도 어디론가 날아오를 듯한 새처럼 앉아서 독수리 같은 눈으로 배 앞쪽의 어둠을 응시하고 있었다. 그는 사나운 매부리코를 움찔거리면서 한 손으로는 키 손잡이를 꽉 잡고 다른 한 손으로는 콧수염을 매만졌다. 얇은 입술을 일그러뜨리며 짓는 미소 때문에 콧수염이 가볍게 떨렸다. 첼카시는 일이 성공한 것에 흡족해했다. 저렇게 자신을 두려워하며 노예처럼 구는 이 젊은이에게도, 그리고 자기 자신에게도 만족스러웠다. 그는 가브릴라가 열심히 노를 젓는 모습을 지켜보다가 조금 안됐다는 생각이 들어 격려의 말을 해주고 싶었다.

"어이!" 그는 웃으며 조용히 입을 열었다. "어때, 겁이 나서 죽을 뻔했지, 응?"

"무, 무얼요!……" 가브릴라가 한숨을 쉬며 괴상한 목소리를 냈다.

"이제 그렇게 열심히 젓지 않아도 돼. 거의 다 됐어. 한군데만 지나가면 돼…… 좀 쉬라고……"

가브릴라는 이르는 대로 잠시 노질을 멈추고 셔츠 소매로 얼굴의 땀을 닦은 다음 다시 노를 물에 담갔다.

"쉬, 조용히 저어, 물소리 나지 않게. 문을 하나 더 지나가야 해. 조용히, 조용하게…… 저기 놈들은 아주 만만치가 않아…… 여차하면 총질을 해댈 수도 있어. 이마빼기에 한 방 탕 맞으면 아 소리도 못 내고 골로 가는 거야."

나룻배는 이제 거의 아무런 소리도 내지 않고 물 위를 미끄러져갔다. 노를 들어올릴 때 푸르른 물방울들이 점점이 떨어지고, 노를 물에 담글 때면 노가 잠긴 그 자리에 역시 똑같은 푸르른 반점이 잠시 피어오를 뿐이었다. 밤은 칠흑같이 더욱 어두워졌고 말이 없었다. 이제 하늘은 일렁이는 바다의 모습이 아니었다. 고르게 두터운 장막을 형성하여 하늘을 가득 덮은 먹구름은 물 아래로 낮게 내려온 채 미동도 하지 않았다. 바다는 훨씬 고요하고 어두워진 채 따뜻하고 소금기 어린 냄새를 강하게 풍겨댔고 아까처럼 그렇게 넓게 느껴지지 않았다.

"아, 비라도 한바탕 쏟아지면 좋겠네!" 첼카시가 중얼거렸다. "그럼 장막을 치고 가는 셈이지."

배의 좌우로는 검은 물속에서 무언가 시커먼 건물 같은 것이 솟아 있었다. 음울하게 꼼짝도 않고 서 있는 전마선傳馬船들이었다. 그중 하나에서 등불이 움직였다. 누군가 등불을 들고 걸어가고 있었다. 바다는 전마선 양옆에서 힘없이 애원하는 듯한 소리를 냈고, 전마선들은 굵게 울리는 차가운 메아리로 응답했다. 그건 마치 그 무엇도 양보하지 못하겠노라고 서로 말싸움을 하는 것만 같았다.

"보초선이다!" 첼카시가 숨죽이며 속삭였다.

좀더 조용히 노를 저으라는 말을 들은 순간부터 가브릴라는 다시 날카롭게 긴장해 있었다. 그는 오직 어둠을 향해 온몸을 내던졌다. 몸이 쭉 늘어나는 것 같았다. 뼈와 근육이 고통스럽게 찢어지는 듯했고 단 한 가지 생각에만 사로잡힌 머리는 깨질 듯이 아팠다. 등가죽은 바르르 떨렸고 다리는 작고 차갑고 날카로운 바늘이 마구 찔러대는 것 같았다. 너무나 긴장해서 어둠을 노려보느라 두 눈이 빠질 것 같았다. 어둠 속에서 당장이라도 무언가 툭 튀어나와 '서라, 이 도둑놈들아!……' 하고 고함을 질러댈 것만 같아 견딜 수가 없었다.

거기다가 이제 첼카시가 '보초선이다'라고 속삭이자 가브릴라는 부르르 몸을 떨었다. 날카롭고 뜨거운 생각 하나가 머릿속을 뚫고 지나가며 팽팽하게 긴장된 신경을 건드렸다. 그는 살려달라고 힘껏 소리쳐 사람을 부르고 싶었다…… 실제로 그는 입을 열고 가슴을 펴며 몸을 조금 일으켰고 숨을 크게 들이마신 다음 소리를 내지르려 했다. 하지만 갑자기 채찍에라도 맞은 것처럼 공포에 싸여 두 눈을 감고 앉은 자리에서 굴러떨어지고 말았다.

……배의 앞쪽 수평선 저멀리 검디검은 바닷속에서 푸르른 불꽃을 피우며 거대한 장검이 솟아올라 밤의 어둠을 갈랐다. 그 날카로운 칼끝이 하늘의 먹구름을 따라 미끄러지더니 넓고 푸르른 띠가 되어 바다의 가슴 위에 가로누웠다. 그러자 그 푸르른 섬광의 띠 속에서 이제까지 보이지 않던 배들이, 뿌연 밤안개에 싸여 묵묵히 서 있던 시커먼 배들이 암흑 사이로 모습을 드러냈다. 그것들은 마치 폭풍의 위력에 의해 끌려들어가 오랫동안 바다 밑바닥에 놓여 있다가 바다가 잉태한

불칼의 명령에 따라 다시 하늘을 향해, 바다 위 모든 것을 향해 다시 솟아오른 것 같았다…… 돛에 걸친 로프나 쇠사슬 같은 것들은 이 시커먼 거인들이 바다 밑에서 솟아오를 때 그물처럼 걸치고 올라온 진득한 해초 덩굴로도 보였다. 그때 또다시 바다 저 깊은 곳에서 무시무시한 푸르른 장검이 위로 솟아올랐다. 그것은 번쩍이며 다시 밤을 둘로 가르고 이번에는 다른 쪽으로 가로누웠다. 그것이 가로누운 쪽에서는 그때까지 보이지 않던 배들의 몸체가 다시 한번 부풀어올랐다.

가브릴라가 배 밑바닥에 쓰러져 있는 동안 배는 멈춰서 파도에 흔들리고 있었다. 첼카시가 그를 발로 툭툭 차면서 광분하여, 그러나 숨을 죽여 윽박질렀다.

"야, 이 바보야. 세관 순시선이야…… 전기 조명등 안 보여!…… 일어나, 멍청아! 저 빛이 이제 우릴 비출 거다!…… 그럼 죽는 거야, 빌어먹을. 너나 나나 끝이라고! 자, 어서!……"

장화 뒷굽이 이제까지보다 훨씬 세게 등짝을 걷어차자 드디어 가브릴라가 몸을 일으켰다. 그러나 그는 더더욱 겁에 질려 눈도 제대로 뜨지 못한 채 자리에 앉아 더듬더듬 노를 찾아 들더니 무턱대고 노질을 해댔다. 배가 다시 움직이기 시작했다.

"쉿, 조용히! 너, 죽고 싶어! 조용, 조용하란 말이야!…… 이런 바보 녀석, 빌어먹을 자식!…… 뭘 그렇게 겁을 내? 뭐가 어쨌다고, 이 화상아!…… 조명등일 뿐이잖아. 조용히 저으라고!…… 젠장할! 밀수꾼들을 찾는 거야. 우린 못 잡아. 저건 멀리 나가는 거야. 겁낼 것 없어, 우린 못 잡는다고. 이제 우린……" 첼카시는 당당하게 주위를 둘러보았다. "이제 다 지나갔어! 호호!…… 그래, 넌 참 재수가 좋은 놈이야, 얼빠진 통나무 같은 놈!……"

가브릴라는 말없이 노만 저었다. 그는 무겁게 숨을 내쉬며 여전히 그 불꽃의 장검이 솟아올랐다 내려가는 먼바다 쪽을 힐끗힐끗 쳐다보았다. 그게 순시선 조명등이라는 첼카시의 말이 믿어지지 않았다. 바다를 은빛 광휘로 비추며 어둠을 가르는 차갑고 푸르른 섬광은 무언가 형언할 수 없는 것을 담고 있었다. 가브릴라는 다시 암담한 공포로 정신을 잃을 것만 같았다. 그는 머리 위에서 금방이라도 무언가 쾅 하고 떨어질까 겁이 난다는 듯 몸을 바짝 웅크리고 기계처럼 노만 저었다. 이젠 바라는 것이라곤 아무것도 없었다. 그저 머리가 텅 비고 아무 느낌도 없을 뿐이다. 이 밤의 격동은 마침내 그에게서 모든 인간적인 면을 빼앗아가버렸던 것이다.

하지만 첼카시는 의기양양했다. 팽팽한 긴장에 익숙한 그의 신경은 이미 평온을 되찾은 지 오래였다. 콧수염은 달콤한 만족감으로 떨렸고 눈에는 불꽃이 이글거렸다. 뿌듯한 마음을 안고 잇새로 휘파람을 불면서 주위를 둘러보며 습한 바닷바람을 한껏 들이마셨다. 그러다가 가브릴라에게 눈길이 미치자 사람 좋은 미소를 지어 보였다.

바람이 불어 바다를 깨우자 갑자기 잔물결이 일기 시작했다. 먹구름은 한결 엷고 투명해졌지만 여전히 하늘을 가득 덮고 있었다. 아직은 가벼운 바람이 바다 위를 획획 내달렸다. 하지만 먹구름은 꼼짝도 하지 않고 마치 뭔가 알 수 없는, 그저 우울한 생각에만 잠겨 있는 듯했다.

"이봐, 이제 정신 차려, 다 됐어! 정신 차리라고. 아주 혼이 빠져 뼈다귀만 남은 모양새군! 다 끝났다고, 이 녀석아, 엉!"

그게 비록 첼카시의 목소리였지만 가브릴라는 어쨌든 사람의 목소리가 들려온 것이 그저 반갑기만 했다.

"알겠어요." 가브릴라가 나지막이 대답했다.

"그래, 그래야지! 비실거리지 말고…… 자, 이리 와서 키를 잡고 앉아, 노는 이제 내가 저을 테니. 힘 다 빠졌지, 어서!"

가브릴라는 기계적으로 자리를 바꿨다. 자리를 바꿔 앉으며 그의 낯빛을 살피다가 다리가 후들거리며 휘청거리는 모습을 보자 첼카시는 조금 안됐다는 생각이 들었다. 그는 가브릴라의 어깨를 탁 쳤다.

"자, 자, 겁낼 거 없어! 일이 아주 잘 끝났어. 네 몫을 아주 후하게 떼어주마. 25루블이면 어때? 응?"

"전 아무것도 필요 없어요. 그냥 육지에만 올려주면 돼요……"

첼카시는 팔을 한번 휘젓고 침을 탁 뱉은 뒤 긴 팔로 노를 잡아 뒤로 멀리 뻗어 당겼다.

바다가 잠을 깨며 작은 파도를 만들어냈다. 작은 파도들은 가장자리를 거품으로 장식하고 서로 부딪치고 포말로 부서지며 장난질을 했다. 거품은 녹아내리며 시익시익 숨을 몰아쉬었다. 주위는 온통 파도 소리와 물결 소리의 음악뿐이었다. 어둠마저도 활기를 띠기 시작했다.

"자, 말 좀 해봐." 첼카시가 입을 열었다. "시골에 가면 장가가고 땅 파서 농사짓고, 새끼 낳고 그럴 거 아냐? 먹고살 건 부족하고, 그래, 평생 죽자고 일만 하고…… 안 그래? 그래도 재미 좋아?"

"재미는 무슨 재미요!" 가브릴라가 여전히 몸을 떨며 힘없이 대답했다.

어디선가 바람이 불어 먹구름을 밀어내자 그 틈새로 푸른 하늘이 언뜻언뜻 모습을 드러냈고 별도 한두 개 엿보였다. 물결치는 바다에 비친 별들은 파도를 넘나들며 사라졌다가 다시 반짝이곤 했다.

"조금 오른쪽으로 방향 잡아!" 첼카시가 말했다. "이제 다 왔어. 그래애!…… 큰 거 한 방 해냈어! 너도 봤지?…… 하룻밤에 5백 루블 딱 거머쥔 거야!"

"5백이라고요?" 가브릴라가 믿을 수 없다는 듯이 입을 딱 벌렸다. 그는 놀란 입을 다물지 못하고 배 위의 짐꾸러미를 발로 툭 차면서 성급하게 물었다. "대체 이게 뭔데요?"

"그거 아주 값비싼 거지. 제대로만 받는다면 한 천 루블은 된단 말씀. 나야 그렇게 비싸게 부르지는 않지만…… 어때, 근사하지?"

"그, 그래요?……" 가브릴라가 의혹에 차서 말을 끌었다. "나한테 그런 돈이 있다면!" 그는 갑자기 떠나온 고향과 어머니와 가난한 살림살이를 떠올리며 한숨을 내쉬었다. 멀리 있는 고향 마을과 그리운 것들, 그는 바로 그 때문에 이렇게 일을 찾아 나섰고 오늘밤 이렇게 죽을 고생을 겪고 있었던 것이다. 자작나무와 백양나무, 마가목과 벚나무 숲속을 흐르는 작은 강가의 가파른 산비탈에 자리잡은 자그마한 고향 마을에 대한 상념의 파도가 밀려왔다…… "아, 참 좋은 곳인데!……" 그는 슬픈 표정으로 한숨을 지었다.

"그렇겠지! 너도 이제 기차를 타고 집에 갈 수 있어…… 집에 가면 이제 계집애들이 몰려들 거야, 반색을 하고 말이다!…… 마음대로 골라잡아! 집도 뜯어고치고. 아, 집을 고치려면 돈이 좀 부족하겠구나……"

"그렇고말고요…… 집을 고치려면 돈이 많이 들죠. 나뭇값이 얼마나 비싼데."

"그럼 어때? 낡은 집 조금 고쳐서 쓰면 되지. 말은? 있어?"

"말요? 한 마리 있긴 하지만 아주 늙은 놈이라서, 제길."

"오, 그럼 말도 있어야겠군. 좋은 말로 말이야! 소도 한 마리 하고…… 양도 한 마리…… 닭이나 오리도…… 그렇지?"

"그만두세요, 제발!…… 아, 정말, 그럴 수만 있다면 얼마나 좋겠어요!"

"이봐, 산다는 거, 그거 별거 아니야…… 나도 그런 거 모르진 않아. 한때는 나도 내 보금자리가 있었지…… 아버지는 마을에서 제일가는 부자였고……"

첼카시가 천천히 노를 저었다. 배는 장난스럽게 뱃전을 때리는 파도에 흔들리며 조금씩 어두운 바다를 미끄러져갔다. 파도의 희롱은 점점 더 강도를 더해갔다. 두 사람은 바다 위에서 흔들리며 곰곰이 생각에 잠긴 채 주변을 바라보았다. 첼카시는 가브릴라를 진정시키고 힘을 내라는 의미에서 시골에 대한 생각을 상기시켰다. 첼카시는 처음에는 콧수염을 치올리고 간간이 웃어가며 농촌 생활의 즐거움을 떠올리게 하여 상대방의 이야기를 끄집어내려고 했다. 정작 자신은 이미 오래전에 환멸을 느끼고 망각의 저편으로 떠나보낸 고향 농촌이었고 다시 떠올려본 적도 없었다. 그러나 막상 이야기를 꺼내자 점점 빠져들어 젊은이에게 농촌에 대해 이러니저러니 물어보기는커녕 자기도 모르게 스스로 이야기하기에 바빴다.

"농촌 생활의 좋은 점은 말이야, 바로 자유롭다는 거지! 자기가 자기 주인이야. 별거 아니라도 어쨌든 네 집이지. 땅도 비록 한 뼘일지라도 바로 네 것이잖아! 자기 땅의 왕이지!…… 나름대로 체면도 있고…… 누구한테나 존중받을 수 있잖아…… 안 그래?" 첼카시는 뭔가 고무된 표정으로 말을 맺었다.

호기심 어린 눈으로 그를 바라보던 가브릴라는 덩달아 기분이 고무되었다. 이런 이야기를 하면서 그는 자기가 무슨 일을 저지르고 있는지 잊어버리고 앞에 있는 자가 자기와 마찬가지로 대대손손 땀을 흘리며 평생 땅에 묶여 살아온 일개 농부라고 생각했다. 첼카시 역시 시골의 어린 시절에 대한 추억을 가지고 있고 저 스스로 거기서 벗어나 그 걱정을 떨쳐버리려고 하는, 그래서 마땅히 받아야 할 벌을 받고 있는 자였다.

"아이고, 아저씨! 정말이에요. 정말 맞는 말씀이에요! 그래요, 땅이 없으니까 지금 아저씨도 이렇게 살고 있는 것 아니에요? 땅은 어머니와도 같아서 쉽게 떨쳐버릴 수가 없는 거지요."

첼카시는 깊은 생각에 잠겼다…… 그는 가슴속에 불안한 불길이 이는 것을 느꼈다. 그것은 자존심이, 대담한 용기를 지닌 자의 자존심이 누군가에 의해, 특히 하잘것없다고 생각되는 자에 의해 짓밟혔을 때 나타나는 그런 것이었다.

"아가리 닥쳐!……" 그는 아주 사납게 내뱉었다. "너, 내가 진심으로 하는 말인 줄 알아…… 곧이곧대로 듣지 마!"

"정말 괴짜셔요, 아저씨!……" 가브릴라가 다시 조금 겁을 먹었다. "아저씨가 그렇다는 게 아니라 아저씨 같은 분들이 아주 많다, 그 말씀이에요! 세상에 불쌍한 사람들이 정말 많잖아요!…… 집도 없이 떠돌아다니는……"

"이리 앉아서 노나 저어, 멍청아!" 첼카시는 왠지 목까지 차오른 거친 욕설을 꾹 참으며 짤막하게 명령했다.

그들은 다시 자리를 바꿔 앉았다. 첼카시는 훔친 물건을 넘어 선미로 기어가다가 가브릴라를 걷어차서 바닷물 속으로 처박고 싶은 충동을 강하게 느꼈다.

짧은 대화는 이렇게 끝나고 말았지만 이제 첼카시에게는 가브릴라의 침묵에서도 시골 냄새가 풍겨오는 것 같았다. 그는 파도에 흔들리며 바다 어딘가로 둥둥 떠가는 배의 방향을 바로잡는 것도 잊은 채 망연히 회상에 빠져 있었다. 파도는 배가 방향을 잃은 것을 알기라도 하듯 노 밑에서 부드럽고 푸르른 불꽃을 뿌려대며 배를 더욱 높이 쳐올리고 가볍게 희롱했다. 첼카시의 눈앞에 지나간 과거의 추억들이, 11년여에 걸친 부랑자 생활로 담벼락처럼 가로막혀 있던, 아주 멀리 지나간 과거의 여러 추억들이 빠르게 스쳐갔다. 어린 시절 자신의 모습과 고향 마을, 발그레한 뺨과 선량한 회색 눈의 투실투실했던 어머니, 불그스름한 턱수염에 거인 같던 엄한 아버지의 모습이 눈에 선하게 떠올랐다. 그리고 결혼했을 때의 자신의 모습과 눈동자가 검은 아내 안피사의 모습도 떠올랐다. 긴 머리를 땋아내린 동글동글하고 다정하고 명랑한 여자였다. 근위대 병사였던 시절, 멋지게 차려입은 자신의 모습도 떠올랐다. 그리고 다시 머리가 희끗희끗하고 노동에 지쳐 구부정한 아버지의 모습, 땅에 붙어 기어가는 듯한 주름투성이의 쭈글쭈글한 어머니의 모습, 군복무를 마치고 고향에 돌아갔을 때 그를 맞이하던 마을의 모습, 콧수염을 멋들어지게 기른 건장하고 멋진 아들을, 내 아들이오 하고 자랑하던 아버지…… 이런 추억, 불행한 사람들을 내리치는 채찍과도 같은 이런 추억은 과거의 지나간 돌멩이 하나까지도 생생하게 되살려내고 언젠가 마셨던 과거의 쓰라린 독약에도 꿀을 발라주는 법이다……

챌카시는 그리운 고향의 부드럽고 평화로운 숨결에 감싸인 느낌이었다. 귓전에 어머니의 다정한 말소리와 진정한 농사꾼이었던 아버지의 근엄한 말씀이 들려오는 것만 같았다. 잊고 있던 많은 소리들, 어머니 대지의 비옥한 냄새, 이제 막 눈이 녹은, 이제 막 갈아엎은, 그리고 이제 막 겨울 보리의 에메랄드빛 비단으로 덮인 그 흙의 냄새…… 그는 자신의 혈관 속을 흐르는 피를 만들어낸 그런 삶의 질서로부터 영원히 격리되어 내던져졌다는 고독함을 느꼈다.

"아저씨! 그런데 우리 어디로 가고 있는 거예요?" 가브릴라가 화들짝 놀라며 물었다.

챌카시는 부르르 몸을 떨더니 맹수 같은 불안한 눈길로 주위를 살펴보았다.

"이런 제기랄, 어디로 온 거야? 빨리 더 세게 저어야겠다……"

"어떻게 할지 생각했어요?" 가브릴라가 미소를 띠며 물었다.

"좀 피곤해서……"

"그럼 오늘은 이제 이 물건 처리는 못하는 건가요?" 가브릴라가 발로 물건을 건드리며 물었다.

"아니…… 잘될 거야. 이제 곧 그걸 넘기고 돈만 받으면 돼…… 그럼 끝이지!"

"5백이요?"

"그 이하는 아니지."

"그거 정말 굉장하네요! 아, 나같이 불쌍한 놈에게 그런 돈이 들어 온다면!…… 아, 정말 끌어안고 춤이라도 출 텐데……"

"농부 춤 말인가?"

"더는 필요도 없죠! 그거만 있으면 당장이라도……"

그러더니 가브릴라는 공상의 날개를 폈다. 첼카시는 묵묵히 앉아 있었다. 콧수염은 축 처지고 오른쪽 옆구리는 파도에 흠뻑 젖고 두 눈은 퀭하게 움푹 들어가 빛을 잃었다. 온순하게 상념에 젖은 그 모습은 더러운 셔츠 자락에도 묻어났다. 사납던 맹수 같은 모습도 한결 부드러워졌다.

그는 급하게 방향을 틀어 바다 위에 솟아 있는 시커먼 무언가를 향해 갔다.

하늘은 다시 먹구름에 덮였고 따스한 빗방울이 조금씩 내리기 시작했다. 빗방울은 파도의 물마루를 때리며 즐거운 소리를 냈다.

"세워! 조용히 하고!" 첼카시가 명령을 내렸다.

배는 한 범선의 몸체에 머리를 들이댔다.

"새끼들, 다 자나?" 첼카시가 배에 걸쳐진 밧줄 같은 것에 갈고리를 걸면서 중얼거렸다. "사다리 내려!…… 벌써 비까지 내리고, 좀더 일찍 끝냈어야 하는데! 어이, 이 굼벵이들아!…… 어이!……"

"거기 세엘카시야?" 위쪽에서 웅얼웅얼 반가워하는 목소리가 들려왔다.

"그래, 어서 사다리 내려!"

"오호라, 세엘카시!"

"이 쩌먹을 자식아, 빨리 사다리 내리라고." 첼카시가 으르렁댔다.

"오, 오늘은 화가 나서 오셨네그려…… 자, 내려가신다!"

"올라가, 가브릴라!" 첼카시가 얼굴을 돌리며 말했다.

잠시 뒤 그들은 갑판 위에 올라섰다. 그곳에는 거무스름한 턱수염을 기른 사나이 셋이 서 있었다. 그들은 이상하게 슈슈 소리를 내며 즐겁게 지껄여대면서 뱃전에 있는 첼카시의 배를 내려다보았다. 긴 외투로 몸을 칭칭 감싼 네번째 사나이가 나타나 말없이 첼카시에게 손을 내밀고는 수상하다는 듯 가브릴라를 쳐다보았다.

"아침까지 돈 마련해와." 첼카시는 그에게 짤막하게 말했다. "그럼 난 이제 가서 좀 자야겠어. 가브릴라, 가자! 뭣 좀 먹고 싶어?"

"자는 편이 낫겠어요……" 가브릴라는 그렇게 대답했고 오 분 뒤에 곯아떨어졌다. 하지만 첼카시는 그 옆에 나란히 앉아 누군가의 장화를 자기 발에 대보고 있었다. 그는 뭔가를 생각하면서 옆에 침을 퉤 뱉고 잇새로 우울하게 휘파람을 불었다. 그런 다음 팔을 머리에 받치고 콧수염을 실룩거리며 가브릴라 옆에 몸을 쭉 뻗었다.

범선은 출렁이는 파도 위에서 조용히 흔들렸다. 어딘가에서 불평하듯 나무판이 삐거덕거리고, 빗방울은 부드럽게 갑판 위를 적시고, 파도는 뱃전에 부딪히며 철썩거렸다…… 처량한 분위기였다. 제 자식의 행복에 대해 더이상 기대할 것이 없는 어머니의 자장가처럼……

첼카시는 이를 드러내며 고개를 들고 주위를 살피고는 뭐라고 중얼대더니 다시 몸을 뉘었다…… 두 다리를 쫙 펴고 누운 모습이 꼭 커다란 가위 같았다.

3

첼카시는 먼저 잠이 깨서는 불안스럽게 주위를 둘러보더니 이내 안심이 되었는지 아직 자고 있는 가브릴라를 들여다보았다. 그는 여전히 코를 골며 단잠에 빠져 있었다. 뭔가 즐거운 꿈을 꾸는지 어린애같이 건강하고 새카맣게 탄 얼굴로 빙그레 웃음을 짓고 있었다. 첼카시는 안도의 한숨을 쉬고는 좁은 줄사다리를 타고 위로 올라갔다. 갑판으로 올라가는 선실의 작은 출구로 납빛 하늘이 한 조각 내다보였다. 맑게 갰지만 가을이라 휑하고 허전한 날씨였다.

첼카시는 두 시간쯤 지나 돌아왔다. 얼굴이 상기되었고 콧수염은 위세 좋게 위로 꼬여 올라가 있었다. 그는 탄탄한 긴 장화를 신고 재킷에 가죽 바지를 차려입어 사냥이라도 나가는 사람 같았다. 옷은 모두 누가 입던 게 분명했지만 아직 멀쩡했고 그에게 아주 잘 어울렸다. 옷이 앙상한 뼈마디를 덮어줘서 그런지 체격이 한결 딱 벌어져 군인 같은 모습이었다.

"어이, 애송이, 일어나라고!……" 그는 가브릴라를 발로 툭 걷어찼다.

벌떡 일어난 가브릴라는 잠이 덜 깨서 겁을 집어먹은 채 멍청한 눈으로 누군가 하고 그를 쳐다보았다. 첼카시가 소리 내어 웃었다.

"아, 난 또 누구라고!……" 가브릴라가 첼카시를 알아보고 활짝 웃음을 지었다. "아주 신사가 되셨네요!"

"이런 건 식은 죽 먹기지. 근데 넌 왜 그렇게 겁쟁이야? 어젯밤 몇 번이나 숨이 넘어갔어?"

"아니, 생각 좀 해보세요. 전 이런 일 난생처음이거든요! 평생 다시는 숨도 못 쉬는 줄 알았어요."

"어디 그럼, 한번 더 해볼래, 응?"

"한번 더요?…… 그건, 뭐라고 말해야 할지…… 얼마를 더 번다고요? 아이고, 됐어요."

"그럼 무지갯빛 두 장이면 어때?"

"2백 루블요? 정말요? 글쎄요…… 그렇다면야……"

"그만둬! 숨도 못 쉬겠다며?"

"하지만, 그래도…… 숨은 쉬게 해주시겠죠!" 가브릴라가 웃었다. "숨은 쉬게 해주고, 평생 사람답게 살도록 해주면 되잖아요."

그 말을 듣고 첼카시가 기분좋게 껄껄 웃었다.

"됐어, 그만해! 농담으로 해본 말이다. 이제 해안으로 나가자."

그들은 다시 나룻배에 몸을 실었다. 첼카시가 키를 잡고 가브릴라가 노를 저었다. 머리 위의 하늘은 구름이 고르게 덮여 회색빛이었다. 짙은 녹색의 바다는 하얀 물보라를 즐겁게 뱃전에 뿌리면서 아직은 그리 크지 않은 파도를 일으키고 부산스럽게 배를 밀어올렸다. 뱃머리 저멀리로 누런 모래사장이 보이고, 선미 저 뒤쪽으로 하얀 물거품을 이고 파도가 떼를 지어 몰려오는 먼바다가 펼쳐졌다. 그 먼바다에는 많은 배들이 점점이 떠 있었다. 왼쪽 저멀리에는 배의 돛대가 숲을 이루고 있고 시내의 하얀 집들이 무리 지어 서 있었다. 그곳에서 바다 쪽으로 흘러나오는 저음의 웅웅거리는 소리가 파도의 철썩거림과 어우러져 힘차고 아름다운 음악을 만들어냈다. 그 모든 것들은 옅은 잿빛 운무가 덮여 서로 멀리 거리를 두고 서 있는 것처럼 보였다.

"저녁때쯤이면 아주 굉장하겠어!" 첼카시가 고갯짓으로 바다를 가리켰다.

"폭풍우요?" 가브릴라가 높아진 파도에 노를 힘차게 담그며 물었다. 그는 바람에 날리는 파도의 물거품에 이미 발밑까지 흠뻑 젖었다.

"그래!⋯⋯" 첼카시가 대답했다.

가브릴라는 뭔가 알고 싶은 듯이 그를 살폈다⋯⋯

"그런데 얼마 받으셨어요?" 첼카시가 좀처럼 입을 열 기미를 보이지 않자 마침내 가브릴라가 물었다.

"이만큼!" 첼카시는 주머니에서 뭔가를 한 뭉치 꺼내 가브릴라에게 내보이며 말했다.

가브릴라는 알록달록한 지폐 뭉치를 보았다. 언뜻 보기에도 산뜻한 무지갯빛 고액권이었다.

"우와!⋯⋯ 지금까지 전 다 거짓말인 줄 알았어요!⋯⋯ 그게 다 얼마예요?"

"540!"

"대, 대단해요!⋯⋯" 가브릴라는 도로 주머니에 들어가버린 540루블에서 탐욕스런 눈길을 떼지 못하고 탄성을 올렸다. "어, 엄청나네⋯⋯ 정말 그런 돈이라면!⋯⋯" 그는 무겁게 한숨을 내쉬었다.

"오늘 진창 놀아보자, 이 녀석아!" 첼카시가 호기롭게 소리쳤다. "실컷 마시자고, 딴생각 말고. 네 몫은 네게 줄 테니⋯⋯ 40 떼어 줄게. 그만하면 됐지? 어때, 지금 줄까?"

"괜찮으시겠어요, 지금? 주시겠다면야, 전 받죠!"

가브릴라가 가슴이 찌르르하게 기대에 차서 온몸을 떨었다.

"에라, 이 귀신이 물어갈 녀석아! 받겠다? 아, 그럼 받아주십쇼! 제발 부탁입니다만, 꼭 받아주세요! 그 많은 돈을 어디 둘 데도 없어. 그러니 도와주는 셈 치고, 어서 받아라, 자!……"

첼카시는 지폐 몇 장을 가브릴라에게 내밀었다. 가브릴라는 노를 내던지고 떨리는 손으로 지폐를 받아들더니 뭔가 뜨거운 것을 마실 때처럼 후 하고 소리 내어 숨을 내쉬며 욕심 사납게 눈을 게슴츠레 뜨고는 그것을 품속 깊이 간직했다. 첼카시는 가소롭다는 듯이 미소를 띠고 그 모습을 지켜보았다. 가브릴라는 눈을 내리깔고 무엇에 크게 놀란 사람처럼 신경질적으로 서둘러 다시 노를 저었다. 어깨와 귀가 가늘게 떨리고 있었다.

"이 녀석, 욕심이 많구나!…… 그럼 못써…… 하긴, 어쩌겠어? 촌놈들이란……" 첼카시가 생각에 잠긴 목소리로 말했다.

"그럼요, 돈만 있으면 뭐든 할 수 있잖아요!……" 가브릴라가 가슴속에 타오르는 욕망을 확 터뜨리며 갑자기 목소리를 높였다. 그는 제 생각을 뒤쫓으며 단어를 붙잡으려는 듯이 몹시 서둘러서 돈이 있을 때와 없을 때의 시골 생활에 대해 더듬더듬 늘어놓기 시작했다. 존경, 만족, 즐거움!……

첼카시는 진지한 표정으로 곰곰이 생각에 잠긴 듯이 눈을 찡그리고 귀를 기울였다. 간간이 그의 얼굴에 득의에 찬 흡족한 미소가 나타났다.

"다 왔구나!" 그가 가브릴라의 말을 끊었다.

파도가 배를 가뿐하게 모래사장에 올려주었다.

"이봐, 이제 다 끝났어. 배는 저 위로 더 끌어다놔, 쓸려가지 않게.

그럼 임자가 가지러 올 거야. 자, 우린 이제 작별해야지!…… 여기서 시내까지는 8킬로미터쯤 돼. 그래, 다시 시내로 돌아갈 거지, 응?"

첼카시의 얼굴에 사람 좋은 미소가, 그러나 뭔가 교활한 미소가 떠올랐다. 그 모습은 자기로서는 아주 유쾌한 일을, 그러나 가브릴라로서는 전혀 알 수 없는 무슨 일인가를 꾸미고 있는 사람 같았다. 그는 주머니에 손을 넣어 지폐를 만지며 바스락 소리를 냈다.

"아니요…… 전…… 안 가요…… 전……" 가브릴라가 뭔가에 목이 눌린 것처럼 헉헉거렸다.

첼카시는 그런 그의 모습을 가만히 지켜보았다.

"왜 그렇게 부들부들거려?" 그가 물었다.

"그냥……" 가브릴라의 얼굴은 빨개졌다가 다시 잿빛으로 변하곤 했다. 그는 그 자리에 그대로 얼어붙었다. 첼카시에게 달려들려는 것도 아니고 그렇다고 뭔가 이루기 어려운 다른 바람을 가진 것도 아닌 듯했다.

첼카시는 젊은이가 그렇게 흥분한 모습을 바라보기가 거북했지만 일이 어떻게 되어갈지 기다렸다.

가브릴라가 먼저 흐느끼는 듯한 기이한 웃음을 터뜨렸다. 고개를 푹 숙이고 있어 첼카시는 그의 표정을 볼 수가 없었다. 빨개졌다 하얘졌다 하는 가브릴라의 두 귀만이 보일 듯 말 듯 했다.

"거 뭐하는 짓이냐, 이 녀석아!" 첼카시가 팔을 내저었다. "너, 나한테 반한 거냐 뭐냐? 꼭 계집애처럼 우물쭈물하고 말이야!…… 나하고 헤어지기가 괴로워? 이런 밥통 같으니! 말해봐, 어서! 뭐야? 말 안해? 그럼 난 간다!……"

"간다고요?" 가브릴라가 쉿소리를 내며 고함을 질렀다.

휑한 모래사장이 그의 고함소리에 몸을 떨었고 파도가 밀려왔다 밀려가며 생긴 노란 모래 이랑도 흔들리는 것 같았다. 첼카시도 흠칫 몸을 떨었다. 갑자기 가브릴라가 제자리에서 엎어지며 첼카시의 발 앞에 무릎을 꿇고 그의 다리를 꽉 움켜잡았다. 첼카시는 잠시 비틀거리다가 모랫바닥에 쿵 하고 주저앉았다. 그는 이를 갈며 주먹을 움켜쥔 긴 팔을 휙 휘둘렀다. 그러나 곧이어 들려온 가브릴라의 처절한 애원의 목소리에 그의 주먹은 허공에서 멈추고 말았다.

"아저씨!······ 그 돈을 제발 제게 주시면 안 돼요? 제발, 부탁이에요. 아저씨에겐 별거 아니잖아요. 아저씨에겐 그저 하룻밤이면, 그냥 단 하룻밤이면······ 하지만 저는 일 년을 벌어도 안 돼요. 제발요, 아저씨를 위해 기도드릴게요! 영원히, 교회 세 군데에서 아저씨 영혼을 위해서······ 아저씬 그 돈을 바람에 날려버리면 그만이지만 전요, 땅이 필요해요! 오, 제발 제게 주세요! 아저씨에겐 정말 아무것도 아니잖아요. 그냥 하룻밤이면 벌 수 있잖아요! 제발 제게 은총을 베풀어주세요. 아저씬 이미 그렇게 사시는 분이니 달리 어쩔 수도 없고······ 하지만 전, 전······ 오, 제발 제게 돈을 주세요!"

놀람과 증오와 두려움을 동시에 드러내며 첼카시는 바닥에 팔을 받치고 몸을 뒤로 젖혔다. 그는 말없이 앉아서 자신의 무릎 사이에 고개를 처박고 숨을 껄떡이면서 울며 애원하는 젊은이를 무섭게 노려보았다. 마침내 그는 가브릴라를 밀치고 벌떡 일어나서 주머니에서 지폐 몇 장을 꺼내 그에게 던졌다.

"옜다, 처먹어라!······" 첼카시는 이 불쌍한 노예에게 가슴 아픈 연민과 증오를 느끼며 흥분으로 몸을 떨면서 소리쳤다. 그렇게 돈을 내던지며 그는 자신이 영웅이라도 된 듯한 기분을 느꼈다.

"원래 좀더 주려고 했다. 어젯밤에 좀 안됐다는 생각도 들고, 고향 생각도 나고 해서…… 그래, 이놈 좀 도와주자 생각했지. 네놈이 어떻게 나오나, 달라고 조르나 어쩌나 두고 본 거야. 하지만 너, 이 뻔뻔한 녀석! 거지발싸개 같은 놈아! 그래, 돈 때문에 그따위로 망가지냐? 바보 같은 놈! 돈에 눈이 먼 버러지들! 하여튼 너 같은 녀석들은 사람 같지도 않아…… 돈 한 푼 때문에 자신을 팔 놈들!……"

"아저씨! 신의 가호가 있으실 거예요! 이게 제게 어떤 건지 아세요? 전 이제…… 부자예요!" 가브릴라가 부들부들 떨며 돈을 품속에 숨기고 울부짖듯 탄성을 내질렀다. "아저씨는 정말 좋은 분이세요!…… 영원히 잊지 않겠습니다!…… 무슨 일이 있어도…… 마누라와 애들까지 아저씨를 위해 기도하게 할 겁니다!"

첼카시는 좋아 날뛰는 그 소리를 들으며 욕심을 채워 어쩔 줄 모르고 일그러진 그의 얼굴을 지켜보았다. 도둑이고 부랑자이고 고향의 모든 것으로부터 버림받았지만 자신은 결코 저렇게, 자신마저도 내던져버리는 저런 탐욕스럽고 저속한 모습이 되지는 않으리라 생각했다. 결코 저런 놈이 되지는 않을 거다!…… 자신은 자유롭다는 의식으로 가득찬 이런 느낌과 생각이 이 황량한 바닷가에서 가브릴라 옆에 첼카시를 붙잡아두고 있었던 것이다.

"아저씨 때문에 전 행복해졌어요!" 가브릴라가 첼카시의 손을 잡고 자기 얼굴에 문지르며 소리쳤다.

첼카시는 말없이 늑대처럼 이를 드러내 보였다. 가브릴라는 쉴새없이 입을 놀렸다.

"제가 무슨 생각을 했는지 아세요? 우리가 여기 오는 중에…… 머릿속에서…… 노로 저자를, 아저씨를요, 그냥 한 대 확 갈기고!…… 돈을 뺏고 저자를, 아저씨를요…… 바닷속에…… 누가 찾아다니기나 하겠어? 찾는다 해도 누가 왜 그랬는지 무슨 상관이겠어? 뭐, 사람 같지도 않은 인간이, 매일 말썽만 피우고 다니더니!…… 세상에 쓸모없잖아! 누가 저런 놈 때문에 걱정하겠어?"

"그 돈 이리 내놔!" 첼카시가 가브릴라의 목을 움켜잡고 비명처럼 고함을 질렀다.

가브릴라는 한두 번 빠져나왔지만 첼카시의 다른 손이 뱀처럼 그의 몸을 휘감았다. 셔츠가 찢어지는 소리가 나고 가브릴라는 모랫바닥에 나자빠졌다. 그는 미친듯이 눈을 부릅뜨고 손가락을 쫙 편 채 두 팔을 허공에 허우적대며 발버둥쳤다. 강인하고 억센 맹금류 같은 첼카시는 악랄하게 이를 드러내며 입가에 조금 악독한 웃음을 짓고 있었다. 각지고 날카로운 얼굴에서 콧수염이 신경질적으로 꿈틀거렸다. 그는 평생 그렇게 아프게 누구에게 맞아본 적이 없었고, 평생 그렇게 치가 떨리게 증오심이 폭발한 적도 없었다.

"어때, 아직도 행복하냐?" 그는 웃음 사이로 가브릴라에게 물었다. 그러고는 등을 돌려 시내 쪽으로 발걸음을 옮겼다. 그러나 그가 다섯 발짝도 떼지 못했을 때였다. 가브릴라가 고양이처럼 웅크렸다가 튀어 일어나 흉포하게 고함을 지르며 팔을 공중에 획 휘둘렀다. 둥그런 돌멩이가 첼카시의 뒤통수를 향해 날아갔다.

"이야앗!"

첼카시는 악 소리를 지르며 두 손으로 머리를 감싸쥐고 앞으로 비틀비틀 몇 걸음을 걷다가 가브릴라 쪽으로 몸을 돌려 그대로 모래사장에 얼굴을 묻고 쓰러졌다. 가브릴라는 그 모습을 보고 자리에 얼어붙었다. 첼카시는 다리를 꿈틀거리며 머리를 들려고 힘을 쓰더니 활시위처럼 바르르 떨다가 쭉 뻗어버리고 말았다. 부석부석한 검은 먹구름이 덮인 안개 낀 어둑한 초원 쪽으로 가브릴라는 멀리 내달리기 시작했다. 파도가 모래를 쓸며 올라왔다 내려가면서 서걱거렸다. 파도의 물거품이 쉭쉭 소리를 내고 물보라가 허공에 튀었다.

비가 흩뿌리기 시작했다. 처음에는 하나둘 뚝뚝 떨어지더니 이내 굵은 빗줄기가 온통 하늘을 가득 채웠다. 빗줄기는 촘촘한 그물이 되어 저 먼 초원과 먼바다까지 완전히 덮어버렸다. 가브릴라는 그 빗속으로 사라졌다. 한참 동안 바닷가 모래사장에는 비와 긴 체구의 인간 외에는 아무것도 보이지 않았다. 그런데 빗속에서 달려오는 가브릴라의 모습이 다시 나타났다. 그는 새처럼 몸을 내달려 첼카시 옆에 쓰러지며 첼카시의 몸을 흔들기 시작했다. 따뜻하고 끈적한 붉은 액체가 그의 손에 흘러내렸다…… 창백해진 그는 소스라치게 놀라며 뒤로 물러났다.

"아저씨, 일어나세요, 일어나요!" 그는 빗소리를 뚫고 첼카시의 귀에 대고 소리쳤다.

첼카시는 정신이 들자 가브릴라를 밀쳐내며 쉰 목소리로 내뱉었다.

"저리 꺼져!……"

"아저씨, 죄송해요!…… 제가 정신이 나가서……" 가브릴라는 몸을 떨며 첼카시의 손에 입을 맞췄다.

"가…… 썩 꺼지라고……" 쉰 목소리가 갈라졌다.

"제가 잘못했어요!…… 제발, 아저씨, 용서해주세요!……"

"용서…… 그냥 가!…… 지옥으로 꺼져!" 첼카시가 꽥 고함을 지르며 일어나 앉았다. 얼굴은 창백하고 독기가 서려 있었고 초점을 잃은 두 눈은 몹시 졸린 듯이 감겨 있었다. "뭐가 더 필요해? 네 할일 했잖아…… 꺼지라고! 가버려!" 그는 일어나서 괴로워 죽으려고 하는 가브릴라를 발로 차려고 했지만 휘청거리고 말았다. 가브릴라가 어깨를 감싸안지 않았다면 다시 쓰러지고 말았을 것이다. 첼카시의 얼굴은 이제 가브릴라의 얼굴과 똑같아졌다. 둘 다 창백하고 끔찍한 표정이었다.

"퉤!" 첼카시가 자신이 부리던 자의 크게 뜬 두 눈에 침을 뱉었다.

그자는 그저 얌전하게 소매로 침을 닦고는 속삭이듯 말했다.

"마음대로 하세요…… 할말이 없습니다. 그저 하느님께 용서를 빌 뿐이에요."

"못난 놈!…… 장난질도 못하는구나, 넌!……" 첼카시는 경멸조로 소리치고는 부득부득 이를 갈면서 외투 속의 셔츠를 찢어내 머리를 싸매기 시작했다. "돈은 가져갔지?" 첼카시는 잇새로 쉿 하고 내뱉듯이 물었다.

"아니요, 가져가지 않았어요, 아저씨! 이제 필요 없어요!…… 다 돈 때문에 이런 끔찍한 일이 생긴 거예요!……"

첼카시가 외투 주머니에 손을 넣어 돈다발을 꺼내더니 무지갯빛 지폐 하나만 빼서 주머니에 도로 집어넣고는 나머지는 다 가브릴라에게 건네주며 말했다.

"자, 어서 가지고 가!"

"아니요, 받을 수 없어요…… 그럴 수 없어요! 절 용서하세요!"

"가져가라고 하잖아!……" 첼카시가 눈을 무섭게 부릅뜨며 호통쳤다.

"용서해주세요!…… 그러면 받을게요……" 가브릴라가 잔뜩 움츠리며 첼카시의 발 앞 빗물이 흥건한 모랫바닥에 무릎을 꿇었다.

"이 못난 놈아, 거짓말 마. 가지고 싶으면서!" 첼카시가 단호하게 말했다. 그는 힘겹게 가브릴라의 머리칼을 움켜쥐어 얼굴을 들어올리더니 그 얼굴에 돈을 내던졌다.

"주워! 주워 들어! 공짜로 번 게 아니잖아! 주워, 겁낼 거 없어! 사람 하나 죽일 뻔했다고 부끄러워할 거 없어! 나 같은 놈 죽었다고 누가 찾지도 않아. 그저 감사합니다, 하겠지. 자, 어서 주워!"

가브릴라는 첼카시가 웃는 모습을 보고 마음이 조금 가벼워졌다. 그는 돈을 손에 꽉 움켜쥐었다.

"아저씨! 절 용서해주시는 거죠? 그렇죠? 예?" 가브릴라가 울먹였다.

"이봐!……" 첼카시가 비틀비틀 일어서며 대답했다. "용서하고 말고가 어딨어? 오늘은 네가 나를, 내일은 내가 너를……"

"아아, 아저씨, 그런 말씀 마세요!……" 가브릴라가 머리를 흔들며 슬프게 한숨을 내쉬었다.

첼카시는 그 앞에 서서 이상한 웃음을 지었다. 머리를 싸맨 헝겊이 조금씩 붉게 물들면서 마치 터키의 빨간 펠트 모자처럼 변해갔다.

비는 양동이로 쏟아붓는 것처럼 퍼부었다. 바다는 저음으로 웅웅거렸고 분노한 파도는 미친듯이 해안을 때렸다.

두 사람은 말이 없었다.

"그럼, 잘 가!" 첼카시가 걸음을 옮기며 비웃듯이 말했다.

다리가 떨리고 걸음이 비틀거렸다. 그는 머리를 잃어버릴까 걱정이라도 된다는 듯이 머리를 잡고 이상한 모습으로 걸었다.

"잘못했습니다, 용서해주세요!" 다시 한번 가브릴라가 애원했다.

"됐어!" 첼카시가 계속 걸음을 옮기며 차갑게 대답했다.

그는 비틀비틀 걸으면서 왼쪽 손바닥으로는 머리를 받치고 오른손으로는 헝클어진 콧수염을 반듯하게 매만졌다.

가브릴라는 그가 빗속으로 사라질 때까지 눈을 떼지 못하고 하염없이 그의 뒷모습을 바라보았다. 쏟아붓는 빗줄기는 점점 더 굵어졌고 그가 사라진 초원은 짙은 안개 탓에 강철 벽을 두른 것만 같았다.

이윽고 가브릴라는 비에 젖은 모자를 벗어 들고 성호를 그었다. 그리고 손에 쥔 돈을 바라보며 홀가분하다는 듯 깊은숨을 몰아쉬더니 품속에 돈을 감춰넣었다. 그러고는 첼카시가 사라진 반대 방향으로 성큼성큼 씩씩하게 걸어갔다.

바다는 포효하고 거대한 파도는 백사장을 덮치며 포말로 부서지고 물보라를 일으켰다. 폭우는 쉼 없이 바다와 대지를 때리고…… 바람은 울부짖었다…… 세상은 온통 울부짖음과 아우성, 굉음으로 가득 찼다. 이제 바다도 하늘도 보이지 않았다.

첼카시가 쓰러졌던 자리의 붉은 핏자국도 첼카시와 젊은이가 서 있던 흔적도 금세 비와 파도에 씻겨나갔다. 그리하여 그 황량한 해변에 두 사람 사이의 작은 드라마를 추억할 만한 것은 아무것도 남지 않았다.

이제르길 노파

1

내가 이 이야기를 들은 곳은 베사라비아의 아케르만* 부근 해변이었다.

어느 날 저녁 포도밭에서 포도를 따는 하루 작업을 마친 후 같이 일하던 일군의 몰다비아 사람들은 모두 바닷가로 가버리고 나와 이제르길 노파만 남아 있었다. 우리는 포도 넝쿨의 짙은 그늘 아래 땅바닥에 누워, 바다로 걸어가는 사람들의 윤곽이 푸르른 저녁 어둠 속으로 녹아드는 모습을 말없이 바라보았다.

사람들은 웃고 노래하면서 걸어가고 있었다. 구릿빛 남자들은 새카맣고 숱이 많은 콧수염에 무성한 곱슬머리를 어깨까지 내려뜨리고 있

---

* 베사라비아는 흑해 연안의 동부 유럽 지역, 아케르만은 우크라이나 남서부의 항구도시.

었고 짧은 재킷과 통이 넓은 바지 차림이었다. 푸른빛이 도는 검은 눈동자의 부인네들과 처녀들 역시 구릿빛이었고 모두 쾌활하고 늘씬했다. 따스한 미풍에 새카맣고 비단같이 부드러운 그들의 머릿결이 이리저리 날리면서 머리에 매어놓은 장식용 동전들이 서로 부딪치며 쨀랑거렸다. 바람은 한쪽으로 파도처럼 고르게 불어오다가 가끔은 뭔가 걸리는 걸 뛰어넘으려는 듯 격렬하게 휘몰아치며 여자들 머리를 갈기처럼 환상적으로 뒤엉켜 날아오르게 만들었다. 그 모습은 동화에 나오는 괴상한 여자들 같았다. 그들은 점점 더 멀어지면서 밤과 환상의 옷을 입으며 더욱더 아름다워졌다.

누군가 바이올린을 켜기 시작하고…… 한 처녀가 부드러운 콘트랄토로 노래를 부르고, 뒤를 잇는 웃음소리……

대기는 코를 찌르는 독한 바다 냄새와 바로 얼마 전 저녁 무렵까지 쏟아졌던 비로 인해 습한 수증기를 가득 머금고 있었다. 하늘에는 아직 먹구름 조각들이 이상하게 부푼 갖가지 모양과 색상을 띠고 유유히 떠다녔다. 연기 기둥처럼 보드라우며 짙은 회색과 청색이 어우러진 구름들, 갈라진 바위 조각처럼 날카롭게 생긴 거무튀튀하거나 갈색인 구름들. 구름들 사이로 검푸른 하늘 한 조각이 금빛 별들을 총총히 달고 다정하게 빛난다. 소리와 냄새, 먹구름과 사람들, 이 모든 것이 신비롭게 아름답고 또 슬프게만 보여서 기이한 옛날이야기의 시작처럼 여겨졌다. 그 모든 것이 바로 그대로 멈춰 죽어버릴 것만 같다. 떠들썩하던 사람들의 목소리도 멀어지며 사라지다가 서글픈 한숨으로 다시 들려오고 있다.

"왜 저 사람들하고 같이 가지 않았어?" 이제르길 노파가 머리를 갸

우뚱하며 물었다.

　세월의 무게로 노파의 허리는 반으로 꺾이고, 한때는 새까맸을 두 눈은 흐리멍덩하고 눈물에 젖어 있었다. 메마른 목소리는 바스락거리 듯 이상하게 들려와 마치 뼈다귀로 말하는 것만 같았다.

　"가고 싶지 않아서요." 나는 노파에게 대답했다.

　"에헤!…… 자네 같은 러시아 사람들은 다 애늙은이야. 다들 귀신 같이 음울하고…… 그러니 우리 아가씨들이 자넬 무서워하지…… 이 렇게 젊고 건강한데도 말이야……"

　달이 떠올랐다. 피처럼 붉은 큰 달이었다. 분명 수많은 인간의 살과 피를 삼키고 저리도 기름지고 풍요로운 초원이 만들어져서, 그리하여 저 초원의 깊은 내핵으로부터 저렇게 피처럼 붉은 달이 떠오르는 것은 아닐까. 얼기설기한 포도나무 잎 그늘이 내려와 그물처럼 우리를 감쌌 다. 우리가 앉아 있는 왼편 초원 위로 푸르른 달빛을 머금은 구름 그림 자들이 흘러갔다. 초원 위 구름 그림자들은 점점 밝고 투명해졌다.

　"저기 봐, 저기 라라가 간다!"

　나는 노파가 떨리는 손을 들어 억센 손가락으로 가리키는 곳을 바 라보았다. 많은 구름 그림자들이 초원 위를 흘러갔다. 그런데 그중 다 른 것보다 더 짙고 어두운 그림자 하나가 유독 빠르고 낮게 흘러갔다. 지상에 훨씬 가까이 흘러가는 구름에서 떨어져나온 구름 한 조각이 다른 구름들보다 더 빠르게 지나가며 만들어내는 그림자였다.

　"아무도 없는데요!" 노파가 가리키는 곳을 살피면서 내가 말했다.

　"자넨 이 늙은이보다도 눈이 좋지 않구먼. 잘 보라고. 저기, 초원 위 를 달려가는 시커먼 거 보이지 않아?"

나는 다시 열심히 살펴보았지만 그림자 외엔 여전히 아무것도 보이지 않았다.

"저건 그림자잖아요! 저걸 라라라고 하는 거예요?"

"그게 바로 라라니까. 이젠 그는 그림자가 되어버렸어. 몇천 년을 살아왔으니까. 태양이 육체와 피와 뼈를 죄다 말려버리자 바람이 그걸 후 하고 날려버린 게지. 신이 오만한 인간을 그렇게 만들어놓았어!"

"그 이야기 좀 들려주세요!" 나는 이 초원에 얽힌 대단한 이야기 하나를 들을 수 있겠다고 생각하며 노파에게 이야기를 청했다.

그러자 그녀는 내게 이런 이야기를 해주었다.

"이건 지금으로부터 수천 년도 더 전에 일어난 일이지. 저 바다 건너 해가 뜨는 곳에 커다란 강의 나라가 있었어. 그 나라엔 나뭇잎과 풀이 아주 넉넉하게 자라서 사람들에게 필요한 만큼 충분하게 그늘을 드리워주었지. 태양이 아주 뜨겁고 뜨거운 곳이었으니까.

게다가 땅은 참으로 비옥한 나라였지!

그곳에 한 강인한 종족이 살고 있었어. 그 사람들은 가축을 키우고 용맹무쌍하게 사냥을 하며 살아갔지. 사냥을 하고 나면 잔치를 벌여 노래를 부르며 처녀들과 어울려 놀곤 했고.

그러던 어느 날 잔치를 벌이고 있는데 하늘에서 내려온 독수리 한 마리가 처녀들 중 밤처럼 새카만 머리의 사랑스러운 처녀를 데려가버렸어. 사내들이 쏘아댄 화살들은 안타깝게도 그저 땅으로 떨어지고 말았지. 처녀를 찾으러들 나섰지만 찾을 수가 없었고. 그러다가 그 일은 까맣게 잊히고 말았어, 세상 모든 일이 다 그렇듯이 말이야."

노파는 여기서 한숨을 내쉬고 잠시 말을 멈췄다. 쇳액 갈라지는 목소리는 영원히 잊힌 것들이 회상의 그림자가 되어 노파의 가슴에 다시 살아나며 불평하는 소리 같았다. 바다는 저 해안가 어디선가 생겨났을 이 고대 전설의 첫머리를 고요히 되풀이하고 있었다.

"그런데 이십 년이 지난 어느 날 풍파에 시달리고 바짝 말라버린 그 처녀가 돌아왔어. 이십 년 전 자기처럼 아름답고 건강한 청년과 함께 왔지. 그동안 어디서 살았느냐고 사람들이 물어보자, 독수리가 자기를 산꼭대기로 데려가 아내로 삼았다고 대답했어. 그래서 낳은 아들을 데리고 왔다고 말이야. 아버지 독수리는 이미 죽었고…… 아버지 독수리는 쇠약한 몸이 되자 최후로 하늘 높이 솟아오르더니 날개를 접고 그대로 추락하면서 바위에 몸을 던져 산산이 부서져 죽음을 맞이했다는 거야……

모두들 놀란 눈으로 독수리의 아들을 바라보았고 자기들과 별다를 바 없는 사람이라는 것을 알았지. 하지만 두 눈만은 새의 제왕처럼 차갑고 오만하기 이를 데 없었어. 사람들이 말을 걸어도 내키면 대답하고 아니면 상대도 하지 않았지. 종족의 원로들과 말을 할 때도 마치 자신과 동등한 사람을 대하듯이 했고. 그런 점은 사람들을 화나게 했지만 사람들은 그를 아직 끝을 갈지 않은, 덜된 화살 같다고 생각하면서 가르쳤지. 원로들을 존경해야 한다고, 너 같은 수천의 젊은이들이, 아니 너보다 두 배는 더 나이가 많은 자들도 원로들의 말을 듣는다고 말이야. 그러자 그는 대담하게 사람들을 둘러보더니 말했어. 세상에 자신과 같은 사람은 없다. 모두들 원로들을 존경한다고 해도 자기는 그러고 싶지 않다. 오오!…… 그러자 사람들은 더이상 참지 못하고 몹시 화를 냈지. 화가 나서 이렇게 말했어.

'넌 우리와 함께 살 수 없다! 네가 가고 싶은 곳으로 떠나라.'

그는 웃음을 터뜨리고는 마음 내키는 대로 한 걸음을 내디뎠지. 그는 우선 아까부터 그에게서 눈을 떼지 못하던 한 아름다운 처녀에게 다가가 그녀를 덥석 끌어안았어. 그녀는 그를 비난하던 원로들 중 한 사람의 딸이었지. 그는 잘생긴 젊은이였지만 그 처녀는 아버지가 두려워 그를 밀쳐버렸어. 처녀는 그를 밀치고 저만치 물러났지. 그러자 그가 달려들어 그녀를 후려갈겼고, 그녀가 쓰러지자 가슴을 짓밟고 선 게야. 처녀는 하늘을 향해 피를 내뿜고 숨을 크게 토하더니 뱀처럼 몸을 비틀며 숨을 거두고 말았어.

이걸 본 사람들은 모두 공포에 젖어 그 자리에서 꼼짝도 하지 못했지. 눈앞에서 그렇게 여자를 죽이는 모습을 본 적이 없었거든. 그들은 두 눈을 부릅뜬 채 입에서 피를 쏟으며 쓰러진 여자와 그 옆에서 모든 사람들과 맞서고 있는 청년을 한참 동안 말도 못하고 바라만 보았어. 그는 여자에게 마땅한 벌을 내렸을 뿐이라는 듯 고개를 꼿꼿이 쳐들고 오만하게 서 있었지. 이윽고 정신을 차린 사람들이 그를 붙잡아 묶어놓았어. 당장 죽여버리기엔 성이 차지 않았던 게지."

더욱 깊어가는 밤은 기이하고 나지막한 소리로 가득했다. 초원에서는 땅다람쥐가 구슬프게 울어대고 포도나무 잎에서는 귀뚜라미가 또랑또랑하게 울어대고 있었다. 잎사귀들은 숨을 쉬며 수런거렸다. 그렇게 새빨갛던 둥근 달은 높이 떠오르며 점점 허옇게 변해갔고 푸르스름한 어둠을 더욱더 짙게 초원 위에 쏟아내고 있었다……

"사람들은 모여서 도대체 어떻게 처벌해야 할지 이야기했어. 여러 마리 말에 묶어 갈기갈기 찢어버리자는 말이 나왔지. 하지만 그걸로 는 부족해 보였어. 다 함께 화살을 쏴서 죽이자는 사람도 있었지. 그 방법도 모두가 동의하지는 않았어. 불에 태워버리자고도 했어. 하지 만 연기 때문에 그놈이 괴로워하는 모습을 제대로 볼 수 없으니 안 된 다고 반대했지. 수많은 의견이 나왔지만 모두가 동의하는 아주 좋은 방법은 찾을 수가 없었어. 그의 어머니는 용서를 비는 말 한마디, 눈 물 한 방울 없이 사람들 앞에 무릎을 꿇고 있었고. 사람들이 오랫동안 상의를 하고 있는데 어느 지혜로운 사람이 한참을 생각한 끝에 이렇 게 말했지.

'도대체 왜 그랬는지 물어나 봅시다.'

사람들이 물어봤지. 그러자 그는 이렇게 대답했어.

'나를 풀어줘! 묶인 채로는 말하지 않겠어!'

풀어주자 그는 도리어 이렇게 묻는 거야.

'뭘 어쩌라고?' 그는 마치 노예들을 대하듯 물었어……

'방금 들었잖나……' 지혜로운 이가 말했지.

'왜 내가 내 행동을 당신들에게 설명해야 돼?'

'우리를 납득시켜보란 말이다, 이 오만한 놈아, 어서! 어쨌든 넌 죽 을 몸이지만 도대체 왜 그런 짓을 저질렀는지 알고 싶다. 우린 앞으로 도 살아가야 하니까 지금 아는 것보다 더 많이 아는 게 좋다고……'

'좋아, 나 자신도 왜 그랬는지 똑똑히는 알 수 없지만 어쨌든 말해 주지. 난 저 여자가 나를 밀쳐버렸기 때문에 죽였어…… 난 저 여자 가 필요했는데 말이야.'

'저 여잔 네 여자가 아니잖아!' 사람들이 외쳤어.

'당신들은 당신들 것만 써먹어? 사람에게 원래 자기 것이란 혀와 손과 다리뿐이라고…… 나머지는…… 가축이나 여자나 땅이나 다 빼앗아 차지하는 거잖아……'

사람들은 그런 것을 손에 넣으려면 값을 치러야 한다고 말했지. 지혜든 힘이든 때로는 목숨이든. 하지만 그는 뭐든 값을 치르지 않고도 다 갖길 원한다고 대답했어.

사람들은 참을성 있게 오랫동안 그와 얘기했지만 헛수고였어. 그는 이 지상에서 자기가 최고라고 생각하고, 자기 외엔 아무것도 뵈는 게 없는 자라는 걸 알게 된 거야. 그가 어떤 고독함 같은 걸 운명처럼 짊어지고 있다는 사실을 알게 되자 모두들 두려워지기까지 했지. 그에겐 부족도 어머니도 가축도 아내도 필요 없었어. 그런 건 조금도 원치 않았던 거야.

결국 사람들은 더이상 어쩔 수 없다고 생각하고 그에게 어떤 형벌을 내릴지 다시 의논하기 시작했지. 하지만 이번엔 그리 오래 걸리지 않았어. 가만히 논의를 듣고 있던 그 지혜로운 이가 입을 열었거든.

'여러분, 잠깐만 제 말을 들어보시오! 아주 끔찍한 형벌이 하나 있소. 여러분은 천 년 동안 이런 형벌은 들어보지도 못했을 겁니다. 그 형벌은 바로 저 사람 자신 속에 있소! 저자를 그냥 풀어주시오, 자유롭게 두시오. 그것이 바로 형벌입니다!'

그러자 놀라운 일이 벌어졌지. 구름 한 점 없던 마른하늘에 갑자기 천둥이 몰아치는 거야. 하늘의 이런 변화는 지혜로운 사람의 말이 옳다는 뜻이었지. 모두 경건하게 예를 표하고 흩어졌어. 그래서 오늘날 우리는 그를, 그렇게 내쫓겨 팽개쳐진 자라는 뜻인 '라라'라고 부르는 거야. 하여튼 그 젊은이는 자신을 버리고 가는 사람들 뒤에서 호방하게 웃어댔지. 그는 자기 아버지처럼 자유롭게 혼자 남아 계속 웃어댔어. 아버지는 사람이 아니었지만…… 그는 사람이었다는 점이 달랐을 뿐이지. 그는 새처럼 아무 거리낌 없이 제멋대로 살아가기 시작했어. 부족들을 찾아가 가축이든 처녀든 뭐든 마음대로 약탈해 가곤 했지. 사람들이 화살을 쏘았지만 화살은 몸에 박히지 않았어. 눈에 보이지 않는 최고로 강한 가죽이 덮여 있었던 게야. 그는 민첩하고 맹수처럼 사납고 잔혹하고 힘이 장사였지만 사람들과 정면으로 마주하지 않았지. 사람들은 그저 멀리서만 그를 지켜보았어. 그렇게 오랫동안, 수십 년 동안 그는 고독하게 사람들 주변을 헤매고 다녔지. 그러다가 어느 날 그는 사람들에게 다가갔어. 그러자 사람들이 일제히 그에게 달려들었지. 하지만 그는 그 자리에서 꼼짝도 하지 않고 막으려고도 하지 않는 거야. 그러자 누군가가 사태를 파악하고 고함을 쳤어.

'그놈을 건드리지 마시오! 죽으려고 저러는 겁니다!'

그 말을 듣고 모두 그 자리에 멈춰 섰지. 누구도 자신들에게 악을 행한 그자의 운명을 덜어주고 싶지 않았거든. 그가 죽을 수 있게 놔두기 싫었던 거야. 사람들은 모두 멈춰 서서 그를 비웃었어. 그는 웃음소리를 들으면서 부르르 몸을 떨며 뭔가를 찾기라도 하듯이 손으로 가슴을 부여잡고 계속해서 몸부림쳤지. 그러더니 갑자기 돌멩이를 집어들어 사람들에게 던지기 시작했어. 사람들은 돌멩이를 피하면서 아무런 반격을 가하지 않았지. 그러다가 지쳐버린 그는 처참하게 비명을 지르며 땅바닥에 쓰러졌어. 그래도 사람들은 한쪽으로 물러서서 지켜보기만 했어. 이윽고 그는 다시 몸을 일으키더니 아까 누군가 싸우려다가 떨어뜨린 칼을 집어들고 제 가슴을 찔렀지. 하지만 칼이 부러지고 말았어. 마치 칼로 바위를 내리친 것같이. 그는 다시 쓰러져 한참 동안 제 머리를 땅바닥에 찧어댔어. 그러나 머리를 찧을 때마다 오히려 땅이 움푹 파이며 아래로 꺼졌지.

'저놈은 절대 죽을 수 없어!' 사람들은 기뻐하며 그를 남겨둔 채 가버렸어.

혼자 남은 그는 누워서 하늘을 보았지. 강인한 독수리들이 하늘 높이 검은 점이 되어 날고 있는 모습이 보였어. 그의 눈에는 세상 모든 사람들을 저주하고도 남을 비애가 서려 있었지. 그때부터 그는 혼자가 되어 자유롭게, 그저 죽음을 기다리고 있어. 그래서 아무 데나 발길 닿는 대로 떠돌아다니는 거야…… 봐, 이젠 저렇게 그림자처럼 떠돌고 있잖아, 영원히! 사람들의 말도 행동도 전혀 이해하지 못해. 그저 내내 저렇게 무언가를 찾아 돌아다닐 뿐이야…… 저자에겐 생명이란 게 없고 죽음조차 찾아와주지 않아. 사람들 속에 그가 있을 자리는 절대 없는 거야…… 아, 오만함의 대가는 얼마나 큰지!"

노파는 말없이 길게 한숨을 내쉬며 가슴 위로 고개를 푹 숙이고는 조금 이상하게 이리저리 흔들었다.

나는 노파의 모습을 살펴보았다. 노파는 꿈이라도 꾸고 있는 듯했다. 왠지 갑자기 노파가 못 견딜 정도로 가엾게 느껴졌다. 이야기는 감동적이고 떨리는 어조로 끝났다. 하지만 거기에는 두려움과 비굴함 같은 것도 배어 있었다.

해안가에서 사람들이 노래를 부르기 시작했다. 이상하게 부르는 노래였다. 처음에 콘트랄토가 울려퍼지며 두세 음절을 부르면, 다른 목소리가 뒤를 잇는다. 앞의 목소리는 뒤이은 다른 목소리를 계속 앞서 간다…… 그런 식으로 세번째 네번째 다섯번째 목소리가 노래에 끼어든다. 그러다가 갑자기 남성들의 목소리가 그 노래를 다시 맨 처음부터 합창으로 부른다.

여성들의 목소리는 여러 색깔의 강물처럼 모두 따로따로 들렸다. 그것은 높은 곳에서 낮은 곳으로 굴러내려가거나, 혹은 팔짝팔짝 튀어오르거나, 혹은 고음으로 치고 올라가곤 했다. 여성들 목소리는 위쪽으로 유연하게 거슬러올라가는 남성 합창의 물결에 섞여들어 그 속에 잠기는가 싶더니, 다시 휙 빠져나와 남성 합창을 압도하며 다시 제각각 순수하고 힘차게 높고 높은 위쪽으로 휘감아올라갔다.

파도 소리는 노랫소리에 묻혀 들리지도 않았다……

2

"저런 노래를 다른 데서 들어는 봤나?" 이제르길 노파가 고개를 들어 이가 하나도 없는 입에 미소를 지으며 물었다.

"아니요, 전혀 못 들어봤어요……"

"앞으로도 다른 데서는 못 들을 거야. 우린 노래를 좋아하지. 예쁜 아가씨들은 저렇게 멋지게 노래하거든. 미인들은 삶을 사랑하는 법이니까. 저기서 노래하는 사람들은 하루종일 일하고도 도대체 피로를 몰라. 해가 떠서 질 때까지 일하고도 달만 뜨면 저렇게 노래를 하지!

인생을 사랑할 줄 모르는 자들은 그저 쓰러져 잠만 자고. 삶을 사랑하는 자들은 저렇게 노래를 한다네."

"하지만 몸도 좀 생각해야……" 내가 입을 열었다.

"건강이란 언제나 살기에 충분할 만큼 있는 법이야. 돈이 있으면서도 쓰지 않겠다는 거야? 건강은 금과 똑같아. 내가 젊었을 땐 어땠는지 알아? 해가 떠서 질 때까지 자리에서 한번 일어나지도 못하고 양탄자 짜는 일을 했지. 그때 난 햇살처럼 싱싱했지만 그래도 돌덩이처럼 하루종일 꼼짝 않고 앉아 있기란 쉽지 않았어. 하루종일 그렇게 있다보면 뼈마디가 모두 부서져나가는 것 같은 느낌이야. 그런데도 밤이 되면 난 사랑하는 사내에게 달려가 품에 안겼지. 사랑이 계속된 세 달 동안 그 사내에게 달려가 함께 밤을 보냈어. 그래도 이렇게 잘 살고 있잖아, 힘도 충분하고! 정말 얼마나 사랑했던지! 키스도 얼마나 많이 받고 많이 했다고!……"

나는 노파의 얼굴을 바라보았다. 검은 두 눈은 여전히 흐릿하고, 행복한 회상에도 불구하고 생기가 없었다. 메마르고 갈라진 입술, 뾰족한 턱과 턱밑의 잿빛 털 몇 가닥, 부엉이 부리처럼 굽은 쭈글쭈글한 코가 달빛에 드러났다. 뺨의 움푹 들어간 곳은 시커멨는데 한쪽은 머리에 덮은 붉은 머릿수건을 비집고 나온 은회색 머리털이 내리덮고 있었다. 얼굴과 목, 팔은 온통 주름살투성이였다. 몸을 움직일 때마다 노파의 메마른 피부가 산산이 부서져내려 흐리멍덩한 검은 두 눈과 앙상한 뼈대만 남는 것은 아닐까 걱정스러웠다.

노파는 쉬어서 갈라지는 목소리로 다시 자기 이야기를 꺼냈다.

"난 브를라드 강변의 팔리치라는 마을에서 어머니와 함께 살았지.

그 사내가 우리 마을에 나타났을 때 난 열다섯 살이었어. 키가 훤칠하고 새카만 콧수염을 기른 활달한 사내였어. 그는 나룻배에 앉아서 우리집 창문을 향해 우렁차게 소리쳤지. '이봐요, 포도주 없어요? 먹을게 있으면 좀 주쇼!' 나는 창을 열고 물푸레나무 사이로 내다보았지. 강물이 달빛에 푸르게 빛났고 그는 하얀 셔츠를 입고 있었어. 셔츠 허리는 넓은 띠로 묶었고, 띠의 양쪽 끝은 옆으로 흘러내려 있었지. 한쪽 다리는 나룻배에, 다른 다리는 강가에 딛고 있었어. 그 모습으로 흔들거리며 무슨 노래인가를 부르더라고. 그는 나를 발견하고는 말하더군. '아, 여기 절세미인이 살고 계셨군!…… 내가 그걸 미처 몰라뵈었어!' 세상 모든 미인을 다 아는데 나만 몰랐다는 투였지. 나는 포도주와 삶은 돼지고기를 내주었어…… 나흘 뒤엔 이미 모든 걸 다 주고 말았지…… 우린 밤마다 배를 타고 함께 놀았어. 그가 찾아와 땅다람쥐처럼 나직하게 휘파람을 불면 나는 물고기처럼 창문을 뛰어넘어 강으로 달려갔지. 그리고 함께 배를 탔어…… 그는 프루트에서 온 어부였어. 나중에 어머니가 그 사실을 알고 날 때려잡으려 하더라고. 그러자 그는 도나우 강 유역의 도브루자나 아니면 더 멀리 도망가자고 꾀었지. 하지만 난 이미 그때쯤 그에게 싫증이 나기 시작했어. 노래 부르고 키스하고 그런 것 말고는 아무것도 없었으니까. 이미 지겨워졌던 거야. 그때 구출* 사람들이 떼를 지어 여기저기 그 지방을 훑어내리고 있었는데 아주 괜찮은 남자들이 많았지…… 하여간 그들하고 있으면 훨씬 즐겁고 재미있었어. 처녀라면 그 카르파티아 남자애들

---

* 카르파티아 지역의 우크라이나 민족.

가운데 하나쯤을 애인으로 삼아 기다리고 또 기다리곤 했지. 혹시 오지 않으면 어디 감옥에라도 갔나, 아니면 싸움질하다 어디서 죽어버린 건 아닌가 걱정을 하는데, 그러다 어느 날 갑자기 친구 두세 명이랑 하늘에서 떨어지듯 탁 나타나는 거야. 게다가 선물을 왕창 들고서 말이야. 하여튼 뭐든 아주 쉽게 손에 넣는 사람들이었지! 그러곤 여자집에서 잔치를 벌이고 제 친구들에게 자기 여자를 자랑해댔지. 여자는 아주 좋아 죽고. 그래서 나도 구출 애인이 있는 친구에게 하나 만나게 해달라고 했지…… 그애 이름이 뭐였더라? 생각이 안 나네…… 이젠 다 잊어버렸어. 하긴 시간이 그만큼이나 지났으니 잊어버리는 것도 당연해! 어쨌든 내 친구가 구출 남자를 하나 소개해줬어. 잘생겼었지…… 수염도 곱슬머리도 다 불그스름하니 멋있었어! 머리에 불이 붙은 것 같았지. 어딘가 우수에 젖은 느낌을 주는 남자였는데 다정하게 굴다가도 때로는 아주 산짐승처럼 울부짖으며 싸움질을 해댔어. 한번은 내 얼굴에 손찌검을 하는 게 아니겠어…… 난 고양이처럼 달려들어 뺨을 확 물어뜯어버렸지…… 그때부터 그놈 뺨에 움푹한 흉이 하나 생겼는데 내가 거기에 키스해주면 좋아하곤 했어……"

"그 어부는 어떻게 하고요?" 내가 이렇게 물었다.

"어부? 그자도 그냥 거기서…… 구출 패에 끼어들었지. 처음엔 날 달래기도 하고 물속에 처넣겠다고 위협도 하더니 나중엔 그 패에 붙어서 다른 여자애하고 시시덕거리고 말데…… 그 두 놈 다 나중에 교수형을 당하고 말았지. 난 그걸 구경하러 갔어. 도브루자에서였지. 처형장에서 그 어부는 창백해져서 울먹이는데 구출 젊은 놈은 아무렇지도 않게 파이프 담배를 뻑뻑 빨더라고. 손은 주머니에 찔러넣은 채 혼자 생각에 잠겨서 말이야. 수염이 얼마나 길던지 한쪽 수염은 어깨에 걸쳐져 있고 한쪽 수염은 가슴께에 늘어져 있더구먼. 그는 날 보자 파이프를 빼 들고 소리쳤어. '안녕, 잘 있어!……' 난 그후 꼬박 일 년 동안 그가 불쌍해서 어쩔 줄 몰랐지. 아이고 참!…… 그이는 그때 막 고향 카르파티아로 돌아가려던 참이었는데, 작별 인사를 한다며 어떤 루마니아인 집에 갔다가 거기서 잡히고 말았어. 두 명은 그대로 잡히고 몇 명은 사살되고 또 몇 명은 도망쳤지…… 어쨌든 그 루마니아인은 나중에 톡톡히 대가를 치렀어…… 집과 제분소와 창고까지 몽땅 불타버리고 알거지가 됐으니까."

"그건 당신이 한 짓이죠?" 나는 별생각 없이 물었다.

"구출 사람들은 친구가 많아, 나뿐만 아니라…… 그들은 좋은 친구에겐 제사까지 지내주는 사람들이지……"

해안가 노랫소리는 더이상 들리지 않았다. 이제 파도 소리만이 노파의 목소리와 섞여들었다. 깊은 사념에 잠긴 듯한 격한 파도 소리는 격한 인생에서 또하나의 영광스러운 이야기였다. 밤은 한결 부드러워지고 달빛은 더욱더 푸르게 쏟아져내렸다. 서걱대는 파도 소리는 점점 커져갔고, 이 밤 속 보이지 않는 거주자들의 분망한 생명이 내는 온갖 소리들은 점점 조용히 묻혀갔다…… 바람이 거세지고 있었던 것이다.

"그리고 또 터키 사람하고도 사랑했지. 스쿠타리에 있는 그자의 집에서 일주일을 살았는데 별게 없더라고. 그냥 지루했지…… 여기도 여자, 저기도 여자, 온통 여자였어…… 여덟 명의 여자가 있었어…… 하루종일 먹고 자고 쓸데없는 소리나 지껄여대고…… 그도 아니면 서로 욕하고 암탉들처럼 *꼬꼬댁거리고*…… 그 터키 남자는 나이도 적지 않았지. 머리도 거의 반백인데다가 돈이 많았고 꽤 무게를 잡고 살았어. 꼭 왕이나 되는 듯이 말했지. 눈은 새카맣고…… 얼마나 날카로운지 한번 보면 사람 속을 다 꿰뚫어봤어. 기도하는 걸 아주 좋아했고. 부쿠레슈티에서 처음 만났는데…… 제왕처럼 늠름하게 시장을 돌아다니면서 아주 근엄한 시선으로 나를 돌아보더라고. 내가 미소를 보내주었지. 그랬더니 그날 저녁 사람들이 와서 날 데려가질 않겠어. 그 사람은 백단白檀과 종려를 팔던 자였는데 부쿠레슈티에 뭘 구매하려고 왔던 거였어. '내게 오겠느냐?' 하고 묻더라고. '아, 예, 가죠!' 했더니, '좋아!' 그러더군. 그렇게 그를 따라나섰어. 아주 부자였어. 아들도 있었는데 까무스름하고 늘씬한 애였지. 열여섯 살쯤 되었던가. 나는 그 아들하고 도망쳤어…… 불가리아의 롬 팔란카*로 말이야…… 그런데 거기서 난 어떤 불가리아 여자한테서 가슴에 칼을 맞았지. 그 여자 약혼자인가 남편인가하고 얽혀서 말이야. 이제는 기억도 잘 안 나네.

난 혼자 수도원에서 오랫동안 앓아누워 있었지. 여자 수도원이었어. 한 폴란드 여자가 내 시중을 들어주었는데 근처—아르체르 팔란카였던가—다른 수도원에서 역시 수도사였던 그 여자 오라비가 자주 찾아오곤 했어. 그래, 그 사람은 꼭 애벌레처럼 내 앞에서 몸을 비틀어댔지…… 몸이 낫고 나서 그자와 같이 떠났지, 폴란드, 그의 고향으로."

"가만!…… 그런데 그 터키 소년은 어떻게 됐어요?"

---

* 러시아 남부지역과 동유럽지역에서 사용되던 행정구역 단위의 하나.

"그애? 그앤 그만 죽고 말았어. 집에 가고 싶어서였는지, 사랑 때문인지…… 햇볕을 너무 받아 말라빠진 작대기처럼 빼빼 말라서…… 얼음덩이처럼 파리하고 투명해져서 누워 있던 모습이 떠오르네. 그 상황에서도 사랑은 불타올랐지…… 나더러 계속 끌어안고 입맞춤해 달라고 했더랬어. 나도 그앨 사랑했고 입맞춤도 많이 했지. 그러다가 마침내 상태가 아주 악화돼서는 거의 움직이지도 못하더라고. 그렇게 누워 있는 모습이 너무나 딱했어. 그런데 거지가 구걸하듯이 나보고 옆에 누워 몸을 데워달라는 거야. 옆에 누웠지. 나란히 누워서…… 금세 몸이 아주 뜨거워졌어. 그러던 어느 날 잠시 잠이 들었다가 깨어보니 그앤 싸늘하게 식어 있질 않겠어, 죽은 거지…… 난 눈물을 쏟았어. 사람들이 뭐라 했겠어? 분명 내가 죽인 거야, 내가 그를…… 난 그때 그애보다 나이가 두 배나 많았어. 한창 힘이 넘치고 주체할 수 없던 나이였지…… 그런데 그애는, 아직 겨우 애였으니까!"

노파는 길게 한숨을 내쉬고 마른 입술로 뭐라고 중얼거리며 세 번 성호를 그었다. 그런 모습은 처음이었다.

"그렇게 해서 폴란드로 가게 됐군요……" 나는 하던 말을 상기시켰다.

"그렇지…… 자그만 폴란드 놈하고. 좀 우습고 속물적인 사내였지. 여자가 필요하면 고양이처럼 아양을 떨어대고 꿀물처럼 달콤한 말을 뜨겁게 쏟아냈지만 욕심을 채우고 나면 그 혓바닥이 아주 채찍같이 변했어. 한번은 강변을 거닐고 있었는데 내게 아주 오만하고 모욕적인 말을 내뱉지 않겠어. 오! 오!…… 난 너무나 화가 났어! 지지직 타오르는 횃불처럼 말이야! 나는 그의 양팔을 붙잡아 아이처럼 번쩍 들어서, 체구가 작았거든, 얼굴이 새파래지도록 옆구리를 꽉 조였지. 그리고 강물에 획 집어던졌어. 비명을 지르더군. 아주 우스꽝스럽게 말이야. 난 그놈이 물속에서 허우적거리는 모습을 내려다보다가 그냥 가버렸어. 그리고 다시는 만나지 않았지. 다행스럽게도 난 한번 사랑했던 사람들하고는 다신 만나지 않았어. 그건 죽은 자들하고 만나는 것과 마찬가지거든."

노파는 깊이 숨을 쉬며 침묵했다. 나는 이 노파가 되살려낸 사람들을 눈앞에 그려보았다. 태연하게 파이프를 뻑뻑 빨면서 교수대로 올라가는, 불난 것처럼 새빨간 머리와 수염의 구출 남자가 떠올랐다. 분명 두 눈은 뭐든 꿰뚫어볼 듯 강렬하고 차가운 푸른빛이었으리라. 그 옆에 콧수염이 새카만 프루트 출신 어부가 있다. 그는 죽기 싫다며 눈물을 흘리고 있다. 죽음의 두려움에 창백해진 얼굴, 그렇게 명랑하던 두 눈은 빛을 잃어 멍하고, 눈물에 젖은 콧수염은 일그러진 입가에 슬프게 늘어져 있다. 그리고 위엄 있는 터키 노인이 떠오른다. 그는 분명 숙명론자이며 폭군일 것이다. 그 옆에 나란히 그의 아들이 나타났다. 여자를 너무 가까이해서 창백하게 말라 부스러져가는 동양의 꽃과 같은 소년이다. 그리고 허영에 찬 폴란드인, 사랑스러우면서 잔혹하고, 입에 발린 말의 선수면서 냉담하기 짝이 없는 사람이다…… 이 모든 사람들은 이제 창백한 그림자에 지나지 않는다. 그들과 사랑을 나눴던 여인만이 살아서 지금 내 곁에 앉아 있다. 하지만 그 여인 역시 오랜 세월의 풍파 속에 앙상하게 마르고 빈껍데기가 되어 가슴에 희망 하나, 눈에 밝은 빛 한 점 보이지 않는다. 그녀 역시 그림자다.

노파는 이야기를 계속했다.

"폴란드에선 살기가 무척 힘들었지. 사람들이 인정이라곤 하나도 없고 거짓말은 참 잘도 하더라고. 난 그들의 뱀 같은 말을 알아듣지 못했지만 어쨌든 모두들 쉬쉬댔어. 왜 저렇게 쉬쉬거려, 다들? 저자들이 거짓말을 잘하니까 아마 신께서 뱀의 말을 주신 거다, 그래서 저렇게 쉬쉬대는 거다, 난 이렇게 생각했지. 당시 나는 여기저기 떠돌아다녔는데, 어딜 가든 폴란드 사람들은 당신네 러시아 사람들하고 한판 붙어보려고 작심들을 하고 있더라고. 그러다가 보흐니아라는 도시에 가게 됐지. 거기서 한 유대인이 날 샀어. 자기가 어찌해보려는 게 아니라 날 가지고 장사하려는 속셈이었지. 난 좋다고 했어. 살기 위해서 무슨 짓을 못하겠어. 난 할 줄 아는 게 아무것도 없으니 내 몸뚱이라도 써먹을 수밖에. 하지만 고향 브블라드로 돌아갈 돈만 벌면 날 옭아매는 족쇄가 아무리 강해도 즉시 부숴버리고 갈 거다, 이렇게 작심하고 거기서 살았지. 돈 많은 지주들이 많이 몰려들어 술을 마시고 나와 놀다 갔어. 돈을 꽤 많이 내야 했지. 날 두고 서로 주먹질을 하는가 하면 재산을 다 털어먹는 자들도 있었다니까. 오랫동안 치근덕대던 어떤 놈이 한번은 이러데. 어느 날 자루를 멘 하인을 대동하고 날 찾아온 거야. 그리고 내 앞에서 자루를 풀더니 내 머리 위에 거꾸로 쏟아부었어. 머리 위로 금화가 마구 쏟아져내렸지. 마룻바닥에 금화가 떨어지는 소리는 정말 듣기 좋더구먼. 하지만 그래도 난 그 지주를 내쫓아버렸어. 아주 투실투실하고 번들번들한 얼굴에 배는 커다란 베개 같은 자였지. 날 바라보는 모습이 꼭 살찐 돼지 같았어. 그래, 난 그자가 집도 토지도 말도 다 팔아서 내 몸을 금으로 도배해주겠다고 하는데도 그냥 내쳐버렸어. 그 당시 난 괜찮은 사람을 사랑하고 있었거든.

그 사람은 터키와 싸우는 그리스 사람들을 위해 전쟁에 나갔다가 돌아온 지 얼마 안 되었는데 얼굴이 온통 가로세로 칼자국투성이였지. 대단한 사람이었어!…… 어느 폴란드 사람이 그리스 사람들을 위해 목숨을 걸겠어? 하지만 그는 전쟁에 나가서 그리스 사람들과 함께 적에 맞서 싸웠어. 맞아서 눈 한쪽이 튀어나오고 왼손 손가락 두 개가 잘려나가고 온통 상처투성이였지. 아니, 대체 폴란드 사람이 왜 그리스 사람들 일에 끼어드느냐고? 그건 바로 위대한 일을 하고 싶어서야. 사람이 위대한 일을 하고 싶으면 어디서든 그걸 찾아내 해내려고 하는 거야. 아는지 모르겠지만, 세상 살다보면 위대한 일을 할 수 있는 때는 언제나 있는 법이거든. 위대한 일을 해낼 자리를 찾지 못한 자들은 겁쟁이거나 게으름뱅이고 인생을 모르는 거야. 인생을 아는 자라면 인생에 자신의 그림자를 남기고 싶어하기 마련이지. 인생이 흔적도 없이 사람을 삼켜버리지 못하도록 말이야…… 그래, 그 칼자국투성이는 정말 대단한 사람이었지! 무슨 일이든 하려고 작심하면 세상 끝까지라도 쫓아갈 사람이었어. 분명 폭동을 일으키다 러시아 사람들에게 죽었을 거야. 그런데 당신네 러시아 사람들은 헝가리 사람들을 왜 그렇게 못살게 구는 거지? 아니, 아니, 됐어, 그 문제는 그만두자고!……"

이제르길 노파는 내 입을 막더니 갑자기 입을 다물고 깊은 생각에 잠겼다.

"헝가리 사람도 한 명 알았거든. 그런데 그 사람이 갑자기 날 떠나버렸어. 겨울인가 그랬지. 그런데 눈이 녹는 봄쯤에 들판에서 머리에 총을 맞은 채로 발견된 거야. 얼마나 끔찍하던지. 사랑 때문에 죽는 사람들이 페스트로 죽는 사람 못지않을 거야. 정말이지 세어보면 그 수가 결코 적지 않을걸…… 내가 무슨 얘길 하고 있었지? 아, 폴란드인…… 그래, 난 거기서 내 마지막 운명에 몸을 맡겼지. 한 소귀족을 만난 거야…… 정말 미남이었어! 제기랄, 어쩜 그리 잘생길 수가 있는지. 그런데 그땐 내가 이미 나이가 들었어, 늙었다고! 마흔은 됐을 때던가? 아마, 그쯤이었을 게야…… 그런데 그자는 아직 당당했고 여자들을 끼고 있었지. 얼마나 고귀해 보이던지…… 그자는 어떻게든 날 바로 품에 안으려고 달려들었지만 난 응하지 않았어. 난 결코 누구의 노예가 아니었거든. 유대인하고도 끝냈지, 돈을 아주 많이 주고…… 그리고 당시 난 크라쿠프에 살고 있었어. 그땐 뭐든 다 가지고 있었지, 말도 돈도 하인도…… 그 오만한 악마는 내가 제 팔에 안기길 바라며 날 뻔질나게 찾아왔어. 우린 말싸움까지 벌였지. 나도 앞뒤 가리지 않고 덤비곤 했고. 그렇게 시간을 끌었어…… 난 딱 버텼고 결국 그자는 내 앞에 무릎을 꿇고 애원하더군…… 하지만 그자는 날 갖자마자 버렸어. 난 내가 너무 늙었다는 걸 잘 알게 됐지…… 아, 얼마나 쓰라리던지! 정말 쓰라렸지! 그래도 난 그 악마를 여전히 사랑했는데…… 그자는 날 보면 비웃어대는 거야…… 비열한 놈 같으니! 다른 사람들 앞에서도 나를 비웃는다는 걸 알았지. 정말 마음이 아팠어! 하지만 어쨌든 그는 내 곁에 가까이 있었고 난 여전히 그를 사랑했지. 그러다가 그가 당신네 러시아인과 싸우러 나갔을 때, 난 숨이 막힐 것 같았어. 몸을 던져버릴까도 생각했지만 그러지 못했어…… 그래서 뒤를 따라가기로 작정했지. 바르샤바 근처의 숲속 어딘가에 있다더군.

그러나 내가 거기 도착했을 때 그가 있던 부대는 당신네 러시아군에게 공격당해서 다 무너져버린 후였지. 그는 거기서 얼마 멀지 않은 마을에 포로로 잡혀 있다는 거야.

'그럼, 이제 그를 볼 일이 없겠군!' 나는 그렇게 생각했지. 그런데 보고 싶은 거야. 어떻게든 보고 싶었어…… 그래서 난 거지 행색에 발을 절룩거리면서 얼굴을 가리고 그가 있다는 마을로 들어갔어. 카자크인들과 병사들이 판치고 있더라고…… 거기서 내가 돈을 많이 썼지! 결국 폴란드인들이 갇혀 있는 곳을 알아냈지만 거기 들어가는 건 쉽지 않았어. 하지만 난 위험을 감수하고 밤에 그들이 있는 곳으로 몰래 기어들어갔지. 철책 밑의 고랑을 따라 기어들어가는데 내 앞길에 보초병이 서 있는 게 보이지 뭐야. 폴란드인들이 떠들고 노래하는 소리가 벌써 들려오고 있었고. 그들은 한 가지 노래만 부르지. 성모님께 바치는 노래만 말이야. 저 속에 나의 아르카데크도 섞여 있겠지…… 이전에는 사람들이 다들 날 보려고 기어들었는데, 이제 세월이 흘러 내가 목숨을 걸고 뱀처럼 땅바닥을 기어서 사내를 찾아가다니, 생각하면 참으로 쓰라린 일 아니겠어. 그런데 이 보초병이 무슨 소리를 들었는지 내 앞쪽으로 몸을 숙이며 쑥 나서는 거야. 더이상 어쩌겠어? 난 그 앞에 벌떡 일어섰지. 내게는 두 팔과 혀 말고는 단검도 다른 무엇도 없었는데. 물론 칼을 가져오지 않은 걸 한없이 후회했지. 나는 먼저 속삭였어. '잠깐만요!' 그 병사는 즉시 내 목에 총검을 겨누더군. 내가 나직이 하소연했지. '찌르지 말고, 제발, 제발 제 말 좀 들어보세요. 제가 드릴 것은 아무것도 없지만, 제발 부탁드릴게요……' 그는 총을 내리면서 역시 낮게 속삭였어. '꺼져, 이 여자야!

뭐하러 왔어? 저리 썩 꺼져!' 난 아들이 저기에 갇혀 있다고 말했지. '병사 나리, 제발요, 제 아들이라고요! 당신 어머닐 생각해서라도, 제발 한 번만 봐주세요. 당신 같은 아들이 바로 저기에 있어요! 제발 한 번만 보게 해주세요. 아들은 이제 곧 죽게 될 텐데…… 내일 당신이 죽는다면 당신 어머니의 마음이 어떻겠어요? 당신도 어머니를 한번 더 보지 못하고 죽는다면 얼마나 고통스럽겠어요. 제 아들도 마찬가지 아니겠어요? 제발, 제발 이 어미를 불쌍히 여겨주세요, 제 아들을!……'

아이고, 얼마나 오랫동안 그렇게 매달렸던지! 비를 맞고 흠뻑 젖었지. 바람까지 아우성이어서 몸이 앞뒤로 휘청거릴 정도였어. 난 그렇게 흔들흔들하면서 이 돌 같은 병사 앞에 계속 서 있었어…… 하지만 병사는 내내 '안 돼!' 그 소리뿐이었지. 그 차가운 한마디를 들을 때마다 난 더욱더 나의 아르카데크를 보고 싶다는 열망에 불타올랐어. 얘기를 하면서 병사의 몸집을 가늠해보았지. 작고 마른데다 자꾸만 기침을 해대더라고. 난 땅바닥에 쓰러지듯 엎어져 그의 무릎을 잡고 정신없이 애걸하다가 그를 잡아당겨 확 넘어뜨렸지. 병사가 진창에 푹 쓰러졌어. 난 잽싸게 병사의 머리를 붙잡고 얼굴을 땅바닥에, 진흙탕에 처박아 소리치지 못하게 만들었어. 그는 등에 올라탄 나를 떨쳐내려고 몸부림쳤지만 찍소리도 내지 못했지. 난 두 손으로 병사의 목을 잡아 진흙탕 속에 더 깊이 처박았고. 결국 숨이 끊어지고 말았어. 난 곧바로 폴란드인들의 노래가 들리는 창고 쪽으로 내달렸지. '아르카데크!……' 벽 틈새로 그의 이름을 속삭였어. 폴란드인들은 내 목소리를 듣고 금세 상황을 파악하고는 노래를 계속 부르는 거야. 이윽고 내 앞에 그의 눈이 보였지. '여기 밖으로 나올 수 있어?' 내가 물으니까, '그럼, 마룻바닥을 뜯고 밑으로 나가면 돼!' 하는 거야. '그럼 어서 나와!' 그리하여 아르카데크와 다른 세 명이 마룻바닥을 뜯고 기어나왔지. '보초는 어디 있어?' 아르카데크가 묻데. '저기 쓰러져 있어!……' 우리는 몸을 바짝 숙이고 가만가만 그곳을 빠져나왔어. 비가 내리고 바람도 아우성치는 밤이었지. 우리는 그 마을을 빠져나와 오랫동안 아무 말도 하지 않고 숲속을 걸었어. 아주 빠르게 걸었지. 아르카데크는 내내 내 팔을 잡고 있었지. 그의 팔은 뜨거웠고 떨리고 있었어. 오!…… 말없이 그렇게 그와 함께 걷는 동안 나는 참으로 행복했어. 내 마지막 순간, 열정과 욕망으로 가득한 내 인생에서 가장 아름다웠던 순간이었지. 드디어 우리는 넓은 들판으로 나와 멈춰 섰어. 네 사람 모두 내게 감사를 표했지. 어떻게 말해야 좋을지 모르겠다며 저마다 얼마나 감사해하던지! 나는 그런 말을 들으며 아르카데크를 지켜보았어. 어떻게 하는지 보려고 말이야. 그는 날 끌어안더니 정말 심각한 얼굴로 말하더군. 무슨 말을 했는지 정확히 기억나지는 않지만, 자기를 구출해주었으니 이제 감사의 표시로 날 사랑해주겠다, 그런 내용이었어. 그리고 무릎을 꿇고 미소를 지으며 '당신은 나의 여왕이오!'라는 거야. 그건, 그건 정말 개 같은 거짓말이잖아! 나는 그 꼴을 보고 발로 한바탕 걷어차서 얼굴을 날려버리려고 했는데, 그자가 펄쩍 뛰어 뒤로 물러나더라고. 겁에 질려 창백해진 얼굴로 내 앞에 그대로 서 있었지…… 나머지 세 사람도 심각하게 인상을 쓰면서 그대로 서 있더군. 모두 아무 말도 못했어. 나도 노려보기만 했지. 그때 난 아주 지긋지긋한 기분이었던 것 같아. 모든 것이 다 귀찮아지는 그런 기분이 엄습했지. 난 그저 '여러분, 가고 싶은 데로 가세요!' 하고 말했지. 그랬더니 그 사내 녀석들이 내게 묻는 거야. '혹시 다시 돌아가서, 우리가 어디로 갔는지 알려주려는 거 아니오?' 그 더러운 자식들, 말하는 꼴 하고는…… 어쨌든 그들은 제 갈 길을 갔고 나도 내 길을 갔지. 다음날 난 당신네 러시아인들에게 붙잡혔지만 금방 풀려났어. 그때 이제 나도 뻐꾸기처럼 내 둥지를 찾아 자리잡고 살아야 할 때라는 걸 깨달았지. 이제 힘도 들고 날개도 꺾이고 깃털 색도 다 바래고…… 때가 되었어, 때가! 그래서 난 갈리치아로 갔다가 거기서 다시 도브루자로 왔어. 그리고 이렇게 여기서 산 지 벌써 30년도 넘었어. 몰다비아 출신 남편도 있었는데 일 년 전쯤 죽고, 그래, 지금 이렇게 살지! 나 혼자서…… 아니야, 혼자가 아니지, 저기 저들과 같이."

노파는 손을 들어 바다 쪽을 가리켰다. 그곳은 이미 조용했다. 간간이 무슨 소린가 짤막하게 들려왔다가 사라지곤 할 뿐이었다.

"저 사람들은 다 날 좋아하지. 내가 이야기도 많이 해주고. 저 사람들에게 필요한 이야기들이야. 아직 젊은 사람들이니…… 나도 저들과 같이 있을 수 있어서 참 좋아. 저들을 보며 이렇게 생각하지. 그래, 나도 한때는 저들처럼 저렇게 살았다…… 다만 내가 살던 그 시절에는 사람들에게 힘도 열정도 더 넘쳤지. 그래서 더 즐겁고 더 훌륭하게 살았어…… 정말 그렇지!……"

노파는 침묵에 빠져들었다. 나는 노파를 보며 서글픈 감정에 젖었다. 노파는 꾸벅꾸벅 졸면서 뭔가 조용하게 웅얼거렸다. 기도라도 하는 것인가……

바다 위로 먹구름이 솟아올랐다. 검고 짙고 선이 또렷하여 산맥처럼 보였다. 먹구름은 서서히 초원 위를 덮쳤다. 꼭대기에서 구름 조각들이 떨어져나와 별들을 하나씩 하나씩 지워나갔다. 바다가 수런거리기 시작했다. 멀지 않은 곳에 있는 포도나무 그늘 아래서 젊은이들이 서로 소곤대며 사랑을 나누는 소리가 들려왔다. 초원 저멀리 어딘가에서 개 짖는 소리가 들려왔다. 대기는 코를 간질이는 특이한 냄새를 풍기며 신경을 자극했다. 구름의 그림자들이 지상에 겹겹이 내려 쌓이며 기어가고 있었다. 기어가다 사라지고 다시 나타나고…… 달은 구름에 가려 둥그렇고 뿌연 흔적만 보였다. 뭔가 신비롭게 감싸고 있는 듯한 시커멓고 무서운 초원의 저 끝자락에 푸르스름한 작은 불꽃들이 피어올랐다. 불꽃들은 여기저기 순간적으로 나타났다가 사라졌다. 마치 저멀리서 사람들이 흩어져 뭔가를 찾으려고 성냥불을 켜지만 금방 바람에 꺼져버리고 마는 모습 같았다. 그것은 뭔가 옛날이야기를 떠올리게 하는, 참으로 기이한 불꽃의 푸르른 혓바닥처럼 보였다.

"저 불꽃 보이지?" 이제르길 노파가 내게 물었다.

"저기, 저 푸르른 거요?" 내가 먼 초원을 가리키며 말했다.

"푸르다고? 그렇지, 하긴 그럴 거야…… 그래, 막 날아다니잖아! 그래, 난 더이상 그걸 볼 수 없지만…… 지금도 잘 보이지가 않아."

"저 불꽃들은 뭐죠?" 내가 노파에게 물었다.

불꽃의 기원에 대해 전에 어디선가 조금 들은 것 같지만 이제르길 노파가 뭐라고 하는지 듣고 싶었다.

"저건 단코의 불타는 심장 불꽃이지. 언젠가 불꽃으로 타오른 심장이 있었어…… 저건 바로 그 심장에서 나온 불꽃이야. 이야기해줄까?

이것도 아주 오래된 이야기지. 오래전, 아주 오래전······ 옛날, 그 먼 과거에는 얼마나 많은 것들이 있었다고······ 요즘엔 그런 게 하나도 없지만······ 옛날에 있었던 그런 사건도 사람도 이야기도 없어······ 왜 그럴까?······ 한번 말해보라고! 아냐, 됐어······ 자네가 뭘 알겠어? 요즘 젊은 애들이 아는 게 뭐가 있어? 다들 아무것도 몰라! 옛날을 잘 들여다보면 거기엔 온갖 수수께끼의 비밀이 들어 있지······ 옛날을 볼 줄 모르면 살아가는 법을 알 수가 없어······ 내가 인생에 대해 모르는 게 뭐가 있겠어? 아이고, 난 다 본다고, 아무리 내 눈이 나쁘다고 해도 다 보여! 요즘 사람들은 진짜 사는 게 아니라 그냥 흉내만 내고 있어. 그저 흉내만 내느라 허송세월을 보내고 말지. 세월을 다 보낸 다음 더이상 아무것도 남지 않으면 운명을 탓하며 징징대고. 운명이란 게 대체 뭐야? 제 운명은 제가 만드는 거야! 요즘엔 아무리 봐도 진짜 강한 사람이 없어! 그 어디에도······ 미인들도 점점 보기 힘들어."

노파는 강하고 아름다운 사람들이 도대체 어디로 사라졌는지 곰곰이 생각하며 그 답을 찾으려는 듯 어두워져가는 초원을 묵묵히 바라보았다.

혹시라도 재촉하면 이야기가 옆길로 샐까봐 나는 말없이 노파의 이야기를 기다렸다.

노파는 드디어 이야기를 시작했다.

3

"옛날, 아주 오랜 옛날 어떤 부족이 살고 있었어. 이들이 사는 부락은 사람이 지나다닐 수 없을 만큼 빽빽한 숲으로 삼면이 막혀 있었고 한쪽만 초원으로 길이 나 있었지. 아주 밝고 강하고 용맹한 부족이었어. 그런데 한번은 그들에게 아주 고된 시련이 닥쳤어. 어딘가에서 다른 부족이 나타나 그들을 숲속으로 내몰았던 거야. 숲속은 늪과 어둠뿐이었어. 아주 오래된 삼림이다보니 온통 가지들로 빽빽이 얽혀 있어 그 속에 들어가면 하늘도 보이지 않았지. 무성한 나뭇잎을 뚫고 햇빛이 비친다 해도 너무 흐릿해서 겨우 늪지나 피할 수 있을 정도였고. 아니, 오히려 햇빛이 늪지를 비추면 역겨운 냄새가 피어올라 그 때문에 사람들이 하나둘씩 죽어갔어. 여자들과 아이들이 울어대기 시작했고 남자들은 고민에 빠져 그저 침울해했지. 그 숲을 어서 빠져나가야 했어. 길은 두 개야. 하나는 뒤로 다시 돌아가는 거야. 그러나 거기엔 강력하고 악랄한 적들이 있어. 다른 하나는 앞으로 나아가는 거야. 그러나 앞엔 거대한 나무들이 늪지의 진흙 깊은 곳에 굳건히 뿌리를 내리고 억센 가지들을 드리운 채 길을 빽빽이 가로막고 있어 도저히 뚫고 지나갈 수가 없었어. 이 돌덩이 같은 나무들은 낮에도 어슴푸레한 빛 속에서 꼼짝도 않고 말없이 버티고 서 있었지. 그리고 밤에 모닥불을 피우면 사람들을 더욱 꽉 조여오는 것만 같았고. 낮이든 밤이든 항상 사람들 주변에는 강력한 어둠이 반지처럼 에워싸고 있었어. 초원의 탁 트인 공간에 익숙했던 사람들은 숨이 막힐 것만 같았지. 그러나 더욱 무서운 순간은 바람이 나무 꼭대기를 흔들 때였어. 바람이 불면 숲속에서는 나무 우는 소리가 웅웅거리며 진동해서 귀가 먹을 정도였는데, 그게 어찌나 위협적인지 꼭 사람들에게 장송곡을 불러주는 것 같았지. 사실 이 부족 사람들은 아주 강해서 그들을 몰아낸 부족과 죽을힘을 다해 싸우면 이기지 못할 것도 없었어. 하지만 그들은 싸우다 죽을 수는 없었어. 왜냐하면 그들에겐 후대에 전할 성스러운 유훈遺訓이 있는데, 전쟁에서 죽어버리면 그 유훈은 영원히 사라져버릴 테니까. 그리하여 그들은 모두 모여앉아 길고 긴 밤을 새워가며, 숲이 웅웅 울어대는 소리를 견뎌가며, 늪의 유독한 냄새를 맡아가며 생각에 생각을 거듭했지. 모닥불 그림자는 모여앉은 그들 주변에서 말없이 너울너울 춤을 추었는데, 그들에겐 그것이 숲과 늪의 사악한 영혼들이 승리를 자축하는 것처럼 보였어. 사람들은 그대로 앉아서 생각에 생각을 거듭할 뿐이었어. 사람의 영혼을 완전히 탈진하게 만드는 것은 그런 우울한 생각들이지. 노동도 여자도 몸을 그렇게까지 탈진하게 만들지는 않아. 사람들은 생각 때문에 더욱 허약해져갔지. 그들 속에 공포가 자라났고 공포는 그들의 강인한 손발을 얼어붙게 만들었어. 여자들은 악취에 죽어간 시체들을 부여잡고 끔찍한 울음을 터뜨렸고 공포에 사로잡힌 채 가여운 운명을 슬퍼했지. 비겁한 소리들도 들려오기 시작했어. 처음에는 남에게 들리지 않게 소곤대다가 이윽고 점점 더 큰 소리로 말했지…… 적들에게 가서 자유를 바치자고 말이야. 죽음의 공포에 젖은 사람들은 노예의 삶이 두렵지 않았던 거야…… 바로 그때 단코가 나타나 모두를 구원했지."

노파는 불타는 단코의 심장에 대해 분명 수도 없이 이야기했을 것이다. 노파의 이야기는 노래와도 같았다. 쉬어서 갈라지는 목소리는 불행하게 제 땅에서 내쫓긴 사람들이 유독한 늪의 냄새에 질식하여 죽어가는 그 숲속 풍경을 오히려 더욱 생생히 떠오르게 했다……

"단코는 아름다운 사람들 중 하나였어, 젊고 아름다운. 아름다운 사람은 언제나 용감한 법이지. 단코는 사람들에게, 자기 부족에게 목청을 높여 말했어.

'생각만 해서는 돌멩이 하나도 움직이지 못합니다. 아무것도 하지 않는 자는 그 무엇도 얻지 못합니다. 어쩌자고 우리는 우울에 빠져, 생각에 빠져 힘을 소진하고 있는 겁니까? 자, 어서 일어나 숲을 뚫고 나갑시다. 이 숲도 끝이 있습니다. 세상 모든 것은 끝이 있지 않습니까! 갑시다, 여러분! 자, 어서!……'

모두들 단코를 바라보며 그가 가장 훌륭한 자라는 걸 알게 되었지. 그의 두 눈에 강렬한 힘과 살아 있는 불꽃이 타오르고 있었으니까.

'우리를 이끌어주게!' 사람들이 말했지.

그리하여 그가 앞장을 섰어……"

노파는 말을 멈추고 어둠이 더욱 짙어져가는 초원을 응시했다. 단코의 불타는 심장의 불꽃들이 저멀리서 피어오르고 있었다. 한순간 피어올랐다 사라지는 푸르른 허공의 꽃 같았다.

"단코가 그들을 이끌고 나아갔지. 모두들 한마음으로 그의 뒤를 따랐고 그를 믿었어. 고난의 길이었지! 어둠 속에서 한 걸음을 내디딜 때마다 늪은 그 탐욕의 썩은 아가리를 벌려 사람을 삼켜버리고, 나무들은 강력한 벽이 되어 길을 가로막았어. 나뭇가지들은 서로 얽히고 설켰고 뿌리는 뱀처럼 온갖 곳에 뻗어내리고 있었지. 한 걸음 내딛는 데도 엄청난 땀과 피를 흘려야 했어. 그렇게 그들은 오랫동안 앞으로 나아갔다네…… 하지만 숲은 더욱더 깊어지고 힘은 자꾸만 빠졌지! 그러니 단코에 대한 불평의 소리가 나오기 시작했어. 젊고 경험도 없는 자가 잘 알지도 못하면서 어디로 이끌고 가는지 모르겠다고. 하지만 그는 여전히 앞장서 나아갔어, 신념에 찬 용감한 모습으로.

그러던 어느 날 하늘이 무너져라 천둥이 울고 벼락이 내리치고 나무들은 웅웅거리며 위협적으로 울어대기 시작했지. 그리고 숲은 모든 밤들이, 세상이 생겨날 때부터 존재했던 그 많은 밤들이 한꺼번에 다 몰려온 것처럼 어둠으로 새카매졌어. 그래도 작은 인간들은 천둥 번개를 뚫고 커다란 나무들 사이로 나아가고 또 나아갔지. 거대한 나무들이 이리저리 흔들리며 우지직 쿵쿵 성난 노래를 부르고, 숲 꼭대기에서는 번개가 일순 푸르고 차가운 불꽃을 내리쏟다가 사라지곤 했지. 사람들은 겁에 질렸어. 차가운 번갯불에 비친 나무들은 사람들을 에워싼 짐승처럼 보였지. 억세고 긴 팔로 촘촘하게 그물을 짜서, 어둠의 감옥에서 탈출하려는 사람들을 가로막고 선 짐승들 말이야. 가지들로 가로막힌 그 칠흑 같은 어둠 속에는 뭔가 무섭고 차갑고 어두운 것만이 사람들을 노려보고 있었어. 참으로 견디기 힘든 행로였지. 결국 사람들은 기운을 잃고 지쳐 쓰러져갔어. 하지만 자신들의 무력함을 인정하기가 치욕스러웠던지 앞서가는 단코를 향해 증오와 분노를 쏟아내기 시작했지. 모두들 단코는 자기들을 이끌 능력이 없다며 비난했던 거야. 세상일이 다 그런 식이지!

사람들은 멈춰 섰어. 숲의 아우성과 불길한 어둠 속에서 지치고 악에 받친 사람들은 단코를 재판대에 세웠지. 그들이 말했어.

'넌 우리에게 아무것도 해주지 못하는 해로운 인간이야. 넌 우리를

곤경에 빠뜨렸어. 그러니 죽음으로 대가를 치러라!'

'당신들이 말했잖아요, "이끌라"고! 난 그래서 앞장을 선 것입니다.' 단코가 그들에게 가슴을 내밀며 고함쳤지. '내겐 용기가 있었고 그래서 이렇게 앞장을 서왔습니다! 그런데 당신들은요? 당신들은 스스로 무엇을 했습니까? 당신들은 그저 따라만 오면서 더 먼 길을 위해 힘을 아낄 줄도 몰랐어요. 그저 양떼처럼 뒤를 따라오기만 했잖아요!'

그러나 단코의 말은 사람들을 더욱 분노하게 만들었어.

'넌 죽어야 해! 죽여!' 사람들이 고함을 질러댔지.

숲은 그들의 고함에 맞장구를 치며 더욱더 거센 굉음을 일으켰고 번개는 순간적으로 암흑을 갈가리 찢어댔어. 단코는 그가 온 힘을 바쳐 이끌어온 사람들을 바라보았어. 모두 야수가 된 듯했지. 자신을 에워싼 사람들의 얼굴엔 감사의 빛이라곤 하나도 없었거든. 그들에게서 그 어떤 용서와 연민의 감정을 기대한다는 건 불가능했지. 그의 심장에서 분노의 화염이 끓어올랐지만 그래도 사람들이 불쌍해서 이내 사그라졌어. 그는 사람들을 사랑하고 있었던 게야. 만일 그가 없으면 그들 모두 전멸하고 말 거라는 생각이 들었지. 그러자 그의 심장은 사람들을 구원하여 평온한 길로 인도해야 한다는 열망으로 다시 활활 타오르기 시작했어. 두 눈엔 강렬한 불꽃이 번쩍였지. 사람들은 그 모습을 보고 그가 격노했다고 생각했어. 그래서 그들은 단코가 덤벼들지나 않을까 늑대처럼 몸을 사리며 점점 포위망을 좁혀 그를 잡아죽이려 했지. 그는 그들이 무슨 생각을 하는지 잘 알았고 그래서 심장은 더욱 강렬하게 불타올랐어. 그들의 그런 생각이 그에게 더욱 쓸쓸하고 고독한 마음을 불러일으킨 게지.

숲은 여전히 그 음울한 노래를 부르고 있었고 천둥은 더욱 사납게 으르렁거렸으며 드디어 비까지 쏟아붓기 시작했다네……

'난 이 사람들을 위해 뭘 어떻게 해야 한단 말인가?' 단코는 천둥보다 힘차게 소리쳤지.

그는 갑자기 손으로 자기 가슴을 가르더니 심장을 꺼내 머리 위로 높이 들었어.

심장은 태양처럼 선명하게, 아니 태양보다 선명하게 불타올랐고, 사람들을 향한 위대한 사랑의 횃불에 숲 전체는 일순 숨을 멈췄지. 그 빛에 산산이 부서진 어둠은 숲 저편 깊숙이 날아가 썩은 늪지의 아가리 속으로 바르르 흔들리며 빨려들어가버렸어. 경악한 사람들은 돌처럼 굳어버렸지.

'갑시다!' 단코가 그렇게 외치고 몸을 던져 앞으로 나아갔어. 불타는 심장을 손에 높이 들고 사람들에게 길을 비춰주면서 말이야.

사람들은 홀린 듯이 그를 따라 몸을 던졌어. 그러자 숲이 다시 수런거리고 놀라서 요동치기 시작했어. 하지만 이제 그 소리는 달려가는 사람들의 우렁찬 발걸음 소리에 묻히고 말았어. 모두들 불타는 심장의 기적과 함께 빠르고 용감하게 달려갔지. 여전히 사람들은 죽어갔어. 하지만 불평도 눈물도 없이 죽어갔지. 단코는 의연하게 앞장서 나아갔어. 그의 심장은 활활 타오르고 있었어!

그러더니 돌연 숲이 활짝 열리고, 그 꽉 막히고 답답했던 숲이 등뒤로 멀리 사라지는 게 아니겠어. 단코와 사람들은 햇빛의 바다와 비에 씻긴 신선한 대기 속으로 뛰어들어갔어. 그들 뒤, 저 숲 위에서는 번개가 번쩍였지만 여기 이곳에서는 태양이 밝은 빛을 뿌리고, 초원이 숨을 쉬며, 보석같이 영롱한 이슬을 머금은 푸릇한 풀들이 반짝였지. 황금빛으로 빛나는 강물도 흐르고…… 저녁 무렵이었어. 강물에 비친 석양이 단코의 찢긴 가슴에서 뜨겁게 흘러내리는 선혈처럼 붉디붉었지.

당당한 용사 단코는 눈앞에 광활하게 펼쳐진 초원을 바라보았어. 그는 자유로운 대지를 향해 기쁨에 찬 시선을 던지며 당당하게 웃음을 터뜨렸지. 그리고 쓰러져 죽었어.

기쁨과 희망에 겨운 사람들은 아무도 단코의 죽음을 알지 못하고, 단코의 시체 옆에서 여전히 불타고 있는 그의 용감한 심장 또한 보지 못했어. 다만 어느 소심한 사람 하나가 그걸 보았고, 왠지 겁이 났던지 그 당당한 심장을 발로 밟아 불을 꺼버렸지…… 그러자 그 심장은 수많은 불꽃으로 흩어져 사라져버렸어……"

그게 바로 뇌우가 오기 전에 나타나는 저 초원의 푸르른 불꽃이 된 거지!

노파가 그 아름다운 이야기를 끝맺을 즈음 초원은 무서우리만치 적막했다. 사람들을 위해 제 심장을 태우고 죽어간 용사 단코, 그러고도 아무런 보상도 바라지 않은 용사 단코의 이야기에 초원도 감동을 받은 것만 같았다. 노파는 졸기 시작했다. 나는 노파를 바라보며 생각했다. '도대체 이 노파의 머릿속엔 얼마나 많은 이야기와 추억이 들어 있을까?' 그리고 위대한 단코의 불타는 심장에 대해, 그렇게 아름답고 힘찬 전설을 창조해내는 인간의 환상에 대해 생각했다.

아주 깊이 잠든 이제르길 노파의 남루한 옷이 바람에 날리며 메마

른 가슴이 드러났다. 나는 늙어 이지러진 노파의 몸을 살며시 덮어주
고 그 옆 땅바닥에 누웠다. 초원은 적막하고 어두웠다. 하늘에는 먹구
름이 천천히 무료하게 흘러갔다…… 바다는 나지막이 구슬프게 수런
대고 있었다.

스물여섯 명의 사내와 한 처녀

우리는 스물여섯 사람이었다. 아니, 축축한 지하실에 갇혀 있는 스물여섯 개의 살아 있는 기계였다. 우리는 거기서 아침부터 저녁까지 밀가루 반죽을 주물럭거리며 크렌델리*나 비스킷을 만들었다. 지하실의 창문 바깥에는 창문보다 조금 낮은 움푹한 마당이 이어져 있었다. 그 마당 바닥에는 벽돌이 깔려 있었는데 습기 때문에 초록색 이끼가 잔뜩 끼어 있었다. 창틀 바깥에는 철망이 설치되어 있었고 유리창에는 먼지가 가득 덮여 햇빛조차 스며들 수 없었다. 주인은 우리가 일자리를 잃고 배를 곯는 친구나 지나가는 거지들에게 빵조각을 건네수기라도 할까봐 창문에 철망을 달아놓았다. 우리의 주인은 우리를 좀도

---

* 8자 모양의 꽈배기 빵.

둑이라고 불러댔고 점심으로 고기는커녕 썩은 내장을 내놓곤 했다.

그을음과 거미줄로 덮인 낮은 천장이 무겁게 짓누르는 이 돌상자 속에서 스물여섯 명이 생활하는 것은 좁고 숨이 막히는 일이었다. 얼룩덜룩한 찌든 때와 곰팡이 따위가 덮여 있는 두꺼운 벽 속에 갇힌 삶이란 역겹고 힘겹기 짝이 없었던 것이다. 우리는 새벽 다섯시에 일어나야 해서 늘 잠이 부족했다. 여섯시면 우리는 멍하게 아무 생각 없이 작업대 앞에 앉아 우리가 잘 때 다른 동료들이 만들어놓은 반죽으로 크렌델리를 만들기 시작했다. 그렇게 새벽부터 밤 열시까지, 한 무리는 작업대 앞에 앉아 굳어지는 몸을 흔들어가며 탄력 있는 반죽을 손으로 잡아 늘이고 다른 한 무리는 밀가루에 물을 부어 반죽을 만든다. 크렌델리를 찌는 솥에서는 물 끓는 소리가 하루종일 침울하고 구슬프게 부글부글거렸다. 매끄럽게 쪄진 빵은 뜨겁게 달궈진 페치카* 속에 재빠르게 집어넣어야 했는데 그때마다 벽돌 바닥을 긁는 빵 삽 소리가 섬뜩하고 날카롭게 들려왔다. 아침부터 밤까지 페치카에서는 장작이 타고 있었다. 말없이 비웃어대듯 장작불의 붉은 불꽃은 작업대 벽쪽에 우리의 그림자를 너울거리며 비춰댔다. 거대한 페치카는 동화 속에 나오는 기이한 괴물의 대가리처럼 생겼다. 그 괴물은 마룻바닥에서 머리만 쑥 내밀고 불타는 아가리를 딱 벌린 채 우리에게 뜨거운 숨을 내뿜고 있는 것 같았다. 아가리 위쪽에 있는 두 개의 통풍구는 그 시커먼 구멍으로 끝도 없는 우리의 작업을 노려보았다. 그것은 무자비하고 냉혹한 괴물의 눈으로, 언제나 변함없이 깊고 어둑한 눈초

---

* 벽난로.

리로 우리를 바라보고 있었다. 마치, 이제 너희 같은 노예들은 지켜보기조차 피곤하다, 너희들에게선 어떤 인간적인 것도 기대할 수 없다, 그러니 차가운 경멸의 시선을 보낼 뿐이라고 말하는 것 같았다.

바깥에서 발에 묻힌 더러운 흙먼지와 밀가루 따위를 뒤집어쓴 채 우리는 하루, 또 하루 질식할 듯 역한 공기 속에서 땀과 뒤섞여가며 반죽을 개고 빵을 만들었다. 그래서 우리는 우리 일을 극도로 혐오했고 우리 손으로 만든 것을 절대로 먹지 않았다. 우리가 만든 빵을 먹느니 차라리 거친 흑빵을 씹어대는 편이 나았다. 우리는 한쪽 작업대에 아홉 명씩 마주앉아 장시간 그저 기계적으로 손과 손가락을 움직였다. 아주 익숙한 작업이라서 자기가 무엇을 하고 있는지 의식하고 있는 사람은 아무도 없었다. 그렇게 우린 늘 맞붙어 일을 했기 때문에 서로의 얼굴에 잡힌 주름살 하나까지도 다 알고 있었다. 우리는 서로 할말이 없었다. 아주 익숙한 일이어서 욕을 해대는 것 외에는 그저 말 없이 일만 했다. 인간이란 누군가를, 특히 동료를 욕할 거리는 언제나 가지고 있는 법이기 때문이다. 그러나 그렇게 욕을 해대는 경우도 많지는 않았다. 고된 노동에 모든 감각이 무감각해져 깎아놓은 나무토막같이 반쯤 죽어 있는 자들에게 잘못이 있다면 얼마나 있을 수 있겠는가? 그러나 침묵이 두렵고 괴로운 것은 할말을 다 해버려서 더 이상 할말이 없는 사람뿐이다. 말을 꺼내지도 못한 사람에게 침묵이란 쉽고 간단하다…… 간혹 우리는 노래를 부른다. 우리의 노래는 이렇게 시작되곤 한다. 일을 하다가 누군가 갑자기 피로에 지친 말처럼 깊게 한숨을 내쉬고 느릿한 노래를 조용히 흥얼거리기 시작한다. 처량하고 부드러운 노랫가락은 답답한 가슴을 조금이나마 달래주는 법이다. 한 사람이 그렇게 노래를 부르면 다들 처음에는 말없이 그 쓸쓸한 노래를 듣기만 한다. 그 노래는 마치 납빛 지붕 같은 회색 하늘 아래 초원에 피워놓은 습한 가을밤의 작은 모닥불처럼 지하실의 무거운 천장 아래로 훅 하고 피어올랐다가 사그라진다. 그러면 다른 사람이 그 노래에 따라붙고 두 사람의 목소리가 비좁고 답답한 동굴 속을 조용히 구슬프게 떠다닌다. 그러다가 갑자기 여러 명의 목소리가 노래를 이어받으며 노래는 파도처럼 끓어올라 점점 더 힘차게 커진다. 마치 돌 감옥의 축축하고 육중한 벽을 밀쳐버리기라도 할 듯이……

마침내 스물여섯의 일꾼들이 다 같이 노래를 부른다. 이미 오래전부터 합창해왔던 커다란 목소리들이 작업장을 가득 채운다. 노래에게도 이곳은 좁기만 하다. 노래는 돌벽에 부딪혀 신음하고 흐느끼며 가슴에 아스라한 아픔 같은 것을 일깨우고 오래된 상처를 헤집고 우수를 불러낸다…… 가수들은 깊고 꺼질 듯이 숨을 몰아쉬며 노래한다. 어떤 사람은 갑자기 노래를 멈추고 동료들이 노래하는 것을 한참 동안 듣고만 있다가 합창의 파도에 다시 목소리를 얻는다. 어떤 사람은 '오!' 하고 서글프게 소리를 지르고 두 눈을 감은 채 노래한다. 아마도 그에겐 우렁차게 퍼져가는 음파가 어딘가 먼 곳을 향해 나아가는 커다란 길처럼 여겨졌으리라. 햇빛이 환하게 비치는 넓은 길, 그 길을 따라 자신이 걸어가듯이……

페치카의 불꽃은 끊임없이 흔들렸다. 빵 삽이 벽돌에 긁히는 소리가 날카롭게 들려오고 솥에서 물이 끓는 소리도 여전하고 불꽃이 만들어낸 그림자 역시 벽 위에서 말없이 웃으며 너울거리고 있었다. 그러나 우리는 뭔지 모를 자신의 슬픔을, 햇빛조차 받지 못하고 살아가는 사람의 힘겨운 우수를, 노예의 우수를 남의 언어로 노래하고 있었다. 우리 스물여섯 명이 살아가는 모습은 그랬다. 커다란 돌집 지하실에서, 3층짜리 건물의 무게가 그대로 우리 어깨를 짓누르는 것처럼 우리의 삶은 몹시도 힘겨웠다.

그러나 이렇게 노래 부르는 것 외에도 우리에겐 멋지고 사랑스러운 일이, 어쩌면 햇살과도 같은 일이 하나 있었다. 이 집 2층에 금으로 자수를 넣는 자수점이 입주해 있었는데 많은 여공 중에 타냐라는 열여섯 살짜리 급사가 있었다. 매일 아침 우리 작업장 현관문에 뚫린 작은 유리창에 그녀의 자그마한 장밋빛 얼굴이 나타났다. 그녀는 맑고 푸르른 눈과 낭랑하고 상냥한 목소리로 우리에게 소리쳤다.

"죄수 아저씨들! 크렌델리 하나 주세요!"

우리는 이 맑은 소리가 들리는 곳을 향해 모두 일시에 얼굴을 돌리고 우리를 향해 환하게 미소를 보내는 순수한 처녀애의 얼굴을 반갑고 선량한 눈길로 바라보았다. 유리에 바짝 붙어 납작해진 코와 미소 짓는 장밋빛 입술 아래 작고 새하얀 이를 보는 것만으로도 우리는 더없이 즐거웠다. 우리는 너나없이 앞다투어 달려가 문을 열어주었다. 그러면 그 맑고 다정한 모습의 그녀가 나타나 앞치마를 들고 머리를 조금 옆으로 숙이며 인사를 하는 것이었다. 그녀는 내내 미소를 잃지 않고 우리 앞에 서서 기다린다. 도톰하게 땋아 내린 밤색의 긴 머리칼은 어깨를 넘어 가슴까지 흘러내렸다. 더럽고 시커멓고 기형적인 모습의 우리는 아래에서 위로 그녀를 올려다보았다. 현관에서 지하실 쪽으로 내려오는 계단이 네 칸 있어서다. 우리는 일제히 고개를 쳐들고 그녀를 보면서 좋은 아침이라느니 하면서 어떻게든 특별한 인사를 하려고 했다. 그런 말은 오직 그녀에게만 하는 것이었다. 그녀와 이야기할 때면 우리 목소리는 아주 부드러워졌고 가벼운 농담도 섞곤 했다. 우리가 그녀에게 보이는 태도는 아주 특별한 것이었다. 빵 굽는 사람은 페치카에서 불그스름하게 가장 잘 구워진 크렌델리를 골라 그녀의 앞치마에 멋지게 내려놓았다.

"조심해, 주인에게 걸리지 말고!" 우리는 그녀에게 주의를 주는 것을 잊지 않았다. 그러면 그녀는 알겠다는 듯이 영악하게 웃으며 우리를 향해 쾌활하게 소리쳤다.

"안녕히 계세요, 죄수 아저씨들!" 그러고서 그녀는 생쥐처럼 재빠르게 사라졌다.

이것뿐이었다…… 그러나 그녀가 사라진 다음에도 우리는 오랫동안 그녀에 대한 이야기로 즐거워했다. 이야기라고 해봐야 어제도 그제도 했던 똑같은 이야기였다. 그녀도 우리도 우리 주변의 모든 것도 어제나 그제와 다를 바 없는, 늘 똑같이 있던 그대로였기 때문이다. 사람이 살아가는데 주위에 어떤 것도 전혀 변하지 않는다면 이는 그야말로 가장 힘겹고 고통스러운 일이 아닐 수 없다. 그런 경우 그의 영혼은 거의 죽은 것이나 다를 바 없으며 살아가면 살아갈수록 주위의 불활성에 더욱더 괴로울 뿐이다. 우리는 여자들 이야기가 나오면 자신도 듣기 역겨울 정도로 늘 거칠고 상스러운 말을 내뱉기 마련이었다. 하기야 우리가 알고 있는 여자들은 그런 말 말고는 달리 표현할 말이 없는 여자들이기는 했다. 그러나 타냐에 대해서는 결코 그런 말을 입에 담지 않았다. 우리 중 그 누구도 결코 그녀에게 손을 대지 않앉을 뿐만 아니라 함부로 농담을 던지려고도 하지 않았다. 그것은 어쩌면 그녀가 우리에게 오래 머무르지 않아서일지도 모른다. 그녀는 늘 하늘에서 떨어진 유성처럼 우리 눈앞에 반짝하며 나타났다가 금세 사라지곤 했으니까. 아니, 어쩌면 그녀가 아직 어리고 매우 예뻤기 때문일지도 모른다. 사실 무엇이든 아름다운 것은 우리같이 거친 사람들에게도 존경심을 불러일으키기 마련이다. 아니 그보다도, 아무리 우리가 바보같이 거세된 황소처럼 강제 노동 같은 일을 하고 있다 하더라도 우리 역시 여전히 인간이며, 그리하여 다른 사람들과 마찬가지로 뭐가 됐든 그 무언가에 경배를 올리지 않고는 살 수 없는 사람들이었기 때문인지도 모른다. 그녀보다 나은 사람은 우리 중 아무도 없었다. 이 건물에 수십 명의 거주자들이 있었지만 그녀 외에 그 누구도 지하실의 우리에게 관심을 기울이지 않았다. 그리고 마지막으로, 분명히 이게 가장 중요한 점인데, 우리 모두 그녀를 자신의 것으로, 우리의 크렌델리 덕분에 살아갈 수 있는 그런 존재로 여기고 있었다는 것이다. 우리는 그녀에게 따뜻한 크렌델리를 주는 일을 의무로 여기고 있었다. 그것은 우상에게 바치는 매일매일의 제물이었던 셈이다. 그것은 거룩한 의식과도 같았고, 날이 갈수록 우리는 그녀에게 더욱 애착을 가지게 되었다. 우리는 크렌델리 외에도 타냐에게 수많은 충고를 해주었다. 옷을 더 따뜻하게 입어라, 계단을 너무 빨리 뛰어다니지 마라, 무거운 장작단을 나르지 마라 등등…… 그녀는 미소를 지으며 우리 말을 듣고는 호호호 하고 웃어넘겼다. 그녀는 결코 한 번도 우리 충고를 따르는 법이 없었다. 그렇다고 우리는 화를 내지는 않았다. 우리는 그저 그녀를 걱정하고 있다는 사실을 보여주기만 하면 그것으로 족했기 때문이다.

그녀는 이런저런 일을 부탁하는 경우가 많았다. 이를테면 무거운 지하실 창고문을 열어달라느니 장작을 좀 패달라느니 하는 것이었다. 우리는 기꺼이, 아니 아주 자랑스러운 마음으로 그녀가 원하는 것이면 무슨 일이든 다 해주었다.

그러나 우리 중 어떤 사람이 하나뿐인 셔츠를 수선해달라고 부탁했을 때 그녀는 경멸하듯 콧방귀를 뀌며 이렇게 대꾸했다.

"말도 안 돼! 이런 걸 어떻게 고쳐요?"

우리는 그 바보 같은 자를 크게 비웃었다. 그리고 그 이후에는 아무도 그녀에게 부탁 같은 걸 하지 못했다. 우리가 그녀를 사랑한다, 이 사실 하나만으로 족했다. 인간은 때로는 사랑이라는 이름으로 짓밟고 더럽히면서도 언제나 자신의 사랑을 쏟아부을 대상을 필요로 한다. 때로 인간은 사랑이라는 이름으로 가까운 사람의 삶을 질식시키기도 한다. 사랑하는 것은 알다시피 존경하는 것과는 다르기 때문이다. 우리는 타냐를 사랑해야만 했다. 그녀 외에는 그 누구도 사랑할 사람이 없었기 때문이다.

어쩌다가 우리 중 누군가가 갑자기 그런 우리 모습을 힐난하기 시작했다.

"그런데 왜 우리가 저런 계집애 따위를 귀여워하고 그러는 거야? 그 계집애가 뭔데? 응? 도대체 우리가 왜 그렇게 떠받드는 거냐고?"

작심하고 그런 말을 하는 자를 우리는 즉시 거칠게 몰아세웠다. 우린 무엇이든 사랑할 것이 필요했다. 그래서 우리는 그것을 발견했고 그것을 사랑하고 있는 중이다. 우리 스물여섯이 사랑하고 있다는 사실은 우리 모두에게 신성불가침한 것이어야 했다. 이에 반하는 자는 누구든 우리의 적이었다. 우리가 사랑하는 것은 어쩌면 실제로 그렇게 훌륭한 것이 아닐지도 모른다. 하지만 우리 스물여섯 모두가 합심하여 사랑하고 있다는 점이 중요했다. 그래서 우리는 우리에게 소중한 것이 다른 사람들에게도 성스러운 것으로 보이기를 바라는 것이다.

우리의 사랑은 증오 못지않게 힘겨운 것이다. 바로 그래서 어떤 오만한 자들은 우리의 증오가 사랑보다 더 달콤하다고 확신하기도 한다. 그러나 만일 그렇다면 그자들은 우리에게서 멀리 도망을 쳐야 할 것이다.

우리 주인에게는 이 크렌델리 제빵소 외에 흰 빵 제빵소가 하나 더 있었다. 그것은 같은 건물에, 우리 지하실 작업장 바로 옆에 벽 하나를 사이에 두고 있었다. 거기에는 네 명이 일하고 있었는데 그들은 자신들이 하는 일이 우리 일보다 깨끗한 일이라고 생각하며 우리와 거리를 두고 지냈다. 자신들이 우리보다 훌륭하다고 생각하는지 우리 작업장에 들르는 법이 없었고 마당에서 우리와 마주치기라도 하면 항상 깔보는 눈초리로 비웃음을 날렸다. 우리 역시 그들 작업장에 가지 않았다. 버터를 넣은 흰 빵을 훔치기라도 할까봐 주인이 왕래를 금지했기 때문이다. 우리가 흰 빵을 굽는 일꾼들을 좋아하지 않는 데에는 질투심 탓도 있었다. 그들의 직업은 우리보다 좀 쉬웠지만 임금은 더 많이 받았고 더 잘 먹었다. 작업장도 넓고 밝았다. 그들의 모습이 다 깨끗하고 건강해 보이는 것도 마음에 거슬렸다. 우리는 모두 누렇게 뜨고 창백한 낯짝이었으며 매독에 걸린 자도 셋이나 되었고 옴이 붙은 자도 몇 명 있었다. 한 사람은 류머티즘을 앓아 몸이 완전히 병신이 된 상태였다. 그런데 저들은 휴일마다, 그리고 일이 없는 한가한 때면 양복을 말쑥하게 차려입고 빠닥빠닥한 새 장화를 신고 외출했다. 그중 두 사람은 아코디언을 가지고 있었다. 그들은 모두 함께 시내 공원으로 산책을 나가기도 했다. 우리는 더러운 누더기를 걸치고 낡은 구두나 나무껍질 신발을 신고 다녀서 시내 공원에 가더라도 경찰이 들여보내주지 않았다. 이러니 우리가 그 흰 빵쟁이들을 좋아할 리 있겠는가?

그런데 어느 날 우리는 그들 중 빵구이가 술을 진탕 마신 뒤 해고되었고 즉시 다른 사람이 고용되었다는 사실을 알게 되었다. 새로 온 자는 군인 사병 출신이었는데 항상 비단 조끼를 입고 금줄이 달린 시계를 앞에 매달고 다녔다. 우리는 호기심 어린 눈으로 그 멋쟁이를 관찰했다. 그가 지나가면 그 모습을 더 잘 보려고 앞다투어 마당으로 달려나가기까지 했다.

그런데 그가 직접 우리 작업장에 나타났다. 그자는 발끝으로 문을 탁 걷어차 활짝 열어젖히고는 문턱에 서서 환하게 웃으며 말을 걸었다.

"안녕들 하세요, 여러분! 수고 많으십니다!"

찬바람이 그의 발밑을 감싸 돌며 짙은 구름처럼 열린 문으로 훅 하고 들어왔다. 그런데도 그는 문턱에 그대로 서서 아래쪽의 우리를 내려다보았다. 멋지게 다듬어 감아올린 옅은 갈색의 콧수염 아래 크고 누런 이가 환하게 빛났다. 푸른 바탕에 꽃을 수놓은 그의 조끼는 정말 아주 특별한 것이어서 눈이 부실 지경이었다. 조끼의 단추는 빨간 돌 같은 걸로 만들었다. 그리고 또 그 금시계하며······

이 잘생긴 졸병은 키도 훤칠하고 발그레한 뺨에 건강해 보였다. 커다란 갈색 눈동자는 서글서글하고 맑았다. 머리에는 풀을 빳빳하게 먹인 하얀 작업모를 쓰고 있었고 얼룩 하나 없이 깨끗한 앞치마 아래쪽으로는 반짝반짝하게 닦은 최신식 장화의 뾰족한 코가 앞으로 나와 있었다.

우리 빵구이가 그에게 문을 닫아달라고 공손하게 부탁했다. 그는 천천히 문을 닫으면서 우리에게 주인에 대해 이것저것 물어보기 시작했다. 우리는 앞다투어 그에게 주인은 구두쇠이고 사기꾼이고 악당이고 남을 괴롭히기 좋아하는 자라며, 차마 여기에 다 옮겨놓을 수도 없을 정도로 있는 말 없는 말 나쁜 말을 늘어놓았다. 그는 말없이 콧수염만 움찔거리며 부드럽고 밝은 눈길로 우리를 바라보았다.

"그런데 이 동네에 여자애들도 많던데……" 말을 듣고만 있던 그가 불쑥 이렇게 물었다.

우리 중 몇몇은 여전히 공손하게 미소를 지었고 몇몇은 뭔가 통한다는 듯이 엉큼한 표정으로 얼굴을 일그러뜨렸다. 우리 중 누군가가 그에게 이 건물에 여자애들이 아홉 명 있다고 말해주었다.

"재미들 보시겠네요?" 그가 눈을 찡긋하며 우리에게 물었다.

우리는 와 하고 웃음을 터뜨렸지만 그 소리는 크지 않았고 왠지 당황함이 뒤섞인 웃음이었다. 우리 역시 너 못지않게 혈기왕성한 젊은이라는 점을 그에게 보여주고 싶었지만 아무도, 단 한 사람도 감히 그럴 용기를 내지 못했던 것이다. 누군가 이런 점을 의식하고는 나직하게 말했다.

"우리 같은 사람들이 어디……"

"음, 그래요. 여러분에게는 좀 힘들겠군요!" 그는 우리를 찬찬히 살펴보면서 확실히 그렇겠다는 듯이 말했다. "여러분들은 그러니까, 그 뭐냐…… 여러분에겐 그 뭐랄까, 그래요, 말하자면 제대로 된 모양새가 없군요. 여자들이란 사람의 외모를 보거든요! 몸매도 좋고 모든 게 제대로 다 갖춰져야지요! 게다가 여자는 힘을 존경하지요…… 이런 팔뚝 정도는 돼야, 후욱!"

그는 셔츠 소매를 팔꿈치까지 걷어올린 오른팔을 주머니에서 빼내 우리에게 과시하듯 내보였다. 반짝거리는 금빛 솜털에 덮인 하얀 팔은 과연 힘찬 근육질이었다.

"다리도 가슴팍도 탄탄해야지요…… 그리고 또 차려입은 것도 제대로 돼야지, 멋있게 보여야지…… 날 보세요, 여자들이 좋아하잖아요. 내가 쫓아다니며 매달리지 않아도 한 번에 다섯 명이나 나한테 목을 맨다니까……"

그는 밀가루 포대 위에 걸터앉아 여자들이 자기를 얼마나 좋아하는지, 자기가 얼마나 제 맘대로 여자들을 다루는지 한참 동안 늘어놓았다. 그가 떠나고 그의 등뒤에서 삐거덕거리며 문이 닫힌 다음에도 우리는 오랫동안 그와 그의 이야기를 떠올리며 말문을 열지 못했다. 그러다가 갑자기 모두들 떠들어대기 시작했는데 내용인즉슨 그가 마음에 든다는 것이었다. 그렇게 멋진 사람이 우리를 찾아와서 함께 앉아 흉허물 없이 이야기를 나누다니…… 우리를 찾아오는 사람은 아무도 없었는데…… 더구나 우리와 그렇게 친구처럼 이야기를 나누는 사람은 아무도 없었지 않은가. 우리는 내내 그 친구 이야기에 여념이 없었고 금자수 아가씨들과 앞으로 잘될 것이라고 입을 모았다. 그 아가씨들은 마당에서 우리와 마주치기라도 하면 화가 난 듯이 입술을 꼭 깨물고 한편으로 비켜 갔다. 아니면 우리라는 존재는 아예 보이지도 않는다는 듯이 정면으로 딱 걸어오곤 했다. 그녀들은 겨울이면 아주 특별한 모자와 외투를 입고 여름이면 꽃이 달린 모자에 색색의 우산을 들고 다녔다. 우리는 마당이나 창가를 지나가는 그녀들의 모습을 그저 넋을 놓고 바라볼 뿐이었다. 대신 우리는 그 여자들을 두고 우리끼리 지껄여댔다. 아마 우리가 하는 말을 들었다면 그녀들은 부끄럽고 화가 나서 기절해 나자빠졌을 것이다.

"하지만 그자가 타냐를 어떻게 하지 않을까 몰라…… 그애를 건드리지 않을까!" 갑자기 빵구이가 걱정스럽게 말했다.

그 말에 충격을 받고 우리는 일제히 입을 다물었다. 우리는 타냐에 대해 잊고 있었던 것이다. 어쩌면 저 졸병 출신이란 놈이 그 당당하고 아름다운 모습으로 우리와 타냐를 갈라놓을지도 모를 일이다. 그러다가 소란스레 말싸움이 벌어졌다. 어떤 친구들은 타냐가 결코 그 녀석과 어울리지 않을 것이라고 했고 또 어떤 친구들은 타냐라고 해도 절대 그자를 거부하지 못할 것이라고 했고, 또 어떤 친구들은 만일 그자가 타냐에게 지분거리기라도 하면 갈빗대를 분질러버리자고 했다. 그리고 마침내 우리는 그자와 타냐를 잘 감시하자, 그리고 타냐에게 그 자식은 위험하다고 경고하자고 결정했다. 그것으로 논쟁은 마무리되었다.

한 달 남짓한 시간이 흘러갔다. 졸병 출신 빵구이는 흰 빵을 굽고 금자수 아가씨들과 어울려 놀았으며 우리 작업장에도 자주 드나들었다. 하지만 아가씨들 이야기는 입에 담지도 않았고 내내 콧수염만 배

배 꼬다가는 맛있다는 듯이 입으로 잘근잘근 씹어대곤 했다.

타냐는 아침마다 여전히 '크렌델리'를 얻으러 우리를 찾아왔고 언제나처럼 명랑하고 다정하게 굴었다. 우리는 그 빵구이에 대해 뭔가 이야기를 꺼내보기도 했는데 그녀가 그를 '통방울 송아지'던가 하는 우스꽝스러운 별명으로 부르는 것을 보고 일단 안심했다. 우리는 그녀가 자랑스러웠다. 금자수 아가씨들은 그 졸병을 쫓아다니느라 정신이 없었지만 우리의 타냐는 전혀 달랐던 것이다. 그에 대한 타냐의 태도는 우리 모두를 우쭐하게 만들어주었다. 그녀의 그런 태도에 이끌려 우리도 그를 조금 깔보는 태도를 보이기 시작했다. 그리고 타냐를 더욱더 사랑하고 아침마다 더 반갑고 친절하게 맞이했다.

하지만 어느 날 그 졸병이 술이 얼근해서 찾아와 자리를 잡고는 마구 웃어대기 시작했다. 뭐가 그렇게 우스운 일이 있느냐고 묻자 그는 이렇게 말했다.

"나 때문에 두 계집애가, 리지카와 그루시카가 싸움질을 했지 뭐요…… 서로 반 죽었다니까. 하하하! 머리채를 잡고 현관 바닥을 뒹굴다가 올라타서는…… 으하하! 면상을 할퀴고…… 옷을 찢고 난리를…… 우스워죽겠어! 아니, 여자들은 왜 제대로 주먹질을 안 하고 할퀴기만 하는지 몰라, 응?"

그는 벤치에 앉아서 그 건장하고 깨끗하고 밝은 모습으로 깔깔거렸다. 우리는 아무런 말도 하지 않았다. 왠지 그런 그의 모습이 달갑지 않았던 것이다.

"아니, 내가 얼마나 여복이 많은지 아쇼, 응? 웃기는 일이지! 눈만 한번 찡긋하면 끝난다니까! 젠장!"

그는 금빛 솜털이 덮인 새하얀 두 팔을 들어올렸다가 탁 소리가 나도록 무릎을 쳤다. 그리고 자신이 왜 그렇게 여복이 많은지 자기도 정말 모르겠다는 양 유쾌하고 놀란 눈으로 우리를 바라보았다. 퉁퉁하고 발그레한 낯짝이 더이상 바랄 게 없이 행복하다는 듯 번지르르하게 빛났다. 그는 계속해서 입술을 맛있게 핥아댔다.

우리 빵구이가 화를 내면서 빵 삽으로 페치카 앞턱을 세게 긁으며 이렇게 비웃었다.

"잔챙이들이나 데리고 놀지, 진짜 큰 건 건드리지도 못하면서……"

"그 말, 나한테 하는 거요?" 졸병이 물었다.

"아님 누구겠어……"

"그게 무슨 소린데?"

"아냐, 아무것도, 그냥 한 소리야!"

"아니, 잠깐만! 뭔데, 뭐가 큰 거라는 거야?"

우리 빵구이는 아무런 대답도 하지 않고 페치카 앞에서 부지런히 삽을 놀리기만 했다. 그는 솥에서 찐 빵을 페치카에 집어넣고 다 구워진 크렌델리는 꺼내서 휙 바닥에 던졌다. 바닥에서는 어린 소년들이 그것을 받아 보리수나무 껍질로 만든 줄에 꿰고 있었다. 그는 졸병에 대해서도, 그와의 대화에 대해서도 다 잊어버린 것 같았다. 하지만 졸병은 안절부절 어쩔 줄 몰랐다. 그는 벌떡 일어서서 빵구이가 있는 페치카 쪽으로 다가갔다. 얼핏 허공을 가르는 삽자루에 가슴팍을 찔릴 것만 같았다.

"어서 말해봐. 그게 누군데? 자네, 날 모욕했어, 날? 내 손을 빠져나갈 여자는 하나도 없어, 단 하나도! 그런데 그런 모욕적인 말을 들고 가만있을 수 없지……"

그는 정말 단단히 화가 난 모양이었다. 그는 여자를 낚는 솜씨 말고는 내세울 만한 것이 아무것도 없었던 것이다. 그런 능력을 빼면 살아 있을 의미가 없었다. 오직 그 능력만이 그가 살아 있음을 느끼게 해주었다.

영혼이나 육신의 질병이나 다름없는 어떤 것을 인생에서 가장 가치 있고 가장 훌륭한 것인 양 생각하는 인간들이 있다. 그런 인간들은 평생 그 병을 자랑스레 달고 다니며 그것을 살아가는 보람으로 삼는다. 그 병으로 고통받으면서도 그들은 그것으로 살아가고 징징거리며 주위 사람들의 관심을 끌려고 한다. 그들은 그 병을 가지고 사람들의 동정을 얻으려 하고, 그걸 빼면 그들에게 남는 것은 아무것도 없다. 그들에게서 이 병을 빼앗아 고쳐버리면 그들은 불행해지고 말 것이다. 삶의 유일한 수단을 잃어버리면 그냥 빈껍데기가 되기 때문이다. 때로 인생이란 너무나 보잘것없는 것이라서, 인간은 어쩔 수 없이 자신의 결점을 가치 있는 것이라 생각하며 그로 인해 목숨을 부지하는 경우가 있다. 그래서 할 일 없이 지루한 나머지 잘못을 저지르는 경우가 많다고 말할 수도 있는 것이다.

졸병은 여전히 화를 풀지 못하고 우리 빵구이에게 달려들어 으르렁댔다.

"어서 말하라니까, 누구야?"

"말하라고?" 빵구이가 그에게 홱 몸을 돌리며 말했다.

"그래, 누구야?"

"타냐라고 알아?"

"뭐야?"

"바로 그애 말야! 해볼 테면 해보라고……"

"내가 말야?"

"그래, 자네가!"

"그앨? 그건 식은 죽 먹기지!"

"지켜볼 거야!"

"그래, 잘 보라고! 아하하!"

"그앤 자넬……"

"한 달이면 끝이지!"

"장담하지 마, 졸병 각하!"

"이 주일! 두고 보라고! 누구라고 했지? 타냐! 허 참!……"

"그럼 저리 가시지…… 방해하지 말고!"

"이 주일! 이 주면 돼. 나 참, 자네도……"

"알았으니 이제 저리 비키시라고!"

빵구이는 갑자기 성질을 벌컥 내며 삽자루를 흔들었다. 졸병은 깜짝 놀라며 몇 걸음 뒤로 물러서더니 아무 말도 못하고 우리를 빤히 바라보았다. 그러다가 악에 받친 목소리로 '그래, 좋다!'라고 내뱉고는 지하실을 빠져나갔다.

두 사람이 옥신각신하는 동안 우리는 모두 말없이 흥미롭게 지켜보고만 있었다. 하지만 졸병이 사라지자 우리는 아연 활기를 띠고 왁자지껄 떠들어대기 시작했다.

누군가 빵구이에게 소리쳤다.

"파벨, 너 도대체 무슨 짓을 한 거야!"

"일이나 해!" 빵구이는 벌컥 화를 내며 대답했다.

우리는 그 사내가 타냐를 건드릴 것이고 타냐가 위험에 처할 것임을 느끼고 있었다. 하지만 그런 예감과 더불어 한편 일이 어떻게 될 것인가를 두고 불타는 듯한 즐거운 호기심에 사로잡혔다. 타냐는 과연 졸병을 거부할 수 있을 것인가? 우리 모두는 거의 확신에 차서 외쳐댔다.

"타냐? 그앤 절대 안 되지! 결코 호락호락 넘어가지 않을걸!"

우리는 우리의 작은 여신이 얼마나 강한지 보고 싶어 죽을 지경이었다. 우리는 제각각 근거를 대며 우리의 여신이 워낙 견고한지라 이 싸움에서 승리자가 될 것임을 증명하려고 열을 올렸다. 마침내 우리는 그 졸병의 화를 더 돋우지 않으면 그가 약속을 잊어버릴지도 모르니 그의 자존심을 확실하게 자극할 필요가 있다고까지 생각하게 되었다. 그날부터 우리는 이상할 정도로 긴장해서 예민하게 신경을 곤두세우고 살았다. 그런 생활은 처음이었다. 우리는 하루종일 논쟁을 벌였다. 모두들 아주 똑똑해진 것 같았고 그럴듯한 말도 많이 하게 되었다. 우리는 타냐를 걸고 악마와 무슨 게임이라도 벌이는 느낌이었다. 그러다가 흰 빵 굽는 일꾼들에게서 그 졸병이 '우리의 타냐에게 작업을 걸기' 시작했다는 말을 들었을 때는 쾌재를 부르며 강렬한 호기심에 몸을 떨었다. 우리의 이 흥분 상태를 이용하여 주인이 하루 밀가루 반죽 양을 200킬로그램 넘게 추가한 것도 알아채지 못할 정도였다. 우리는 아무리 일을 해도 힘든 줄을 몰랐던 것이다. 하루종일 타냐라는 이름이 우리의 입에서 떠나지 않았다. 매일 아침 우리는 견딜 수 없이 초조한 마음으로 그녀를 기다렸다. 어떤 때는 어제까지의 타냐가 아닌 다른 타냐가 우리 앞에 나타나는 것 아닌가 하는 상상을 하기도 했다.

하지만 우리는 이 논쟁에 대해 그녀에게 아무 말도 하지 않았다. 아무것도 묻지 않고 전과 다름없이 친절하게 대해주었다. 하지만 이런 태도 속에는 이미 전에 볼 수 없었던 뭔가 낯선 감정이 스며 있었다. 이 새로운 감정은 날카로운 호기심이었다, 비수처럼 예리하고 차가운……

"여보게들! 오늘이 바로 기한 끝이야!" 어느 날 아침 빵구이가 일을 시작하면서 말했다.

그의 말이 아니라도 다들 그날을 분명히 기억하고 있었다. 하지만 그 말을 듣자 우리 모두는 철렁 가슴이 내려앉는 느낌이었다.

"잘 봐, 곧 올 거야!" 빵 굽는 친구가 이렇게 말했다.

누군가 불만스럽게 툴툴거렸다.

"뭐, 본다고 알 수 있겠어!"

그리하여 다시 우리 사이에 왁자지껄한 논쟁이 불붙었다. 마침내 오늘 우리는 우리의 가장 좋은 것을 담은 그릇이 얼마나 깨끗한지를, 더러운 것에 절대로 오염되지 않는다는 사실을 확인하게 되리라. 이 날 아침 우리는 우리 우상의 순결함을 시험하는 이 중차대한 순간에 그녀가 우리를 위해 틀림없이 그놈을 찍소리 못하게 눌러버릴 것이라고 확신했다. 요 며칠 동안 우리는 졸병이 집요하게 타냐를 쫓아다니고 있다는 소식을 들었지만 아무도 그녀에게 그 점에 대해 묻지 않았다. 그녀는 언제나처럼 아침이면 우리를 찾아와 크렌델리를 얻어 갔다. 전과 다름없는 그대로의 모습이었다.

바로 오늘도 우리는 곧 그녀의 목소리를 들을 수 있었다.

"죄수 아저씨들! 저 왔어요……"

우리는 얼른 그녀를 들어오게 했다. 그러나 그녀가 들어왔을 때 우리는 평소와 달리 아무런 말도 하지 않았다. 그녀의 눈빛만 살피며 무슨 말을 어떻게 해야 할지 알지 못했다. 아무 말도 못하고 멍청하게 그녀 앞에 몰려 서 있었을 뿐이다. 여느 때와 달리 자기를 맞이하는 우리의 모습을 보고 그녀는 상당히 놀란 표정이었다. 그녀는 창백해져서 불안한 얼굴로 어쩔 줄 몰라하다가 기어드는 목소리로 물었다.

"왜 다들…… 무슨 일이세요?"

"그런데 넌?" 빵구이가 그녀에게서 눈을 떼지 않고 무뚝뚝하게 한마디 내던졌다.

"제가 뭐요?"

"아, 아무것도 아니다……"

"그럼, 어서 크렌델리 주세요……"

그녀가 이렇게 우리를 재촉하는 것은 처음이었다.

"뭘 서둘러!" 빵구이는 여전히 그녀를 노려보며 꼼짝하지 않았다.

그러자 그녀가 홱 몸을 돌리더니 문에서 사라졌다.

빵구이는 삽을 들고 페치카 쪽을 향하며 조용히 뇌까렸다.

"결국 넘어갔구나! 에이, 졸병 자식! 더러운 놈!……"

우리는 양떼처럼 우르르 작업대로 가서 자리를 잡고 아무 말 않은 채 힘없이 일을 시작했다. 잠시 뒤 누군가 입을 열었다.

"그런데 혹시 아직은……"

"됐어, 됐어! 입도 뻥긋하지 마!" 빵구이가 소리를 질렀다.

우리는 그가 우리보다 똑똑하다는 걸 알고 있었다. 지금 저렇게 외치는 것은 바로 졸병이 승리했음을 말해주는 것이다. 우리는 우울하고 불안한 기분에 젖어들었다……

정오 점심시간이 되자 졸병이 우리를 찾아왔다. 언제나처럼 말쑥하고 멋있게 차려입은 모습으로 그는 우리를 정면으로 바라보았다. 하지만 우리는 그의 시선을 마주하기가 거북스럽고 껄끄러웠다.

"자, 존경하는 여러분. 원하신다면 제가 군인다운 용기를 보여드리겠습니다." 그는 당당하게 웃으면서 이렇게 말했다. "다들 현관으로 나오셔서 문틈으로 보시기 바랍니다, 아시겠죠?"

우리는 밖으로 나가 현관 벽의 판자 틈새에 몰려들어 마당을 살펴보기 시작했다. 그리 오래 기다릴 필요는 없었다…… 곧 걱정스러운 얼굴로 타냐가 마당에 나타나더니 눈이 녹아 진창이 된 곳을 피해가며 종종걸음으로 지나갔다. 그녀는 지하 창고 문 뒤로 몸을 숨겼다. 이어 졸병이 휘파람을 불며 나타나더니 어슬렁거리며 그곳으로 따라 들어갔다. 양손은 주머니에 찔러넣고 콧수염을 씰룩거리면서……

비가 오고 있었다. 우리는 빗방울이 흙탕물에 떨어지며 번지는 파문을 바라보았다. 축축하고 어둑한, 아주 답답하고 지루한 날이었다. 지붕에는 아직 눈이 남아 있었지만 땅에는 진흙 바닥이 여기저기 드러나 있었다. 지붕의 눈도 지저분하게 불그스름한 옅은 층을 이루고 있었다. 비는 부슬부슬 내리며 흐느끼는 것 같았다. 우리는 한기를 느꼈고 더이상 기다리고 싶지 않았다……

지하 창고에서 먼저 나온 것은 졸병이었다. 그는 좀전과 마찬가지로 콧수염을 씰룩거리며 주머니에 손을 넣은 채 천천히 마당을 가로

질러갔다.

그 뒤에 타냐가 나타났다. 그녀의 두 눈…… 그녀의 두 눈에는 기쁨과 행복이 빛나고 있었다. 입술에는 미소가 가득히 번져 있었다. 그녀는 몽롱한 듯 조금 비틀거리며 불안한 걸음을 내디뎠다.

우리는 그 모습을 그대로 지켜보고 있을 수가 없었다. 우리는 너나없이 일시에 문을 박차고 마당으로 몸을 던졌다. 그러고는 그녀에게 휘파람을 불며 독기가 오른 채 사납고 거칠게 고함을 질러댔다.

그녀는 우리를 보고 화들짝 놀라 부르르 떨면서 진창에 붙박인 듯 꼼짝 않고 서 있었다. 우리는 그녀를 둘러싸고 거칠 것 없이 차마 입에 담기 어려운 더러운 욕설을 악랄하게 퍼부어댔다.

그녀가 우리에게 포위되어 도망치기 어렵다는 것을 눈치채고, 우리는 다소 목소리를 낮춰 조급할 것 없이 마음껏 그녀를 조롱하기 시작했다. 그러나 우리는 왠지 그녀에게 손찌검만은 하지 않았다. 그녀는 우리에게 둘러싸여 머리를 이리저리 돌리며 모욕을 견디고 있었다. 하지만 우리는 점점 더 심하게 독설과 악담을 퍼부었다.

그녀의 얼굴에서 핏기가 사라졌다. 조금 전만 하더라도 행복에 가득찼던 푸르스름한 두 눈이 동그랗게 커지고 힘겹게 숨을 쉬느라 가슴이 들썩였고 입술이 파르르 떨렸다.

그녀를 에워싼 우리는 우리를 배신한 일에 대해 복수를 하고 있었다. 그녀는 우리의 것이었다. 우리는 우리의 가장 훌륭한 것을 그녀에게 바치고자 했다. 비록 가장 훌륭하다는 것이 누가 보기에는 거지발싸개 정도에 지나지 않는 것이라 할지라도, 그래도 우리는 스물여섯이고 그녀는 하나다. 어찌 우리의 괴로움에 값할 수 있겠는가, 그녀의 죄는 벌을 받아 마땅하다! 우리는 참으로 심하게 그녀에게 모욕을 퍼부었다. 그녀는 말없이 사나운 눈초리로 우리를 쏘아보면서 온몸을 바들바들 떨었다.

우리는 고함을 치고 웃어대며 그녀를 질타했다. 어디선지 다른 사람들이 나타나 우리와 합세했다. 우리 중 누군가가 타냐의 재킷 소매를 잡아당겼다.

갑자기 그녀의 눈에 불꽃이 일었다. 그녀는 고개를 들고 천천히 두 손을 머리에 올리더니 머리를 매만지면서 큰 소리로, 그러나 차분하게 우리를 정면으로 응시하면서 이렇게 말했다.

"예, 불쌍한 죄수님들!……"

그리고 우리를 향해 걸음을 내디뎠다. 우리가 가로막은 것은 안중에 없다는 듯, 우리라는 존재는 보이지도 않는다는 듯 우리를 향해 똑바로 걸음을 내디뎠다. 그래선지 아무도 그녀의 앞을 가로막고 나서지 못했다.

우리의 포위를 벗어나자 그녀는 돌아보지도 않은 채 크고 또랑또랑한 목소리로, 더욱 경멸적인 어조로 말했다.

"오, 이 더러운…… 오, 이 역겨운 불량배들!"

그러고는 몸을 반듯이 세워 당당하고 아름답게 사라졌다.

우리는 마당 한가운데 진창 속에서 비를 맞으며 그대로 서 있었다. 태양도 없는 회색 하늘을 머리에 이고……

잠시 뒤 우리는 우리의 축축한 돌구멍 속으로 들어왔다. 전과 다름없이 태양은 창문 틈으로라도 우리를 들여다보는 법이 없었고 타냐 역시 더이상 우리를 찾아오지 않았다!……

첫사랑

……그때, 어쩌면 운명은 날 교육시킬 목적으로 첫사랑의 희비극적 격정을 맛보도록 해준 것 같다.

알고 지내던 사람들이 오카 강에 가서 뱃놀이를 하기로 했는데 K 부부를 초대하는 일을 내가 맡게 되었다. 얼마 전에 프랑스에서 돌아온 그 부부와 난 아직 안면이 없었다. 저녁에 나는 그들을 찾아갔다.

그들은 낡은 집 지하실에 살고 있었다. 그 집 앞 도로는 봄부터 여름까지 물구덩이가 마르는 법이 없는 진창이었다. 까마귀들이나 개들이 흙탕물에 제 얼굴을 비춰보고 돼지 새끼들이 목욕 삼아 뒹구는 곳이었다.

나는 뭔가 딴 생각에 사로잡힌 채 낯선 그 집을 방문했다. 산에서 갑자기 굴러떨어진 돌멩이처럼 낯선 집에 들이닥친 나를 보고 주인들은 이상스레 당혹해했다. 중키에 퉁퉁한 주인 남자가 옆방에서 나와 문을 닫고 내 앞에 섰다. 러시아인답게 얼굴 전체에 수염을 기른, 선량해 보이는 푸른 눈을 가진 남자였다.

옷매무새를 고치며 그 남자가 달갑지 않다는 투로 물었다.

"무슨 일이시오?"

그리고 훈계조로 한마디 덧붙였다.

"미리, 들어오기 전에 노크를 하셔야죠!"

그의 등뒤 어둑한 방안에서 하얗고 큰 새 같은 것이 부산스럽게 움직이는가 싶더니 낭랑하고 명랑한 목소리가 들려왔다.

"특히, 부부가 사는 집에 들어올 때는 말이지요……"

나는 불끈해서 내가 찾아온 사람이 당신들이 맞느냐고 물었다. 태평스러운 점원같이 생긴 그 남자가 그렇다고 확인해주었다. 나는 찾아온 이유를 설명했다.

"클라르크가 보냈다 이 말이죠?" 뭔가 생각하면서 점잖게 수염을 매만지던 남자가 발작적으로 외치면서 몸을 홱 돌렸다.

"헤이, 올가!"

그의 손이 마구 떨리는 모습을 보고 난 저 사람이, 일반적으로 말하지 않기로 되어 있는 신체의 그 부분을, 분명 허리 바로 아래쪽에 있는 그 부분을 꼬집히기라도 했나 싶었다.

문틀을 잡으며 몸매가 늘씬한 여자가 나타나 파르스름한 눈에 미소를 띠고 나를 바라보았다.

"누구시죠? 경찰이세요?"

"아닙니다. 바지만 이렇습니다." 내가 이렇게 공손하게 대답했지만 그 여자는 웃음을 터뜨렸다.

화가 나지는 않았다. 그녀의 눈동자에 미소가 환하게 빛나고 있었기 때문이다. 그건 내가 오랫동안 고대하던 바로 그런 미소였다. 내 옷차림을 보고 분명 그녀는 웃지 않을 수 없었을 것이다. 나는 경찰용 푸른색 통바지를 입고 요리사들이 입는 짧은 흰 상의를 셔츠 대신 입고 있었다. 아주 실용적인 옷이었다. 내 상의는 재킷 역할을 멋지게 해냈는데, 목까지 호크를 잠그면 따로 안에 셔츠를 입지 않아도 되기 때문이다. 게다가 발에 잘 맞지 않는 남의 사냥용 장화에 이탈리아 갱들이나 쓸 법한 챙이 넓은 모자가 내 복장을 아주 훌륭하게 완성해주었다.

내 손을 잡고 방으로 끌고 가 탁자에 앉히더니 그녀는 내 앞에 버티고 서서 이렇게 물었다.

"왜 그렇게 우습게 옷을 입고 다니세요?"

"이게 왜 우습습니까?"

"화내지 마요." 그녀가 다독이듯 말했다.

아주 이상한 여자였다. 지금 누가 화내고 있다는 거야?

수염에 덮인 사내는 침대에 걸터앉더니 담배를 말기 시작했다. 나는 눈으로 그를 가리키며 물었다.

"저분은 아버지신가요, 오빠이신가요?"

"남편이에요!" 그녀는 단호하게 대답했다.

"그런데 왜요?" 그녀가 웃으면서 물었다.

그런 그녀를 바라보며 잠시 머뭇거리다가 내가 말했다.

"죄송합니다!"

이렇게 짤막짤막한 대화가 오 분쯤 이어졌다. 나는 갸름하고 동그스름한 이 여인의 얼굴과 다정한 눈길을 마주하고서라면 다섯 시간이라도, 닷새, 아니 다섯 해라도 꼼짝없이 그대로 앉아 있을 수 있을 것 같았다. 자그마한 입의 아랫입술은 살짝 부푼 듯 윗입술보다 도톰했다. 짙은 갈색 머리는 짧게 깎아서 꼭 화관을 쓴 것 같았다. 장밋빛 귀가 환히 드러나 있고 뺨은 소녀처럼 보드랍고 발그레했다. 손도 무척 아름다웠다. 문틀을 잡고 서 있을 때 나는 이미 어깨까지 드러난 그녀의 팔에 시선을 빼앗겼다. 옷차림은 아주 간소했다. 레이스 달린 넓은 소매의 윗옷과 바느질이 정교한 흰색 치마. 그러나 무엇보다 가장 눈에 띄는 것은 그 파르스름한 눈이었다. 그 눈은 다정한 호기심으로 아주 맑고 우아하게 빛나고 있었던 것이다. 그녀의 미소는, 분명! 스무 살짜리 사나이의 심장에, 거친 세파에 시달린 심장에 간절하게 필요한 바로 그 미소였다.

"곧 비가 뿌리겠어." 그녀의 남편이 말했다. 담배 연기가 얼굴의 수염에 퍼져 올랐다.

나는 창밖으로 시선을 돌렸다. 구름 한 점 없는 하늘에 별들이 떠오르기 시작했다. 그제야 나는 내가 이 사내를 방해하고 있다는 사실을 깨닫고 자리에서 일어났다. 아주 오랫동안 내심으로 찾고 있던 사람을 만난 것 같은 조용한 기쁨을 안고서……

파르스름한 눈동자의 다정한 눈빛을 소중히 마음에 담고 나는 밤새도록 들판을 헤매고 돌아다녔다. 그리하여 마침내 새벽녘에는 그 자그마한 부인이 배부른 고양이같이 그저 선한 눈을 한 그따위 굼벵이 털보와는 결코 어울리지 않는다고 확고하게 믿어 의심치 않게 되었다. 심지어 그녀가 가엾고 참으로 안됐다는 생각까지 들었다. 수염 속에 빵 부스러기나 붙이고 사는 사내와 함께 살아야 하다니……

다음날 우리는 색색의 넓은 점토층을 이루고 있는 가파른 절벽을 끼고 흐릿한 오카 강을 따라 내려갔다. 세상에 더없이 좋은 날이었다. 티끌 하나 없이 청명한 하늘에 태양이 찬란하게 빛났고 강물 위에는 잘 익은 딸기 냄새가 감돌았다. 모두들 자신이 진정 멋지고 아름다운 존재라고 느꼈다. 그런 모습을 보니 나는 그들에 대한 즐겁고도 사랑스러운 감정이 북받쳐 올랐다. 심지어 내 마음속에서 그 부인의 남편까지도 아주 좋은 사람으로 여겨졌다. 나는 부인이 탄 배의 노를 젓고 있었고, 남편은 다른 배에 타고 있었다. 그는 하루종일 더 바랄 나위 없이 아주 지혜롭게 행동했다. 처음에는 글래드스턴* 옹에 대해 아주 흥미 만점의 이야기를 늘어놓더니 최고급 우유 한 깡통을 다 마신 뒤에는 관목 아래 드러누워 저녁 무렵까지 어린애같이 조용히 잠만 잤던 것이다.

물론 내가 탄 배가 제일 먼저 들놀이 장소에 도착했다. 내가 부인을 안아서 내려줄 때 그녀가 이렇게 말했다.

"힘이 정말 장사시네요!"

시내에 있는 어떤 종탑이라도 쓰러뜨릴 수 있다고 자부하던 나는 7킬로미터쯤 떨어진 시내까지 그녀를 안고 갈 수도 있다고 말했다 (하지만 그건 분명 불가능한 일이었다). 그녀는 다정한 눈길로 나를 살피며 조용히 웃음을 지었다. 하루종일 그녀의 눈이 내 앞에서 빛나고 있었고 물론 나는 그것이 오직 나를 위해서만 빛나는 것이라고 확

---

* 영국의 정치가.

신했다.

그후 모든 일이 빠르게 진척되었다. 일찍이 본 적이 없었던 흥미로운 야수를 만난 여인과 여인의 다정함이 필요했던 젊은이에게 이는 아주 자연스러운 일이었다.

알고 보니 그녀는 겉으로 보기와는 달리 나보다 열 살이나 많았다. 그녀는 폴란드의 비아위스토크 '귀족 여학교'에서 교육을 받았고 동궁冬宮* 위수사령관과 약혼한 적도 있고 파리에서 살기도 했으며 그림 공부도 하고 산파술도 배운 적이 있다고 했다. 그녀의 어머니도 산파였는데 따져보니 내가 태어날 때 나를 받아준 바로 그분이었다. 나는 이 사실을 확인하고 어떤 숙명 같은 느낌에 몸서리칠 듯 기뻐했다.

보헤미안이나 망명자들과의 어울림, 그러다가 만난 한 남자와의 관계, 그후 파리와 페테르부르크, 빈의 지하실과 다락방 등지를 전전하며 굶기를 밥 먹듯 했던 떠돌이 생활, 이 모든 이력들이 귀족학교 여학생을 기묘하게 휘감아 몹시 흥미로운 사람으로 만들어주고 있었다. 박새처럼 경쾌하고 대담한 그녀가 사람이나 인생사를 대하는 모습은 호기심 가득한 영리한 아이와도 같았다. 그녀는 도발적으로 프랑스 가요를 부르며 우아하게 담배를 피우는가 하면 솜씨 좋게 그림을 그리기도 했고 무대에서 아주 훌륭하게 연기를 하기도 했다. 그런가 하면 뜨개질 솜씨도 좋아서 멋지게 스웨터와 모자를 짜기도 했다. 하지만 산파일은 하지 않았다.

"네 번 아이를 받은 적이 있는데 사망률이 75퍼센트였어." 그녀는

---

* 황제의 겨울궁전.

이렇게 말하곤 했다.

　이런 경험 때문에 그녀는 간접적으로 인간의 번식을 도와주는 그 일을 영원히 그만두게 되었다. 반면 그 일에 직접 참여한 사실은 네 살짜리 예쁘고 귀여운 딸애가 증명해주었다. 그녀는 자신에 대해 말할 때 너무나 잘 알고 있어 이제 아주 신물이 난 사람에 대해 얘기하는 투로 말했다. 그러나 가끔 자신에 대해 얘기하다가 왠지 깜짝 놀라는 것 같기도 했다. 그럴 때면 두 눈이 아름다운 그늘에 젖어 반짝였고 조금 당황해하는 가벼운 미소가 어리곤 했다. 당황한 어린애들이 그런 미소를 짓는 법이다.

　나는 그녀가 예리하고 민감한 지성을 지니고 있다는 것을 잘 느끼고 있었다. 나보다 문화적 수준이 훨씬 높다는 것도 알고 있었다. 사람들을 대하는 그녀의 태도는 진심으로 뭐든 다 받아들여주겠다는 듯이 너그러웠다. 하여튼 그녀는 주변의 누구와도 비교할 수 없을 정도로 가장 흥미를 끄는 존재였다. 무슨 이야기든 거침이 없는 그녀의 어투에서 나는 혹시 이 사람이 내 주변에 있는 혁명적 성향의 지인들이 알고 있는 것을 다 알고 있을 뿐만 아니라 그걸 넘어 뭔가 더욱 높은 가치가 있는 것을 알고 있는 게 아닌가 하는 생각을 했다. 하지만 그녀는 세상 모든 것을 멀리서, 한편으로 비켜서서, 흥미롭지만 위험한 장난을 치는 아이들을 바라보는 어른처럼, 자신은 이미 다 겪어보았다는 듯이 지그시 미소를 지으며 바라보았나.

　그녀가 살고 있던 지하실은 두 개의 공간으로 나뉘어 있었다. 작은 부엌이자 응접실 역할을 하는 공간과 큰 방 하나였다. 큰 방의 창문 세 개는 길거리 쪽으로, 그리고 다른 창문 두 개는 잡동사니로 지저분한 뒷마당 쪽으로 나 있었다. 이 지하실은 구두장이 작업장으로나 쓸 만한 곳이었지, 대혁명의 성지인 몰리에르와 보마르셰, 빅토르 위고와 같은 위대한 인물들이 살던 도시 파리에서 온 이 우아하고 자그만 여성에게는 결코 어울릴 수 없었다. 이처럼 그림과 액자가 어울리지 않는 모습은 그 외에도 숱하게 많았다. 그런 모든 것들을 지켜보며 나는 마음이 너무나 쓰라렸고 다른 어떤 감정보다도 큰 동정심에 사로잡히지 않을 수 없었다. 그러나 내가 보기에 분명 부끄러움을 느낄 법한 것들에 대해 정작 그 여자 자신은 전혀 신경쓰지 않았다.

그녀는 아침부터 저녁까지 일했다. 아침에 요리와 집안일을 하고 나면 창 밑에 놓인 커다란 탁자에 하루종일 앉아서 사진을 보며 연필로 주민들 초상화를 그리거나 지도나 통계표 같은 것을 만들어 지역 통계자료집을 작성하는 남편을 돕곤 했다. 열어놓은 창문으로 길거리 먼지가 날아들어 그녀의 머리와 탁자 위에 쌓이고 행인들의 커다란 발그림자가 종이 위에 어른거리곤 했다. 일을 하면서 그녀는 노래를 부르기도 하고 앉아 있기에 지치면 의자를 끌어안고 왈츠를 추거나 딸애와 함께 놀았다. 그녀는 지저분한 일거리에 둘러싸여 있었지만 언제나 고양이처럼 깔끔하게 차려입고 있었다.

남편은 호인이었지만 게을렀다. 침대에 누워 번역소설, 특히 대★뒤마의 소설을 즐겨 읽었다. 그는 그 소설이 뇌세포를 신선하게 해준다고 말하곤 했다. 그는 삶을 '엄격한 과학적 견지에서' 바라보는 것을 좋아했다. 그는 밥 먹는 일을 '음식물 섭취'라고 불렀고, 그걸 마치고 나면 이렇게 말하곤 했다.

"위에서 소화시킨 음식 영양소가 조직 세포로 이동하기 위해서는 절대 안정이 요구된다네."

이렇게 말하고 그는 수염에 달라붙은 빵 부스러기를 털어내는 것도 잊은 채 그대로 침대에 누워 몇 분 동안 열심히 뒤마나 그자비에 드 몽테팽을 읽는 것이었다. 그러고는 한두 시간쯤 흥에 겨워 콧노래를 흥얼거렸다. 그러면 부드러운 갈색 수염은 그 속에서 뭔가가 기어다니는 것처럼 조용히 흔들거렸다. 잠이 깨면 한참을 곰곰이 생각에 잠긴 채 천장의 갈라진 틈새를 응시하고 있다가 갑자기 떠올랐다는 듯 이렇게 말했다.

"그래, 쿠지마 녀석, 파넬*의 사상을 잘못 해석하고 있었던 거야!"

그러고는 쿠지마에게 한 수 가르쳐야 한다고 나가면서 아내에게 이렇게 이르는 것이었다.

"당신, 나 대신 마이단스크 마을에서 말을 소유하지 못한 농민 숫자를 집계해줘. 곧 돌아올 테니!"

하지만 그는 자정이 다 되어서야, 때로는 더 늦게 아주 득의양양한 표정으로 돌아오곤 했다.

"있지, 내 오늘 쿠지마를 아주 혼내줬다고! 그 녀석, 인용하는 기억력 하나는 기가 막히게 좋지만 나도 그 점에선 결코 뒤지지 않는단 말씀이야. 아, 그런데 그 녀석, 글래드스턴의 동방정책에 대해서는 하나도 모르더라고, 기가 막힌 일이지!"

그는 늘 비네**나 리셰***와 같은 이름과 뇌위생학 따위에 대해 열

---

* 영국으로부터 아일랜드의 독립을 주창한 아일랜드의 정치가. 철저한 토지개혁론자.
** 프랑스 병리심리학자.
*** 1913년 노벨상을 받은 프랑스 생리학자.

을 올렸고 날씨가 좋지 않아 집에 있을 때는 딸애를 키우는 일에 매달렸다.

"튤랴, 음식을 먹을 땐 꼭꼭 씹어야 해. 그래야 위가 음식물을 빨리 소화시켜서 몸에 흡수가 잘되는 화학물질로 만들어주는 거야."

식후에 그는 '절대적 안정 상태'를 누리기 위해 아이를 침대에 뉘어놓고 이야기를 들려주었다.

"자, 그래서, 잔인한 야심가였던 나폴레옹은 권력을 장악하고는……"

그의 아내는 이런 강의를 들으면서 눈물까지 흘리고 깔깔대며 넘어갔지만 그는 화를 내지 않았다. 사실은 화를 낼 시간이 없었다고 하는 편이 옳다. 그는 이야기를 하다 말고 금세 잠이 들어버리곤 했기 때문이다. 딸애 역시 그의 비단 같은 수염을 만지작거리다가 웅크린 채 잠이 들었다. 나는 이 아이와 아주 친하게 지냈다. 그애는 잔인한 권력 찬탈자 나폴레옹이나 그를 향한 조제핀 보아르네의 슬픈 사랑에 대한 볼레슬라프의 이야기보다 내 이야기를 훨씬 더 재미있어했던 것이다. 볼레슬라프는 우스꽝스럽게 질투를 표현했다.

"나는 항의한다, 페시코프! 어린애에겐 먼저 현실을 어떻게 대해야 하는지 기본적인 원칙을 가르쳐줘야 할 필요가 있어. 그다음에 현실을 자세히 알아도 늦지 않지. 자네가 영어를 알아서 『어린이 영혼의 위생』을 읽을 수만 있다면 좋을 텐데……"

그렇게 말하는 그가 알고 있는 영어라고는 사실 단 두 단어, 굿 바이뿐이었다.

그는 나보다 나이가 두 배는 많았지만 어린 푸들처럼 호기심이 많았다. 그리고 자신이 러시아뿐만 아니라 외국의 수많은 혁명 단체의 비밀을 다 알고 있는 사람인 양 허풍을 떨기 좋아했다. 하긴 어쩌면 정말로 그런 사정에 밝은 사람이었는지도 모른다. 어딘지 비밀스러운 분위기를 풍기는 사람들이 그를 찾아오는 경우가 많았는데 그들은 모두 한결같이 우연히 바보 역할을 맡게 된 희극배우처럼 행동했다. 나는 그의 집에서 어색하게 붉은 가발을 쓰고 작고 짧은데다 알록달록한 양복을 입어 조금 우스꽝스럽게 보이던 비합법 활동가 사부나예프를 본 적도 있었다.

한번은 볼레슬라프 집에 도착했을 때 머리가 작고 몸가짐이 아주 민첩한 사람을 목격했다. 왠지 꼭 이발사 같은 분위기였다. 그는 격자무늬 바지에 잿빛 윗도리를 입고 빠드득 소리가 나는 단화를 신고 있었다. 볼레슬라프는 나를 부엌 한구석으로 밀어붙이며 속삭였다.

"중요한 임무를 띠고 파리에서 온 사람이야. 코롤렌코*를 만나게 해줘야 돼. 자네가 가서 일을 성사시켜주게……"

나는 그의 부탁대로 코롤렌코를 만나도록 주선하려고 했으나 코롤렌코는 길에서 그의 모습을 보고는 아주 단호하게 잘라 말했다.

"아니, 됐네. 저 멋쟁이분과는 만나고 싶지 않네!"

볼레슬라프는 분노하며 파리에서 온 그 사람 일과 '혁명 사업'에 관해 이틀 내내 코롤렌코에게 편지를 작성했다. 그는 분노에 찬 문체에서 점잖게 꾸짖는 조심스런 문체까지 온갖 문장을 동원하여 편지를 썼지만, 그의 서간체 문학의 모델이라고 할 만한 그 편지를 난로 아궁

---

* 19세기 말의 러시아 문학가. 고리키의 문학적 스승으로 당시 지역의 진보적 문예활동을 이끌었다.

이에 던져 넣어 태워버리고 말았다. 얼마 되지 않아 모스크바와 니즈니노브고로드, 블라디미르 등지에서 검거 선풍이 불었고, 그 격자무늬 바지를 입고 있던 자는 아주 유명한 정부 프락치인 랑데젠가르팅이었다는 사실이 드러났다. 그자는 내가 인생에서 처음 본 제대로 된 정부 프락치였다.

하지만 이런 일들과는 별개로 내 연인의 남편은 그저 선량한 보통 사람이었고 다소 감상적이기도 하고 '과학의 무거운 짐'을 희극적으로 짊어진 인물이었다. 그는 이렇게 말하곤 했다.

"지식인의 삶의 의미는 과학의 짐을 부단히 축적하여 민중 대중에게 그것을 고루 나누어주는 데 있지."

나의 사랑은 더욱 깊어져 고통이 되어갔다.

나는 그 지하실에 앉아 내 마음의 여인이 탁자에 몸을 숙이고 일하는 모습을 물끄러미 바라보며, 그녀를 안아 들고 이 저주받은 지하실에서 벗어나 어디론가 데려가고 싶다는 소망에 우울하게 젖어들곤 했다. 큼직한 2인용 침대와 딸애가 잠자는 낡고 묵직한 소파, 먼지투성이 책과 서류 더미가 쌓인 탁자 따위는 다 내버리고 말이다. 창가에는 지나다니는 사람들 발이 어른거리고 때로는 집 없는 떠돌이 개가 코를 벌름거리며 창문을 들여다보기도 했다. 햇볕이 따사로워지면 거리에서 더러운 냄새가 흘러들어 더욱 숨이 막히는 이 지하실에서 부인은 소녀 같은 자태로 나지막이 노래를 읊조리며 연필이나 펜을 놀리고 있었다. 그리고 가끔 수레국화와도 같은 다정한 눈길로 내게 미소를 지었다. 난 이 여인을 아득히 정신을 잃을 정도로 미치도록 사랑한다. 그리고 이 여인이 정말 못 견디게 가엾다.

"자기에 대해 뭐든 더 얘기해봐요."

그녀가 이렇게 청한다. 나는 어떻게든 입을 열지만 몇 분도 되지 않아 그녀가 이렇게 말한다.

"그건 당신 얘기가 아니잖아요!"

나도 내가 말하는 모든 것이 아직은 진짜 나 자신에 대한 것이 아니라는 점, 사실은 내가 눈이 먼 채 헤매고 다니는 그 무엇이라는 점을 알고 있었다. 난 내가 겪은 세상에 대한 온갖 체험과 생각의 혼란스러운 뒤섞임 속에서 나 자신을 찾아야만 했다. 하지만 난 그럴 능력도 없었고 오히려 그걸 두려워하고 있었다. 나는 도대체 누구이고 무엇이란 말인가? 이 질문 앞에서 나는 몹시 당황스러웠다. 나는 삶을 비관했고 이미 자살이라는 비참하고도 어리석은 짓을 마음에 품고 있기도 했다. 나는 사람들을 이해할 수 없었다. 그들의 삶은 모두 아무 방향도 없는 어리석고 추잡한 것이었다. 내 속엔 존재의 어두운 구석, 세상의 모든 비밀을 속속들이 들여다보고 싶다는 간절한 호기심이 스물스물 기어다니고 있었다. 때로 나는 '이제 난 어떻게 될 것인가?'라는 단순한 호기심 때문에 범죄를 저지를 수도 있을 것만 같은, 사람을 죽일 수도 있을 것만 같은 느낌이 들었다.

만일 진짜 나 자신을 찾아낸다면 그건 정말 온갖 이상한 생각과 감정이 뒤범벅되어 혐오스럽고 끔찍한, 눈뜨고 볼 수 없는 놈일 거라고 생각했다. 그런 놈이 마음의 여인 앞에 서 있다면 그녀는 얼마나 놀라고 두려워할 것인가. 나는 이런 나를 어떻게든 해야 했다. 나는 바로 이 여인이 진정한 나 자신을 느끼게 해줄 수 있을 거라고 확신했다.

그뿐만 아니라 이 여인은 삶에 대한 저 어두운 생각들로부터 벗어나게 해주고 내 영혼의 무거운 짐을 영원히 벗어버리도록 마법을 부릴 수 있는 사람이라고 확신했다. 그녀는 위대한 힘, 위대한 기쁨의 불꽃으로 내 앞에 타오를 것이었다.

자신에 대해 아무렇지도 않게 말하는 어투와 사람들을 다소 내려다보는 태도 등을 보며 나는 이 사람이 뭔가 특별한 것을 알고 있는 사람임이 틀림없다고 생각했다. 이 여인은 세상 모든 수수께끼의 열쇠를 가지고 있다, 그래서 저렇게 언제나 명랑하고 자신만만한 것이다. 어쩌면 내가 그 여자를 이해할 수 없기 때문에, 다른 이유가 아닌 바로 그 때문에 그녀를 사랑했는지도 모른다. 하지만 난 어쨌든 있는 힘을 다해 모든 열정을 바쳐 젊은이답게 그녀를 사랑했다. 이런 열정을 감추고 억누르기란 나로선 너무나 고통스럽고 힘든 일이었다. 그 감정은 나를 다 태워버리고 무력하게 만들었다. 내가 좀더 단순하고 투박한 사람이라면 더 좋았을 것이다. 하지만 난 여자와의 관계가 단지 육체적 결합 행위에 국한되는 것이 아니라고 굳게 믿었다. 그런 것은 조잡하고 단순한 동물적 형식에 지나지 않는다. 나 역시 건강하고 아주 감성이 풍부한 젊은이였고 조그만 자극에도 상상력이 풍부해지는 사람이었지만 나는 그런 행위에 대해서는 혐오감 같은 것을 가지고 있었다.

이런 낭만적인 몽상이 어떻게 내 마음속에 자리잡게 되었는지는 모르지만, 나는 내가 알고 있는 것 저 너머에 내가 모르는 뭔가가 더 존재한다는 불변의 확신을 가지고 있었다. 여자와의 관계에는 위대하고 신비로운 것이 존재한다, 여자를 한번 안게 되면 위대하고 환희에 찬

경외의 감정을 체험하게 되고 사람이 완전히 새롭게 태어난다……

내가 생각하기에 내가 이런 환상을 가지게 된 것은 소설을 많이 읽은 탓이 아니었다. 나는 현실에 대한 반항심에서 그런 환상을 키우고 발전시켰다. '나는 저항하기 위해 이 세상에 나왔다'고 생각하기 때문이었다.

그 외에도 내겐 어렴풋하고 이상한 기억이 있었다. 아주 어린 시절 언젠가, 현실의 경계 저 너머 아득한 곳에서 아주 강렬한 영혼의 폭발을, 달콤한 전율의 감각을 체험한 적이 있었다. 아니, 그것은 어떤 조화의 예감 같은 것이라고 해야 더 옳을 것이다. 그것은 마치 아침에 아주 환하게 떠오르는 태양과도 같은 기쁨이었다. 어쩌면 그것은 내가 어머니 뱃속에 있을 때 어머니의 신경 에너지의 행복한 폭발이 뜨거운 충격으로 내게 전해지면서 나의 영혼이 창조되고 나의 영혼이 생명을 향해 최초로 불타오르기 시작했을 때의 느낌이었을지도 모른다. 내가 평생 여자에 대해 어떤 특별한 것을 고대해마지않았던 까닭은 어쩌면 어머니와 관련된 이 황홀한 행복의 느낌과 기억 탓이었을 것이다.

잘 모르면 생각으로 꾸며내는 법이다. 그리하여 인간이 얻은 가장 지혜로운 것, 그건 여인을 사랑하고 여인의 아름다움에 경배하는 능력이다. 여인에 대한 사랑에서 지상의 모든 아름다운 것이 태어난다.

어느 날 나는 강에서 수영을 하고 놀다가 전마선의 선미에서 다이빙을 했는데, 그만 닻의 윗부분 가름대에 가슴을 부딪히고 닻줄에 발이 엉키고 말았다. 나는 머리를 거꾸로 한 채 처박혀서 익사할 뻔했다. 다행히 한 인부가 나를 끌어내 온몸이 찢겨져나갈 정도로 문지르고 인공호흡을 시켰다. 나는 피를 토하고 살아났다. 하지만 입에 얼음이나 물고 녹이며 침대에 누워 있어야만 했다.

나의 여인이 병문안을 와서 내가 누워 있는 간이침대에 걸터앉아 어쩌다가 이렇게 됐느냐고 물으며 가녀린 손으로 내 머리를 쓰다듬어주었다. 그녀의 그늘진 두 눈에 걱정이 담겨 있었다.

나는 내가 당신을 사랑하고 있다는 것을 아느냐고 물었다.

"그래요" 하고 그녀는 조심스럽게 미소를 지으며 대답했다. "알아요. 하지만 그건 아주 좋지 않은 거예요. 나도 당신을 사랑하고 있긴 하지만요."

물론, 그녀의 이 말이 끝나자마자 천지가 진동하고 정원의 나무들이 환희의 원무를 추며 빙빙 돌았다. 나는 전혀 기대하지 못했던 그녀의 대답에 너무나 놀라고 감복한 나머지 멍한 상태로 그녀의 무릎에 머리를 처박았다. 그녀를 있는 힘껏 끌어안지 않는다면 그녀가 비눗방울로 날아올라 창밖으로 사라져버릴 것만 같았다.

"움직이지 마요. 몸에 좋지 않아요!" 그녀는 내 머리를 베개 위에 밀어올려놓으려고 애쓰면서 엄하게 말했다. "흥분하지도 마요. 안 그러면 난 갈 거예요. 이제 보니 당신은 아주 제정신이 아니군요. 그런 사람인지 생각도 못했어요. 당신 감정과 우리 얘기는 나중에 몸이 회복된 뒤에 하기로 해요."

이런 말을 하는 그녀는 더없이 침착했다. 그리고 그늘진 두 눈은 형언할 수 없이 다정하게 미소를 띠고 있었다. 그녀는 곧 자리에서 일어났다. 나는 금방이라도 그녀와 함께 이제까지와는 전혀 다른 생각과 전혀 다른 감정의 세계로 휙 날아갈 것만 같은 행복한 환상과 무지갯빛 희망에 불타올랐다.

며칠 뒤 나는 들판 끝 골짜기에 앉아 있었다. 골짜기 저 아래 관목들 사이로 바람이 서걱대고 있었다. 회색 하늘은 금방이라도 비를 몰고 올 것 같았다. 또한 그녀의 입은 사무적인 회색의 단어들로 우리는 나이 차이가 너무 크고, 내가 지금은 배워야 할 때라고, 그리고 애 딸린 여자를 아내로 삼기에는 너무 이르다고 말하고 있었다. 그 모든 말들은 아프지만 분명한 사실이었다. 그녀는 어머니와 같은 말투로 내게 말했다. 하지만 내 마음속엔 이 다정스러운 여인에 대한 사랑이 점점 더 강하게 솟아났다. 그녀의 목소리, 부드러운 그녀의 말은 슬프고도 달콤했다. 누가 내게 그렇게 말해주는 것은 평생 처음이었다.

나는 골짜기 저 아래쪽에 푸른 강물처럼 바람에 일렁이는 관목 숲을 응시하며, 내게 보여준 이 여인의 다정함에 대해 평생 진심을 다하여 보답하리라고 굳게 맹세했다.

"뭐든 결정을 내리기 전에 먼저 잘 생각해봐야 해요." 조용한 그녀의 목소리가 들렸다. 그녀는 꺾어 든 호두나무 가지로 무릎을 두드리며 녹색의 과수원 구릉에 가려진 시내 쪽을 바라보고 있었다.

"그리고 물론, 나는 볼레슬라프하고도 얘기를 해야 해요. 이미 좀 눈치를 채고 아주 신경이 날카로워져 있어요. 난 드라마 같은 일이 벌어지는 선 싫어요."

모든 것이 아주 슬프고도 또 좋았지만, 그때 뭔가 저속하고도 우스꽝스러운 일이 벌어지고 말았다.

내 바지는 허리춤이 너무 커서 나는 옷을 접어 3인치나 되는 커다란 구리 핀으로 고정하고 다녔다. 오늘날엔 그런 핀을 쓸 일이 없을 테니 사랑에 빠진 가난한 사람들에게 참 다행스러운 일이 아닐 수 없다. 그런데 이 빌어먹을 핀 끝이 쉴새없이 내 살갗을 콕콕 찔러대다가 내가 몸을 잘못 움직이는 바람에 그대로 침 전체가 옆구리를 푹 찌르고 들어간 것이다. 나는 어찌어찌 그녀의 눈에 띄지 않게 핀을 뽑아내긴 했지만 깊은 상처에서 피가 뭉클뭉클 흘러나와 바지를 적시는 느낌에 하얗게 질리고 말았다. 나는 내의를 따로 입고 있지 않았고 요리사 윗도리는 짤막해서 허리춤까지밖에 가리지 못했다. 피에 젖어 몸에 달라붙은 바지를 입고 어떻게 일어서서 걸어간단 말인가.

꼴이 우습게 되었다고 생각하면서, 게다가 부끄러운 모양새가 되었다는 사실에 나는 몹시 당황했다. 나는 미친 사람처럼 부르르 떨며 자신이 할 역할을 잊어버린 배우처럼 이상한 목소리로 마구 지껄여대기 시작했다.

처음에는 내 말을 주의깊게 듣고 있다가 잠시 뒤 그녀는 도대체 무슨 말인지 모르겠다는 듯이 이렇게 말했다.

"무슨 말을 그렇게 꾸미고 부풀리고 그래요! 당신은 갑자기 다른 사람이 되었군요."

그녀의 이 말에 난 결정적인 한 방을 먹고 깜짝 놀란 사람 모양으로 입을 꾹 다물고 말았다.

"이제 가요. 비가 올 것 같아요!"

"전 여기 남겠습니다."

"왜죠?"

그녀에게 내가 뭐라고 대답할 수 있었겠는가.

"나 때문에 화가 나셨나봐요?" 그녀가 다정하게 내 얼굴을 바라보며 물었다.

"아니, 아닙니다! 저 자신한테 화가 나서요."

"자신에 대해서도 화를 낼 필요 없어요." 자리에서 일어나며 그녀가 충고했다.

하지만 뜨끈한 핏물에 젖은 채로 일어날 수는 없었다. 이제라도 저여인이 피가 옆구리에서 졸졸 흘러내리는 소리를 듣고 이렇게 물을 것만 같았다.

'그건 뭐죠?'

'어서 가세요!' 나는 속으로 그녀에게 애원했다.

그녀는 좋은 마음으로 내게 다정한 말 몇 마디를 더 던지고는 능선을 따라 날씬한 다리를 예쁘게 놀리며 걸어갔다. 나는 그녀의 유연한 몸매가 멀어지며 작아지는 모습을 지켜보다가 땅바닥에 쓰러졌다. 나의 첫사랑이 몹시도 불행할 것이라는 생각으로 커다란 충격에 빠져버린 것이다.

결국 일은 그렇게 되고 말았다. 그녀의 남편은 감상적으로 굵은 눈물을 쏟으며 콧물까지 훌쩍거렸고 불쌍하게 애원하며 매달렸다. 그녀는 이 끈적끈적한 물살을 건너 내게 헤엄쳐올 엄두를 내지 못했다.

"그이는 저렇게 무력한데, 당신은 참 강인하군요!" 그녀가 눈물을 글썽이며 내게 말했다. "그이는 만일 내가 떠난다면 자긴 태양을 잃은 꽃처럼 죽고 말 거라더군요."

이 말을 듣고 나는 깔깔깔 웃음을 터뜨렸다. 짤막한 다리에 여자 같은 허벅지, 수박처럼 둥그런 배를 가진 그런 꽃이 떠올랐던 것이다.

그의 수염 속에 언제나 먹을 게 남아 있어서 파리가 끊이지 않고 날아들던 모습까지.

그녀도 같이 미소를 지으며 말했다.

"그래요, 말은 좀 우스워 보이긴 하지만, 어쨌든 그이가 몹시 괴로워하고 있는 것은 사실이죠!"

"저 역시 마찬가지입니다."

"아, 하지만 당신은 젊고, 또 강하잖아요……"

나는 내가 약자들의 적이라는 생각을 이때 처음 해보았다. 훗날 나는 이보다 훨씬 더 심각한 상황에서 약자들에 둘러싸인 강자가 참으로 비극적으로 무력해지고 죽을 수밖에 없는 운명에 처하여 무익하게 그저 생존을 유지하기 위해 영육의 소중한 에너지를 소모하고 있는 모습을 수없이 목격할 수 있었다.

얼마 후 나는 이곳을 떠나 폐인처럼 반쯤 미치광이가 되어 거의 이 년 동안 부평초처럼 러시아 곳곳을 헤매고 다녔다. 볼가 강 유역과 돈 강, 우크라이나, 크림과 캅카스 지역 등을 떠돌면서 수없이 많은 것을 보고 듣고 별별 일을 다 겪으면서 나는 성정이 제법 거칠고 사나운 청년이 되었고 그녀보다 더 멋지고 똑똑한 여자들을 많이 보았지만, 그녀의 사랑스러운 모습은 내 마음속 깊은 곳에 지워지지 않고 그대로 간직되어 있었다.

이 년도 훨씬 지난 가을 티플리스에 머물고 있을 때 나는 그녀가 파리에서 돌아와 내가 있는 바로 이 도시에 살고 있다는 소식을 듣게 되었다. 나는 뛸듯이 기뻤다. 스물세 살의 건강하기 짝이 없던 젊은 내가 난생처음 의식을 잃고 잠시 기절까지 했다.

그녀를 찾아갈 것인지 미처 결심을 못하고 있을 때 그녀 쪽에서 먼저 아는 사람을 통해 나를 초대했다.

내가 보기에 그녀는 더욱 아름답고 사랑스러웠다. 여전히 처녀 같은 모습, 보드라운 볼의 홍조, 다정하게 빛나는 수레국화 같은 두 눈, 모든 것이 그대로였다. 남편은 프랑스에 남고 그녀는 새끼 양처럼 활달하고 우아하게 생긴 딸애와 함께 살고 있었다.

내가 그녀의 집을 방문하는 날 도시에는 천둥과 번개까지 동반한 폭풍우가 몰아닥쳤다. 성 다윗 산*에서 쏟아져내려온 거센 물줄기가 거리를 쏜살같이 흘러가며 돌멩이들까지 휩쓸고 다녔다. 아우성치는 바람 소리, 성난 물결 소리, 무언가 우지직하며 부서져내리는 소리가 온 집안을 뒤흔들었고 그때마다 유리창은 쨍그랑거리며 흔들렸다. 방안엔 푸른 번개가 번쩍거렸고 주위 모든 것이 바닥 모를 심연의 물 속으로 잠겨들어가는 것만 같았다.

놀란 딸아이는 이불을 뒤집어쓰고 침대에 숨었고 나와 그녀는 창가에 서서 왠지 목소리를 낮추고 이야기를 나누었다. 천둥과 번개로 폭발하는 하늘에 우리는 두 눈이 멀어버린 것 같았다.

"저런 천둥과 번개는 처음 봐요." 사랑하는 여인의 목소리가 내 곁에서 속삭이듯 말했다.

그러다가 갑자기 물었다.

"그래, 어때요? 이제 사랑은 치유되었나요?"

"아뇨."

---

* 성인 다윗이 살았다는 전설이 있는 신성한 산 므타츠민다의 별칭.

그녀는 분명 놀란 듯했으나 여전히 나지막한 목소리로 말했다.

"아아, 참 많이 변하셨네요. 완전히 다른 사람 같아요."

그녀는 창가의 안락의자에 천천히 앉으면서 몸을 흠칫 떨었다. 번개가 번쩍하자 그녀는 섬뜩한지 눈을 찡그리며 속삭였다.

"여기 오니 당신 얘기를 많이 하더군요. 왜 이리로 오게 되었어요? 그동안 어떻게 살았는지 말해줘요, 네?"

오, 그녀는 여전히 참으로 앙증맞고 아름다웠다!

나는 한밤중까지 마치 고해성사라도 하듯이 이야기를 했다. 자연의 무시무시한 현상들은 언제나 내 정신을 더욱 활달하게 만들어준다. 두 눈을 크게 뜨고 긴장하여 바라보는 눈길과 집중력으로 보아 그녀에게 내가 이야기를 아주 잘했다고 확신했다. 다만 그녀는 간간이 이렇게 속삭였다.

"참 끔찍했군요!"

그 집을 나서면서 나는 그녀의 표정에서 이젠 더이상 연장자로서 너그럽게 감싸주는 듯한 미소가 보이지 않는다는 점을 알아챘다. 전에는 그런 미소가 언제나 날 화나게 만들었다. 초승달이 날카롭게 구름을 베어 물며 나왔다. 나는 젖은 거리를 걸어가며 터질 듯한 기쁨으로 머리가 빙빙 돌았다. 다음날 나는 그녀에게 시를 적어 우편으로 보냈다. 그뒤 그녀는 종종 그 시를 낭송하곤 했다. 그 시는 아직도 내 머릿속에 선연하게 남아 있다.

나의 소중한 여인이여!

그대의 다정한 눈길과 다정한 손길을 기다리며,

하찮은 것에서도, 아무것도 아닌 것에서도
작은 기쁨을 만들어내는 재미난 기술을
아주 잘 알고 있는 솜씨 좋은 마술사가
노예처럼 그대에게 몸을 맡기노니!
이 유쾌한 노예를 받아주소서!
이 작은 기쁨들이
커다란 행복이 될 수도 있지 않나요.
누군가 이 세상을 만든 사람도
하찮은 작은 먼지들에서 시작하지 않았을까요?

오오, 그래요! 세상은 유쾌하게 만들어진 것은 아닙니다,
세상의 기쁨이란 빈약하고 보잘것없습니다!
하지만 그래도 세상에는 즐거운 것이 적지 않지요,
예를 들면 그 속엔 당신의 충실한 머슴이 있고,
또 그 속엔 너무나 아름다운 것이,
바로 당신이 존재하지요.

그대여!
하지만 침묵하렵니다!
황량한 이 지성의 꽃 중에서 가장 아름답고 훌륭한 꽃,
그대의 심장에 비하면
무디기만 한 한 치의 언어로
그 무엇을 말할 수 있겠습니까?

물론 이건 시라고 말할 수도 없는 것이지만 그래도 내 마음의 진정한 기쁨을 담고 있었다.

이리하여 나는 세상에서 가장 좋은 사람 앞에, 그래서 내게 꼭 필요한 사람 앞에 마주앉게 되었다. 푸른 원피스를 입은 그녀는 우아한 몸매를 그대로 드러내고 있었다. 부드럽고 향기로운 구름이 그녀의 몸을 감싸고 있는 것만 같았다. 허리띠의 장식 술을 만지작거리며 그녀가 하는 말은 모두 내게 아주 특별했다. 장밋빛 손톱을 지닌 그녀의 작은 손가락이 움직이는 모습 하나하나를 놓치지 않고 바라보며 나는 마치 능숙한 음악가가 사랑스럽게 연주하는 바이올린이 된 느낌이었다. 이 여자 옆에 머물기 위해서라면 이대로 죽어도 좋다고 생각했다. 내 영혼 속으로 이 여자를 그대로 받아들여 하나가 되고 싶었다. 내 몸은 통증을 느낄 정도로 고통스러운 긴장 속에서 노래하고 있었고 심장은 금방이라도 터져버릴 것만 같았다.

나는 처음 발표된 내 단편소설을 그녀에게 읽어주었다. 하지만 그녀가 뭐라고 평가했는지는 기억나지 않는다. 아마도 놀라워했던 것 같다.

"어쩜, 이제 산문을 쓰기 시작했군요!"

어딘지 꿈속 저멀리에서 그녀의 목소리가 들려오는 것 같았다.

"요 몇 해 동안 나는 당신 생각을 많이 했어요. 나 때문에 정말 그렇게도 힘들었나요?"

나는 그녀가 살고 있는 세상에서라면 두려울 것도 힘들 것도 하나 없다는 내용의 말을 했다.

"당신, 정말 사랑스러워요……"

나는 그녀를 끌어안고 싶어 미칠 지경이었지만 내 팔은 멍청할 정도로 길고 투박했다. 나는 내 팔이 그녀를 혹시 아프게 하지 않을까 두려워서 감히 그녀에게 손을 대지도 못하고 그저 그 앞에 서서 격하게 쿵쾅거리는 심장으로 중얼거리듯 내뱉었다.

"저와 함께 살아요! 제발, 저와 함께 살아요!"

그녀는 조용히 웃음을 지었지만 당황해했다. 그녀의 사랑스러운 두 눈이 눈부시게 빛났다. 그녀는 방 한쪽 구석으로 가더니 거기서 이렇게 말했다.

"이렇게 해요. 당신은 니즈니노브고로드로 가세요. 난 여기 남아서 조금 생각해보고 편지로 대답할게요……"

나는 내가 읽었던 어느 소설의 주인공이 그랬던 것처럼 그녀에게 공손히 인사를 하고 그곳을 떠났다. 바람처럼.

겨울에 그녀가 딸을 데리고 니즈니노브고로드로 나를 찾아왔다.

'가난한 사람이 결혼하면 밤이 짧다'*라는 민중들의 지혜로운 말은 우습고도 슬픈 데가 있다. 나는 이 속담의 심오한 진실을 직접 체험했다.

우리는 월세 2루블에 사제관 마당에 있는 별채를 얻었다. 낡은 목욕탕으로 쓰던 곳이었다. 나는 탈의실을 쓰고 목욕탕이 있는 공간은 객실을 겸해서 그녀가 쓰기로 했다. 하지만 이곳은 가정을 꾸리기에 적합한 곳이 아니었다. 구석이나 틈새로 찬 기운이 들어와 얼음이 얼

---

* 가난해서 먹을 것도 없는데 아침이 빨리 찾아온다. 혹은 해가 져도 낮처럼 일을 해야 한다는 의미의 러시아 속담.

어붙을 지경이었던 것이다. 밤이면 가지고 있던 옷이란 옷은 다 걸쳐 입고 그 위에 담요 같은 것을 또 걸친 다음 일을 했지만 그래도 나는 극심한 류머티즘에 시달리게 되었다. 당시 나는 건강과 인내심을 자랑하곤 했지만 그래도 이건 몹시 견디기 힘들었다.

목욕탕 쪽은 그래도 따스한 편이었다. 그러나 난로를 피우면 온통 썩은 냄새와 비누 냄새, 증기에 쪄진 목욕용 자작나무* 냄새 따위가 집안에 가득 진동하여 숨이 막힐 지경이었다. 우아한 도자기 인형처럼 예쁜 눈을 가진 딸애는 신경이 곤두서서 짜증을 부렸고 머리가 지끈거린다고 했다.

봄이 되자 거미와 쥐며느리가 떼를 지어 목욕탕으로 몰려들기 시작했다. 모녀는 그걸 보면 질겁했기 때문에 나는 수시로 드나들며 고무 실내화로 벌레들을 때려잡아야 했다. 무성하게 자란 양딱총나무와 야생 말리나**가 작은 창문들을 뒤덮듯 가려서 방안은 언제나 어두침침했다. 하지만 술꾼에 성질이 별난 사제는 내가 그걸 뽑아내는 걸 허락하지도 않았고 조금 잘라내지도 못하게 했다.

물론 좀더 살기 좋은 집을 찾아볼 수도 있었지만 사제에게 빚을 지고 있었고, 게다가 사제가 나를 아주 좋아했기 때문에 놓아주지 않았다.

"익숙해지라고!" 그는 이렇게 말하곤 했다. "아니면 빚을 다 갚고 영국놈들 집을 찾아가시든지."

---

* 러시아에서는 목욕탕에 한증막 시설을 갖추고 이파리가 붙은 자작나무 가지 묶음으로 몸을 두드린다.
** 야생 나무딸기의 일종.

그는 영국인을 좋아하지 않았다.

"아주 게으른 민족이지. 놈들은 카드놀이 말고는 아무것도 생각해내는 게 없어. 전쟁도 제대로 못하고."

사제는 둥글고 빨간 얼굴에 불그스름한 넓은 수염을 기른, 아주 덩치가 큰 사람이었다. 그는 교회 일을 제대로 볼 수 없을 정도로 술을 마셔댔다. 더구나 갈가마귀를 닮아 뾰족한 코에 피부가 까무잡잡하고 키가 작은 여자 재봉사에게 빠져 눈물을 질질 흘리며 어쩔 줄 몰라했다.

그는 그 여자의 간교함에 대해 내게 이야기하며 손바닥으로 수염에 흘러내린 눈물을 닦아냈다.

"나도 알아, 그년은 나쁜 년이라고. 그런데 고것이 위대한 여자 순교자 페미아마를 떠올리게 한단 말이네. 그래서 사랑하지 않을 수가 없어!"

나는 성자전을 꼼꼼하게 살펴보았지만 그런 성인의 이름은 찾아볼 수 없었다.

내가 종교를 믿지 않는 눈치를 보이자 그는 신앙을 옹호하기 위해 이런 논법으로 내 영혼을 흔들어놓았다.

"이봐, 자네, 실제적으로 생각해보라고. 신앙을 갖지 않은 사람은 몇십 명에 지나지 않지만 신자는 몇백만 명이잖나. 왜냐? 물고기가 물 없이 살아갈 수 없듯이 영혼도 교회를 벗어나서는 살 수가 없기 때문이야. 이로써 증명됐지? 자, 그럼 한잔하자고!"

"전 못 마셔요. 류머티즘에 걸려서요."

포크로 청어 토막을 찔러서 위협적으로 치켜들면서 그는 이렇게 말했다.

"그것도 불신 때문이지!"

이런 욕실에서 살 수밖에 없다는 것, 종종 점심에 먹을 고기를 사다 주지 못할 때가 있다는 점, 딸애에게 장난감을 제대로 사주지 못한다는 점 등 나는 웃지 못할 이 빌어먹을 궁핍함에 대해 아내에게 너무나 수치스럽고 고통스러워 제대로 잠도 이루지 못했다. 궁핍한 가난은 나 개인에게는 별로 곤혹스럽거나 괴로울 것 없는 그저 약간의 부족함에 지나지 않았지만 우아한 귀족 여학교 출신, 특히 그녀의 딸에게는 모욕적이고도 살인적인 것이었다.

밤마다 구석에 놓인 책상에 앉아서 사면서나 청원서, 상고문 따위를 필사하거나 소설을 쓰면서 나는 나 자신과 사람들과 운명과 사랑을 이를 갈며 저주했다.

여인은 자신이 겪는 곤란함을 자식에게 보이지 않으려는 어머니같이 이 모든 것을 아무렇지 않다는 듯 관대하게 견뎌주었다. 이 비참한 생활에 대한 불평은 단 한 마디도 그녀의 입 밖으로 새어나오지 않았던 것이다. 생활이 힘들수록 그녀의 목소리는 더욱 기운이 넘치고 웃음소리도 더욱 명랑했다. 아침부터 저녁까지 그녀는 사제들 초상화나 그들의 죽은 아내 초상화를 그렸다. 지역의 여러 읍면들의 지도를 그리기도 했는데 이 지도 덕분에 어느 지역 의회는 무슨 전시회에선가 금메달을 받기도 했다. 초상화 주문이 끊어질 때면 여러 가지 옷감의 자투리나 밀짚, 철사 등을 활용해서 파리풍의 최신 여성용 모자를 만들어 내다팔았다. 나는 여성용 모자에 대해 아는 바가 전혀 없었지만 분명 그 모자들에는 우스꽝스럽기 짝이 없는 뭔가가 숨어 있음이 틀림없었다. 그녀는 자신이 만든 기이한 모자들을 직접 쓰고 거울에 비춰보다가 숨도 제대로 못 쉴 정도로 발작적으로 웃음을 터뜨리곤 했다. 그러나 나는 이 모자들이 주문자에게 이상하게도 잘 먹혀든다는 사실을 알게 되었다. 머리에 암탉 둥지 같은 장식들을 걸치고서 여자들은 유난히 뭔가 뽐내듯 거만하게 배를 쑥 내밀고 거리를 활보하고 다니는 것이었다.

나는 변호사 사무실에서 일하면서 다른 한편으로는 지역 신문에 한 줄당 2코페이카를 받고 짧은 이야기들을 연재하고 있었다. 저녁을 먹고 차를 마실 시간에, 찾아온 손님이 없을 때면 나의 아내는 황제 알렉산드르 2세가 비아위스토크 귀족 여학교를 방문하여 여학생들에게 사탕을 나누어주던 이야기 같은 걸 해주었다. 그녀의 말에 따르면 황제가 사탕을 나누어주면 어떤 여학생들은 기적적으로 임신을 하곤 했고, 또 어떤 예쁜 학생들은 황제와 함께 벨로베시스크 숲으로 사냥을 갔다가 사라지는 경우가 심심찮게 있었는데, 나중에 보면 페테르부르크로 시집가서 살고 있더라고 했다.

아내는 파리에 대해 내게 아주 흥미로운 이야기를 해주었다. 내가 알고 있는 파리는 책, 특히 막심 뒤캉*의 견실한 작품들을 통해 아는 게 다였지만 그녀가 말하는 파리는 몽마르트르의 술집들과 라탱 지구의 혼잡한 생활과 관련된 것이었다. 이런 이야기를 들으면 나는 포도주를 마신 것보나 더 흥분되었다. 그래서 나는 삶의 모든 아름다움이 그녀에 대한 사랑의 힘으로 만들어진 것이라고 느끼며 이 여인에 대

---

* 프랑스의 시인이자 작가, 언론인, 여행가. 플로베르의 친구로 유명하다.

한 송가 비슷한 걸 쓰기도 했다.

무엇보다 나를 매료시킨 것은 그녀 자신의 사랑 이야기였다. 그녀는 그에 대해 매우 재미있게, 듣는 내가 당황해할 정도로 하나도 숨기지 않고 이야기했다. 뾰족하게 깎은 연필로 그리듯이 아주 가벼운 말투로 웃어가며, 그녀는 약혼자였던 레빈더 장군이 황제보다 먼저 들소를 쏘아 맞히고 나서 쓰러진 황소 뒤에서 '용서하십시오, 황제 폐하!' 하고 당황해하는 모습을 희극적으로 묘사했다.

그녀는 러시아 망명자들에 대해서도 많은 이야기를 들려주었다. 그녀의 말투에서 나는 항상 그런 사람들에 대한 경멸의 미소가 숨어 있다고 느꼈다. 때로 그녀는 몹시 진실한 나머지 아주 순박한 냉소주의에 빠지기도 했다. 그럴 때면 그녀는 고양이처럼 뾰족한 장밋빛 혀로 입술을 맛있게 핥았고 두 눈은 특히 반짝거렸다. 때로 나는 그녀의 말 속에서 순결함의 불꽃이 반짝인다고 생각하기도 했다. 하지만 무엇보다도 내 눈에 그녀는 인형을 가지고 저 혼자 재밌게 노는 소녀였다.

한번은 그녀가 이렇게 말했다.

"사랑에 빠진 러시아인은 언제나 말이 많고 답답하지. 지나치게 말을 잘하는 것도 역겨운 경우가 많아. 사랑을 아름답게 할 수 있는 건 프랑스인들뿐이야. 그 사람들에게 사랑은 거의 종교와 같거든."

그뒤 나는 그녀를 대할 때 좀더 자중하고 조심했다.

프랑스 여자들에 대해서는 이렇게 말했다.

"그 여자들이 언제나 정열적이고 다정하다고 말할 수는 없지만 대신 밝고 세련된 감성을 아주 멋지게 보여줄 줄 알지. 그 여자들에게 사랑은 예술이거든."

이런 말들은 아주 진지하고 훈계조였다. 그런 것은 내게 꼭 필요한 지식이라고 말할 수는 없었지만 어쨌든 지식은 지식이어서 나는 아주 열심히 귀를 기울였다.

"러시아 사람과 프랑스 사람은 큰 차이가 있어요, 과일과 과일로 만든 과자의 차이랄까."

언젠가 달밤에 정원의 작은 정자에 앉아서 한 말이었다.

그녀 자신은 바로 과자였다. 부부 생활을 시작한 초기에 내가 감동에 젖어 남녀 관계에 대한 낭만주의자다운 견해를 늘어놓자 그녀는 소스라치게 놀랐다.

"그 말 진담이에요? 정말 그렇게 생각해요?" 그녀는 파르스름한 달빛을 받으며 내 팔을 베고 누워 이렇게 물었다.

그녀의 장밋빛 몸은 투명했고 취할 듯이 쌉싸래한 아몬드 향이 배어나왔다. 가녀린 손가락은 생각에 잠긴 듯 내 긴 머리를 만지작거리며 쓸어내렸다. 그녀는 불안하게 눈을 크게 뜨고 나를 바라보며 믿을 수 없다는 듯 미소를 지었다.

"오, 하느님!" 그녀는 이렇게 탄식하고 마루에 내려서서 달빛 그림자를 밟으며 생각에 잠겨 방안을 서성거렸다. 비단 같은 살결은 달빛에 빛나고 맨발을 마루에 내딛는 소리는 들리지도 않았다. 그러다가 그녀는 다시 내게로 다가와서 손바닥으로 내 뺨을 매만지며 어머니 같은 어조로 말했다.

"당신은 처녀와 살림을 차렸어야 했어요. 그래, 그래요! 나하고 하는 게 아니었어요⋯⋯"

내가 그녀의 손을 마주잡자 그녀는 흐느끼며 나지막하게 말했다.

"내가 얼마나 당신을 사랑하는지 알죠? 당신하고 함께하는 이 기쁨보다 더 큰 기쁨은 이제까지 결코 느껴보지 못했어요. 정말이에요, 믿어줘요! 이렇게 다정하게, 이렇게 기쁜 마음으로 사랑해본 적은 없어요. 당신과 함께 있는 것이 정말 기쁘고 좋아요. 하지만 그래도 이건 말해야 해요. 잘못하고 있는 거예요. 난 당신에게 필요한 그런 여자가 아니에요. 이건 내 잘못이에요."

그녀의 말뜻을 이해하지 못하면서 나는 덜컥 두렵기만 했다. 나는 서둘러 애무의 기쁨으로 그녀의 기분을 달래주려고 했다. 하지만 이 이상한 말들은 내 기억 속에서 떠나지 않았다. 그리고 며칠이 지난 뒤 그녀는 환희의 눈물을 흘리며 다시 우수에 젖어 이 말을 되풀이했다.

"아아, 내가 만일 처녀였더라면!……"

강한 눈보라가 휘몰아치는 밤이었다고 기억한다. 양딱총나무 가지가 창문을 마구 두드리고 굴뚝에서는 바람이 늑대처럼 울부짖고 방 안은 어둡고 추웠으며 찢어진 벽지가 바스락대고 있었다.

돈을 조금 벌면 우리는 아는 사람들을 초대하여 성대한 만찬을 열었다. 고기도 먹고 보드카와 맥주도 마시고, 피로그*도 만들어 먹었다. 한마디로 먹고 마시고 즐겼던 것이다. 나의 파리 숙녀는 대단한 식욕으로 러시아식 요리를 즐겼다. '시추그'라고 하는, 메밀죽과 거위 지방을 채워 넣은 소 위 요리에다 생선 기름과 메기를 삶아 넣은 만두, 양고기 감자 수프 등 못 먹는 것이 없었다.

---

* 밀가루 반죽을 얇게 펴고 그 안에 고기, 야채, 생선 등을 넣어서 구워내는 러시아 전통 요리. 우리나라의 고기만두와 비슷하다.

그녀는 십여 명의 사람들과 '게걸스런 위장들'이라는 기사단을 결성했다. 이들은 배불리 먹고 실컷 마시자는 주의였다. 이들은 섬세하고 미학적인 온갖 맛의 비밀을 알고 있었고 끝없이 여러 요리에 대해 갖가지 말을 가져다 붙이면서 떠들어댔다. 하지만 나는 다른 성격의 비밀에 흥미를 가진 사람이고 많이 먹지 않았다. 배를 채우는 과정은 내 미학적 욕구 밖의 것으로 나의 관심을 끌지 못했던 것이다.

"속이 빈 사람들이지!" 나는 '게걸스런 위장들'에 대해 이렇게 말하곤 했다.

"잘 흔들어보면 모든 사람이 다 똑같은 법이에요." 그녀는 이렇게 대답했다. "하이네도 말했잖아요. 우리 모두는 우리 옷 안에서 벌거벗은 채 걷고 있다고."

그녀는 회의적인 내용을 담은 인용구를 많이 알고 있었다. 그러나 내가 보기에 그녀의 인용이 언제나 성공적인 것은 아니었다.

그녀는 가까운 남자들을 '뒤흔들기' 좋아했고 아주 손쉽게 그렇게 만들었다. 부산을 떨며 밝게 떠들고 기지 넘치는 말을 이리저리 던지면서, 뱀처럼 유연한 그녀는 주변 사람들을 금세 소란한 활력으로 몰아넣었다. 물론 그것은 그리 고급스러운 종류의 감정과 분위기랄 수는 없었다.

그녀와 단 몇 분만 이야기를 나눠도 남자들은 귀가 붉으락푸르락했고 두 눈은 괴로운 듯 촉촉해진 채 배추를 바라보는 산양의 시선으로 그녀를 바라보는 것이었다.

"참으로 자석 같은 여자로군!" 황제를 참칭했던 드미트리와 비슷한 수염을 하고 교회 지붕처럼 생긴 커다란 배를 내밀고 다니는 몰락한 귀족이자 공증 보조일을 하던 자는 이렇게 말했다.

　머리색이 엷은 야로슬라프 귀족학교 출신의 한 사내는 그녀에게 시를 써 바치기도 했다. 언제나 초보적 운율인 강약약 수준의 시들이었다. 내가 보기엔 역겨운 것들이건만 그녀는 그걸 보고 깔깔거리며 눈물까지 흘려댔다.

　"왜 그자들을 그렇게 건드려요?" 내가 물었다.

　"농어 낚시처럼 재밌잖아요. 그걸 바로 여자의 교태라고 하는 거예요. 자신을 존중하는 여자치고 교태 부리기 싫어하는 여자는 없지요."

　간혹 그녀는 내 눈을 들여다보며 물었다.

　"질투해요?"

　아니, 나는 질투를 하지는 않았다. 다만 그런 것들이 내 삶을 조금 방해하고 있기 때문에 거슬렸던 것은 사실이다. 나는 저속하게 구는 사람들을 좋아하지 않았다. 나는 명랑한 사람이었고 웃음이야말로 사람의 가장 훌륭한 본성이라고 생각하고 있었다. 또한 서커스의 어릿광대나 거리의 익살꾼, 희극배우 들이 별로 재능이 없으며 웃기는 재주에서는 내가 그들보다 한 수 위라고 여기고 있었다. 사실 우리집에 온 손님들을 배가 아프고 배꼽이 빠지도록 웃게 만든 일도 한두 번이 아니었다.

　"세상에, 정말 대단해!" 그녀는 내게 감탄하곤 했다. "당신은 정말 희극배우를 해도 굉장하겠어요. 극장에 한번 찾아가보세요, 네?"

　하지만 그녀 자신이 동호인 무대에서 성공적인 연기를 선보이기도 했다. 그걸 보고 한 극장주가 무대에 서보라고 진지하게 그녀를 초청한 적도 있었다.

"난 무대를 좋아하지만 무대 뒤는 무서워요." 그녀는 이렇게 대답하고 말았다.

그녀는 무얼 바라거나 생각하거나 그걸 말로 할 때면 언제나 자신이 옳다고 생각했다.

"당신은 너무 철학적으로 생각해요." 그녀는 나를 가르치려고 했다. "인생은 사실 단순하고 거친 거예요. 거기서 무슨 특별한 의미를 찾으려고 해서 괜히 복잡하게 만들 필요 없어요. 거친 면을 조금 부드럽게 만드는 법만 배우면 되지요. 그 이상은 할 수 있는 게 아무것도 없어요."

그녀의 철학 속에서 나는 부인병리학의 과잉을 느꼈다. 내가 보기에 『산파학개론』이 그녀에겐 복음서와 같았다. 여학교를 졸업하고 처음 읽은 과학책에서 얼마나 큰 충격을 받았는지 그녀가 토로했다.

"순진한 처녀였던 난 벽돌로 머리를 한 대 쾅 하고 맞은 것 같았지요. 구름 위에서 진창으로 내던져진 것만 같았어요. 나는 내가 더이상 믿을 수 없게 된 것들에 대한 안타까움으로 눈물을 흘렸답니다. 하지만 곧 내가 냉혹하지만 단단한 발판을 딛고 있다는 것을 느꼈어요. 무엇보다 안쓰러웠던 것은 신이었죠. 그때까지 그렇게 내 곁에 존재한다고 느꼈던 신이 담배 연기처럼 갑자기 훅하고 날아가버렸으니까요. 그리고 하늘의 축복 같은 사랑이라는 꿈도 사라져버렸지요. 우린 여학교 다닐 때 사랑에 대해 늘 끝도 없이 생각하고 띠들어대곤 했었는데 말이죠."

여학교 시절이나 파리풍의 허무주의는 내게 그다지 좋게 비치지 않았다. 밤이면 나는 책상에 앉아 있다 일어나서 그녀에게 다가가 가만히 바라보곤 했다. 침대에 누워 있는 그녀는 더욱 작고 우아하고 아름다워 보였다. 그녀를 바라보면서 나는 그녀의 망가진 영혼과 헝클어진 삶을 떠올리며 커다란 슬픔에 젖어들었다. 그렇게 그녀에 대한 연민은 내 사랑을 더욱 깊게 만들었다.

우리의 문학적 취향은 화해할 수 없을 정도로 달랐다. 나는 발자크나 플로베르를 좋아했지만 그녀는 폴 페발이나 옥타브 푀예, 폴 드 콕*을 좋아했다. 특히 그녀는 『나의 여인, 지로』 같은 책을 지적으로 가장 빼어난 작품이라고 내세웠지만 내가 보기에는 '형법서'처럼 따분했다. 그럼에도 불구하고 우리 관계는 아주 좋았다. 우리는 서로에 대한 관심을 잃지 않았고 열정도 식지 않았다.

그러나 동거 생활 삼 년째에 나는 영혼 깊은 곳에서 무언가가 불길하게 외치는 소리를 들었고 그 소리는 점점 더 크게 들려오기 시작했다. 나는 끊임없이 탐욕적으로 배우고 읽었으며 이제 문학 창작에도 진지하게 매달리게 되었다. 그런 내게 집에 찾아오는 손님들이 점점 더 방해가 되지 않을 수 없었다. 그러나 별로 흥미로울 것 없는 사람들의 수는 점점 더 늘어만 갔다. 나와 아내의 수입이 조금씩 늘면서 만찬을 베푸는 일이 그만큼 잦아졌던 것이다.

그녀에게 인생은 일종의 박물관 같은 것이었다. 하지만 그 박물관의 남자라는 진열품 앞에는 '손대지 마시오'라는 경고문이 붙어 있지 않았다. 그녀는 때로 전혀 조심성 없이 남자들에게 다가갔고 그들은 그녀의 호기심을 제 나름대로 편리하게 받아들였기 때문에, 결국 오해

---

* 모두 프랑스의 낭만주의 작가들로, 당시 대중적인 인기를 끌었다.

가 발생하고 내가 그것을 해결하지 않으면 안 되는 상황이 반복되곤 했다. 나는 늘 그런 일을 잘 참아가며 하질 못하고 아주 서툴게 굴었다. 내게 귀를 잡혀 끌려 나간 한 사내는 내 처사에 대해 투덜거렸다.

"아니, 좋아. 내가 잘못했다는 건 인정하지. 하지만 귀를 잡아끌다니 말이야. 아니, 내가 어린애야, 응? 내가 그 야만인보다 나이가 많아도 두 배나 많은데, 감히 귀를 잡아끌어! 차라리 한 대 치든지, 그게 더 낫지!"

분명 나에게는 가까운 사람의 자존심을 고려하면서 책망하는 기술이 없었다.

내 단편소설들에 대해 아내는 아주 무관심했다. 그렇다고 내가 거기에 마음이 상한 것은 전혀 아니었다. 그러나 그것도 어느 정도였다. 그 당시 나는 이미 기이한 창작의 무아경 같은 뜨거운 열정의 파도를 느끼는 경우가 종종 있었지만, 내가 진짜 문학가가 될 수 있을 거라고 확신하지 못한 상태였고 그저 생계 수단으로 신문에 작품을 투고하는 정도라고 생각했다. 그러나 어느 날 아침 밤새워 쓴 단편 「이제르길 노파」를 읽어주고 있을 때 그녀는 아주 깊이 잠들어버렸다. 처음에는 별생각 없이 읽던 걸 중단하고 그녀를 바라보며 생각에 잠겼다.

그녀는 낡은 소파 등받이에 작고 사랑스러운 머리를 기대고 입을 반쯤 벌린 채 아이처럼 편안하고 고르게 숨을 쉬며 자고 있었다. 양딱총나무 가지 사이로 창문에 비치는 아침 햇살은 황금빛 반점들이 되어 꼭 공기로 만든 꽃처럼 그녀의 가슴과 무릎에 내려앉았다.

나는 일어나 조용히 정원으로 나왔다. 가슴 깊이 모욕의 바늘에 찔린 듯 아픔이 전해왔다. 나는 내 능력에 대한 회의로 무너져내렸다.

그때까지 나는 힘들게 노예처럼 일하는, 더럽고 음란하고 가난한 여자들, 아니면 반은 죽은 듯이 그저 저속하게 배만 가득 채우고 사는 여자들만 보아왔다. 어린 시절 '여왕 마고'라는 하나의 멋지고 아름다운 인상이 있었지만 그것과 현실 사이에는 넘지 못할 거대한 산맥이 가로놓여 있었다. 나는 이제르길 노파의 인생 역정이 분명 여자들 마음에 들 것이고 그들에게 자유와 아름다움에 대한 열망을 일깨워줄 것이라고 생각했었다. 그런데 내 가장 가까운 여자가 전혀 감동받지 못하고 그냥 잠들어버린 것이다!

왜? 내 가슴속에서 내 인생으로 주조된 종이 충분히 울리지 못했단 말인가?

이 여자는 어머니 대신 내 마음에 받아들인 사람이다. 나는 그녀가 나의 창조력을 일깨우는 달콤한 꿀을 먹여주리라 믿고 기다렸다. 그녀가 내 인생 역정에서 내게 달라붙은 거칠고 투박한 것을 부드럽게 만들어주기를 고대했다.

이것은 이미 삼십 년도 전의 일이다. 이제는 속으로 미소를 지으며 떠올릴 뿐이다. 하지만 당시에는 자고 싶을 때 잘 수 있는 사람의 자연스러운 권리가 나를 몹시 슬프게 만들었다.

나는 우울한 일에 대해 유쾌하게 얘기할 수 있다면 슬픔은 사라질 거라고 믿었다.

그리고 나는 어떤 사람이 교활하게 이 세상을 움직이면서 다른 사람들의 고통을 즐기고 있는 것은 아닌지 의심에 휩싸이기도 했다. 이 세속의 드라마를 창조하고 교묘하게 삶을 찢어놓기도 하는 어떤 정신

같은 것이 존재한다고 생각했던 것이다. 나는 이 눈에 보이지 않는 극작가를 개인적으로 나의 적이라고 생각하며 그 간계에 빠지지 않으려고 노력했다.

올덴부르크*의 『부처, 그의 생애와 교리, 그리고 그 교단』이라는 책에서 '모든 존재는 고통이다'라는 말을 접했을 때 나는 몹시 당혹스러웠다. 삶의 기쁨을 아주 많이 체험하지는 않았지만 삶의 쓰라린 고통은 우연적인 것이지 법칙은 아니라고 여기고 있었기 때문이다. 대주교 흐리산프의 『동양의 종교』라는 대작을 꼼꼼히 읽고 나서 나는 더욱더 당혹감을 느꼈다. 두려움이나 우울함, 고통 등에 기반을 둔 교리는 나로선 전혀 수긍하기 힘들었던 것이다. 종교적 무아경의 분위기를 힘겹게 체험한 뒤 나는 그런 정신적 분위기가 아무런 의미도 없다는 점에 화가 났다. 나는 고통을 혐오했기 때문에 온갖 드라마에 대해 태생적인 증오심을 가지고 있었고, 그런 것들을 우스운 광대극 정도로 바꿔버리는 능력도 꽤 나쁘지 않았던 것이다.

물론 나와 그녀 사이에 '부부 드라마'가 점점 자라고 있었다는 점을 말하기 위해 이런 얘기를 하는 것은 아니다. 오히려 우리 두 사람은 그런 드라마가 발전하지 않도록 서로 마음을 다해 노력했다. 내가 이렇게 다소 철학적 공론을 늘어놓는 것은 내가 나 자신을 찾아 걸어갔던 그 길의 우스운 곡절들을 회상해보고 싶어서다.

나의 여인 역시 다고난 명랑한 기질로 인해 부부 사이의 극적인 줄다리기, '심리학적' 러시아인들이 남녀 불문하고 그렇게 열중하여 매

---

* 러시아의 저명한 동양학자.

달리는 그런 줄다리기에는 별로 취미가 없었다.

그러나 머리색이 엷은 귀족학교 출신의 판에 박힌 시구들은 어쨌든 가을비처럼 그녀를 조금씩 적셔갔다. 그는 동글동글하고 아름다운 필체로 시를 편지지에 적어 책이나 모자, 설탕통 등 이곳저곳에 끼워놓았다. 정교하게 숨겨놓은 이 편지들을 발견하면 나는 그걸 아내에게 전달해주며 말하곤 했다.

"당신의 심장을 잡겠다는 이 일편단심을 받으시오!"

처음에는 이런 식의 큐피드의 종이 화살이 아무런 효과가 없었다. 그녀는 내게 그 긴 시를 읽어주었고 우리는 함께 그 기념비적인 시구들을 보면서 깔깔댔다.

날마다, 밤마다 저는 당신과 함께랍니다.
당신의 모든 것은 내 마음속에 있습니다,
당신의 작은 손놀림, 머리의 끄덕임도.
당신은 다정한 산비둘기처럼 노래하고,
내 마음은 매가 되어 당신 위를 떠돕니다.

그러나 한번은 예의 그런 쪽지를 읽고 나서 그녀는 생각에 잠겨 이렇게 말했다.

"그 사람, 가여워요!"

내 기억에 나는 그 친구를 전혀 동정하지 않았다. 하지만 그녀는 이때부터 더이상 그의 시를 소리 내어 읽지 않았다.

땅딸막한 그 시인은 나보다 네 살가량 많았고 말이 별로 없었으며 알코올 음료에 몹시 집착했고 아주 끈기가 많은 친구였다. 그는 휴일 낮 두시에 방문하여 꼼짝도 하지 않고 말도 없이 밤 두시까지도 앉아 있곤 했다. 그는 나와 마찬가지로 변호사 사무실에서 일하는 서기였는데 그 무신경함으로 사장을 깜짝 놀라게 만드는 일이 부지기수였다. 그는 사무실 일에 대해 별 신경도 쓰지 않았고 쉰 목소리로 이렇게 말하곤 했다.

"아무튼 그런 건 다 말도 안 되는 짓들이지!"

"어째서 말이 안 된다는 거죠?"

"그럼 뭐라고 하겠소?" 그는 따분해 보이는 잿빛 눈을 들어 천장을 바라보며 생각에 잠긴 듯 이렇게 되묻고는 더이상 아무 말도 하지 않았다.

그는 아주 유별나게 힘겨워하고 마치 일부러 그러는 것처럼 지루해했다.

무엇보다 이런 점이 내 신경을 건드렸다. 그는 홀짝거리며 천천히 술을 마셨는데 취하면 비웃듯이 콧김을 내뿜곤 했다. 그 외에 그에 대해 특별히 언급할 만한 것은 없다. 제 아내 꽁무니를 쫓아다니는 자에 대해 좋은 말이 나오지 않는 것은 당연한 일 아니겠는가.

우크라이나 어디선가 부유한 친척이 그에게 매달 50루블을 보내주었다. 당시로는 상당히 큰 돈이었다. 휴일만 되면 그놈의 귀족학교 출신이란 자는 아내에게 과자 따위를 싸들고 찾아왔고 그녀의 생일에는 자명종을 선물했다. 청동으로 만든 나무에서 부엉이가 유혈목이를 찢어발기고 있는 모양이었다.

이 빌어먹을 기계는 언제나 정해놓은 시간보다 한 시간하고도 칠

분 전에 날 깨워놓았다.

아내는 그 귀족학교 출신에게 더이상 교태를 부리지 않았고 아주 여성스럽고 다정하게 대해주기 시작했다. 남자의 마음을 흔들어놓은 것에 대해 미안함을 느끼는 태도였다. 나는 그녀에게 이 우울한 사건을 어떻게 끝맺으려 하느냐고 물어보았다.

"나도 몰라요." 그녀가 이렇게 대답했다. "그 사람에 대해 딱히 어떤 감정이 있는 건 아닌데 그냥 좀 뒤흔들어놓고 싶어요. 그 사람 속엔 뭔가가 잠들어 있고 왠지 내가 그걸 일깨워줄 수 있을 것 같아요."

나는 그녀의 말이 옳다는 것을 알고 있었다. 그녀는 누구나 그렇게 흔들어 깨우고 싶어했고 아주 쉽게 성공을 거두곤 했다. 친밀한 사람을 그렇게 일깨우면 그 사람 속에서 하나의 짐승이 깨어 일어나곤 했다. 나는 그녀에게 그리스 신화의 키르케*에 대해 이야기해주었지만 남자를 '뒤흔들고' 싶은 그 욕망은 제어되지 않았다. 나는 내 주위에 양이나 소, 돼지 등 가축떼가 점점 늘어나는 모습을 지켜볼 수밖에 없었다.

친구들은 날 염려하는 마음에서 내 가정사에 대해 떠돌아다니는, 충격적일 정도의 괴로운 말들을 내게 전해주었다. 하지만 난 그런 말에 흔들리지 않았고 그런 이야기를 지어내는 자들에게 거칠게 경고했다.

"죽도록 맞는 수가 있어!"

---

* 마법과 저주에 능한 마녀. 적이나 마음에 들지 않는 사람들을 동물로 만들곤 했다. 오디세우스가 그녀가 사는 섬에 들렀을 때 마법으로 그의 부하들을 돼지로 변하게 만들었다.

어떤 자는 시치미를 떼고 변명하고 도리어 화를 내기도 했지만 심하게 대드는 자는 별로 없었다. 하지만 그녀는 내게 말했다.

"이거 봐요. 주먹을 휘두른다고 해도 아무 소용 없어요. 더 나쁜 소리만 들을 뿐이에요. 그런데 당신, 질투하는 건 아니겠죠?"

사실 난 질투 같은 걸 하기에는 매우 젊었고 자신감이 넘쳤다. 그러나 다른 누구에게도 하지 않는, 오직 사랑하는 여자에게만 말하는 감정과 생각과 상상이 누구에게나 있는 법이다. 전혀 다른 사람이 되어 신 앞에 고해하듯 그녀에게 모든 것을 밝히는 순간, 여자와 하나가 되는 그런 순간이 있는 법이다. 그런데 이 모든, 오직 나만의 것인 그 순간을 그녀가 다른 남자와 살을 맞대고 이야기하며 공유한다고 생각하면 견디기 힘들었다. 나는 배신과 아주 유사한 어떤 일이 일어날 것 같은 느낌을 받았다. 어쩌면 바로 이런 의구심이 질투의 뿌리 아닐까?

나는 이런 생활이 내가 가는 길에서 나를 벗어나도록 만들 것이라고 생각했다. 나는 이제 내 인생에서 문학 외에 다른 것은 존재하지 않는다고 여기고 있었다. 하지만 이런 조건에서는 글을 쓸 수가 없었던 것이다.

나는 적지 않은 인생 경험을 통해 진심 어린 관심과 존경을 잃지 않고 인내심을 가지고 사람들을 대해야 한다는 것을 터득하고 있었다. 이런 점을 몰랐다면 매번 터시는 굵직한 스캔들을 견디기 힘들었을 것이다. 완전한 진리의 신 앞에 죄가 없는 사람은 없으며 도덕군자로 이름난 사람일수록 인간 앞에 특히 죄를 많이 짓고 산다는 진실을 당시 나는 이미 깨닫고 있었다. 도덕군자란 선과 악의 교접에 의해 태어난 혼혈아이며 이 교접은 선에 대한 악의 폭력도, 악에 대한 선의 폭력도 아니다. 그저 합법적 결혼의 자연스러운 결과일 뿐이다. 그 결혼에서 사제의 역할을 하는 것은 아이러니한 필요성이라는 놈이다. 결혼은 신비한 것으로, 두 개의 확연한 대립물이 결합하여 거의 언제나 우울하게도 진부한 평범함을 낳는다. 당시 나는 어린애가 아이스크림에 끌리듯 패러독스에 마음이 끌렸다. 날카로운 패러독스는 좋은 포도주처럼 내 마음을 일깨워주었다. 언어의 패러독스는 언제나 거칠고 모욕적인 실제 사실의 패러독스를 완화시켜주었다.

"내 생각엔, 내가 떠나는 게 좋겠어요." 내가 아내에게 말했다.

그녀는 조금 생각하더니 이내 동의했다.

"그래요, 당신 말이 맞아요! 이런 생활은 당신에게 어울리지 않죠. 이해해요!"

우리는 말없이 포옹을 하고 잠시 침묵 속에서 슬픔을 나누었다. 그리고 나는 이 도시를 떠났고 곧 그녀도 무대에 오르게 되어 다른 곳으로 떠났다. 나의 첫사랑은 그렇게 끝이 났다. 비록 끝이 좋지 않았지만 아름다운 사랑이었다.

얼마 전 나의 첫사랑인 그 여인이 세상을 떠났다.

나는 그녀에게 찬사를 바치고 싶다. 진정 여자다운 멋진 여자였노라고! 그녀는 있는 것만으로 살아갈 줄 아는 여자였다. 그러나 그녀에겐 매일매일이 축제 전야였다. 그녀는 내일이면 지상에 새롭고 특별한 꽃이 피어날 것이라고, 또 어딘가에서 아주 재미있는 사람들이 찾아와 놀랄 만한 일들이 벌어질 것이라고 늘 기대하며 살았다.

생활의 고단함에 대해서는 별것 아니라는 듯 모기라도 쫓듯이 손을 내저으며 가볍게 웃어넘겼다. 그녀의 영혼은 늘 예민하게 환희에 가 득찬 채 기쁨으로 놀라워할 준비를 하고 있었다. 그러나 그건 이미 여 학생다운 순진한 환희가 아니라 온갖 알록달록한 인생사와 비극적으 로 얽힌 인간관계, 햇빛에 반짝이는 먼지처럼 자잘한 사건들의 흐름 을 이해하고 받아들이는 그런 사람의 건강한 환희였다.

그녀가 주변 사람들을 사랑했다고 말할 수는 없을 것이다. 오히려 그녀는 그들을 관찰하는 걸 좋아했다고 말하는 편이 옳다. 때로 그녀 는 일상 안에서 부부나 연인 사이의 소소한 갈등을 부추기거나 복잡 하게 만들었다. 그녀는 사람들 사이를 밀고 당기면서 교묘하게 질투 를 불러일으키곤 했다. 이런 위험스러운 장난을 그녀는 몹시도 좋아 했다.

"사랑과 굶주림이 세계를 지배한다고 하잖아요. 하지만 철학은 세 계의 불행이에요." 그녀는 이렇게 말하곤 했다. "사랑을 위해 사는 것, 그게 인생에서 가장 소중한 일이지요."

우리 친구 중에 국립은행에 다니는 관리가 있었다. 키가 크고 깡마 른 그는 학처럼 느릿하고 점잖게 걸어다녔다. 그는 옷차림에도 세심 하게 신경을 썼고 늘 꼼꼼하게 제 옷차림을 돌아보며 메마른 누런 손 가락으로 자기에게만 보이는 먼지를 툭툭 털어내곤 했다. 독창적인 사고나 강렬한 말은 그의 적이었다. 반면 다른 사람들은 무겁고 정확 한 그의 말을 건디기 힘들어했다. 그는 진지하고 심각하게 지당한 말 만 했다. 그리고 항상 말을 하기 전에 먼저 차가운 손가락으로 얼마 되지 않는 불그스름한 콧수염을 잡아 펴곤 했다.

"시간이 갈수록 화학 분야가 원료 가공 산업에서 더욱 큰 위치를 차지할 것입니다. 여성들이 변덕이 심하다는 말은 전적으로 옳은 말입니다. 아내와 정부 사이에는 법률상 차이가 있을 뿐 생리학적 차이는 없습니다."

내가 아내에게 진지한 표정으로 이렇게 물어보곤 했다.

"공증인들이 자유분방할 수 있다는 걸 당신은 확신할 수 있어요?"

그러면 그녀는 잘못했다는 듯 슬픈 표정을 지으며 대답했다.

"오, 아뇨. 난 그럴 능력은 없답니다. 하지만 계란 반숙으로 코끼리를 키우는 일이 말도 안 된다는 건 확신하고 있지요!"

이런 식의 대화를 조금 듣고 있던 그 친구는 반드시 날카롭게 단언하는 것이었다.

"제가 보기에 당신들은 전혀 진지하지 못하게 이야기하시는군요."

한번은 책상 다리에 무릎을 세게 부딪힌 그가 얼굴상을 찌푸리며 단호하게 이렇게 말했다.

"밀도란 논박의 여지 없는 물질적 속성이지요……"

어떤 때는 그를 배웅하고 기분이 좋아져 들뜨고 상기된 아내가 내 무릎을 베고 반쯤 누우면서 이렇게 말했다.

"봐요, 정말이지 어쩜 저 정도로 완벽하게, 더할 나위 없는 바보일 수 있죠? 모든 구석이 다 바보 같아. 걸음걸이도 그렇고, 손짓도 그렇고 전부 다 멍청해. 그래요, 그렇게 뭔가 딱 바보 그 자체인 것 같은 점은 마음에 들어. 볼을 쓰다듬어줘요!"

그녀는 내가 손가락을 가볍게 얼굴에 대고 그 사랑스러운 눈 밑에 보일 듯 말 듯한 주름을 매만지는 걸 좋아했다. 그럴 때면 그녀는 얼굴을 찡그리고 고양이처럼 몸을 웅크린 채 옹알대듯 말하는 것이었다.

"정말 사람들은 재미있지 않아요? 아무리 재미없는 사람이라도 내겐 흥밋거리예요. 난 상자 속을 들여다보듯이 사람 속을 들여다보고 싶어. 거기엔 이제까지 나타나지 않았던 것, 그 누구도 보지 못한 뭔가가 있거든요. 내가, 나만이 처음으로 그걸 보게 되는 거지요."

'그 누구도 보지 못한 것'에 대한 그녀의 탐구에 긴장은 없었고, 그녀는 낯선 방에 처음 들어온 어린애처럼 즐거운 호기심에 가득차 있었을 뿐이다. 그리하여 그녀는 어떤 때는 정말로, 희망이라고는 전무한 고리타분한 사람의 흐릿한 두 눈에 긴장된 사고의 불꽃을 날카롭게 일게 만들기도 했다. 하지만 그보다 오직 그녀를 차지하고 싶어하는 욕망을 불러일으키는 경우가 더 많기는 했다.

그녀는 자신의 몸을 사랑했다. 그녀는 벌거벗은 채 거울 앞에 서서 감탄하곤 했다.

"정말 예쁘지 않아요, 여자 몸은? 모든 게 완벽하게 조화를 이루고 있어!"

그녀는 또 이렇게 말하곤 했다.

"좋은 옷을 입고 있으면 훨씬 건강하고 또 훨씬 똑똑해진 기분이 들어요!"

실제로 그랬다. 잘 차려입은 그녀는 훨씬 명랑하고 기지에 넘쳤고 두 눈은 승리감에 도도하게 빛났다. 그녀는 무명천으로 원피스를 예쁘게 만들어 실크나 벨벳이라도 되는 듯이 입고 다녔다. 그녀는 항상 아주 소박하게 옷을 입었지만 내 눈에는 아주 화려한 차림으로 보였다. 다른 여자들은 그녀의 차림새에 감탄을 보내곤 했다. 물론 늘 진심 어린 것은 아니어서 아주 호들갑을 떨듯이 큰 소리로 입에 발린 소리를 할 때도 있었다. 그건 질투의 목소리였던 것이다. 한번은 어떤 여자가 서글프게 이런 말을 했던 기억이 난다.

"내 옷은 당신 것보다 세 배는 비싼데 열 배는 더 안 좋아 보이네요. 정말이지 당신을 보고 있으면 괴롭고 분해서 견딜 수가 없어요!"

물론 여자들은 그녀를 좋아하지 않았다. 우리에 대해 험담을 늘어놓기 좋아한 것도 당연했다. 알고 지내던, 아주 예쁘기는 했지만 그만큼 똑똑하지는 못한 간호사 한 사람이 좋은 뜻에서 내게 이렇게 경고한 적도 있었다.

"그 여자는 당신 피를 몽땅 빨아먹고 말 거예요!"

내 첫 여자 곁에서 나는 많은 것을 배웠다. 하지만 그럼에도 불구하고 그녀와 나 사이에 존재하는 어찌할 수 없는 차이를 느끼며 나는 절망적으로 괴로워했다.

내게 삶은 심각한 과제였다. 나는 너무 많은 것을 보고 생각하며 끊임없는 불안 속에서 살았다. 내 영혼 속에서 마구 들끓고 소리쳐대는 것들은 이 화려한 여인에게는 매우 낯선 문제들이었다.

한번은 시장에 나갔을 때 경찰이 행색이 멀쩡한 노인을 때리는 모습을 목격했다. 애꾸눈인 그 유대인 노인이 상인의 고추냉이 한 다발을 훔쳤다는 것이다. 나는 거리에서 그 노인과 마주쳤다. 먼지를 뒤집어쓴 노인은 그림 속에나 있을 법하게 당당한 걸음으로 천천히 걸어가고 있었다. 그의 크고 검은 눈은 찌는 듯 무더운 하늘을 엄하게 바라보고 있었고 터진 입에서 희고 긴 수염 사이로 핏물이 흘러내려 은빛 수염을 선홍색으로 물들이고 있었다.

삼십 년 전의 일이건만 하늘을 향해 무언의 비난을 던지던 노인의 시선이 아직도 눈에 선하다. 삐죽하게 튀어나온 은빛 눈썹이 지금도 내 앞에서 바르르 떨고 있는 듯하다. 인간에게 가해진 모욕은 잊히지 않는 법이다, 그것도 영원히!

나는 우울함과 증오심에 짓눌려 집으로 돌아왔다. 그런 인상들을 받을 때면 나는 이 세상 저 바깥으로 내던져진 느낌이 든다. 나는 전혀 낯선 다른 사람이 되어버리는 것이다. 이 지상에 존재하는 온갖 더럽고 어리석고 끔찍한 것들, 사람의 영혼을 모욕하는 모든 것들, 그것들은 전부 나를 고문하기 위해 만들어진 것들이다. 바로 그날 그 순간 나는 내 가장 가까운 사람이 나와 얼마나 거리가 먼 사람인지를 명료하게 목도했다.

집에 돌아와 얻어맞은 유대인 얘기를 하자 아내는 몹시 놀랐다.

"아니, 그래서 그렇게 정신이 나간 거예요? 아이고, 마음이 그렇게 약해서 어떻게 해요!"

그러곤 이렇게 물었다.

"잘생긴 노인네라고 했어요? 애꾸라면서 잘생겼다니 말이 돼요?"

고통이나 괴로움 같은 건 그녀에게 적이었다. 그녀는 불행에 대해서는 이야기조차 듣기 싫어했다. 서정시에 감동하는 경우도 거의 없었다. 작고 유쾌한 그녀의 가슴에 동정심이 피어나는 경우는 아주 드물었다. 그녀가 가장 좋아하는 시인은 베랑제와 하이네였다. 괴로워하면서도 미소를 짓는 시인들 말이다.

삶을 대하는 그녀의 태도는 뭔가 끝없이 펼쳐 보이는 마술사에 대한 어린아이의 믿음 같은 것이었다. 이제까지 보여준 마술도 재미있었지만 더 재미있는 것은 앞으로 나올 테고, 바로 다음 순간, 아니 어

쩌면 내일 보게 될지도 모르지만 어쨌든 분명히 보게 되리라고 믿고
있는!

　죽음의 순간까지도 어떻게 된 건지 전혀 알 수 없는 최후의 놀라운
마술을 그녀는 여전히 기다리고 있었을 것이라는 생각이 든다.

은둔자

숲속의 계곡이 황톳빛 오카 강으로 완만하게 이어져 있다. 계곡 아래로 계곡물이 풀숲을 헤치며 달려간다. 밤이 되면 계곡 하늘 위에는 낮에는 보이지 않던 푸르른 하늘의 강이 떨리듯 흘러가고, 별들이 그 속에서 황금 농어처럼 노닌다.

계곡의 남동쪽 기슭에는 나무들이 빽빽하고 어지럽게 자라 있다. 그 한가운데, 가파른 절벽 밑에 동굴이 하나 있는데 그 입구는 굵은 나뭇가지들로 잘 엮어놓은 문으로 가려져 있다. 동굴 앞에는 자갈로 잘 다진 가로세로 2미터가량의 작은 마당이 있고, 거기서 계곡 아래쪽으로 큰 돌계단이 이어져 있다. 동굴 문 앞에는 보리수나무와 자작나무, 단풍나무 등 어린나무 세 그루가 서 있다.

잘 매만져진 동굴 주변은 그곳에 사람이 살고 있다는 것을 말해주고 있었다. 동굴 내부도 아주 견고하게 다듬어져 있었다. 벽과 둥그런 천장에는 버드나무 가지를 엮어 붙이고 그 위에 강바닥의 점토를 이긴 진흙을 매끄럽게 발라놓았다. 입구 왼편에는 자그마한 난로가 있고 한쪽 구석에는 성경탁자*가 놓여 있다. 탁자 위에는 비단처럼 촘촘히 짠 보리수 껍질 보가 덮여 있고 그 위 쇠고리에는 램프가 걸려 있다. 파르스름한 램프 불꽃은 어둠 속에서 보일 듯 말 듯 흔들리고 있었다.

탁자 앞에는 세 개의 검은 성상이 있고 벽에는 나무껍질로 만든 새 신발들이 줄지어 걸려 있다. 바닥에는 나무 내피가 깔려 있어 향긋한 마른풀 냄새가 동굴을 가득 채웠다.

이곳의 주인은 중키의 늙은이였는데, 당당한 체구지만 어딘지 몹시 망가져 보이는데다 흉터투성이였다. 벽돌처럼 불그죽죽한 얼굴은 보기 흉했고, 왼쪽 뺨에는 귀에서부터 턱까지 깊은 흉터가 나 있어 입이 일그러지기라도 하면 어디가 아프거나 뭔가 비웃는 것 같은 표정을 연출했다. 결막염 때문인지 속눈썹은 빠져서 하나도 없고 눈꺼풀이 있어야 할 자리에는 붉은 흉터가 자리잡고 있었다. 머리칼은 군데군데 한줌씩 빠지고 툭 튀어나온 정수리와 왼쪽 귀 위에는 머리카락이 없어 귀가 훤히 드러났다. 하지만 이 늙은이의 동작만큼은 족제비처럼 민첩했고 기괴한 눈길은 부드러웠다. 웃을 때면 얼굴의 흉터들은 얼굴 가득히 번지는 부드러운 주름살 사이로 사라져버렸다. 그는 색이 전혀 바래지 않은 고급 셔츠와 알록달록한 무늬의 푸른색 바지를

---

* 교회에서 성상이나 책을 놓는 다리가 높은 탁자.

입고 끈으로 엮어 만든 신을 신고 있었다. 그리고 각반 대신 토끼 가죽을 무릎까지 두르고 있었다.

내가 그를 처음 찾아갔을 때는 화창한 오월이었다. 우리는 금세 친해졌고 그는 나를 하룻밤 재워주었다. 그리고 두번째로 방문했을 때는 내게 자신의 인생에 대해 스스럼없이 털어놓았다.

"난 톱질하던 놈이었네." 셔츠를 벗고 햇빛에 가슴팍을 드러낸 채 가막살나무 밑에 누우며 그는 이렇게 말했다. 그의 몸은 노인이라고 생각할 수 없을 정도로 탄탄했다. "십칠 년 동안 통나무를 잘랐다네. 자, 보게나, 그놈의 톱이 낯짝을 얼마나 갈아먹었는지…… 다들 나를 톱장이 사벨이라고 불렀지. 그런데 이 톱질이라는 게 그리 만만한 일이 아니야. 하늘을 보고 손은 계속 톱질을 해야지, 면상에는 그물망을 쓰고 머리 위에는 통나무가 있고, 아무것도 보이지는 않지, 톱밥은 마구 날려대지, 끔찍한 일이지! 하지만 난 아무 생각 없이 즐겁게 사는 놈이라서 비둘기처럼 살았어. 알지? 그 뱅뱅 도는 비둘기놈들. 하늘로 높이 올라갔다가 날개에 대가리를 파묻고 아래로 피용 떨어지는 놈들 말이야. 머리를 지붕이나 땅에 처박고 죽는 놈들도 많지. 내가 바로 그 짝이었다네. 활달하고 수줍음 따윈 몰랐고 그저 바보처럼 행복해했거든. 아가씨나 아줌마나 다들 날 좋아했다네. 꼭 설탕처럼, 그래, 그 말이 딱 맞네, 설탕처럼 날 좋아했지! 되는대로 막살았지만 그래도 즐거운 추억이리네……"

그는 자세를 바꾸어 모로 누우며 소리 내어 웃었다. 목이 다소 잠긴 것만 빼면 젊은이 같은 웃음소리였다. 그의 웃음소리는 계곡 물소리와 잘 어울렸다. 따뜻한 바람이 훅 불어왔고 비로드처럼 부드러운 봄의 새잎에는 금빛 햇살이 미끄러지고 있었다.

"자아, 술이나 한잔하자고." 사벨이 제안했다. "가서 건져오게!"

나는 물가로 내려갔다. 개울물에 보드카 한 병을 담가 차갑게 해놓았던 것이다. 우리는 술을 잔에 따라 마셨다. 꽈배기 빵과 말린 물고기를 안주 삼아 씹다가 그가 탄성을 질렀다.

"이놈의 술이란 건 정말 기막히단 말야!"

그러고는 덥수룩한 회색 콧수염을 한 번 핥았다.

"굉장한 물건이야! 나는 많이 마시지는 못하지만, 조금 마시는 건 좋다고 봐. 보드카를 처음 만든 게 악마라고들 하잖나. 훌륭한 일을 했지. 악마에게 고맙습니다 해야 해……"

그는 실눈을 뜨고 잠시 말을 멈추더니 갑자기 뭔가 항의하듯 소리를 질렀다.

"그래, 아무리 그래도 날 욕보인 거야! 내 눈에서 피눈물이 나게 한 거라고. 이보게, 도대체 사람들은 왜들 그렇게 서로를 못 잡아먹어서 안달인 건가? 정말 부끄러워. 사람에게 양심이란 집 없이 떠돌아다니는 들짐승에 불과하지. 양심이 살 곳이 없어! 그래, 좋다고. 남들 다 하듯이 나도 장가를 갔었지. 아내는 나탈리아라고, 상냥하고 예쁜 여자였어. 우린 그럭저럭 잘 살았어, 편하게. 아내에겐 조금 바람기가 있었지만, 내가 워낙 나돌아다니는 놈이라서 집에 있는 날이 별로 없었으니까 그럴 만도 했지. 어디서 좀 괜찮은 여자나 다정하게 구는 여자가 있으면 난 그대로 주저앉고 그랬거든. 늘 그런 식이었지. 그러다가 더이상 좋은 일이라고는 없는 지독한 시절을 만났어. 그래서 그저 돈 몇 푼 쥐고 집으로 돌아왔는데, 아, 사람들이 '사벨, 집을 나갈 때

는 마누라를 꼭 묶어두라고!' 하면서 다들 비웃더란 말일세. 난 남의
눈도 있고 해서 마누라를 조금 때려주고 가져온 선물을 주며 달랬지.
'이 바보야, 어떻게 그렇게 사람들 앞에서 남편을 웃음거리로 만들 수
있냐? 내가 네 원수라도 되냐?' 물론 아내는 울면서 '다들 거짓말하
는 거야'라고 하더군. 사람들이 거짓말을 잘하긴 하지만 적어도 날 속
이지는 않는다는 걸 알고 있었지. 여자에 대해서는 밤이 진실을 말해
주는 법이네. 밤이면 알 수 있잖아, 이 여자가 다른 남자의 품에 있었
는지 아닌지?"

그의 등뒤 관목 숲에서 무슨 소리가 들려왔다.

"휘이!" 노인은 손으로 가막살나무 가지를 흔들었다. "저기 고슴도
치란 놈이 사는데 얼마 전에 내가 그놈 다리를 부러뜨려놨지. 씻으러
물가로 내려가는데, 풀 속에 아무것도 보이지 않았거든. 근데 느닷없
이 손가락에다 침을 쏴대지 않겠어."

그는 웃으면서 숲속을 살펴보더니 벌떡 몸을 일으키며 하던 말을
계속했다.

"그랬지! 말하자면 바로 그래, 날 욕보인 거라고, 다들 그런 거야!
딸애가 하나 있었는데, 이름은 타치아나야. 타샤라고 불렀지. 자랑은
하지 않겠지만 한마디로 말해 내 인생 최고의 기쁨이었지. 아, 별 같
은 아이였어! 휴일에 그애를 데리고 거리에 나가면, 아, 정말 하느님
이 주신 아름다움이라니! 걸음걸이며 몸매하며 눈이며…… 쿠지민이
라는 선생이 있었는데, 원체 굼뜬 친구라서 별명이 트렁크였어. 이 선
생은 딸애를 알아듣지 못할 이상한 이름으로 부르면서, 술에 취하면
눈물을 흘려대면서 날더러 딸애를 소중히 기르라고 간절하게 말하곤

했다니까. 난 애지중지 길렀지. 그런데 나한테 복이라도 있을라치면 사람들은 그걸 좋게 보질 못하고 질투를 해댔어. 내가 딸과 잔다는 소문이 퍼졌지……"

그는 불안한 듯 몸을 뒤척이더니 관목에 걸쳐놓은 셔츠를 집어 몸에 걸치고 꼼꼼하게 깃을 여몄다. 표정이 몹시 일그러지더니 입술을 꽉 다물었다. 성글고 억센 회색 눈썹이 눈꺼풀 없이 드러난 눈을 내리덮었다. 저녁이 다 되어가고 있었다. 공기는 한결 시원해졌다. 어디에선가 메추라기 소리가 났다. "포치, 폴로치……"

노인은 계곡을 내려다보며 말했다.

"소문은 연기처럼 피어올랐지. 쿠지민도 사제도 동네 서기도, 사내란 놈들은 다…… 게다가 아낙네들이 혓바닥을 놀려대고 모두 나서서는 '못된 놈!'이라고 욕을 해대질 않나…… 무슨 잔치라도 난 것처럼 떠들어대는 거야. 사람에게 독을 먹이고 다들 좋다고 말야. 타샤는 울고불고 난리였지. 밖에 나가지도 못했어. 애들까지 욕을 해대니…… 모두들 좋아라 하면서 우리 이야기를 재미 삼아 입방아를 찧는 거야. 그래 내가 '타샤야, 우리 떠나자'고 했지……"

"그럼 부인분은요?"

"아내?" 노인은 놀란 듯이 되물었다. "아내는 죽어버렸네! 밤에 그냥 악 하고 죽어버렸어. 나 원 참! 이 일이 생기기 훨씬 전에, 타샤가 열세 살 때니까…… 그 여잔 늘 내 말을 거스르는데다 별로 좋지 않은 여편네였어. 부정한 여자였지……"

"그래도 아깐 칭찬하셨잖아요." 내가 상기시켰다.

그러나 그는 당황해하지 않았다. 뺨을 한번 비비더니 턱수염을 들어올리며 날 바라보면서 나직하게 말했다.

"좋은 건 좋다고 해야 되잖나? 사람이 항상 나쁠 수는 없는 거지. 또 나쁜 칭찬이라는 것도 있는 거고. 사람이란 말이지, 돌덩이가 아니란 말씀이야. 하다못해 돌덩이도 때에 따라 달라지는 법이잖나. 하지만 다른 생각은 하지 말게. 그 여자는 제 목숨대로 간 거네. 심장병이 틀림없어. 늘 숨을 헐떡이곤 했으니까. 어쩌다 밤에 그 짓이라도 하고 나면 갑자기 아주 녹초가 돼서는 꼭 죽은 듯했어. 으스스했지!"

잠긴 듯 부드러운 그의 목소리는 노래하듯이 들려왔고 저녁의 따스한 대기 속에 풀냄새와 바람의 숨결, 살랑대는 나뭇잎 소리, 그리고 돌 사이를 흐르는 조용한 계곡 물소리와 함께 쉼 없이 이어지며 다정하게 섞이고 있었다. 그가 말을 멈춘다면 밤은 그렇게 충만하지도, 그렇게 아름답지도, 그렇게 정겹지도 않으리라. 사벨은 놀랄 만큼 편안하게 이야기하고 있었다. 적당한 말을 찾느라 힘들어하지도 않았고, 여자애가 인형에게 하듯 자신의 말에 사랑스럽게 생각의 옷을 덧입혔다. 나는 러시아의 요설가들을 적지 않게 만나보았다. 하지만 그들은 현란한 말에 취해서 말을 재간 있게 엮어대다가 종종, 아니 거의 언제나 희미한 진실의 실마리를 잃어버리곤 했다. 그러나 이 사람은 아주 확실하고 꾸밈없이 제 이야기를 엮어갔는데, 온 진심을 다하고 있었기 때문에 나는 차마 그의 말을 가로막고 질문을 할 수가 없었다. 그의 말들이 노니는 모습을 지켜보면서 나는 이 노인네가 더럽고 범죄적인 거짓을 덮어버릴 수 있는 마법의 보석을 가진 사람은 아닌가 생각했다. 나는 거짓말이라는 걸 알면서도 어쩔 수 없이 그의 말의 마법에 굴복했던 것이다.

"이보게, 친구. 그런데 진짜 문제가 벌어졌다네. 사람들이 의사를 부르고 그 의사 선생이 뻔뻔하게도 타샤를 자세히 살펴보았지. 그리고 의사와 함께 한 사람 더, 아주 찰거머리 같은, 머리가 벗어지고 황금빛 단추를 단 판사가 따라와서는 '누가? 언제?' 하고 물어대는 거야. 딸은 차마 말을 못했지. 부끄러웠거든. 나는 체포돼 읍내로 끌려가 감옥에 갇혀버렸어. 그렇게 처박혀 앉아 있는데, 그놈의 대머리가 내게 '네 죄를 인정해라, 그러면 형이 좀 가벼워질 거다!'라고 말하더군. 그래서 나는 그에게 정말 진심으로 제안했지. '나를 놓아주시오, 판사님, 키예프로 가서 성자 납골당에 죄를 빌도록 해주시오!' 그러자 '그래, 네 죄를 인정하는군!' 하고 나를 더 낚아채는 거야. 그 수고양이 같은 대머리 녀석! 난 아무것도 인정하지 않았어. 그저 너무 지겹다보니 되는대로 말을 내던졌을 뿐이지. 감옥에 앉아 있는 건 정말 지겹거든. 사방이 도둑놈에 살인자에 온갖 잡동사니 같은 작자들뿐이고, 게다가 '타샤는 어떻게 되는 거지?' 하는 생각만 들고. 이런 짓거리를 일 년 넘게 끌더니 드디어 재판이 시작되었네. 타샤도 보였지. 신발이며 옷차림하며 모든 것이 예전 같지 않았어! 푸른 원피스를 구름같이 차려입었고 영혼은 온통 밝게 빛나는 것 같았지. 모두들 재판 내내 그애를 쳐다보았고. 아, 정말, 모두 꿈속의 일만 같았지. 타샤 곁에 안치페로바라는 지주 부인이 있었는데, 아주 약아빠진 욕심쟁이 마귀할멈이었다네. 속으로 이런 생각이 들더군! '저 여자가 날 괴롭힐 거야, 저 여자가 날 뼛속까지 잡아먹을 게 분명해……'"

그는 이 말을 하며 사람 좋아 보이는 웃음을 지었다.

"그 여자에겐 마트베이 알렉세이치라는 아들이 있었는데 바보 같은 애였지. 지겹고 따분한 놈이었어! 핏기라곤 하나도 없이 새하얀 얼굴에 안경을 끼고 다녔지. 머리는 사제처럼 깎고 턱수염은 우스꽝스럽게 기르고, 옛날얘기나 노래 같은 걸 공책에다 적어대곤 했지. 사람은 좋아서 누가 뭐든 달라고만 하면 거저 주었어. 농민들이 이걸 이용해서는 한 놈은 낫을 달라고 하고, 다른 놈은 장작을 달라고 하고, 또 어떤 놈은 빵을 달라고 해대면서 필요한 것이든 필요 없는 것이든 몽땅 빼앗아가버릴 정도였지. 나는 이렇게 말해주곤 했다네. '이봐요, 알렉세이치, 모두 줘버리면 어떻게 할 거요? 아버지나 할아버지는 긁어모으고 벌기 위해 나쁜 짓도 마다하지 않고 사람들을 쥐어짰는데, 당신은 일없이 다 줘버리는 거냐고요?' 내가 이렇게 말하면, '그럼, 그래야지!' 하고 대답하는 거야. 골치 아프게 머리 굴리는 사람은 아니었어. 어찌됐든 조용한 젊은이였지. 나중에 주지사가 그를 중국으로 추방해버리긴 했지만. 주지사에게 욕설을 해댔거든. 그래서 중국으로 보내버린 거지.

그나저나 재판은……, 내 변호사가 나타나 두 시간여 손을 마구 흔들어대며 말을 했지. 또 타샤도 날 위해……"

"그런데 딸과 정말 그랬나요?"

그는 무언가 떠올리려는 듯이 잠시 생각에 잠겼다. 그러고 나서 매가 날아오르는 모습을 눈으로 좇으며 무심하게 대답했다.

"딸과 같이 사는 일은 있을 수 있는 법이지. 딸들하고 살았던 성자도 있잖나? 두 딸과 말이야. 그래서 아브라함과 이삭 같은 선지자도 나왔고. 그렇다고 내가 그렇다는 건 아니고. 물론 나는 그애하고 놀았지. 겨울인데다 밤은 길고 할일은 없고! 더구나 세상을 떠돌아다니던

나 같은 놈한테는 특히 그렇지 않았겠나. 난 그애에게 옛날이야기를 해주곤 했지. 수백 가지도 더. 하지만 이야기란 꾸며낸 거지. 피는 뜨겁고, 타샤는……"

그는 눈을 감았다. 그리고 머리를 흔들며 한숨을 내쉬었다.

"그애는 정말 믿을 수 없을 만큼 예뻤어! 나는 여자라면 참을 수가 없는 놈이었네, 완전히 미친놈이었다고."

노인은 심하게 몸을 떨었다. 그리고 환희와 긍지에 찬 듯이 말했다.

"이보게, 내 나이 예순일곱이지만 지금도 어떤 여자건 끝까지 보낼 수 있다고, 정말이야! 그 어떤 암말 같은 여자도 한 오 년쯤 살고 나면 내게 애원을 하지. '오, 사벨, 놓아줘요, 더는 힘이 없어요!' 그러면 난 불쌍해서 보내주고. 하지만 일주일도 안 돼서 다시 오는 거야. 그럼 내가 물어보지. '뭐야, 또 왔어? 거 보라니까.' 여자라는 것은 말이네, 정말 중요한 문제지. 온 세상이 다 이 일에 매달리잖나. 짐승이며 새며 곤충 같은 미물까지도 모두 다 그렇게 살아. 아니면 어떻게 살겠어?"

"그래, 따님은 재판에서 뭐라고 말했어요?"

"타샤 말인가? 그애는 말을 꾸며댔지. 안치페로바가 일러준 대로. 안치페로바는 내가 필요했거든. 딸애는 자기가 혼자 나쁜 짓을 한 거지 난 죄가 없다고 말했어. 그래서 난 풀려났지. 그놈들 일이란 게 다 그렇잖아. 다 보여주기 위해서 쓸데없이 그러는 게지. 자, 봐라, 우리는 법을 잘 수호하고 있지 않으냐 하고 말이야. 모든 게 다 사기라고. 법이니 명령이니 무슨 문서니 하는 것 따위는 다 쓸데없는 거라니까. 내버려둬야 해. 다 하고 싶은 대로 살게. 그럼 돈도 덜 들고 더 즐거울 게야…… 자, 난 이렇게 살고 있지 않나. 누구도 방해 안 하고 그 어디에도 끼어들지 않고……"

"그럼 살인자들은 어떻게 합니까?"

"그놈들은 죽여야지!" 사벨이 단호하게 말했다. "살인한 놈은 그 자리에서 똑같이 죽이는 거야. 봐주지 말고! 사람이란 모기나 파리가 아니니까. 그 누구도 자네보다 못하지 않아, 염병할……"

"그럼 도둑놈들은요?"

"이 사람 보게. 도둑이 어디 있어, 훔칠 게 없는데? 나한테 뭘 훔쳐 갈 게 있겠어? 남는 게 없으면 질투도 탐욕도 다 없는 법이지. 그런데 도둑놈이 어디서 나오겠나? 도둑은 다 남아도는 데서 나온다고. 야, 여기 많구나! 하고 뭐든지 뺏으려 드는 게고……"

사위는 이미 어두워졌고 밤은 계곡으로 젖어들었다. 어디선가 부엉이 울음소리가 서너 번 들려왔다. 노인은 그 음산한 울음소리에 귀를 기울이더니 웃으면서 말했다.

"저기 멀지 않은 곳에 있는 나무 구멍 속에 사는 놈이지. 저 녀석은 어쩌다 대낮에 나왔다가 햇빛이라도 마주치면 숨지도 못하고 그대로 굳어버린다네. 내가 가서 혓바닥을 날름 내밀고 바보 아니냐? 해도 아무것도 못 보고 찍소리도 못하지. 쪼그만 잡새들이 이리저리 들여다봐도 마찬가지고. 부엉이란 놈, 정말 안된 놈이야!"

나는 그가 왜 은둔자가 되었는지 물었다.

"그냥, 떠돌아다니다가 이렇게 멈춰 선 게지. 모두 타샤 때문이야. 안치페로바가 아주 교활하게 일을 꾸몄거든. 재판이 끝나고 나서 딸 애를 만나지 못하게 하지 뭔가. '나는 모든 사실을 알고 있어, 감옥에 안 간 걸 내게 고맙다고 해야 해, 하지만 타샤는 자네에게 넘길 수 없어' 이러는 거야. 그 바보 같은 것이, 내 참. 난 그 여자 주위를 맴돌다가 어느 순간 결심했지. 아니다, 딸애에게 가지 말자! 그리고 떠났네. 키예프에도 있었고 시베리아에도 있었네. 거기서 돈을 많이 벌어서 다시 돌아왔지. 그런데 안치페로바 부인은 철길에서 기차에 깔려 죽었고 타샤는 쿠르스크의 어떤 놈팡이에게 시집을 갔다고 해서 난 쿠르스크로 갔지. 그런데 그놈이 페르시아로 떠났다더군. 우준 시로 말일세. 그래서 나도 차리친으로 가서 기선을 타고 바다를 건너 우준 시로 가지 않았겠나. 아, 그런데 타샤가 죽었다는 거야. 그 놈팡이를 만났는데 벌건 얼굴에 코는 새빨갛고 건들건들했지. 주정뱅이였어. 그놈이 '당신, 그 여자 애비 맞지요?' 하지 않겠어. '아니올시다. 내가 무슨! 난 그저 시베리아에서 아버지라는 사람을 만났을 뿐이오' 하고 말했지. 그놈 앞에서 털어놓기가 싫었거든. 흠, 그래서 난 노비 아폰으로 갔지. 참 좋은 곳이어서 거의 눌러앉을 뻔했어. 그런데 나중에 보니까 살 만한 곳이 못 되더군! 온통 파도 소리에 돌투성이에다 압하지야 놈들이 우글대지 않나, 주위엔 산뿐이고 밤에는 얼마나 깜깜하던지 마치 타르 속에 빠진 것 같았다니까. 아이고, 그 더위 하며. 그래서 이리로 와서 이렇게 사는 거야. 구 년째 잘 살고 있지. 처음 여기 둥지를 틀었을 때 자작나무를 심었지. 삼 년 후엔 단풍나무를 심고, 좀 뒤에 보리수를 심었어. 저기 보이지? 이보게, 여기 사람들에게 난 커다란 위안을 주는 사람이라네. 일요일에 와서 한번 보고 들어보라고!"

그는 그와 같은 사람들이 늘 입에 붙이고 다니는 신에 대해서는 언급하지 않았다. 나는 그에게 기도를 많이 하느냐고 물었다.

"아니, 그렇게 많이 하지는 않네." 노인은 눈을 감으며 생각에 잠긴 듯이 대답했다. "처음엔 열심히 기도했어. 성호를 그으며 몇 시간씩 무릎을 꿇고 있기도 했지. 내 팔은 톱질로 단련되어 피로를 몰랐으니까, 등도 마찬가지고. 난 수천 번이라도 절할 수 있네, 아 소리 한 번 안 내고. 근데 이 무릎뼈가 견디지 못하고 쑤시더군. 그래 나중에 생각했지. 내가 뭘 기도하는 거지, 무엇에 대해서? 내겐 모든 게 있고 사람들이 존경해주는데, 난 하느님을 귀찮게 하고 있는 게 아닐까? 하느님은 하실 일이 따로 있는데 왜 내가 하느님을 방해하는 거지? 오히려 사람들의 하찮은 일에서 벗어나게 해드려야 하는데. 하느님은 우리를 보살펴주시는데 우리는 하느님을 조금도 걱정하지 않잖아! 그리고 난 이렇게 생각했어. 하느님은 많은 사람들을 위해 살고 계시다, 그러니 나 같은 하찮은 멍청이를 위한 시간이 어디 있겠는가. 그래서 지금은 그저 이렇게 밤에 잠이 오지 않으면 동굴에서 나와 아무데나 자리를 잡고 하느님이 계신 하늘을 바라보며 '그분은 저기서 어떻게 지내시나?' 하고 생각한다네. 이보게, 친구. 그건 정말 즐거운 일이야. 꿈이 실제가 되는 놀라운 일이지! 기도할 때와 마찬가지로 지루한 줄 몰라. 난 하느님께 아무것도 바라지 않고 남에게 충고하지도 않지. 그저 사람들에게 이렇게 말할 뿐이야. 하느님을 불쌍히 여기시오! 나중에 와서 보게나. 내가 하느님에게나 사람들에게 얼마나 유용한지를⋯⋯"

자랑하듯이 말하지는 않았지만 그의 말에는 확신이 배어 있었다. 그것은 장인이 자신의 일에 대해 가지고 있는 확신과도 같은 것이었다. 그는 불구가 되고 두 눈이 드러난 일그러진 흉한 얼굴을 가리면서 밝게 미소 지었다.

"겨울에는 어떻게 사냐고? 난 겨울에도 따뜻하게 지내. 사람들이 날 찾아오기 힘들 뿐이지, 눈 때문에 말일세. 이삼일씩 빵을 못 먹을 때도 있지. 한번은 일주일도 넘게 빵 쪼가리 하나 먹질 못해서 정신을 잃을 정도로 허약해졌었어. 그런데 어떤 아가씨가 와서는 날 일으켜 세우더라고. 수도원 하녀였는데 나중에 선생한테 시집을 갔지. 내가 그렇게 하라고 일러주었거든. '렌카, 뭘 그렇게 몸을 사려? 무슨 소용 있다고?' 그랬더니 이러더군. '전 고아예요.' '시집가거라. 그럼 고아 신세는 끝나게 돼.' 펩초프라는 아주 괜찮은 선생이 있어서 내가 그 사람에게 충고했어. '미샤, 저 처녀를 잘 봐줘.' 정말 그 사람은 곧 그녀를 데려갔지. 둘은 잘 살고 있네. 그래, 이번 겨울엔 사로프로 갈 거야, 옵티나로, 디베옙스키로 가야지. 거기는 온통 수도원들이네. 수도사들은 날 좋아하지는 않지만 나보고 머릴 깎고 수행자가 되라고 자꾸 불러들이지. 그게 자기네한테 이익이 되거든. 사람들을 꼬이게 만드는 미끼인 셈이지. 하지만 난 싫어, 나한테는 맞질 않아. 내가 무슨 성자라고? 난 그저 조용히 살고 싶은 사람이라네……"

그는 웃으면서 손으로 옆구리를 문지르며 다정하게 말했다.

"그 대신 수녀들에게 난 반가운 손님이지! 그들은 날 사랑하지. 그 수녀들이 날 말일세! 자랑이 아니라 사실이네. 난 말이야, 여자라면 속속들이 잘 알고 있어. 어떤 여자라도, 귀족 피를 가졌든 상인이든 말이지. 내 영혼을 보듯이 여자들의 마음을 아주 환히 들여다볼 수 있거든. 눈을 들여다보면 다 알 수 있지, 온갖 생각을 말이야. 자네에게 그런 얘기들은 얼마든지 해줄 수 있네……"

그리고 그는 다시 한번 자신 있게 나를 초대했다.

"나중에 와서 한번 보라고. 내가 그런 여자들하고 어떻게 속닥이는지…… 자, 그건 그렇고 술이나 더 마시자고."

술을 한 잔 더 마시고 나서 새롭게 기운이 났는지 그는 목소리를 높였다.

"아, 정말 술이란 건 좋은 거야!"

짧은 봄날 밤은 금세 녹아내렸고 서늘한 기운이 감돌았다. 나는 모닥불을 피우자고 했다.

"왜? 추운가? 나 같은 늙은이도 안 추운데 자네가 춥단 말이야? 이런! 그럼 자넨 동굴로 들어가서 좀 누워. 이봐, 불을 피우면 온갖 살아 있는 작은 것들이 뛰어들어서 불에 타 죽게 돼. 난 그게 싫어. 그놈들에게 불은 덫이나 마찬가지네, 죽음이거든. 태양은 모든 불의 아버지이고 아무도 죽이지 않는 법일세. 그런데 우리가 겨우 우리 몸뚱어리를 위해 이 모든 미물을 태울 수야 있나. 안 되지……"

난 그의 말에 동의해 불을 피우지 않았지만 추위를 피해 동굴로 들어갔다. 그는 한동안 동굴 밖에 있다가 어디론가 걸어갔다. 찰박거리는 물소리가 들려왔고 그의 정겨운 목소리도 들려왔다.

"후어이…… 겁내지 마라, 이놈들아!…… 휘이!"

잠시 뒤에 그는 조용하고 나직한 목소리로 노래를 불렀다. 누군가를 재워주려는 듯이……

잠에서 깨어 동굴 밖으로 나가니 사벨은 무릎을 꿇고 앉아서 나무껍질로 능숙하게 신발을 엮고 있었다. 그는 숲속에서 열심히 노래하

는 되새에게 말을 걸었다. "마음대로 불러라, 실컷 불러라, 너의 날이
밝았다!"

"일어났나? 가서 세수하게나. 차는 벌써 끓여놓았네. 자넬 기다리
고 있었어……"

"아니, 한잠도 안 주무셨습니까?"

"나? 죽으면 자게 되겠지."

계곡 위로 오월의 푸른 하늘이 빛나고 있었다.

나는 삼 주 뒤 토요일 저녁 무렵 그를 찾아갔다. 그는 나를 오랜 벗
처럼 반갑게 맞아주었다.

"난 또 이 사람이 날 잊어버렸구나! 하고 생각했지. 술도 가져왔
나? 고맙네! 그리고 밀빵도? 아주 말랑말랑하구먼. 자넨 좋은 사람이
야. 사람들은 자넬 좋아해야 돼. 사람들은 좋은 사람을 사랑하지. 자
신에게 이로운 건 알거든! 소시지 아닌가? 난 그건 좋아하지 않아, 개
가 먹는 음식이지. 그건 자네나 먹게. 난 생선을 좋아해. 이건 황어라
고 하는데, 카스피 해에서 살아, 아주 달지. 자네, 돈을 많이 썼군, 사
람 참! 아냐, 괜찮아, 정말 고마우이!"

그는 전보다 더 생기 있고 즐거워 보였다. 나도 덩달아 마음이 가벼
워지고 즐거워졌다. 하지만 이런 생각도 들었다.

'대체 이 사람은 어떻게 저리 행복해 보이는 거지?' 민활한 그는
내가 가져온 선물을 정리하면서 바지런하게 움직였다. 아주 다정하고
황홀한, 사람 혼을 빼놓는 듯한 러시아어가 그에게서부터 온 사방으
로 퍼져 날아갔다.

단단한 그의 몸동작은 유혈목이처럼 재빠르고 분명한 그의 말투와 아주 잘 어울렸다. 일그러진 얼굴과 눈꺼풀 없는 두 눈에도 불구하고 (아니, 그 상처들은 그를 더욱 용감하게 보이기 위해 일부러 찢어놓은 것 같았다) 아름다워 보였다. 알록달록 교묘하게 짜놓은 인생의 아름다움처럼, 흉측한 외모는 오히려 그 아름다움을 더욱 돋보이게 해주었다.

또다시 우리는 거의 밤을 새워 이야기했다. 말을 할 때면 그의 하얀 구레나룻이 움찔거리고 쥐어뜯은 듯이 성긴 콧수염이 곤두서곤 했다. 그가 거침없이 웃을 때면 비뚤어진 입 속에서 하얗고 날카로운 족제비 이빨들이 빛났다. 골짜기 아래쪽은 고요했지만 하늘에서는 바람이 불어댔다. 소나무 머리끝이 흔들리고 억센 참나무 잎들이 서걱거렸다. 푸른 하늘의 강은 사납게 격동하며 회색빛 구름 포말에 덮여가고 있었다.

"쉬이!" 노인은 경계하듯 손을 들고 나지막이 말했다. 나는 귀를 기울였다. 사위가 적막했다.

"여우가 기어오고 있어. 저기 여우굴이 있거든. 사냥꾼들이 와서 물어보더라고. '이보시오, 영감, 여기 어디 여우가 살지 않소?' 난 그 자들에게 거짓말을 했지. 아니, 여우는 무슨 여우가 있다고 그러쇼? 난 사냥꾼들을 좋아하지 않아, 제기랄 놈들이지!"

가끔 그는 더 심한 욕설을 내뱉고 싶어했지만 자신에게 어울리지 않는다는 걸 알고는 그저 '제기랄' '제미' 하고 입을 다물었다.

앵초뿌리로 담근 보드카를 들이켜고 흉한 눈을 찡그리며 그가 말했다.

"이 생선은 맛이 참 좋구먼. 정말 자네에게 머리 숙여 감사하네. 나는 맛있는 건 다 좋아해……"

신에 대한 그의 태도가 내게는 분명치 않아 보였다. 그래서 나는 조심스럽게 그 주제로 대화를 바꾸어보았다. 처음에 그는 순례자나 수도원에 드나드는 사람 혹은 직업적인 신자들이 할 법한 일반적인 대답을 했다. 그러나 나는 그가 그렇게 말해놓고도 스스로 지겨워한다고 느꼈다. 그 느낌은 틀리지 않았다. 그는 내게 가까이 다가오더니 갑자기 활기를 띠면서 목소리를 낮추고 말했다.

"이봐, 내 진실을 말해주지. 어느 프랑스 사람에 대한 건데, 그는 사제였어. 아주 키가 작은데다 찌르레기처럼 온통 새까맣고 머리는 싹싹 깎은 민머리였지. 코에는 금테 안경을 걸치고, 손은 계집애처럼 아주 작았어. 신들의 장난감이라고나 할까! 나는 그를 포차엡스키 대수도원에서 만났는데, 여기서 아주 먼 곳이지!"

그는 동쪽 어디쯤, 인도 쪽 방향을 가리키며 좀더 편하게 다리를 쭉 펴고 바위에 등을 기댔다.

"온통 폴란드인들이 살고 있는 낯선 곳이었지. 우리네 땅이 아니야. 한 수도사와 농담을 늘어놓는데 그 친구가 이렇게 말하더군. '요즘 사람들은 좀더 벌을 받아야 돼.' 그래서 내가 비웃어줬지. '똑바로 벌을 주기만 한다면야 당연히 그래야지요. 그런데 그럴 시간도 없고 그렇다고 일을 더 하기도 그렇고 하니, 그냥 서로 싸움질을 하게 하시오, 그럼 되잖소' 하고 말이야. 그 수도사가 내게 '무슨 바보 같은 소리요!' 하고 화를 내며 가버리더라고. 한데 한 사제가 갑자기 나타나서는…… 아, 정말 대단했어! 이봐, 내가 그때 일을 다 말해주지. 그 사람은 내게 세례자 요한과도 같았지. 혀가 잘 안 돌아서 우리말을 남의 말 하듯 했지만, 그래도 아무 상관 없는 것이, 그 사람은 위대한 영혼에 대한 말을 했거든. '당신이 말하는 걸 들었어요. 당신은 나와 똑같은 생각을 갖고 있군요! 당신은 수도사를 믿지 않아. 오, 정말 잘하는 겁니다! 하느님은 악당이 아니라 진심 어린 친구입니다. 오직 그분과 함께, 그분의 선의에 맞게 세상일이 만들어졌죠. 그분은 눈물 어린 우리의 삶에 녹아 계셔요, 물에 녹아 있는 설탕처럼. 그런데 더러운 물이라서 우리가 그분을 느낄 수 없는 겁니다. 우리 삶에서는 그분의 맛을 느끼지도 못하고 듣지도 못해요. 하지만 그래도 그분은 온 세상에 넘쳐흐르고 모든 이의 영혼에 아주 순수한 불꽃으로 살아 계시지요. 그래서 우리는 우리 안의 하느님을 찾아서 그 조금씩의 하느님을 하나의 덩어리로 만들어야 하는 거예요. 주님께서 모든 생명의 영혼을 그분의 힘으로 모아들이면 악마가 찾아와서 이렇게 말하겠지요. 주여, 용서하소서, 당신이 그렇게 위대하고 가없이 강한 분인지 저는 미처 알지 못했습니다. 이제부터는 더이상 당신과 맞서 싸우지 않겠나이다, 부디 저를 종복으로 부려주소서! 하고 말입니다.'"

노인은 힘주어 말했고 더 커진 눈동자가 이상스럽게 반짝였다.

"'그때가 되면 온갖 추악함과 악과 지상의 모든 다툼은 종말을 맞이하고, 모든 사람들은 자신의 하느님을 되찾게 되지요. 강물이 큰 바다로 흘러가듯이……'"

그는 말하다 목이 메어 무릎을 탁 치고는 나지막이 웃음을 터뜨렸다. 그리고 기쁜 듯 웃으며 말을 계속했다.

"그의 모든 말이 내 마음에 와 닿았고, 영혼이 확 밝아졌지. 그 프랑스 사제에게 뭐라고 말해야 좋을지 모르겠더군. '오, 당신은 저의 그리스도입니다. 제가 당신 품에 안겨도 되겠습니까?' 나는 그저 이렇게 말하고 그분을 껴안았어. 그리고 우린 둘 다 울음을 터뜨렸다네. 정말 얼마나 울었는지 몰라! 오래 헤어졌다 부모를 만난 어린아이들 같았다니까. 옆머리까지 다 세어버린 두 늙은이가 말이야. 그래, 내가 이렇게 말했지. '당신은 제게 그리스도요, 세례자 요한입니다, 정말이에요!' 난 그 사제를 그리스도라고 불렀지, 우습긴 하지만. 왜냐고? 내가 말했잖나, 꼭 찌르레기처럼 생겼다고. 비탈리라는 수도사는 늘 이 사제를 비난했지. '당신은 못이오, 못!' 하고 말이야. 사실 그 사람은 못처럼 생겼어. 맞는 말이지! 이봐, 친구, 내 좋은 친구, 자네는 물론 모를 거야. 자네는 글을 아니 뭐든지 다 알겠지. 하지만 그때 나는 까막눈으로 돌아다녀서 그저 보기만 할 뿐 아무것도 몰랐어. 하느님이 어디 있는지 알게 뭐야. 그런데 그 사제가 단번에 모든 걸 알게 해준 거야! 내가 간단하게 말했지만, 사실 우리는 동이 틀 때까지 이야기를 나누었다네. 그분은 내게 많은 걸 얘기해주었지. 껍데기는 다 잊어버리고 중요한 알맹이만 기억하고 있지만……"

잠시 말을 멈추었다가 그는 짐승처럼 허공에 대고 킁킁 냄새를 맡았다.

"비가 오려나? 아니, 아닌가?"

그는 다시 코를 킁킁거리더니 확실하게 단언했다.

"아니군. 비는 없겠어. 밤이라 습해서…… 이봐, 친구, 내 다 말해주지. 프랑스 사람들, 그리고 또 여러 나라 사람들, 아주 지혜로운 사람들에 대해서. 하르키우라는 곳이 있는데, 거 폴타바 주에 있는 거

말고. 그곳에 한 대단한 백작 집을 관리하는 영국인이 있었어. 그가 날 여러모로 자세히 살펴보더니 나중에 따로 불러서 이렇게 말하더라고. '이봐, 노인장. 부탁이 있소. 이 비밀 편지를 어떤 사람에게 보내야 하는데, 좀 해줄 수 있겠소?' 그런 일 못할 게 뭐 있어? 나야 어디든지, 아무리 멀어도 가라면 가지. 그래서 난 봉투를 하나 받아 잘 싸서 품에 넣고 떠났어. 일러준 곳에 도착해서 '나리를 만나고 싶습니다' 하고 말했더니, '이런, 재수 없는 놈이 감히 어디서, 꺼져버려!' 하고 글쎄, 목덜미를 잡아 내쫓아버리는 거 아니겠나. 편지는 종이봉투 안에 들어 있었는데 땀에 젖어 다 해져서 안이 보이더구먼. 돈이더라고! 큰돈이었지. 한 3백 루블쯤. 난 겁이 더럭 났어. 이거 어떤 놈이 밤에 훔쳐가기라도 하면 어쩌나? 어떡해야 하지? 길옆 나무 그늘에 앉아 생각하고 있는데 어떤 나리가 마차를 타고 가더라고. 혹시 저분이 그 나리 아냐, 하는 생각이 들어 길로 튀어나가 지팡이를 흔들며 가로막아섰지. 마부가 채찍을 내리치며 쫓아버리려고 했지만 그 나리가 말리면서 오히려 마부를 꾸짖었어. 내가 만나야 할 바로 그 나리였지! '다름이 아니라 여기 비밀 편지를 받으셔야 합니다' 하고 내가 말했더니, '그런가? 좋아, 여기 내 옆에 앉아 함께 가자' 하시더라고. 난 마차를 타고 그분 집으로 갔네. 그분은 날 아주 화려한 방으로 데려가더니 이렇게 묻더군. '전달할 편지란 게 뭔가?' '제 생각에, 돈입니다. 봉투가 땀에 젖어 그만 보게 됐습죠.' '그런데 누가 이걸 자네에게 부탁했나?' '말할 수 없습니다. 명령이거든요.' 그랬더니 그분이 내게 소리쳤지. '말 안 하면 감옥에 처넣겠다.' '그러시려면 그렇게 하십시오.' 날 협박했지만 난 겁내지 않았네. 그때 갑자기 문이 열리더니 바로 그 영국 관리인이 나타났어. 어떻게 된 일이냐고? 그 사람은 껄껄거리며 웃더군. 그는 열차를 타고 나보다 먼저 와서 기다리고 있었던 거야. 내가 오는지 안 오는지 보려고 말이네. 내가 도착했다는 걸 알고 그가 하인들에게 날 쫓아버리라고 명령했고. 물론 쫓아버리라고만 했지, 때리라고는 안 했대. 그냥 쫓아버리라고만 했는데…… 어쨌든 그건 날 시험해보기 위한 일종의 장난이었어. 내가 돈을 가지고 오는지 도망치는지 보려는. 내가 제대로 심부름한 것에 흡족해하면서 그 사람들은 날 씻게 하고 깨끗한 옷을 주고 함께 식사도 했지. 이보게, 같이 식사도 했다 이 말씀이야! 술도 한잔했지. 난 입을 다물 수가 없었다네. 기분이 너무 좋아 황홀할 지경이었어. 다음날 또 그분들하고 식사를 했고, 여러 얘기를 나누면서 난 놀랐다네. 영국인이 술에 잔뜩 취해서, 러시아인은 정말 놀라운 사람들이다, 도대체 무슨 일을 할지 아무도 알 수 없다고 단언하더구먼. 돈은 나한테 주더라고, 가져가라고 말이네. 물론 난 돈을 달라고 조르거나 한 적은 전혀 없어. 난 그런 거에는 관심이 없거든. 물론 여러 가지 사는 건 좋아했지. 그래, 한번은 인형을 샀어. 거리를 걷다가 진열장에 인형이 있는 걸 봤거든. 살아 있는 애기 같았지. 눈을 감을 줄도 알더라니까. 사나흘 가지고 다니다가 어디 시골인가에 거처를 잡았을 때 배낭에서 꺼내서 봤지. 그러고는 어떤 계집애한테 줬어. 그랬더니 그애 애비가 훔친 거냐고 묻더군. 그렇다고, 훔쳤다고 말해줬어. 샀다고 하기는 좀 부끄러워서 말이야……"

"그 영국인하고는 어떻게 됐나요?"

"날 그냥 보내주더라고, 그게 다야. 내 손을 꼭 잡고 많은 말을 해주었지만, 에이 별거 아니고, 공연히 쓸데없는 말들을 했네. 미안하구면…… 이제 눈 좀 붙여야겠어. 내일은 일이 많아……"

누우려고 자리를 잡더니 그가 말했다.

"정말 난 괴짜였어! 갑자기 무슨 기쁜 일이 생기기라도 하는 날이면 몸과 마음이 온통 들떠서 마구 춤을 추어댔지! 그래, 그러면 사람들이 웃어대고 난 계속 춤을 추고…… 뭐 어때? 난 애들도 없고 부끄러워할 것도 없는데……"

생각에 잠긴 채 그는 계속 말했다.

"이봐, 영혼이란 그런 게야. 변덕스러운 것이어서, 이를테면 말이지, 아주 우스운 일에 갑자기 빠져들고, 그래, 그러면 그 일에 사로잡히곤 하는 거야. 한번은 인형처럼 예쁘게 생긴 여자애에게 마음을 빼앗겼었지. 어떤 지주 나리의 영지에서 마주친 여자애였어. 아홉 살이나 됐나, 연못가에 앉아 막대기로 물을 내리치며 울고 있더라고. 얼굴은 온통 눈물범벅이고, 이슬에 젖은 꽃처럼 말이야. 가슴께까지 눈물이 대롱대롱 달려 있더군. 난 곁에 앉았지. '왜 울고 있니? 이 좋은 날에 왜 울고 있어?' 화가 났는지 '저리 가세요!' 하더라고. 안 가고 자꾸 말을 거니까 대답하기 시작하더군. '우리집에는 절대 오지 마세요. 아빠도 나쁘고 엄마도 나쁘고 오빠도 다 나빠요!' 난 속으로 웃음이 났지만 그 말을 믿고 겁이 났다는 표정으로 '아이고, 어찌 그럴 수가!' 하고 맞장구를 쳤지. 그러자 그 여자애가 내 어깨에 기대고 부들부들 떨며 흐느끼지 뭔가. 들어보니 슬픈 이유가 뭐 별거 아니었어. 부모가 한 십 리 정도 떨어진 곳에 초대받았는데 자길 데려가지 않는 벌을 준 거야. 입으라는 옷을 안 입고 변덕을 부린 거지. 난 물론 맞장구를 치며 부모가 어떻게 그럴 수 있냐고 비난해줬어. '에이, 참, 어디 그런 사람들이 다 있어, 어찌 그럴 수가!' 하고 말야. 그랬더니 그 여자애가 매달리더군. '절 데려가주세요, 할아버지, 제발요. 더이상 여기서 못 살겠어요.' 뭐 어려울 게 있나 싶어 '에이, 그래 가자!' 하고 그 애를 데리고 부모가 간 잔칫집으로 찾아갔네. 그 집에 콜리야라는 그 애 남자친구가 있었는데 곱슬머리에 아주 뺀질뺀질한 녀석이더군. 바로 그애 때문에 슬펐던 거지. 사람들이 다 여자앨 보고 웃었고, 여자애는 얼굴이 양귀비꽃보다 더 빨개졌어. 그 아버지는 내게 은화를 주기까지 했고. 그리고 난 떠났지. 이봐, 자네는 어떻게 생각하나? 난 그 여자애에게 애착이 생겨 그곳을 떠나기 싫더라고. 그래서 여자애를 한 번 더 보고 얘기를 나눌 수 있을까 싶어 일주일 정도 맴돌았다네. 정말 우스운 일이지. 하지만 마음뿐이었어! 부모가 여자애의 마음을 치료해주려고 함께 바다로 여행을 가버렸거든. 난 다시 떠돌아다녔어, 길 잃은 개처럼 말이야. 다 그런 거지, 그래. 영혼은 변덕스러운 새 같아서 어디로 날아갈지 아무도 몰라……"

꿈꾸며 거의 잠꼬대를 하듯이 노인은 하품을 해가면서 뜸들이며 말했다. 그러다가 갑자기 차가운 빗방울이라도 맞은 듯이 다시 활기를 띠었다.

"작년 가을에는 시내에서 어떤 마님이 날 찾아왔어. 그냥 그런, 좀 마르고 볼품없는 여자였는데, 난 그 여자의 눈을 가만히 들여다보았지. 맙소사! 내게 이런 여자가 오다니, 단 하룻밤만이라도…… 나중에 칼에 찔리고 짓밟힌다고 해도 겁날 게 하나도 없었지! 어차피 죽는 건 다 마찬가지니까. 그래서 난 솔직히 말했어. '가시오, 제발. 안 그러면 아주 혼내버릴 거요. 당신과 얘기 못해요. 가세요!' 그 여자가 이유를 알았는지는 모르겠지만 어쨌든 황급히 돌아갔네. 그리고 난 며칠 밤이나 그 여자 때문에 잠을 이루지 못했어. 그 눈이 자꾸 어른 거려서 말이야. 어쩔 수가 없었지! 늙은이들이란 그저…… 현자라는 것은…… 그래…… 영혼은 법과 아무 상관도 없고 나이도 모르는 게 야……"

그는 땅바닥에 몸을 쭉 펴고 누웠다. 그리고 붉은 상처가 있는 눈을 껌벅이며 입맛을 다시고는 말했다.

"이젠, 한숨 자야지."

두툼한 외투로 머리를 덮고 그는 잠잠해졌다.

그는 새벽녘에 눈을 떠서 구름 낀 하늘을 보더니 서둘러 강으로 내려가 옷을 다 벗고 뭐라고 끙끙거리면서 강건한 구릿빛 몸을 머리에서 발끝까지 깨끗이 씻었다. 그리고 내게 소리쳤다.

"어이, 이봐, 거기 내 셔츠하고 바지 좀 줘. 굴속에 있어……"

무릎까지 내려오는 긴 셔츠와 푸른 바지를 입고 나무빗으로 젖은 머리를 잘 빗고 나니 그는 성상처럼 단정한 모습이 되었다.

"사람들을 맞이하기 전에 항상 이렇게 깨끗이 몸을 씻는다네."

그는 내가 권한 보드카를 사양했다.

"절대 안 되지! 먹지도 않을 거고 그냥 차만 마실 거야. 머리를 비우고 가뿐하게 하려면 그래야 돼. 이런 일은 영혼이 아주 가벼워야만 되는 것이니까……"

정오를 넘어서면서 사람들이 찾아오기 시작했다. 그러나 그때까지 그는 말없이 아무 일도 하지 않고 가만히 있었다. 생기 넘치는 명랑한

눈은 초점이 분명했고 움직임은 아주 정연했다. 하늘을 자주 올려다
보았고 가벼운 바람 소리에도 귀를 기울였다. 얼굴은 활짝 펴져서 훨
씬 더 기형적으로 보였고 입은 아픈 듯이 일그러졌다.

"누군가 오고 있네." 그가 갑자기 소리를 낮추어 말했다.

내게는 아무 소리도 들리지 않았다.

"여자들이군. 이봐, 저쪽에 가 있어. 자넨 그 사람들하고 말하면 안
되네. 방해해선 안 돼. 겁먹을 거라고. 저쪽에서 가만히 있도록 해."

숲 사이로 두 명의 아낙이 소리 없이 나타났다. 한 명은 온순한 눈
에 좀 뚱뚱하고 말처럼 생긴 중년 여인이었다. 다른 한 명은 결핵에
걸린 것처럼 핏기가 없이 창백한 젊은 여인이었다. 두 여자는 나를 보
더니 겁을 내며 놀라는 것 같았다. 나는 몸을 피해 비탈을 타고 조금
올라가서 노인의 말소리에 귀를 기울였다.

"괜찮아. 저 사람 신경쓸 거 없어. 저 사람은 바보야. 우리가 뭘 하
든 관심도 없어······"

젊은 아낙이 기침을 하면서 쉬쉬 소리를 내는 쇠약해진 목소리로
다그치듯 화를 냈다. 낮고 굵은 목소리의 다른 여자는 이따금 조그만
소리로 대화에 끼어들었다. 사벨리는 고개를 끄덕이며 전혀 다른 사
람 같은 목소리로 언성을 높였다.

"그래, 그래, 그래! 안 되지, 저런, 어디서! 정말 그렇단 말이야, 응?"

여인이 가늘게 흐느꼈다. 그러자 노인은 노래하듯 느릿느릿 말했다.

"오, 밀라야.* 가만 가만, 이제 그만 그치고, 내 말을 좀 들어······"

---

* 러시아어로 '사랑하는, 다정한' 등의 의미를 지닌 형용사 여성형. 호칭으로도 사용됨.
남성형은 '밀리'.

그의 목소리는 전혀 쉰 소리가 아니었고 고아하고 깨끗했다. 그 음조는 이제까지와는 전혀 다르게 꾸밈없는 꾀꼬리 노래 같았다. 나는 나뭇가지 사이로 그가 여인에게 몸을 기울여 얼굴을 마주하고 말하는 모습을 살펴보았다. 여인은 조금 불편한 자세로 앉아서 가슴에 두 손을 얹고 눈을 크게 뜨고 있었다. 같이 온 여자는 고개를 모로 돌리고 끄덕거렸다.

"당신을 모욕하다니, 그건 하느님을 모욕한 거야!" 그가 큰 소리로 말했다. 그 소리는 씩씩하고 아주 밝아서 말의 내용과는 어울리지 않았다. "하느님이 어디 있냐고? 당신 영혼에, 당신 가슴에 주님의 혼이 성스럽게 살아 계시지. 당신 형제들은 바보야. 어리석은 짓으로 주님을 욕보인 게야. 그 바보들을 안됐다고 불쌍히 여겨야 돼. 물론 잘못했지. 하느님을 욕보이는 건 어린애가 제 부모를 욕보이는 짓과 같아……"

그리고 다시 노래하듯 말했다.

"오, 밀라야……"

나는 전율을 금치 못했다. 나는 지금까지 이 익숙한 단어에 그렇게 기쁨에 찬 다정함이 담길 수 있다는 걸 알지 못했고 그런 걸 들어본 적도 없었다. 이제 그는 여인의 어깨에 손을 얹고 속삭이듯이 빠르게 뭔가를 말하고 있었다. 그리고 조용히 어깨를 톡 치자 여인은 마치 잠에서 깨어난 듯 휘청했다. 몸집이 큰 아낙이 노인의 발치에 있는 바위에 단정하게, 마치 부채처럼 치마폭을 펼치며 앉았다.

"개, 돼지, 말, 온갖 짐승도 사람의 분별력을 믿고 따르는 법이야. 당신의 형제들도 사람이야. 꼭 기억해두게! 큰오빠에게 말해. 이번 일요일에 나한테 오라고 말이야."

"오지 않을 거예요." 몸집 큰 여자가 대답했다.

"올 거야!" 그는 단언했다.

흙덩어리가 구르며 나뭇가지를 덮치는 소리가 들렸다. 계곡으로 누군가가 또 내려오고 있었다.

"올 거야." 사벨리가 다시 말했다. "그럼 이제 가봐. 하느님이 함께하시면 모든 게 다 잘될 거야."

결핵에 걸린 듯한 여인이 말없이 일어나서 그에게 허리를 굽혀 인사했고, 그는 그녀의 이마에 손을 대고 그녀를 일으켜 세우며 말했다.

"항상 영혼에 하느님을 모시고 다닌다는 걸 잊지 마!"

그녀는 조그맣게 싸맨 뭔가를 내밀고 다시 인사했다.

"그리스도 이름으로 축복 있으시길……"

"고마워, 나의 친구!…… 이제 가봐……"

그는 성호를 그으며 축복해주었다.

숲속에서 어깨가 딱 벌어지고 구레나룻이 시커먼 농부가 나타났다. 새로 사서 아직 세탁 한 번 하지 않은 듯한 장밋빛 셔츠는 허리띠에서 빠져나와 뻣뻣한 구김살이 그대로 드러났다. 모자를 쓰지 않은 반백의 머리는 제멋대로 헝클어져 있었고 찡그린 눈썹 밑에 곰처럼 생긴 작은 눈이 험상궂게 노려보고 있었다.

여인들에게 길을 내주고 그들을 쳐다보더니 우렁우렁하게 기침을 하고 가슴을 쓸어내린다.

"안녕하신가, 올레샤." 노인이 웃으며 말했다. "그래, 무슨 일인가?"

"제가 온 건요," 올레샤가 무뚝뚝하게 대답했다. "같이 좀 앉아 있고 싶어서요."

"오, 그럼 어서 이리 와 앉아!"

그들은 나란히 앉아서 말없이 심각한 얼굴로 서로를 마주보았다. 잠시 뒤 그들은 동시에 말을 꺼냈다.

"일은 했어?"

"슬퍼요, 어르신……"

"올레샤, 자넨 훌륭한 농부야!"

"제게도 어르신같이 선한 마음이 있다면 좋으련만……"

"위대한 힘을 가진 농부잖아!"

"그런 힘이 제게 무슨 필요가 있어요? 어르신같이 영혼이 있어야지……"

"이런, 또 시무룩한 사람이 됐군, 바보 같은 당나귀나 우울해하는 거야……"

"그럼 저는요?"

"아, 자네는 그럼 안 되지! 자네 얘기나 다시 하세……"

"제 마음은 사악해요." 농부가 요란하게 한숨을 내쉬면서 상스러운 말로 제 마음에 대해 욕을 해댔다. 노인은 조용하고도 단호하게 말했다.

"자네 마음은 보통 사람들의 불안한 마음과 같아. 한데 자네의 마음은 불안한 걸 싫어해. 평안함을 바라지……"

"맞아요, 어르신……"

그렇게 그들은 반 시간 남짓 이야기를 나누었다. 농부는 자신이 실패를 너무 많이 해서 살기 힘들고 사악하고 사나운 사람이라고 넋두리를 늘어놓았다. 하지만 사벨리는 그렇지 않다고, 그는 열심히 노동하는 강건한 사람이고 아무것도 놓치지 않으며 손맵시가 좋고 훌륭한 영혼을 가진 사람이라고 거듭 이야기해주었다.

농부가 활짝 웃으며 말했다.

"표트르와 화해했어요……"

"들었네."

"화해하고 술 한잔 했죠. 제가 '에이, 이 망할 자식!' 했더니, '그러는 너는?' 그러데요. 그 친구도 좋은 농부죠……"

"자네들은 모두 하느님의 자식일세……"

"좋은, 훌륭하신 말씀이에요. 어르신, 제가 결혼하면 어떨까요?"

"아니, 정말인가? 그녀하고 해야지……"

"안피사 말예요?"

"그럼, 좋은 아내가 될 거야! 예쁘고 힘도 좋지, 안 그래? 과부고 노인네하고 살면서 어려운 일도 많이 겪어봐서 자네하고는 잘 맞아. 내 말 믿으라고……"

"그럼 하죠, 뭐……"

"그렇게만 하면 다 잘되는 거지……"

잠시 뒤 농부는 개에 대해 이야기했지만 무슨 말인지 알아들을 수 없었다. 크바스* 통에 빠진 놈들을 구해낸 얘기 같았다. 이런 얘기들을 하면서 그는 마치 숲속의 도깨비처럼 낄낄댔다. 도적처럼 험상궂은 얼굴은 천진난만하고 선량해져서 말 잘 듣는 가축 같은 표정이 되

---

* 호밀과 보리를 발효시켜 만드는 러시아의 전통 음료. 가정에서 호밀빵을 가지고 간단히 만들기도 한다.

었다.

"자, 올레샤, 이제 저쪽으로 물러나게. 사람들이 오네……"

"수난자들이요? 알았어요……"

올레샤는 강으로 내려가서 손으로 물을 한 움큼 떠 마시고 잠시 돌처럼 굳어버린 듯 앉아 있다가 뒤로 벌렁 누워 팔베개를 했다. 바로 잠이 든 것 같았다.

알록달록한 원피스를 입은 처녀가 다리를 절름거리며 나타났다. 밝은 갈색 머리를 두툼하게 땋아 내렸으며 눈은 크고 파란색이었다. 그림에나 나올 법한 얼굴이었다. 치마는 녹색과 노란색 점들로 덮여 있어 눈이 아플 만큼 알록달록했고, 짧은 흰색 윗옷에도 피처럼 붉은색 점들이 박혀 있었다.

사벨리는 반갑게 그녀를 맞이하고 친절하게 앉을 자리를 잡아주었다. 그때 수녀처럼 생기고 키가 큰 까무잡잡한 노파가 나타났다. 큰 두상에 흰머리가 덮여 있는 그 노파는 통통한 얼굴에 붙박인 듯한 미소를 짓고 있는 젊은이와 함께였다.

사벨리는 급하게 처녀를 동굴 속으로 데려가 몸을 숨겨주고 문을 닫았다. 나무 빗장을 거는 소리가 들려왔다.

그는 노파와 젊은이 사이 바위 위에 앉아 오랫동안 말없이 고개를 떨어뜨리고 노파의 웅얼거리는 소리를 들어주었다.

"됐어, 그만!" 갑자기 그가 엄격하게 큰 소리로 말했다. "이 청년이 당신 말을 듣지 않는다 이 말이지?"

"전혀요. 아무리 내가 뭐라 해도……"

"가만! 자네, 젊은이가 할머니 말을 듣지 않는 거야?"

사람 좋게 웃기만 하면서 젊은이는 대답이 없었다.

"좋아, 자네, 할머니 말을 듣지 말게! 알았나? 그리고 할멈, 당신은 아주 나쁜 일을 꾸몄어. 분명히 말하지만, 그건 재판소 갈 일이야! 재판소 갈 일보다 더 나쁜 건 아무것도 없어! 그러니 나는 몰라. 어서 가! 당신하고는 이제 아무 할말이 없어. 이보게, 할머니는 자넬 속이려고 하는 거야……"

젊은이는 만족스러운 미소를 지으며 목소리를 높여 말했다.

"자알 알겠습니다……"

"그럼, 이제 다들 가!" 더이상 못 봐주겠다는 듯이 마구 손을 흔들면서 사벨리가 말했다. "어서 가라니까! 이봐, 할멈, 당신은 성공 못해, 절대 못해!"

두 사람은 고개를 숙이고 말없이 인사를 하고 나서 눈에 잘 띄지 않는 숲속 오솔길을 따라 위쪽으로 올라갔다. 백여 걸음쯤 올라가더니 두 사람은 서로 바짝 붙어 서서 말하기 시작했다. 그러고는 손을 휘두르며 소나무 뿌리에 걸터앉았고, 곧 웅얼웅얼하는 소리가 들려왔다. 두 사람이 떠나고 사벨리가 동굴로 들어간 뒤에 동굴 안에서 이루 형언할 수 없이 마음을 뒤흔드는 목소리가 흘러나왔다.

"밀라야……"

저 흉하게 생긴 노인네가 이 단어에 어쩌면 저렇게 매혹적인 부드러움과 기쁨에 넘친 사랑을 담을 수 있는지는 아무도 모를 것이다.

"그걸 먼저 생각해야지." 동굴에서 절름발이 처녀를 데리고 나오며 그는 마법을 거는 것 같았다. 아직 걸음마도 못 배운 어린아이를 부축하듯이 그는 처녀의 팔을 끼고 걸었다. 처녀는 고양이처럼 눈물을 닦으면서 그의 어깨에 기대어 절룩거리며 걸어나왔다. 그녀의 팔은 작고 창백했다.

노인은 끊임없이 노래하듯 말하면서 처녀를 바위 위에 앉혔다. 그녀에게 마치 동화를 들려주는 것만 같았다.

"알지, 너는 지상에 핀 꽃이야. 주님은 널 기쁨으로 키워주셨어. 그래서 넌 커다란 기쁨을 줄 수 있단다. 너의 예쁜 눈과 맑은 눈빛은 모든 영혼의 축제란다. 밀라야!"

밀라야, 이 단어의 용량은 끝이 없었다. 이 단어는 삶의 모든 비밀의 열쇠를 깊은 곳에 담고 있어 인간사의 모든 난마를 풀어주는 힘을 가진 것만 같았다. 이 단어는 그 마법의 힘으로 시골 아낙네뿐만 아니라 모든 사람들, 살아 있는 모든 것을 매혹시킬 수 있었다. 사벨리는 이 단어를 한없이 다양하게 발음했다. 다정하게, 또는 당당하게, 감동적인 슬픔을 담아. 이 단어는 때로는 부드럽게 꾸짖듯이 들려왔고 기쁨으로 충만한 소리로 흘러넘쳤다. 이 단어를 들으면 나는 항상 이 단어의 뿌리가 무한한 사랑이라는 것, 사랑 이외에는 아무것도 알지 못하고 그 자체로 충만한 사랑, 오직 그 속에서만 존재의 의미와 목적, 삶의 모든 아름다움을 느끼는 사랑, 그 힘으로 온 세상의 고통을 편안하게 해주는 사랑이라는 걸 느꼈다. 그때 이미 나는 그의 말을 다 믿지 않게 되었지만, 이렇게 흐린 날 이런 시간에 사람들에게 수없이 사용되는 이 단어를 듣고 있지니 그에 대한 내 모든 불신이 태양 아래 그림자처럼 사라져버렸다.

절름발이 처녀는 그에게 머리를 몇 번이나 조아리며 기쁨의 눈물을 흘렸다.

"고마워요, 할아버지. 고마워요, 밀리!"

"그래, 그래, 괜찮아, 됐어! 가봐, 어서 가! 그리고 잊지 마. 항상 기쁨으로, 행복으로, 훌륭한 일로 나아가고 있다는 걸 말이야! 가, 어서……"

그녀는 사벨리의 환하게 빛나는 얼굴에서 눈을 떼지 못하고 어색하게 옆걸음질하며 떠나갔다. 올레샤가 잠이 깨어 더 수북해진 머리를 흔들며 강물 속에 서 있었다. 그는 처녀를 바라보며 활짝 미소를 지었다. 그러더니 갑자기 손가락 두 개를 입에 대고 귀가 멍멍해질 정도로 세게 휘파람을 불었다. 처녀는 한 번 휘청거리고는 무성한 숲의 파도 속으로 물고기처럼 사라졌다.

"왜 그런 바보짓을 해, 올레샤!" 사벨리가 그를 나무랐다.

올레샤는 장난스럽게 무릎을 굽히더니 강물 속에서 보드카 한 병을 꺼내 공중에 흔들어대며 말했다.

"한잔하실래요, 어르신?"

"자네나 마셔. 난 안 돼! 난 저녁에……"

"그러세요. 그럼 저도 저녁에나……" 그리고 그는 사벨리에게 점잖지 못한 말을 마구 던져댔다. "에헤, 어르신은 요술쟁이야. 아니, 성자님이 분명해! 사람들의 영혼을 어린애처럼 막 가지고 놀아. 사람 영혼을…… 저기 누워서 생각했어요. 아하, 정말 어르신은, 제 생각에……"

"시끄러워, 올레샤……"

종전의 노파와 젊은이가 다시 돌아왔다. 노파는 사벨리에게 뭔가를 빌듯 조용히 말했다. 그는 미덥지 않은 표정으로 고개를 끄덕였다. 그러고는 그들을 동굴로 데리고 들어갔다. 올레샤는 풀숲에 있는 나를 보더니 가지를 꺾어가며 어렵사리 내게로 기어왔다.

"도시 사람 맞죠?"

그는 기분이 아주 좋아져서 수다를 떨었고 욕설을 섞어가며 내내 사벨리를 칭송했다.

"정말 대단한 위로자시죠! 보슈, 난 저분 영혼 덕분에 살죠. 내 영혼은 이 머리카락처럼 무성하게 사악함에 젖어 있고, 난 구제불능이 니……"

그는 오랫동안 무시무시한 색채로 자신을 표현했지만 난 그 말을 믿지 않았다.

노파가 동굴에서 나왔다. 그리고 사벨리에게 깊이 허리를 숙이며 말했다.

"이젠 저에게 화내지 마세요, 어르신……"

"알았소, 할멈……"

"아시잖아요……"

"알다마다. 모든 사람이 다 가난을 무서워해. 거지는 아무에게도 사랑받지 못해. 안다고! 하나 아무리 그래도 할멈 속에 계시고 다른 사람 속에도 계시는 하느님을 욕보이는 걸 무서워해야지. 우리가 늘 하느님을 기억하고 있었다면 빈궁함은 없었을 게야! 자, 이제 하느님과 함께 가시라고……"

젊은이는 코를 훔치며 겁내듯이 사벨리를 바라보며 노파 등뒤로 몸을 비켰다. 젊은 여자가 찾아왔다. 연보랏빛 원피스에 푸른 스카프를 둘렀는데 중산층 여자임이 틀림없었다. 청회색의 커다란 두 눈은 화가 난 듯, 뭔가 미심쩍은 듯 반짝였다. 그리고 다시 그 매혹적인 말이 들려오기 시작했다.

"밀라야……"

올레샤가 계속 수다를 떠는 바람에 노인의 말을 제대로 들을 수가 없었다.

"저 어르신은 어떤 영혼이든 다 녹여낼 수 있지. 합금을 만들듯이 말이오. 내겐 위대한 구원자라우. 저분이 아니었다면 난 뭔 일을 저지르고 말았을 거야. 정말이지 어떤 일이라도! 아이고, 그럼 지금쯤 시베리아에서……"

아래쪽에서 사벨리의 노래가 들려왔다.

"어허, 이런 미인이, 당신을 보면 모든 남자들이 행복해할 텐데, 왜 그런 말을 해! 밀라야, 그런 원한일랑 저리 내다 버려. 사람들이 왜 축일을 만들어 경축하는지 좀 보란 말씀이야! 우리 축일들은 선의 징표지, 악의 징표가 아니야. 왜 그렇게 믿음이 없어? 당신은 자신을 믿지 않잖아. 자신의 힘을 믿어야지, 자신의 아름다움을 믿고. 아름다움에 무엇이 담겨 있는지 알아? 그 속에 하느님이 있어, 미일라야……"

그의 마지막 말을 들으니 마음속 깊숙이 기쁨이 밀려와 울음이 터질 것 같았다. 사랑을 일깨우는 저 위대한 마술 같은 힘이여!

계곡에 밤하늘의 어둠이 짙게 드리워질 때까지 사벨리를 찾아온 사람은 모두 서른 명이었다. 멀쩡한 시골의 '노인장'들까지 손에 지팡이를 짚고 찾아왔고 어딘지 슬픔에 짓눌린 것 같은 사내들도 찾아왔다. 그러나 대부분은 여자들이었다. 나는 사람들의 그렇고 그런 불평에는 귀를 기울이지 않았고 오직 사벨리의 그 단어만을 마음 졸이며 기다렸다. 밤이 다가오자 그는 나와 올레샤를 불러 마당에 모닥불을 피우도록 허락했다. 차와 저녁을 준비하는 동안 그는 모닥불 옆에 앉아 외투를 흔들면서 불을 찾아 몰려드는 온갖 '살아 있는 것들'을 내쫓고 있었다.

"자, 오늘 하루도 이렇게 영혼에 봉사했구먼……" 그가 생각에 잠긴 채 피곤한 듯이 말했다.

올레샤가 거들고 나섰다.

"사람들에게 왜 돈을 안 받아요? 쓸데없이……"

"돈은 내게 필요가 없어……"

"그럼 조금만 가지시고 누구에게 줘버리시지. 저한테라도. 그럼 전 말도 살 수 있고……"

"올레샤, 자네, 내일 마을 애들에게 말해줘. 내게 오라고. 애들 먹을 게 많아. 오늘 아낙들이 많이들 가지고 와서……"

올레샤가 손을 씻으러 강으로 내려갔을 때 나는 사벨리에게 말했다.

"사람들하고 정말 말씀을 잘하시네요……"

"뭐, 조금 그렇지." 나지막이 그가 동의했다. "내가 잘한다고 말했지 않나. 사람들은 날 존경하지. 난 모두에게 진실을 말해줄 뿐이야. 자신에게 무엇이 필요한지 말이야. 그러다보니……"

조금 피로가 가신 듯 그는 밝게 웃으며 말을 이었다.

"아, 특히 아낙들하고 말하는 게 좋아. 들었지? 이봐, 나도 조금이라도 예쁜 아낙이나 처녀를 보면 영혼이 미구 들고일어나. 꽃이 피어나듯이 말이야. 다 마찬가지지. 내가 오히려 그들에게 감사해야지. 한 여잘 보면 옛날에 알았던 수없이 많은 여자들이 떠오르거든!"

올레샤가 돌아와서 말했다.

"어르신, 샤흐 앞에서 저한테 60루블을 주세요……"

"그래."

"내일요, 예?"

"그래……"

"봤죠?" 올레샤가 내 발을 밟을 듯이 가까이 다가서며 득의양양하게 말했다. "샤흐가 어떤 놈이냐면 말이죠. 그놈이 멀리서 당신을 쳐다보기만 해도 당신 셔츠는 이미 벗겨져 그놈 손에 걸려 있을걸요. 그런 놈이죠. 사벨 어르신이 그놈에게 가신대요. 어르신 앞에서는 샤흐도 꼼짝 못하고 알랑거리거든요. 어르신은 화전민들에게 숲도 얼마나 많이 내주셨는데요!"

올레샤가 계속 시끄럽게 하는 통에 노인은 제대로 쉬지 못했다. 사벨리는 몹시 피곤해 보였다. 그는 모닥불 위에 고개를 떨어뜨리고 무너진 것처럼 앉아 있었다. 손은 간신히 모닥불 위를 휘저었고 거기 매달린 외투 자락은 부러진 날개처럼 보였다. 그러나 올레샤의 수다를 멈추게 할 수는 없었다. 그는 보드카 두 잔을 들이켜더니 더욱 유쾌해졌다. 사벨리도 보드카 한 잔을 마시고 빵과 구운 계란을 조금 입에 댔다. 그러곤 갑자기 조그맣게 말했다.

"이제 집에 가보게, 올레샤."

올레샤는 두말없이 커다란 짐승 같은 몸을 일으키더니 어두운 하늘을 바라보며 성호를 그었다.

"편안히 계세요, 어르신. 감사했습니다!" 그는 내게 묵직하고 거칠기 짝이 없는 앞발을 내밀고는 순순히 좁은 오솔길이 숨어든 숲속으로 기어들어갔다.

"좋은 농부네요?" 내가 말했다.

"좋은 농부지. 하지만 저놈은 잘 지켜봐야 돼. 사납거든. 아내를 하도 때려서 애를 낳지 못했다네. 계속 유산을 하다가 미쳐버렸지. 내가 '왜 여잘 때려?' 하고 물었더니, '몰라요. 뭐 그저, 그러고 싶어서, 그냥……' 이러는 거야."

말을 멈추고 그는 손을 떨구었다. 그는 미동도 없이 앉아서 회색 눈썹을 치켜뜨고 오랫동안 모닥불을 뚫어져라 바라보았다. 불빛에 비친 그의 얼굴은 빨갛게 달아올라 무시무시해 보였다. 눈꺼풀이 찢겨서 겉으로 드러난 눈 속의 어두운 동공은 더 작아지지도 커지지도 않았지만 어딘지 형태가 달라 보였고, 흰자위는 갑자기 눈이 먼 사람처럼 훨씬 더 커졌다.

그는 입술을 움직거렸고 그때마다 듬성듬성한 콧수염이 빳빳하게 곤두서며 움찔거렸다. 뭔가를 말하고 싶지만 하지 못하는 것 같았다.

잠시 뒤 아주 고요하게 가라앉은, 깊은 생각에 잠긴 기이한 목소리가 그의 입에서 흘러나왔다.

"이봐, 대부분의 농부들이 다 그렇다네. 느닷없이 여자를 패고 싶어지는 거지. 아무런 잘못도 없는데 아무때고 말이야! 금방 입을 맞추고 예뻐 죽겠다고 하다가도 그 자리에서 주먹질을 하고 싶어져! 그래, 정말 그럴 수 있지…… 나만 해도 그래. 내가 얼마나 겸손하고 친절해 보이나. 게다가 어지를 사랑하는 법도 아주 잘 알지. 그래, 한번 여자를 만나 마음만 먹으면 그대로 그 여자에게, 그 마음속에 파고들어서, 하늘의 비둘기처럼 여자 가슴에 안겨 그대로 하나가 되거든. 정말 기분좋은 일이지! 그런데 갑자기 그 여자를 때려눕히고 어떻게든 더 아프게 때리고 싶어져…… 그럼 어쩔 수가 없어, 정말! 여자는 자지러지게 비명을 지르며 묻지. 왜, 무엇 때문에? 하고 말이네. 하지만 해줄 말이 없는 거야. 무슨 말을 할 수 있겠나?"

나는 경악을 금치 못하고 그를 바라보았다. 그리고 나 역시 무슨 말을 해야 할지, 무엇을 물어야 할지 알 수 없었다. 그의 기이한 고백에 충격을 받은 것이다. 그는 잠시 말을 멈추었다가 다시 올레샤에 대해 말했다.

"아내가 정신이 나간 뒤에 올레샤는 성질이 더 나빠졌지. 누구도 못 말리는 고집불통이 되고 자포자기한 마음으로 보이는 사람마다 때려잡았어. 얼마 전에는 다른 농부들이 견디다못해 그놈을 묶어서 내게 데려왔네. 온통 피범벅이 되도록 맞아서 빵 껍질처럼 부풀어 있더군. '사벨 어르신, 이놈 좀 어떻게 해주세요. 안 그러면 죽여버릴 거예요. 이 짐승 때문에 살 수가 없어요!' 그래서 한 닷새 돌보았지. 내가 치료를 조금 할 줄 알거든…… 사람이 산다는 건 그리 쉬운 일이 아니야. 아암! 쓰디쓴 일이고말고. 밀리, 친구, 눈을 똑바로 뜨고 살아야 돼…… 내가 사람들을 위로하는 건 이런 거지, 뭐 별게 아니라……"

그는 깊은 연민이 담긴 미소를 지었다. 덕분에 그의 얼굴은 더욱 기형적이고 무시무시하게 일그러졌다.

"그런 사람들을 내가 속인 거지, 조금. 알다시피 세상에는 속이는 것 말고는 어떻게도 위로해줄 말이 없는 사람들이 있다네. 그렇지, 친구? 그런 사람들이…… 분명히 있지……"

그에게 물어보고 싶은 말이 많았지만, 그는 하루종일 아무것도 먹지 않아 무척 피곤해 보였고 보드카 한 잔을 마신 효과도 나타나고 있었다. 깜박깜박 조느라 그의 몸이 기우뚱했다. 드러난 두 눈 위로 상처가 붉은 눈꺼풀이 자꾸만 내려앉곤 했다.

그래도 나는 이 한마디는 물어보지 않을 수 없었다.

"어르신, 지옥이란 게 있다고 보세요?"

그는 고개를 들더니 모욕적이라는 듯 강하게 말했다.

"그게 무슨 소리야? 지옥이라고? 아니, 그런 게 어디 있어? 하느님이 계시는데 지옥이 어떻게 있나? 그게 말이 되겠어? 이봐, 하느님과 지옥이 같이 있을 순 없네. 그건 속임수야. 다 자네같이 배운 사람들이 괜히 겁주려고 꾸며낸 거지. 사제들이 장난치는 거라고. 사람들을 겁주어서는 안 되는데 말이야. 지옥 따위를 겁낼 필요는 전혀 없어……"

"그럼 악마는 어디 삽니까?"

"날 놀리지 말게……"

"농담이 아녜요."

"그래, 그래, 알았네."

그는 모닥불 위로 외투 자락을 휘저으며 조용히 말했다.

"악마를 비웃지 말게나. 누구에게나 다 제 나름의 무거운 짐이 있는 법이네. 그 프랑스 사제가 진실을 말했었지. 악마도 때가 되면 주님을 따르게 된다고 말이야. 어떤 사제가 성경에 나오는 방탕한 아들에 대해 말해주곤 했는데, 난 그걸 분명히 기억하고 있지. 내 생각에 그 잠언은 악마에 대한 거야. 아니면 그 자신이 방탕한 아들이든지."

그는 모닥불 위로 몸을 가까이 기울였다.

"누워서 좀 자는 게 좋겠어요."

내 말에 그도 동의했다.

"맞아, 시간이⋯⋯"

그는 가볍게 옆으로 몸을 돌려 웅크리더니 외투를 머리까지 끌어올려 덮고는 침묵에 빠졌다. 불꽃이 사그라진 숯불 속에서 나뭇가지들이 따다닥, 쉬익 소리를 냈다. 연기는 가느다란 줄기를 그리며 어둠 속으로 올라갔다.

나는 그를 바라보며 생각에 빠졌다.

'이 사람은, 세상에 대한 한없는 사랑이라는 보물을 지닌 성자인가?'

알록달록한 옷을 입은 슬픈 눈의 절름발이 처녀가 떠올랐다. 무릇 삶이란 그 처녀의 모습과 같은 것이 아닐까. 처녀는 기형적으로 생긴 작은 신 앞에 서 있고, 그 신은 오직 사랑하는 것만 알고 있다. 매혹적인 사랑의 힘을 단 한 마디 말에 담아내는.

'밀라야⋯⋯'

카라모라

"아시겠지만, 난 훌륭한 일을 할 수 있어요. 그래요, 하지만 동시에 비열한 짓도 할 수 있지요. 때로 난 누군가에게 아주 비열한 짓을 해버리고 싶어집니다. 아주 가까운 사람에게 말이지요."

　　　　　　　　　—노동자 출신으로 혁명을 유도하는 정부 프락치 역할을 했던
　　　　　　　　　자하르 미하일로프의 1917년 조사위원회에서의 진술;
　　　　　　　　　『과거사』, 1922, 제6권, N. 오시폽스키의 논문 중에서

"가끔은 아무런 이유도 없이 악독하고 비열한 생각들이 떠오른다."

　　　　　　　　　　　　　　　　　　　　　　　—N. I. 피로고프

"비열한 행동을 하도록 허락해주세요!"　　　—오스트롭스키 희곡의 한 주인공

"비열한 짓도 때로는 영웅적이고 훌륭한 일 못지않게 상당한 자기 헌신을 요구 하지요."　　　　　　　　　　　　　—레오니드 안드레예프의 편지 중에서

"잘 생각하고 하는 행동만 보고는 그 사람이 어떤 사람인지 알 수 없다. 그 사람 을 제대로 알고 싶다면 무의식적으로 하는 행동을 보아야 한다."

　　　　　　　　　　—N. S. 레스코프가 필랴예프에게 보낸 편지에서

"러시아 사람의 뇌는 좀 삐딱하다."　　　　　　　　　　—I. S. 투르게네프

나의 아버지는 열쇠 제조공이었다. 몸집이 상당히 크고 선량하고 몹시 유쾌한 사람이었다. 아버지는 사람들을 재미있게 웃길 거리를 아주 잘 찾아냈다. 아버지는 나를 사랑했고 누구에게든 별명을 붙이길 좋아했으며 나를 카라모라라고 불렀다. 카라모라는 거미처럼 커다란 모기를 부르는 말이다. 나는 다리가 길고 깡마른 소년이었다. 새 잡는 걸 좋아했고 싸움도 잘했다.

그들은 내게 그간 있었던 일에 대해 모두 쓰라고 말하고 스물네 장짜리 종이 세 묶음을 던져주었다. 하지만 왜 써야 하지? 어차피 결과는 마찬가지. 결국 나를 죽이고 말 텐데.

아, 비가 오는구나. 비가 걸어간다는 표현이 맞을 것이다. 빗물이 띠가 되고 기둥이 되어 들판을 지나 도시로 움직이고 있다. 젖은 그물 같은 빗속으로는 아무것도 보이지 않는다. 창밖은 온통 천둥소리, 소란한 빗소리로 가득하다. 감옥 안은 조용했지만 흔들리고 있다. 비와 바람이 감옥을 밀어버려 이 낡은 감옥은 비누 거품의 땅을 따라 미끄러져 경사를 타고 시내 쪽으로 쓸려내려갈 것만 같다. 그러나 난 뜰채에 잡힌 물고기처럼 나 자신에 갇혀 있다.

어둡다. 무얼 써야 하는가? 내 안에 전혀 다른 두 사람이 살았다. 그게 전부다.

그게 아닌지도 모르겠다. 하지만 어쨌든 나는 글을 쓰지 않을 것이다. 쓰고 싶지 않다. 하긴 쓸 능력도 없다. 글을 쓰기엔 어둡기도 하고. 카라모라, 좀 누워서 담배라도 한 대 피우고 생각해보자. 그게 낫겠어.

죽일 테면 죽이라지.

밤새 잠을 자지 못했다. 숨이 막힌다. 비가 그치자 태양은 대지를 달구었고, 독방 창문으로 목욕탕의 습한 열기 같은 뜨겁고 습한 공기가 들판에서 밀려들어왔다. 하늘에는 포포프의 불그레한 수염처럼 생긴 하현달이 낫 모양으로 솟아 있었다.

나는 밤새도록 지나온 내 삶을 되돌아보았다. 달리 뭘 하겠어? 한 틈새를 들여다보자, 그 틈새 뒤의 거울에 내가 경험한 일들이 비쳤다.

내 첫 스승인 레오폴드가 생각났다. 굶주린 작은 유대인, 그는 김나지움 학생이었다. 그때 내 나이 열아홉, 그는 나보다 두세 살쯤 어렸다. 폐병 환자처럼 얼굴이 노랬고 지독한 근시여서 두꺼운 안경을 썼으며 그 아래로 비뚜름한 코가 빨갛게 부어 있었다. 그 모습은 우습기 짝이 없었고 겁먹은 쥐새끼 같았다.

그렇지만 더욱 놀라웠던 것은 그가 과감하고 능숙하게 거짓의 껍질을 찢어 뜯어내고 사람들의 외적 관계를 물어뜯어 파헤쳐서 사람이 사람을 속이는 수많은 기만행위에 대해 가차없이 진실을 폭로해냈다는 점이다.

태어날 때부터 지혜로운 늙은이였을 것 같던 그는 사회의 거짓을 격렬하게 폭로했다. 심지어 우리에게 우리가 살아가는 모습을 까발려놓으며 분해서 부르르 떨기까지 했다. 그럴 때 그의 모습은 마치 강도를 당한 사람이 강도를 잡아 샅샅이 수색하는 것만 같았다.

나처럼 생기 넘치는 젊은이가 그런 악의에 찬 말을 듣고 있기란 무척 언짢은 일이었다. 나는 내 인생에 만족했고 부러울 것도 욕심도 없었으며 수입도 그런대로 괜찮아서, 내 인생의 길은 맑은 강물 같다고 생각하고 있었다. 그런데 갑자기 조그만 유대인 놈이 인생의 강물을 흐려놓은 것이다. 모욕적이었다. 난 건장한 러시아 청년이다. 그런데 이런 보잘것없는 이방인 꼬마 녀석이 나보다 더 똑똑해 보이다니. 내 피부를 뚫고 소금을 뿌리듯이 날 가르치려 들고 날 충격에 빠뜨리다니.

난 그에게 도저히 맞설 수 없었다. 레오폴드가 진실을 말하고 있는 것이 너무나 분명했기 때문이다. 뭔가를 간절히 말하고는 싶었다. 그러나 뭐라고 할 것인가. '그래, 다 맞는 말이다. 다만 내겐 그런 진실은 필요 없다. 내 나름의 진실이 있다'라고?

지금은 알고 있다. 그때 그렇게 말했다면 내 인생은 아마도 달라졌을 것이다. 그렇게 말하지 않은 것은 내 실수다. 아마도 그때, 병든 까마귀 새끼보다 못한 네 명의 고만고만한 젊은 놈들이 같이 앉아 있다는 생각에 그만 기분이 언짢아져 나 자신의 말을 하지 않았던 것 같다.

당시 우리가 살던 도시의 상권은 거의 유대인 손에 들어가 있었다. 그래서 모두들 유대인을 몹시 싫어했다. 물론 나 역시 유대인에게 남들보다 더 잘해줄 이유는 없었다. 레오폴드가 자리를 떴을 때 난 친구들을 비웃기 시작했다. 스승님을 찾으셨군! 그러나 이 기계 같은 친구를 앞장서 모셔왔던 모피 장수 조토프는 내게 대들면서 욕을 했고 다른 친구들도 마찬가지였다. 그들은 레오폴드의 강의를 처음 들은 게 아니었고 이미 그와 아주 밀접해져 있었던 것이다.

잠시 생각해본 후 나도 이 선동가의 작업에 참여하기로 결심했다. 그러나 내 목적은 레오폴드를 혼란에 빠뜨려 어떻게든 친구들 앞에서 깎아내리는 것이었다. 그가 꼭 유대인이어서만은 아니었다. 그런 병약하고 작은 몸뚱어리에 진실이 살아서 타오르고 있다는 점을 인정하

240

기 힘들었기 때문이다. 물론 그건 미학의 문제는 아니지만, 그러나 말하자면 건강한 사람이 가질 수 있는, 병이 전염될까봐 걱정하는 본능적인 의심이랄 수 있었다.

그런데 그 게임에서 난 혼란에 빠졌고, 때문에 질 수밖에 없었다. 겨우 두세 번의 대화만으로도 내게는 사회주의의 진실이 내가 만들어내기라도 한 것처럼 아주 친숙하고 분명하게 느껴졌다. 그 당시 너무 어리고 열에 들뜬 나머지 알아채지 못했던 한 가지, 유독하면서도 정교한 것, 바로 그것이 혼란에 빠져버렸다고 지금 나는 생각한다. 사상이란 이성의 법칙에 따라 사실에 기반을 두고 태어나는 것이다. 그러나 나는 이성의 판단에 따라 사회주의 사상을 진리로 받아들였지만, 이 사상을 태어나게 만든 사실들에는 딱히 감정적으로 반응하지 않았다. 사람들이 불평등하다는 사실은 나에겐 자연스럽고 당연한 것이었다. 나는 나 자신이 레오폴드보다 우월하고 내 친구들보다 더 똑똑하다고 생각했다. 어렸을 때부터 타인에게 명령하는 데 익숙했고 타인을 쉽게 복종하도록 만들 수 있었던 나에게는 사회주의자에게 필수적인 그 무엇이 부족했다. 사람들에 대한 사랑, 그게 뭐야? 난 그런 게 뭔지 모른다. 간단히 말하면 사회주의는 나에게 맞지 않았다, 나보다 작은 건지 큰 건지는 몰라도. 사회주의와는 전혀 상관 없는 사회주의자들을 나는 많이 보았다. 그런 사람들은 마치 계산기와 같아서 무슨 수를 집어넣든지 상관하지 않고 항상 결과가 올바르게 나오기만 하면 된다. 거기에는 영혼은 없고 오직 형해화한 산술만이 있을 뿐이다.

나는 '영혼'이란 것을 광기로까지 고양된 사상이라고, 말하자면 의지적 자유라는 것과 영원히 떼려야 뗄 수 없게 결합된 신앙과 같은 사상이라고 생각한다. 내 인생의 본질은 그런 '영혼'이 내게 없다는 점에 있었지만, 그러나 그때 난 그걸 모르고 있었다.

나는 친구들보다 활기차게 행동했고 팸플릿 따위를 읽고 누구보다 요점을 더 잘 이해했으며 레오폴드에게 다양한 질문을 던지곤 했다. 그에 대한 적대감이 나를 그렇게 만들었다. 나는 그가 모든 것을 잘 알고 있는 게 아니라는 사실을 폭로하려고 애쓰면서 어떻게든 빨리 그보다 더 많은 지식을 얻으려고 노력했다. 그와의 경쟁이 나를 아주 빠르게 앞으로 나아가게 했고, 나는 곧 소모임에서 제일이 되었다. 레오폴드는 나를 자기 이성의 창조물로 생각하며 자랑스러워했다.

심지어 그는 나를 사랑하기까지 하는 것 같았다.

"표트르, 당신은 정말 깊이 있는 혁명가요." 그는 내게 이렇게 말하곤 했다.

그는 놀랄 만큼 많은 책을 읽었고 대단히 똑똑한 인물이었다. 그는 항상 코감기를 달고 다녔고 끊임없이 기침을 해댔다. 그을린 것처럼 까무스름하고 깡마른 그는 독한 담배 연기를 뿜어내며 신랄하기 짝이 없는 말을 불꽃처럼 뿜어댔다. 조토프는 이렇게 말했다.

"그는 살아 있는 게 아냐. 다 타고 연기만 나는 거지. 가만있어봐. 자, 자, 저기 다시 불이 핀다. 그는 없고 말이야!"

나는 아주 열심히, 정말 엄청난 집중력으로 레오폴드의 말을 들었지만 이따금 그의 신경을 건드리곤 했다. 이를테면 가끔 이런 질문을 던졌던 것이다.

"그런데 유럽 자본주의자들에 대해서만 말하잖아. 유대인 자본주의자들에 대해서는 잊어버렸나봐?"

그러면 불쌍한 그는 완전히 위축돼 날카로운 눈을 깜박거리다가 이렇게 말했다. 자본주의는 국제적이어서 어디나 자본주의자가 있지만, 유대인 중에는 자본주의자들보다 자본주의의 적들, 이를테면 라살레나 마르크스 같은 유명한 사람들이 훨씬 더 많다고 말이다.

그러고 나서 유대인 혐오증이 있는 것 아니냐고 은근히 날 힐난했다. 하지만 나는 그가 유대인에 대해 침묵하는 것은 나뿐만 아니라 다른 친구들도 다 아는 사실이라고 말하면서 그의 질책을 피했다. 그리고 그건 사실이었다.

우리와 함께 학습한 지 여덟 달이 됐을 때 그는 다른 지식인들과 함께 체포되어 일 년여 감옥에 있었고 그뒤 북쪽으로 유형을 갔다가 거기서 죽음을 맞이했다.

세상에는 자신이 믿는 것 외에는 아무것도 보지 못하는 장님처럼 살아가는 사람들이 있는데 그가 바로 그런 사람이었다. 그렇게 사는 건 쉬운 일이다. 나도 그런 식으로 무장했더라면 그들보다 더 편안히 잘 살았을 것이다.

군인 한 명이 감옥에 들어왔다. 대머리에 무성한 턱수염, 어두운 구멍 속에 깊게 숨은 듯한 두 눈은 죽기 일 년 전의 아버지와 꼭 닮았다. 죽기 전에 아버지가 그랬듯이 그 역시 뭔가 죄지은 듯한 미소를 띠고 있었다.

"페트루하*!" 그가 내게 물었다. "죽어가는 기분은 어때, 귀신들이

---

* 표트르를 부르는 애칭.

막 찾아오고 그러나?"

그는 죽는다는 것에 무척이나 겁을 내서 짧은 기간 동안 세 사람에게 치료를 받았다. 유명한 의사 투르킨과 마을의 여자 주술사가 다녀갔고, 어느 병에나 '가난한 사람 풀'이라는 마황초즙을 쓰는 사제도 다녀갔다. 사제는 나에 대해서도 걱정해주었다. 그는 이렇게 말하곤 했다.

"이런 승부는 이제 집어치워야지, 표트르! 사람들이 잘못 사는 게 왜 자네의 죄겠나? 다른 사람의 삶을 나아지게 만들 의무가 왜 자네에게 있어? 남의 집 거위들만 키워주고 자네 거위들은 아무도 돌보지 않는다면 결국 결과는 마찬가지 아닌가?"

진실은 투박한 생각들에 더 많은 법이다. 물론 사람들은 경제의 사슬에 묶여 있다. 경제 유물론은 명확한 학설이고 다른 어떤 반론도 허용하지 않는다. 사람들 사이의 관계는 외부로부터 강제된 기계적인 관계다. 자신에게 유리할 때에는 이런 관계를 참아내지만 불리해지면 발톱을 드러내고 이제 안녕, 친구여! 하는 것이다. 난 욕심이 없다. 내 생에 필요한 것은 그리 많지 않다.

동지들 중에 시인들이 있었다. 서정시인, 사람들에 대한 사랑의 설교자라고나 할까. 아주 순진하고 좋은 청년들이고 나는 그들을 사랑했지만 사람들에 대한 그들의 사랑이라는 게 일종의 꾸며낸—그것도 아주 나쁜—것임을 나는 알고 있었다. 삶에서 일정한 자리를 차지하지 못하고 공기 속에 떠다니는 사람들에게, 바로 그런 사람들에게 사랑의 설교는 실용적으로 꼭 필요하다는 점은 안다. 그리스도의 순진한 교리가 그것을 잘 증명하고 있다. 본질적으로 타인에 대한 염려는 그들에 대한 사랑에서 나오는 것이 아니다. 그런 사람들을 자기 주변에 두어서 그들의 도움으로, 그들의 힘으로 자신의 이념과 지위와 명예를 세우려는 데에서 나오는 것이다.

나는 젊은 지식인들이 정말로 민중을 사랑하고 그것을 사랑이라고 생각한다는 것을 알고 있다. 그러나 그건 사랑이 아니라 하나의 기계공학이고 대중에게로 이끌려들어가는 힘일 뿐이다. 나이가 들면 이런 시인들은 세상에서 가장 따분한 기능공이나 화부가 된다. 사람들에 대한 염려는 가장 단순한 사회적 기계공학이었음을 드러내고 결국 사람들에 대한 '사랑'을 박멸시켜버리는 것이다.

시내에서는 밤마다 총소리가 들려왔다. 오늘 새벽녘에는 위층 방에서 누군가 울부짖으며 발을 굴러댔다. 여자 같았다.

아침에 바소프 동무가 찾아와서 내가 글을 쓰고 있는지 물었다. 쓰고 있다.

그는 다시 첫번째 심문에서처럼 치를 떨며 팔을 벌리고 중얼거렸다. "정말 믿을 수가 없어. 어떻게 당신 같은 원로 당원이, 가장 정력적인 일꾼이었고 봉기까지 주도했던 사람이……"

그의 말투에는 상대방을 불쾌하게 하는 구석이 있었다. 그는 이빨에 달라붙으려는 단어들을 우물우물 씹으며 그걸 혀로 떼어내려고 애를 쓰지만 잘되지 않는 것 같았다. 그는 좀 둔하고 굼뜬 인물이었고 화부 출신이었다. 그래서 몇 번이나 감옥을 들락거려야 했다. 보기에 아주 갑갑한 사내였다. 그는 죄 없이 벌을 받는, 평생 남에게 욕이나 얻어먹을 그런 얼굴이었다. 지식인들 중에서도 얼굴에 그런 고통과 모욕을 붙이고 다니는 사람을 수없이 볼 수 있다. 특히 1905년 이후에 그런 인물들이 넘쳐났다. 그들은 마치 세상이 자신들에게 돈을 주어야 하는데 그걸 받지 못했다는 듯한 표정으로 세상을 돌아다녔다.

그들은 분명히 이렇게 생각하고 있을 것이다. 죽음이 나를 위협하고 있고, 불행한 죄인인 나는 비 오는 날 하수도처럼 철철 흘러넘치는 절망감에 싸여 있도다. 이상한 놈들.

그렇다, 난 쓰고 있다. 하지만 그건 남은 생명을 조금이라도 연장하기 위해서가 아니라 세번째 자아가 원해서다. 이미 말했듯이 내 안에는 전혀 다른 두 사람이 살고 있고, 거기다 한 사람 더, 세번째 자아가 또 있다. 세번째 자아는 두 사람의 적대감을 부추기거나 격화시키지 않으면서 다만 이 적대감이 어디서 왜 발생하는 것인지 있는 그대로 알고 싶어 두 자아가 벌이는 불화를 가만히 지켜보기만 하는 존재다.

바로 이 세번째 '나'가 나로 하여금 쓰게 만든다. 아마도 그가 진정한 나일지 모른다. 모든 것을, 아니 사소한 그 무엇이라도 이해하고 싶어하는 나. 아니 어쩌면 세번째 자아야말로 가장 악랄한 나의 적이 아닐까? 이건 네번째 자아의 추측이랄 수 있다.

어떤 사람에게든 두 명의 자아가 있다. 한 자아는 단지 자신에 대해서만 알고 싶어하고 다른 자아는 사람들에 대해 알고 싶어한다. 그러나 내 안에는 네 명의 자아가 살고 있으며 모두 사이가 좋지 않고 서로 다른 생각을 한다. 하나가 무슨 생각을 하면 다른 내가 반대하고 세번째 나는 이렇게 묻는다. '아니, 그런데 왜 그렇게 싸우는 거야? 그래서 뭐가 어떻게 다르다는 건데?'

하지만 유감스럽게도 또하나의 나, 네번째 자아가 세번째 자아보다 더 깊이 숨어서 때를 기다리며 사나운 짐승처럼 말없이 노려보고 있다. 아마도 네번째 자아는 평생 침묵을 지키며 모습을 드러내지 않은 채 냉담하게 이 혼란을 관찰하기만 할지도 모른다.

나는 인격이 형성되는 젊은 시절에 가장 훌륭한 성질만 남기고 나머지 모든 싹을 잘라내 없애버려야 한다고 생각한다.

하지만 뜻하지 않게 가장 좋은 성질의 싹을 잘라내버린다면? 하지만, 제기랄, 무엇이 가장 좋은 건지 누가 알 수 있겠어!

지식인들에게는 그게 쉽겠지. 학교가 쓸데없는 싹을, 악독한 싹을 잘라내버릴 테니까. 하지만 모든 것을 알고 싶고 모든 것을 해보고 싶고 모든 것을 겪어보고 싶은 욕심이 어쩔 수 없이 자꾸 일어나는 우리 같은 놈들에겐 너무 어려운 일이다!

스무 살 때 나는 내가 사람이 아니라 사냥개라고 느꼈다. 사방을 뛰어다니며 짖어대고 흔적을 좇아 킁킁거리고 토끼란 토끼는 다 잡아 물어뜯고 온갖 욕망을 충족시키려는 그런 사냥개. 하지만 욕망에는 한계가 없는 법이다.

이성은 내게 무엇이 좋고 무엇이 나쁜 것인지 말해주지 않았다. 그런 것은 이성이 할 일이 아닌 것 같았다. 나의 이성은 어린애처럼 호기심만 많을 뿐 선과 악에 대해서는 무관심했음이 틀림없다. 그런 무관심은 '수치스러운 것'이었지만 나는 그걸 알지 못했다. 바로 그것을 몰랐던 것이다.

여기서 타샤의 우스운 말을 되새기는 게 좋겠다. '사람이 너무 똑똑하면 그 자체로 무례한 일일 수 있다.'

어쨌든 난 세번째 자아가 원하기 때문에 글을 쓰고 있다. 그들을 위해서가 아니라 나를 위해서, 그리고 그냥 지루해서. 자기 자신에게 자신의 인생을 말해준다는 것은 아주 흥미로운 일이다. 마치 다른 사람을 보듯이 자신을 바라보라. 자신을 감시하는 네번째 자아에게 뭔가를 숨기고 거짓말을 하면서 자신의 생각들을 포착해보는 일은 재미있다. 그것은 양초 하나를 가지고 노는 불장난이 아니라 모닥불을 가지고 노는 불장난과 같다. 그런 다음에 남는 것은 재뿐이라고? 뭐 어때……

혹시라도 이 글이 그들 손에 들어가 읽힐 일은 없을 것이다. 종이를 완전히 없애버리거나 다른 사람들 손에 넘겨버릴 테니까.

내 옆방에는 세 명의 도둑이 들어와 있다. 즐거운 족속들. 그중 가장 나이 많은 녀석이 스무 살도 채 안 된 어린애로, 해양학교 생도였다. 그는 차스투시카*를 잘도 불러댔다. 특히 이런 노래를.

나는 결사적으로 태어났으니
죽기도 결사적이리라,
내 머리통을 부숴버리면
나는 장작을 매달고 다니리라.

용맹한 젊은이다. 그 나이 때엔 나도 그랬다. 타샤가 초콜릿을 좋아하듯이 난 위험을 즐겼다.

---

* 음절과 리듬을 맞춰 즉흥적으로 부르는 속요 형태의 노래. 주로 시대상이나 생활에 대해 부른다.

곤경에 빠지고 나서야 난 진정한 사람이 된 것 같았다. 템류크 근처에서 어부들이 얼음더미를 타고 바람을 따라 바다로 밀려내려갈 때 난 그들을 돕기 위해 몸을 던졌다. 작은 얼음판을 깨서 올라탄 내 손에는 갈고리 하나만 들려 있었다. 얼음 위에 올라탄 순간 이 도박에서 나의 패배는 분명해 보였다. 이 극명한 상황 앞에서 한순간 나는 완전히 얼어붙어버렸다. 발밑의 얼음이 파도에 깨져나가는 순간 나는 하마터면 물에 빠질 뻔했다. 아직 깨지지 않은 해변가 얼음 위에 있던 어부들이 긴 밧줄을 던져주어 간신히 위기를 모면할 수 있었다. 그러나 나는 그 즉시, 아주 민첩하고 악독한 누군가가 내 안에서 뛰쳐나온 것처럼 전혀 다른 사람이 되어 사람들에게 밧줄을 더 던지라고 소리쳐댔다. 그리고 쥐고 있던 밧줄을 떠밀려가는 어부들에게 던져주었다. 그들은 나와 이십여 미터쯤 떨어진 곳에서 아우성치고 있었다. 그들은 내가 던진 밧줄을 갈고리로 건져 잡았고, 그 힘 때문에 나는 얼음 위에서 미끄러져 물에 빠져버렸다. 그러나 그때 난 해안가에서 던져준 새 밧줄을 움켜쥐었고 두 밧줄을 하나로 묶는 데 성공했다. 사람들은 어부들을 조심조심 해안가로 끌어당겼다. 아홉 명의 어부 중 한 노인네만이 익사했다. 겁먹고 앞을 다투다가 동료들이 떠밀어버린 것이다. 어부들이 탄 얼음이 해안에 닿았을 때 나는 거의 밧줄에 짓이겨져 있었다. 밧줄이 내 몸에 둘둘 감겨 있었고 나는 낚시찌처럼 물속에 대롱대롱 떠 있었다.

평소 마주치게 되는 위험은 나에게는 위험이 아니었다. 오히려 위험은 내 힘을 몇 배로 늘리고 침착하게 만들었으며 상상력을 자극했다. 그리하여 나는 내게 주어진 위험을 극복해냈던 것이다. 나는 오만

할 정도로 두려움을 몰랐고 목숨이 걸린 위기일발의 순간을 더욱 사랑했다.

한번은 우스운 일도 있었다. 감옥에서 동지들을 구하기 위해 내가 임의로 탈출 작전을 꾸몄을 때 늙은 간수가 우리 뒤를 쫓으며 나에게 총을 네 발 쏘았다. 두번째 총격을 받았을 때 나는 달리기를 그만두고 그 자리에 멈춰 섰다. 도망치는 것이 치욕스러웠기 때문인지 뭔가 좀 우습다는 생각이 들었기 때문인지는 모르겠다. 내게 뛰어오면서 간수는 한 번 더 총격을 가했고 총알이 장화 윗부분에 맞아 나는 다리를 다쳤다. 다음은 가슴을 정조준한 총격, 그러나 불발이었다!

나는 그의 손에서 권총을 빼앗으며 말했다.

"노인네, 안 되겠지?"

그는 숨을 몰아쉬며 소리쳤다.

"그래, 이놈아, 빨리 도망가! 제기랄, 왜 서서 기다리는 거야?"

내가 두려움을 느낀 적은 딱 한 번, 변방의 소도시 우르줌으로 유형을 가 있을 때 꾼 꿈속에서였다. 상황은 이랬다. 나는 천문학 서적을 많이 읽었고 막 장티푸스에서 벗어나 간신히 기어다니고 있었다. 그런데 아주 이상한 사람이 나타나서 내게 '본시오 빌라도 앞에서 우리를 위해 십자가에 못박힌 자'에 대해 설교하기 시작했다. 그는 '그리스도'라는 말은 거의 하지 않았고 그저 '우리를 위해 못박힌 자'라고만 했다. 그는 초라한 모습이었고 누가 봐도 제정신이 아니었다. 부유한 상인의 부엌 따위를 기웃거리는 건달이나 평범한 순례자가 아니라 분명 지식인 출신이다. 키가 크고 초췌했으며 덥수룩한 턱수염에 나이는 서른 남짓이었지만 귀밑머리가 벌써 희끗희끗했다. 그러나 눈빛은 유난히 빛을 발하여 젊어 보였다. 사랑에 빠진 처녀애 같은 눈빛이랄까. 푸르스름한 눈동자는 툭 튀어나온 흰자위를 따라 불에 녹아내리며 번져가는 것 같았다.

나는 현관 앞 벤치에 앉아 따스한 햇볕을 받으며 깜박 졸고 있었는데 바로 이 사람이 갑자기 옆에 나타나더니 '우리를 위해 십자가에 못 박힌 자'에 대해 말하기 시작했다. 그의 말에는 어린아이 같은 순진함이 배어 있어 마치 그 자신이 직접 그리스도의 '엽기 모험'(이는 무신론에 일가견이 있었던 바소프 동무의 말이다)을 다 체험한 것 같았다.

물론 나는 그의 말을 반박했다. 그러다가 그가 먹을 걸 좀 달라고 해서 그를 내 방으로 안내했다. 방에서 우리의 논쟁은 더욱 뜨겁게 타올랐다. 사실을 말하자면 그 사람은 나와 논쟁을 벌인 것이 아니라 다만 성서의 시구들을 읽어주고 안쓰럽게 미소를 지었을 뿐이지만. 밤늦도록 나는 신은 존재하지 않는다, 그리스도는 순진한 시에 불과하다, 서정시 같은 것이다, 꾸며낸 것이다, 그래서 생각이 있는 사람이라면 누구나 그것이 사기라는 걸 알고 있다고 그를 설득했다. 사람들이 신을 믿는 것은 무지해서, 겁이 나서, 습관대로 고집을 부리는 거라고 말이다. 영혼이 절망적으로 텅 비어서 그 공허를 종교라는 솜으로 채워넣으려는 사람들도 있다. 또 어떤 사람들은 그리스도를 마치 자기가 알고 있던 어떤 여자처럼(자신을 속이고 배신했지만 그녀에게 너무 익숙해져 다른 여자에게는 아무 느낌도 가질 수 없게 만드는, 그래서 이제 버릴 수 없는 그런 여자처럼) 생각한다. 하지만 신은 없다. 신이 있다면 왜 사람들이 저런 꼴이겠는가.

그렇지만 맨 마지막 말은 하지 않았다. 그건 지금 처음 해보는 말이다. 역시 너무 순진한 말이다. 좀 꼴사납군, 어버버 하고 물에 빠진 놈처럼 헐떡거리기나 하고. 난 글을 쓸 줄 몰라.

사실 나는 그에게 말했다기보다 신과 종교에 대한, 그리고 마음이 궁핍한 사람들의 모든 서정시에 대한 나 자신의 견해를 스스로 살펴보고 검증한 것이다. 그는 상점 유리문 옆 의자에 앉아서 팔꿈치를 괴고 나를 바라보며 미소를 지어 보였다. 간혹 웃음을 터뜨리기도 했는데 천진난만한 웃음이었다. 그는 잠자리에 들기 전까지 그렇게 앉아 있었다. 그러다가 난 간이침대에, 그는 마룻바닥에 누웠다.

한밤에 문득 잠이 깨어보니 그가 방 가운데 서 있었다. 키가 거의 천장에 닿을 정도였다. 그는 창밖을 바라보며 손으로는 나를 가리킨 채 뭐라고 중얼거리고 있었다.

"이 사람을 도와주소서, 부디 꼭 도와주셔야 하옵니다!"

그는 자신이 그럴 만한 권력이라도 쥐고 있는 사람처럼 누군가에게 엄숙하게 명령하듯 중얼거렸다. 저건 또 무슨 요술이냐 싶어 마음에 들지 않았지만 나는 그 괴짜에게 아무 말도 하지 않고 다시 잠이 들었다. 그리고 꿈을 꾸었다. 회색 하늘이 돔처럼 덮고 있는 평평한 원의 가장자리를 걸어다니는 것 같은 꿈이었다. 나는 지평선 경계를 걸으며 차갑고 딱딱한 하늘의 가장자리를 손으로 만져보았다. 그것은 쇠처럼 단단한, 그러나 아무 소리도 나지 않는 대지에—내 발걸음 소리가 들리지 않았다—튼튼하게 박혀 있었다. 흐릿한 거울처럼 하늘은 기괴하게 구부러진 내 몸을 비췄다. 내 얼굴은 일그러져 있었고 손은 떨고 있었다. 거울에 비친 내 모습이 그 떨리는 손을 나에게 뻗었다. 손가락들이 이상하게 구부러져 있어 아무것도 집을 수가 없었다. 나는 지평선의 경계를 빠르게, 점점 빠르게 움직이면서 벌써 몇 번이나 이 공간을 벗어나려고 했다. 하지만 내가 무얼 찾고 있는지 알 수 없었고 멈출 수도 없었다. 견딜 수 없이 힘이 들었고 불안했다. 나는 지상에 수많은 사람들과 생명이 존재하고 있다는 것을 기억하고 있다. 그런데 그들 모두는 어디로 간 것일까? 저 확고부동한 침묵 속에서, 완벽한 무활성 속에서 원을 따라가는 나의 움직임은 더욱 빨라져만 가고 드디어는 제비처럼 날아오른다. 거울에 비친 내 모습도 나와 나란히 팔을 흔들며 날아간다. 내가 어디로 가든 어디를 돌아보든 그 모습뿐이다. 원구가 작아져 공간이 점점 좁아졌다. 하늘의 돔이 점점 낮게 내려왔고 나는 뛰어다니며 숨을 헐떡이고 소리를 지르고……

그 사람이 날 깨웠다. 공포에 떨던 나는 기쁜 나머지 그의 손을 잡고 벌떡 일어나며 웃었다. 누가 봐도 아주 바보 같은 모습이었을 것이다. 이 꿈보다 더 끔찍하게 무서웠던 것은 내 기억에 없다. 하지만 이해할 수 없는 게 끔찍하게 무서운 것이라는 말은 확실히 틀린 말이다. 이를테면 천문학은 잘 이해되지 않는가. 그러나 그렇다고 저 우주가 무섭지 않을 수 있는가?

시내가 다시 소란해지고 총소리가 들려온다. 담배가 없다. 참으로 유감이다.

나는 무서울 정도로 일에 집중했고 무척 즐겁게 살았다. 사람들에게 명령하는 일은 마음에 들었다. 보통 사람들보다 더 명령하기를 좋아하지만 일을 잘할 줄 모르는 지식인들보다 특히 더 그것을 즐겼다. 온갖 새들이 불러대는 노랫소리보다 권력은 훨씬 더 달콤한 만족을 준다. 당신이 필요로 하는 것을 어떤 사람에게 생각하고 행하게 만드는 일은 그 사람 뒤로 숨어버리는 것이 결코 아니다. 그것은 당신 개인의 힘의 표현이자 당신이라는 존재의 중요함을 표현해주는 것이며 그 자체로 가치가 있다. 그건 정말 빠져볼 만한 일이다. 만일 내가 권력을 사랑하지 않았다면 나는 탁월한 조직가로 인정받지 못했을 것이다.

처음 체포되었을 때 나는 나 자신을 영웅이라고 생각했다. 그래서 심문받으러 갈 때 나는 마치 혼자 곰과 싸우러 가는 기분이었다. 고통을 잘 이겨내는 사람은 아니었지만 나는 감옥에 갇혀 결코 고통스러워하지 않았다. 감옥 생활에 따르는 사소한 불편은 있었지만 말이다. 자유의 박탈? 감옥은 오히려 내게 읽고 배울 수 있는 자유를 주었다. 게다가 감옥이란 혁명가에게 일종의 장군 계급장 같은 것이어서 그 후광을 활용하여 사람들을 움직일 수 있었다. 즉 사람들의 의지에 반하여 그들을 자유의 길로 추동시키고자 할 때 필요한 것이다.

나의 계급의 적들에 봉사하는 시녀인 헌병 장교는 선량한 사람이었다. 뚱뚱한 몸에 붉은 코를 가진(틀림없이 술꾼일 것이다) 그 장교는 내가 적에게서 결코 기대하지 못했던 말과 미소로 나를 맞이했다.

"표트르 카라진, 별명은 카라모라? 오호, 젊은 친구가 아주 대단하군! 굉장한 용사가 나오셨어."

나는 딱딱하고 경멸스러운 태도로 말하려고 작심했지만 그건 우스운 일임을 금방 깨달았다. 그가 나를 부드럽게 대해주어서가 아니라 그저 참새 한 마리를 앞에 두고 있다고 생각했던 것이다. 겁쟁이나 바보가 아니고야 누가 참새에게 대포를 쏘겠는가. 내가 정중하게 그러나 침착하게 진술을 거부하겠노라고 선언하자 그는 코를 찡그리더니 툴툴거렸다.

"아, 물론, 당신네들 다 그러지. 알아. 그래, 그냥 감옥에 앉아 계시라고. 어허 참, 젊은이들하고는……"

나는 잠시 나의 결연한 선언이 이 장교에게 먹혀들었나 하고 생각했다. 이 장교가 빨리 점심을 먹으러 가려고 서두르느라 나에 대한 심문이 그렇게 쉽게 끝나버렸으리라고는 전혀 생각지 못했다. 어쩌면 내가 이 사람이 아니라 정말 제대로 된 놈에게, 나름대로 확신을 가진 장교에게, 즉 그저 계급장을 단 군인이 아니라 진정한 적에게 걸렸더라면 더 좋았을지도 모른다. 삶이란 참으로 아이러니한 것이어서 적이야말로 가장 좋은 선생이지 않은가.

그러나 1905년까지 세 번이나 감옥에 들어갔고 열 번 이상의 심문을 받았어도, 증오심과 적대감을 불태우게 만드는 그런 장교는 한 명도 만나지 못했다. 한결같이 평범하기 짝이 없는 장교들, 심지어 아주 깍듯이 예절을 갖추는 자들뿐이었다. 내가 정통파 동무들을 자극하려는 목적에서 이런 말을 하는 것은 아니다. 단지 사실을 말할 뿐이다. 물론 우연한 일이었다고 말할 수도 있겠지만.

암으로 죽어가던 탓에 누렇게 여윈 오시포프 대령은 내게 판결을 내리고 이렇게 말했다.

"운좋은 줄 알아. 가벼운 형량이다. 자넨 훨씬 더 무거운 벌을 받았어야 돼, 아주 위험인물이니까 말이야."

그는 스스로 좀 놀란 모습으로 안됐다는 듯이 이렇게 말했지만 내게 그 말은 칭찬처럼 들렸다.

대령은 아주 영리한 사람이었다. 그는 상대방의 심리를 잘 파악했고 내가 대적할 수 없는 말을 해 몹시 당황하게 만들기도 했다. 마지막 심문을 할 때 그는 코안경 유리를 통해 나를 살펴보면서 이렇게 말했다.

"카라진, 내 생각에 자네는 장난삼아 그러는 거야. 아니면 실수로 자네 일도 아닌 걸 가지고 그러고 있거나."

이 말은 내 가슴에 비수처럼 꽂혔다. 나는 화를 버럭 내면서 험한 말을 쏟아냈지만 그가 내 말을 가로막았다.

"아, 자네를 화나게 하려던 것은 아니었네. 다만 인간 대 인간으로 내 느낌을 말한 것뿐이야. 자넨 위험한 승부를 좋아하지. 내 보기에 자넨 혁명가가 될 만큼 독하지 않아. 미안하네만, 그러기엔 너무 영리해."

내 생각에 오시포프는 아주 괜찮은 사람이었다. 하긴 그의 손에 잡혔던 동무들 모두 그렇게 말하곤 했다.

한번은 내가 묵던 집 여주인의 아들 사시카가 나와 함께 체포된 적이 있다. 그는 중등학교 학생이었고 나의 제자이기도 했다. 나는 오시포프에게 솔직하게 말했다. 저 어린애는 관계가 없으니 석방해달라, 학교에서 제적되는 일은 좀 막아달라고.

"알았네, 내 그렇게 해주지." 오시포프는 이렇게 말하고 내 앞에서 바로 그 학생을 석방하라고 지시했다. 내가 감사를 표하자 그는 이렇게 설명했다.

"아니, 그럴 필요 없네. 알다시피 자네들 같은 반란자의 수를 줄이는 것이 우리의 이익이지 않은가. 자네들에게 이익이 되려면 저런 꼬마도 감옥에 처넣어서 출세를 막고 증오심에 젖도록 만들어야겠지만……"

이런 말로 그는 마치 혁명적 행동이란 어떻게 하는 것인지 가르쳐주는 것만 같았다. 그래서 나는 이렇게 말해주었다.

"한 수 가르쳐주다니 고맙군요."

틀림없이 그 역시 이중적인 사람이었다. 물론 사람들은 노동하는 자와 남의 노동에 기대어 살아가는 자, 즉 프롤레타리아와 부르주아로 나뉜다. 하지만 이건 외적인 구분이고, 이런 구분 다음에는 모든 계급의 사람들을 총체적인 사람과 분열된 사람으로 나눌 수 있다. 총체적인 사람은 항상 황소와 비슷한 따분한 사람이다.

이런 총체성은 자기방어를 위해 스스로를 다그친 결과라고 생각한다. 어쩌면 이것이 바로 다윈이 확신했던 게 아닐까. 한 사람이 어떤 상황에 처한다고 치자. 그런데 그 사람의 어떤 심리적 특성들이 그 상황에서는 잉여의 것이고 위험하기조차 하다면, 내부의 적이나 외부의 적은 그것을 이용한다. 그때 그 사람은 의식적으로 자기 안에 있는 그 잉여의 것을 억압하고 제거해버림으로써 '총체성'을 획득하는 것이다. 이를테면 혁명가에게 사람을 향한 동정심이나 서정시, 감상주의나 낭만주의, 기타 등등과 같은 것들이 무슨 쓸모가 있겠는가.

혁명가에게 필요한 것은 단지 열광과 자신에 대한 믿음뿐이다. 내적 삶의 다양함에 대한 관심은 어떤 면에서 혁명가에게 해로운 것이다. 이 다양함 속에서는 길을 잃기 쉽다. 그것은 가시덤불 속에 갇힌 어린아이와 같은 꼴이다.

분열된 사람의 삶은 조급하게 날아오르는 제비와 같다. 물론 총체적인 사람이 더욱 유용하지만, 나는 두번째 유형에 가깝다. 혼란에 빠져 헤매는 사람이 더 흥미롭다. 인생이란 쓸모없는 것들의 장식 아닌가. 나는 자신의 집을 망치나 나사못이나 자전거 따위로 장식해놓은 백치는 본 적이 없다. 하긴 어떤 부유한 방앗간 주인은 오백 개도 넘는 자물쇠를 긁어모아 커다란 방 두 개에 붉은 천을 걸어놓고 거기에 매달아두었다. 그 사람에게는 요술 자물쇠도 있었는데 집안 내력이 자물쇠공이었던 나는 그걸 구경하느라 정신을 잃을 정도였다. 물론 그런 것은 모두 무익한 것들이었다.

기술로 재주 부리는 것, 나는 그걸 좋아했다. 인간의 이성을 가지고 노는 장난, 그게 어떤 형태로 표현되든지 간에, 그런 것을 좋아했다.

저기 또 '기독교 문화'에 대해서 말들을 하는군. 웬 거짓말이야? 제기랄, 기독교적이라니? 거기에, 그 당신들의 문화라는 것에 순수함이 어디 있어? 성경에 나오는 순수함이란 어디에도 없어. 사악하고 교활한 생각들만 키워서는 온 지상에 그걸 퍼뜨려대지, 미친개떼를 풀어놓듯이. 백치들.

1908년에는 혁명의 훌륭한 이빨들이 뽑혀나갔다. 많은 노동자들이 감옥에 갇히고 많은 동지들이 겁을 먹은 채 보통 사람처럼 양가죽을 덮어쓰고 숨어들어갔는데, 나중에는 이 가죽이 그들 피부에 달라붙게 되었다. 또 몇몇은 아예 제 배나 불리고 살기 위해 비적이 되어버렸다. '제 배나 불리고 사는 인생'은 항상 직접적이든 간접적이든 강도질과 닿아 있기 마련이다. 특히 승리자의 탄압에서 재빠르고 민첩하게 도망친 사람들은 지식인들이었다. 추악한 시절이었다. 위대한 업적을 세울 능력이 있는 사람들조차 비열한 짓을 서슴지 않았다.

그러나 이런 주제에 대해서는 쓰지 않는 게 좋겠다. 생각도 하지 말자. 그 시절이 무엇 때문에 나빴다고 사람들에게 말해주고 싶은 생각은 전혀 없으니까……

아니다, 나는 정당화하고 싶지 않다. 내게는 나의 노선과 나의 과제가 있다. 내가 아는 어떤 타타르인이 이렇게 말했다.

"민 진 민*, 나는 나다."

내가 어떠하든지 간에 나는 나다. 조건이란 때로 내 인생에서 중요한 역할을 하지만 그것은 나를 나 자신과 정면으로 마주하도록 해주는 것일 뿐이다. 전에 나는 투쟁을 위해 무장하고 살았다. 그것은 내모든 힘을 삼켜버렸고 나는 내가 누구인지 생각할 시간이 없었다. 나는 정치적, 경제적 이해관계의 공통성이라는 의식으로, 그리고 당파적 일체감과 기강 속에서 사람들과 하나가 되었다. 하지만 이제 갑자기 깨닫게 되었다, 경제와 정치가 결국 나를 삼켜버린다는 사실을. 그리고 이해의 일치라는 것도 의심스러우며 당의 기강에 관한 법칙도 모든 사람을 위한 것이 아닌, 일종의 활자에 불과할 뿐임을. 요즘 나는 이런 의문에 깊은 충격을 받고 있다. 왜 사람들은 그렇게 흔들리고 불안정한가. 왜 사람들은 그렇게 쉽게 자신의 일과 믿음을 배반하는가?

하지만 이것도 어쨌든 자신을 정낭화해보려는 시도일 뿐이다. 비열한 짓이다.

---

* 타타르어로 '나는 나'라는 뜻.

바로 이렇게 단순하게 말하는 게 더 정확하리라. 나는 모든 것을 잊고 정열적으로 일했다. 그런데 어느 순간 갑자기 더이상 일하고 싶지 않다고 느껴 손을 주머니에 꽂고 휘파람을 불면서 건들거리기 시작했다. 피곤해졌다거나 할 수 없다거나 해서가 아니라, 그저 하고 싶지 않았다. 지겨워졌다. 지겨워진 이유가 다시 사람들 옷소매를 잡고 그들을 자유의 길로, 피로 뒤덮인 길로 이끌어가야 하는 것, 그것 때문은 아니다. 나는 여전히 그런 일을 했고 열심히 사람을 이끌어갔다. 그러나 이제 그것은 고집과, 누군가에게 무언가를 증명해 보이고 싶은 욕망과, 대체로 이전과는 다른 동기들, 불명료하고 새로운 동기들 때문이었다. 그리고 확고하지 못한 동기들.

특히 혁명 사업에 대한 자각이 확고하지 못하다는 것을 나는 뼈저리게 느끼고 있었다. 이념은 남아 있었지만, 이념에 생명을 불어넣는 에너지는 마치 다른 무언가를 요구하는 것만 같았다.

이 조용한, 그러나 완강한 반란의 상태를 설명하기는 매우 어렵다. 그것은 내 안의 생각과 감정에서 기묘한 무기력감을 불러일으켰고, 뭔가 경험해보지 못한 것을 경험해보라고 집요하게 요구하고 있었다.

어쩌면 이것은 모험가, 즉 엽기적인 일에 익숙한, 음모나 위험한 일에 익숙한 사람이 벌이는 반란이 아닐까? 그럴지도 모른다.

그러나 더 단순하게 보자면 문제의 본질은 전에는 사람들과 얘기할 때 내가 알지도 못하는 남의 말, 책에서 배운 말을 늘어놓기만 했지 정작 나 자신에게는 귀를 기울이지 않았다는 데 있다. 하지만 지금 내 안에는 누군가 다른, 초대받지 않은 불유쾌한 손님이 들어와 살고 있는 것 같다. 그 사람은 내 말을 들으며 그 말을 믿지 않고 의심스러워하며 나를 감시하고 있다.

전에는 그냥 지나쳐갔던 것을 눈여겨보면서 나는 소아과 의사인 사샤가 아주 사랑스러운 여자라는 것을 알게 되었다. 작고 동그란 얼굴에 명랑한 여자였다. 그녀는 아주 날렵한 몸매로 푸른 양말을 신은 매끈한 다리를 춤추듯이 대담하게 놀려대면서 벌써 일 년여 동안 내 주위를 맴돌고 있었던 것이다. 그녀는 푸른색에 집착했다. 블라우스, 리본, 우산, 방안 탁자 위의 상자들, 벽에 걸린 그림 등등 모든 것이 푸른색이었다. 눈의 흰자위도 푸르스름한 빛이었지만 동공은 미소로 부드럽게 녹아내리는 검은빛이었다.

정치적으로 그녀는 그리 학식이 뛰어나지 않았고 가벼운 소설거리 외에 진지한 책들은 잘 읽지 않았다. 그러나 타고난 데가 있어 그렇게 어수룩하지는 않았다.

도시에서의 봉기가 실패하고 헌병대가 우리 조직을 박살내 수십 명을 감옥에 처넣었던 1906년 무렵 사샤는 침착한 태도로 사건에 대처해 나를 놀라게 했다. 그녀는 장교인 자기 아저씨 집에 나를 숨겨주고 떠날 때 악수를 하면서 이렇게 말했다.

"왜 손톱을 깨끗이 닦지 않나요? 그리고 비누가 귀밑에 그대로 말라붙어 있네요."

난 그런 그녀가 마음에 들었다. 나중에 나는 그녀에게 사랑을 느꼈지만 아무런 말도 하지 않았다. 그녀는 그걸 알아챘고 먼저 나에게 다가왔다. 일은 아주 쉽게 이루어졌다. 하긴, 조금 뻔뻔하긴 했지만. 어느 날 저녁 그녀와 차를 마시고 있었는데 갑자기 그녀가 화를 내듯이 물었다.

"아니, 도대체 언제쯤 내가 맘에 든다고 말할 거죠?"

그게 다였다. 나는 뭔가 다른 것을 기다리고 있었다. 나는 진정한 사랑이란 신앙과도 같이 순진함을 요구한다고 생각하고 있었다. 그러나 사샤의 이 단순한 태도에서 순진함은 느껴지지 않았다. 심지어 그녀는 옷을 벗으면서 나에게 등을 돌리지도 않았다. 그녀는 벗은 채로 자신만만하게 이렇게 말했다.

"자, 이게 내 모습이에요."

그렇게 우리의 '사랑'은 시작되었고 대단히 만족스러웠지만 '기쁨은 없었다'. 말하자면 사업상의 사랑, '그것 없이는 살아갈 수 없기 때문에' 하는 사랑이었던 셈이다.

사샤 주변에 도시에서 새로 온 포포프라는 인물이 서성거리기 시작했다. 말쑥하고 체격이 좋으며 발그레한 뺨, 불그레한 콧수염, 약간 들창코인 그는 충견처럼 사람들의 안색을 살피고 다녔다. 당장이라도 시키는 대로 뛰어가 뭐든지 물어오겠다는 자세였다. 나는 그에게서 그 나잇대의 젊은이가 으레 그렇듯이 위험한 줄 모르고 어디든 알짱거리는 강아지 같은 호기심을 보았다. 내가 보기에 그는 천성이 겁쟁이지만 바로 이 호기심이 그에게 용기를 불러일으키고 있었다. 그는 유대인에 대한 농담을 아주 잘 늘어놓았고 재밌고 우스운 시들도 많이 알고 있었다. 그런 모습을 보면 진지한 혁명가라기보다 풍자시인이나 좀도둑이라고 해야 딱 맞는 인물이었다. 하지만 그에게는 뭔가 상큼하고 뛰어난 재능이 있었다. 말에는 나름대로 불꽃이 일었고 생각에도 어딘지 날카로운 데가 있었다.

나는 포포프가 사탕을 주거나 책을 선물하는 등 많은 돈을 써가면서 사샤를 유혹하기 위해 쫓아다닌다는 사실을 알았다. 나는 이 점에 대해 어떻게 생각하느냐고 사샤에게 물었다. 그녀는 로스토프에 사는 포포프의 형이 부자라서 포포프에게 많은 걸 보내준다고 말했지만 나는 안심이 되지 않았다. 어쩌면 내 여자가 성적 호기심이 아주 발달한 여자라는 것을 알고 질투심을 느꼈는지도 모른다.

하지만 당시 나는 사람들에 대한 불신이 컸다. 그도 그럴 것이 그때는 '프락치의 시대'였다. 나는 시내에서 포포프 '동무'가 온 뒤로 헌병대가 훨씬 기민해졌다는 느낌을 지울 수 없었다.

나는 아주 단순한 방법으로 그를 잡아냈다. 먼저 시내 문화 활동가 그룹에서 '공모자' 한 명을 뽑은 뒤, 조금 불쾌하겠지만 일을 위해 수색을 당하도록 지시해놓았다. 그리고 이 '공모자'의 집 캐비닛과 소파 밑에 헌병대의 관심을 끌 만한 흥미로운 것이 숨겨져 있다는 소문이 포포프 귀에 들어가도록 아주 조심스럽게 일을 꾸몄다. 한 시간 뒤 '공모자'의 집으로 수색대가 들이닥쳐 방을 샅샅이 조사했고 소파를 완전히 뜯어내기까지 했지만 물론 아무것도 찾아내지 못했다.

그때 시내에 있던 사람은 소규모의 젊은 노동자 그룹과 이십여 킬로미터 떨어진 곳, 잘 아는 카자크 사람이 하는 양봉장에 살고 있는 신경증 환자 말고는 나 혼자였다. 나는 혼자서 스파이를 즉결 처분해야겠다고 결심했다.

포포프는 교외의 야채 농장 집 다락에 살고 있었다. 그는 뭔가 주눅이 든 모습이었고 마음의 평정을 잃은 것처럼 보였다. 물론 수색 결과를 알고 있었고 분명히 이제 잡혔다고 느끼고 있는 듯했다. 그는 나를 달갑지 않게 맞이했고 집주인의 명명일에 초대받았다고 밝혔다. 실제로 아래층에서 아코디언 소리와 사람들이 소리치며 발을 굴러대는 소리가 들려오고 있었다.

포포프의 다락방에서 나는 두세 시간 정도를 보냈는데 그 시간이 내 인생에서 가장 추악한 시간이었을 것이다.

내가 물었다.

"기관에서 일한 지 오래됐나?"

포포프가 몸을 기우뚱하는 바람에 담배가 흩어져 떨어졌다. 그는 몸을 기울여 탁자 밑에서 담배를 주워 모으면서 평소와 전혀 다른 목소리로 더듬거리며 말했다.

"말도 아, 안 되는 노, 농담을⋯⋯"

그러나 나를 쳐다보고 나서 그는 의자에서 마루로 미끄러져 내려와 한쪽 무릎을 꿇고 웃어대다가 여인네처럼 흐느꼈다.

"잠시만요⋯⋯ 그거 내리세요." 그는 내 손에 들린 권총을 보고는 웅얼거리기 시작했다. 그의 콧수염이 움찔거렸고 한쪽 눈 아래 실핏줄이 가늘게 떨리더니 눈이 깜박거리며 감겼다. 다른 한쪽 눈은 맹인의 눈처럼 미동도 하지 않았다. 나는 그의 머리칼을 붙잡아 일으켜 의자에 앉히고는 그가 한 훌륭한 짓에 대해 모두 말해보라고 했다.

그때 거기에서 나는 얼굴이 없는 인간을 목격했다. 얼굴은 회색 고깃덩어리가 되었고 혐오스럽게 툭 불거진 눈이 떨고 있었다. 아랫입술은 핏기가 빠진 고깃조각처럼 늘어졌고 턱은 부들부들 떨렸으며 일그러진 주름살이 뺨을 덮었다. 머리 전체가 썩어 내리면서 당장이라도 그 회색 진흙이 어깨와 가슴으로 흘러내릴 것만 같았다. 그도 그렇게 확신하는지 자신의 얼굴이 흘러내리는 것을 막아보려는 듯 손으로 관자놀이와 귀를 감싸쥐었다.

그는 아주 평범한 이력을 늘어놓았다. 1903년에 당에 들어와 세 번 감옥에 갔었고 1906년에는 무장봉기에도 참여했으며 그때 거리에서 체포되었다고 했다.

그는 이야기를 하면서 공포심 때문에 딸꾹질을 해댔다.

"난 정말 열심히 했어요. 총도 들었고…… 사람도 죽였지요. 정말입니다! 틀림없이 죽었어요. 그놈이 맞아 쓰러졌거든요…… 교수형에 처하겠다고 협박을 당했어요. 살고 싶었어요. 누구나 살고 싶어하잖아요. 사람이라면 살고 싶어하니까…… 달리 어떻게 하겠어요, 예? 생각해보세요. 날 위해서 생명이 있는 거지, 생명을 위해 내가 있는 건 아니잖아요, 예?"

그는 제법 설득력 있게 속삭였다. 그러면서 계속해서 되묻는 것이었다.

"예? 예?"

그는 한 손으로 자기 무릎을 긁어댔고 다른 손으로는 무슨 종이를 움켜쥐고 있었다. 그 종이를 빼앗아 읽어보니 사샤의 이름과 내 이름, 그리고 이런 내용이 적혀 있었다.

'카라진 제거 가장 시급한 일. 예카테리노슬라프에서 거행하는 것이 가장 용이하고 유익함. 조만간 그곳으로 갈 예정.'

나를 화나게 한 건 뽀뽀프의 이력이 아니라 그의 철학이었다. 게다가, 제기랄, 나는 그놈에게 바보 같은 말을 속삭이고 말았다. 그리고 나 자신의 말에 스스로 격노했다.

"자네 양심에 가책이 일지는 않던가?" 내가 물었다.

"아, 그래요." 그는 깊이 한숨을 몰아쉬고 대답했다. "예, 처음에는 정말 끔찍했어요. 누구나 생각하고 느끼는 대로지요. 나중에는 익숙해집디다. 그런데 무슨 말씀이신지?" 포포프가 속삭이듯이 말했다. "기관에서도 쉽지는 않아요. 거기서도 영웅성이 필요하지요. 나름대로 영웅도 있고요, 당연한 일이지요! 어느 싸움에서건 영웅은 양쪽 편에 다 있는 거잖아요."

그러고는 목소리를 낮추어 교활하게 덧붙였다.

"아주 재밌기도 해요. 어쩌면 우리들보다 더 재밌어요. 그쪽이 숫자가 더 적잖아요, 우리는 많고……"

나는 그의 공포가 누그러지고 사라졌음을 알았다. 그는 이야기에 빠져 아주 활기차게 여러 가지 재미난 일화들을 자세히 털어놓았다. 사소한 것, 때로는 우스운 것까지 모두. 나는 여러 번 웃음이 나오려는 걸 참았다. 나는 경찰의 개가 되어버린 이 송아지 새끼가 흥미로운 소설을 쓸 수도 있겠다고 생각했다.

그의 냉소주의에는 어딘지 순진한 구석이 있었는데, 그런 순진함이 무엇보다도 나를 더 화나게 만들었다고 기억한다. 또한 나를 놀라게도 했다. 나는 내가 나 자신도 모르는 정말 이상한 낯선 사람처럼 느껴졌다. 그러나 이제 서둘러야 할 시간이었다. 나는 예기치 않았던 결정으로 나 자신을 몰아갔다.

"자, 포포프, 여기다 쓰게. '나의 죽음에는 아무도 책임이 없다'라고."

그는 두려워하기보다 놀라워하면서 눈살을 찌푸리고 물었다.

"뭐예요, 이게? 왜요? 뭐예요, 죽어요?"

나는 설명했다. 만일 시키는 대로 쓰지 않는다면 내가 총살할 것이고 쓴다면 스스로 목을 매도록 해주겠다. 지금 당장 내 앞에서. 그가 내놓은 첫번째 대답은 의외였고 바보 같았다.

"자살이라고요? 아무도 믿지 않을걸요, 내가 자살했다면요, 절대로! 내가 피살됐다는 걸 금방 다 알 거예요. 그리고 물론 범인은 당신이지요! 당신! 당신 말고 누구겠어요? 당신뿐이라는 걸 다 알고 있어요. 그리고 당신 혼자 어떻게 판결하고 처벌한다는 겁니까, 예?"

그러고는 마룻바닥에 엎드려 내 발을 붙잡고 울며불며 매달렸다. 나는 손바닥으로 그 혐오스럽고 축축한 입을 틀어막아야 했다.

"안 돼요."

그는 애걸하듯이 외쳤다.

"안 돼요. 재판을 받게 해줘요! 재판을, 재판을 받아야……"

이 소란은 아주 오랫동안 계속되었다. 나는 아래층에서 소리를 듣고 사람들이 올라오지 않을까 주의를 기울였다. 하지만 아래층에서는 사람들이 여전히 즐겁게 아코디언을 켜고 신나게 소리치며 발을 굴러댔다.

포포프는 난로 연통에 목을 맸다. 나는 그가 다리를 대롱거리며 뱃속의 가스를 커다란 소리로 내뿜을 때까지 그의 팔을 붙잡고 있었다.

이제 쓰는 걸 집어치워야겠다. 제기랄! 써서 뭘 하겠다는 거야? 젠장.

아니다, 글을 쓰는 것은 매력적이다. 글을 쓴다는 것은 세상에 나 혼자만이 아니라는 느낌을 준다. 내게 소중한 누군가가, 아무 죄도 없는 사람이, 날 잘 이해하고 모욕하지 않으며 불쌍하게 여겨주는 그런 사람이 있다는 거다.

글을 쓰게 되면 자신이 좀더 현명해지고 더 훌륭해지는 것처럼 느껴진다. 스스로를 도취시키는 일이다. 도스토옙스키를 읽었을 때와 같다. 이 작가는 정말이지 자기 자신에게 흠뻑 도취한 작가다. 광적이며 눈보라 같은, 초이성적인 자기 상상력의 놀음에 도취했으며 수많은 사람들을 자기 자신 속에 집어넣고 장난하는 놀음에 도취한 작가다.

전에 나는 이 작가의 작품을 읽으면서 그가 인간 영혼의 어두운 면을 가지고 사람들이 신의 필요성을 인정하도록, 인간에게는 알려지지 않은 신의 불가해한 교지에 순순히 굴복하도록 사람들을 괴롭히고 뭔가를 꾸며내는 작가라는 의혹을 떨칠 수 없었다.

'순종하라, 오만한 인간이여!'

이런 순종이 도스토옙스키에게 절실했던 것이라 해도, 그러나 가장 절실했던 것은 아니었으리라. 무엇보다 그는 그 자신을 위해서 존재했다. '민 진 민'이었던 것이다. 그는 자신을 불태울 수 있었고 자기 영혼의 뜨거운 즙을 마지막 한 방울까지 완전히 짜낼 수 있었다. 작가가 갑자기 자신의 책상 위에, 원고 더미 위에 쓰러져 죽는 경우는 없을까? 틀림없이 있었으리라. 작가는 마지막까지, 삶의 마지막 불꽃까지 자신을 다 써내고 사라지는 존재다. 내가 이전에 이런 도취할 만한 일에 매달려보지 못한 것은 유감이다.

그건 그렇고, 나 자신도 이해하지 못하고 있는 점에 대해서 계속 써보자.

나는 도시를 빠져나왔다. 환한 밤이었고 추웠다. 검은 나무들이 길을 에워싸고 있었다. 나는 나무 밑 어둠 속에 자리를 잡고 아침이 올 때까지, 멀리서 농사꾼의 수레바퀴 소리가 삐거덕거릴 때까지 그대로 앉아 있었다. 처참한 기분이었다. 영혼은 적막한 공허에 휩싸였고 머릿속엔 아무 생각도 없었으며 몸은 피로에 절어 있었다. 나는 내 영혼 속에서 무언가 피어올라 불이 붙기를 기다렸다. 포포프가 죽었을 때 그에 대한 나의 혐오감도 죽어버렸다. 누군가 내게 속삭였다. 넌 사람을 죽였어. 그러나 이 말은 저 위에서, 멀쩡한 정신에서 나오는 말이었다. 그건 나를 불안하게 하지 못했다. 그 인간은 배신자였다. 나는 내가 죄를 저질렀다고 생각하지 않았다.

그러나 나도 모르게 저 깊은 밑바닥에서 갑자기 불안한 질문이 솟아올랐다. 나는 왜 그렇게 갑자기 포포프를 목매달았을까? 뭐가 두려워서 그렇게 서둘렀지? 그가 겁났던 게 아니라 나 자신이 겁이 난 건 아닐까? 나에게 위험한 증인을 없앤 것만 같은 느낌이었다. 위험한, 그러나 배신자라서가 아니라 어떤 다른 측면에서 위험한 증인을 제거한 게 아닐까?

그의 말이 머릿속에서 맴돌았다.

'어느 싸움에서건 영웅은 양쪽 편에 다 있는 거잖아요.'

그리고 계속해서 그의 냉소적인 생각들이 집요하게 들려왔다. 이상하게도 내가 이미 오래전부터 자주 들어왔던 말 같았다.

파리떼처럼 여러 의문이 꼬리를 물고 나타났다. 포포프는 헌병대들과 어떻게 지냈을까? 그들에게도 우스운 이야기나 시 나부랭이를 섞어가며 이야기했을까? 어쩌면 나를 두고 그들과 함께 비웃어대지는 않았을까? 그러나 무엇보다 나를 당혹스럽게 짓누르는 것은 너무 서

두르는 바람에 아무 생각 없이 포포프를 목매달았다는 바로 그 사실이었다.

이렇게 나 자신으로부터 소외된 기분에 휩싸인 채 다음날 밤 잠결에 나는 체포되었다.

낮고 컬컬한 목소리의 헌병대 보안지소장 시모노프는 모욕적이라는 듯이 다소 어색한 어조로 말했다.

"이것 봐, 카라진. 포펜코가 자기 죽음에는 아무도 죄가 없다고 써놓았다고는 해도, 그렇게 엉망인 모습으로 죽은데다 손끝에 묻은 얼룩으로 봐서 분명하지 않나. 누군가 목을 매달게 한 거지. 자살한 게아니야. 그날 밤 자네는 새벽 한시 반 무렵까지 그 친구와 함께 있었지. 증거가 있어. 바로 포펜코가 죽은 시각하고 딱 일치하잖아. 그리고 말야, 과학적으로 말하자면 지문을 봐도 알 수 있어. 유리 재떨이에 찍힌 지문들이 바로 자네 거잖아. 물론 나도 알아, 자네가 왜 포펜코를 잡아 다그쳤는지. 그 친구 자신도 예상했었다네. 그 친구, 우리한테 아주 필요한 친구였는데…… 자네도 살인에 대해 똑같이 대가를 치러야 돼. 게다가 형사 사건으로 볼 동기도 있어, 치정 살인 말야. 물론 그렇게 되면 알렉산드라 바르바리나도 연루되는 거지, 알아들어?"

난 가만히 듣기만 했다. 그런 말 따위에 겁을 먹었다고는 말하지 않겠다. 그러나 형사 사건으로 처리하겠다는 위협은 불쾌했다. 사샤가치정에 얽힌 살인 사건에 불려나온다? 안 돼, 그건 말도 안 된다. 정말 우습기 짝이 없는 일이다.

시모노프는 담배 연기 너머에서 사무적으로 말했다.

"내가 제안을 하나 하지. 자네가 포펜코를 대신하게. 만일 자네가 동의한다면 우선 몇 명을 지목하는 거야. 우리가 제거할 수 있도록 말이지. 그러면 포펜코가 동무들을 배신하고 양심의 가책을 느껴 목을 맨 게 되는 거지. 자네는 목숨을 구하고 아주 훌륭한 명성도 얻을 수 있을 테고. 자, 시간을 좀 주지, 한두 시간쯤. 잘 생각해보라고. 늦지 말기를 바라네."

작은 독방에서 나가 문을 닫으며 시모노프가 덧붙여 말했다.

"자네에게 다른 길은 없어."

비록 승부에서 참담하게 패배했음을 알았지만 나는 내 목에 걸릴 올가미 같은 것은 전혀 두렵지 않았다고 기억한다. 나는 어떤 결정을 내릴 것인지 단 한순간도 고민하지 않았다. '포펜코를 대신하게'라는 시모노프의 말을 듣는 순간 나는 그것을 받아들였다. 그렇게 빠르고 쉽게 결정을 했다는 사실에 대해 나 자신도 놀랐던 것을 지금도 똑똑히 기억하고 있다. 그 결정은 그저 자고 싶다거나 산책하고 싶다거나 물을 마시고 싶다는 욕망이 일어나는 것처럼 아주 자연스럽고 간단하게 이루어졌다.

나는 어두운 방에 앉아 세찬 비가 창문을 두드리는 소리를 들으며, 내 내부의 어떤 감정이 나의 결정에 저항할까 귀를 기울였다. 그런 것은 전혀 없었다.

이것은 무엇을 의미하는가? 도내체 이 평온함은 무엇이며 어디서 오는 것이란 말인가? 어제 내가 포포프에게 가졌던 혐오감이 왜 나 자신에게서는 느껴지지 않는가? 나는 배신자에게 퍼부었던 모든 말들을 헤아려보았고 배신자에 대해 쓰고 말하는 모든 것을 기억해냈지만, 그 어느 것도 내 마음을 흔들거나 아프게 하지 못했다.

어제 사람을 목매달게 하고 오늘은 더 많은 사람을 제거하기 위한 결정을 내린 나는 어디론가 숨어버렸다. 그리고 또다른 내가 의혹에 싸여 앞선 나의 목소리를 기다리면서 그에 대해 뭔가 알아내 범죄자라고 고발하려 하지만 그를 찾아내지 못하는 형국이었다. 그러나 범죄자는 없었다.

호기심에 젖은 어떤 생각의 그림자가 느릿느릿 움직거리며 이렇게 물었다.

'정말로 내가 기관에서 일을 할 수 있을까? 동지들을 보안기관에 팔아넘길 수 있을까?'

이 질문에는 아무도 대답하지 않았지만 호기심은 더 집요하고 날카로워졌다. 나는 지금도 확실하게 기억한다. 그 당시 나를 휩싸고 있던 감정은 바로 호기심이었으며, 그다음은 내가 호기심 이외에 아무것도 느끼지 못한다는 사실에 대한 놀라움이었다. 마음이 진정된 후 그저 호기심에 젖은 채 자신에 대해 놀라워하던 상태에서 나는 시모노프를 맞았다.

"이성적인 결단이야." 그는 내 말을 듣고 말했다. 그리고 내가 '공연히 그 우스운 포펜코와 엉켜들었다'고 걱정스럽게 말하기 시작했다.

"이 사건에 경찰이 끼어들고 있는데. 괜찮아, 다 우리 소관이니까. 관례상 여기 이 서류에 서명을 해야 하네."

나는 스스로도 예기치 못한 질문을 했다.

"무슨 생각을 하시죠? 내가 겁먹었다고 보세요?"

시모노프는 바로 대답하지 않고 먼저 피우던 담뱃불로 새 담배를 붙여 물었다.

"아냐, 그런 생각 안 해. 내가 그런 생각을 안 한다는 건 믿어도 돼. 하지만 그런 얘기를 할 때가 아니야."

그래도 우리는 오랫동안 이야기를 나누었다. 한 시간, 아니 그 이상 우리는 마주서서 이야기를 했다. 이 대화에서 나는 이상한 인상을 받았다. 내 마음속 예리한 부분이 내가 그렇게 쉽고 빠르게 결정을 내렸다는 사실에 시모노프가 나 못지않게 놀라워하고 있다는 사실을 알아챘다. 그는 나를 못 미더워했고 나의 평온함이 마음에 들지 않는 것 같았다. 나와 마찬가지로 그 역시 나의 이런 모습을 이해할 수 없다는 표정이었다. 그는 어떻게든 나에게 겁을 주고 싶어했다. 하지만 그 일이 불가능하다는 것도 잘 알고 있었다.

그가 말하는 모든 것은 '아무짝에도 쓸모없다'고 나는 생각했다. 그렇게 '아무짝에도 쓸모없'이 그는 내 정신의 예민함과 자주성에 오시포프 대령이 몹시 탄복하더라는 얘기를 했다. 나는 물었다.

"그분이 살아 있어요?"

"돌아가셨지. 좋은 분이셨는데."

"그래요." 나도 동의했다.

시모노프는 손을 휘저어 얼굴에서 연기를 날려버린 뒤 말을 놓치지 않고 재빨리 덧붙였다.

"몽상가셨어. 말하자면 낭만주의자지."

"그래요, 맞아요." 나는 다시 한번 동의한 후 포포프가 비록 강요에 따른 것이기는 하지만 자신이 직접 목을 맸다고 말했다. 시모노프는 어깨를 움찔했다.

"그렇다고 해두지."

이 모든 것은 절대 있을 법하지 않은 일들이었지만 그래도 모두 진실이다. 그 모든 일이 진실이라는 걸 난 머리로는 잘 알고 있었다. 하지만 내 머리는 다른 어딘가에서 상황을 관찰하면서 침묵하고 있었다. 아무 말도 하지 않고 그저 호기심만 가진 채.

'그래, 카라모라! 이제 우측으로 돌아서시겠다, 대행진이군?' 나는 나 자신에게 말했다.

어쩌면 나는 누군가가 내게 소리쳐주기를 내내 기다렸는지도 모른다.

'멈춰! 너 어디로 가는 거야?'

그러나 소리치는 사람은 아무도 없었다.

처음 두 달, 시모노프만이 이 있을 법하지 않은 일에서 확연하게 드러나는 실제 존재였다.

그는 쉰 살가량이고 중키에 체격은 단단했으며 회색 머리를 바짝 깎아올리고 있었다. 애매한 형태의('러시아적이랄 수 있는') 코에는 빨간색에 별로 길지 않고 점잖게 생긴 부드러운 콧수염을 기르고 있었다. 밝은 빛의 눈은 고요하다못해 아직 잠이 덜 깬 듯했다. 그런 외모는 아주 흔해서 어디서나 어떤 계층에서나 쉽게 만날 수 있고 어느 관청에서나 근무하고 있으며 어느 도시, 어느 거리에서나 볼 수 있다. 나는 진부하고 평범해빠진 그런 사람들을 보는 데 익숙했다.

그러나 바로 이 평범한 외모로 인해 시모노프는 내가 하고 있었던 결코 평범하지 않은 일 속에서 확고한 실제 존재로 여겨졌다. 그가 하는 모든 말에서는 그저 고용된 자, 평범한 관료로서의 태도가 엿보였다. 그런 사람은 자신이 하는 일의 근본적이고 최종적인 목적을 알지도 못하거니와 관심도 없다. 그는 역사와 정치 문제에 대해 아주 무지했으며 군주제나 황제의 이해와 관련된, 그리고 그가 옹호해야 할 의무가 있는 그런 모든 것들에 대해서도 무관심했다. 제멋대로 부르주아에게 실컷 욕을 퍼붓기도 했다.

나는 왜 이런 불안한 일에 매달리느냐고 그에게 물었다.

"그거야 분명하지. 자기만족을 위해서 아니겠나." 그는 파이프로 담배 케이스 뚜껑을 톡톡 치면서 목이 잠긴 듯한 가벼운 저음으로 대답했다. 그러고는 억지로 웃는 양 게으른 미소를 지으며 말을 이었다.

"자네는 자네 만족을 위해 혁명가를 하고, 난 내 만족을 위해서 자네와 맞서 자네를 잡고 체포하는 거지. 그래서 체포했고 제안한 것 아닌가. 자, 이제 같이 사냥 한번 합시다 하고. 자네도 동의했고. 일이 멋지게 된 거지. 이제 훨씬 더 재미있어졌잖아."

처음으로 난 그에게서 뭔가 마뜩찮고 미덥지 않은 점을 희미하게 느꼈다. 그리고 곧 이 사람의 진부한 외모 뒤에 평범하지만은 않은, 혹은 아주 평범하지만 철저히 날카롭게 갈고 닦은 생각들이 움직이고 있다고 확신했다.

나는 모든 불행한 삶의 원흉이라고들 말하는 세상의 불평등에 대해 얘기를 나눠보려고 했다. 그는 어깨를 움찔거리며 담배 연기를 내뿜고는 조용히 대답했다.

"내가 뭘 어쩌겠어? 내가 그런 것도 아니고 나와는 상관없는 일이야. 자네에게도 마찬가지고. 지식인들이 자넬 망쳐놓은 거지. 그런 책들을 읽지 말았어야 해. 브렘의 『동물의 생활』 같은 거나 읽었어야 지."

그는 항상 담배를 물고 있었고 그래서 얼굴에는 담배 연기가 늘 뭉게뭉게 피어올랐다. 그는 눈을 찌푸리고 천장을 바라보며 여전히 느릿느릿 말했다.

"가장 큰 만족은 사람을 바보로 만들고 승부에서 이기는 거야. 애들 놀이 알지? 거기에서 인생을 다 볼 수 있어. 밥키 놀이*나 공놀이나, 좀 커서 처녀애들하고 노는 거, 카드놀이, 이런 놀이 속에 모든 인생이 다 들어 있지! 자네 동료 중에는 자기 자신을 가지고 노는 사람들이 아주 많을걸."

그의 이런 말들은 분파투쟁이나 당파투쟁, 거기서 동료들을 '이겼을' 때 느꼈던 만족감 같은 것을 떠올리게 했다.

"놀이와 사냥, 바로 그거야!" 시모노프가 말했다. "무기가 있으면 시베리아 타이가**로 가서 곰을 때려잡는 거야. 아, 아프리카라도 당장 달려가지. 사냥이란 진짜 위대한 일이야. 사냥의 핵심은 결코 죽이는 것이 아닐세. 짐승을 쫓아서 가늠자 위에 그놈을 올려놓고, 바로 그 순간 짐승 위에 있는 인간으로서의 권력을 맛보는 거야. 살인은 항상 뭔가 이권 때문에 일어나지. 자기만족을 위해서 살인하는 사람은 아무도 없을 거야. 있다면 미친놈이거나 너무나 화가 나서 흥분 상태에 빠진 놈이겠지. 하지만 격분한다는 것 역시 정상이 아니야. 그 경우의 살인도 뭔가 이해관계가 얽힌 비열한 데가 있지."

---

* 러시아의 전통 놀이. 주사위 놀이와 비슷하다.
** 북반구의 냉대기후 지역에 나타나는 침엽수림.

그의 말을 들으며 나는 그를 완전히 믿지는 않았다. 그러나 이런 생각이 들었다.

'그래. 장난꾼들이나 사냥꾼들이 인생을 좌지우지하는 거라면 나도 그자들을, 그리고 나 자신을 가지고 놀지 못할 게 뭐가 있겠어?'

시모노프의 머리에는 뇌를 다친 상처가 딱딱해진, 굳은살 같은 검은 얼룩이 있었다.

"놀이. 사냥." 그는 모든 인생은 이런 오락으로 귀결된다고 말하곤 했다. 그러나 나는 더더욱 그를 믿지 못하게 되었다. 사람들이 인생으로부터 자신을 격리시키고 인생에 대해 아무것도 하지 않기 위해 얼마나 영리하게 여러 가지 울타리를 쳐놓는지 잘 알고 있었기 때문이다.

어느 날 밤 은신처에서 포도주를 마시다가 시모노프가 이런 말을 했다.

"이보게. 언젠가 어떤 지식인 하나가 내 손에 잡혔는데, 뭐, 꼭 환영 같은 그런 친구라고나 할까, 나한테 설교를 하더라고. 사람이란 짐승이고, 미쳐서 뒷발로 서게 됐는데 그때부터 역사가 시작돼서 지금까지 계속 이어진다는 거야. 물론 그 친구는 제정신이 아니었지만 그 생각이 틀린 건 아니잖아. 말하자면 역사란 미친 짐승을 치료하는 과정인 거지. 나는 그런 생각을 많이 했어. 어떤가, 해볼 만한 생각 아닌가. 난 심지어, 그게 가능하다면 말이지, 세상에 정신이 바로 박힌 건전한 사람들은 인류 역시에 끼어들지 못하도록 단호하게 막아야 한다고 봐. 그럼 그런 사람들은 어디로 가냐고? 거 모르나, 은둔자나 수도승이 되면 되지. 언제나 세상 모두에 관한 귀하신 일에 매달려 있는 사람들 말이야."

시모노프는 자신을 '정신이 바로 박힌' 사람이라고 생각했다. 비록 비천한 역사에서 좀 비천한 자리를 차지하고 있기는 하지만. 그러나 그에게 그걸 상기시키고 지적하는 일은 아무 소용이 없었다.

"이보게, 친구. 너무 순진하구먼!" 나의 지적에 그가 대답했다.

그러고는 격앙했다.

"지식인들이 정말로 자네를 못되게 만들어놨어!"

나를 대하는 그의 태도에는 나를 사로잡는 뭔가가 있었다. 그것은 사람 자체에 관심을 가져주는, 말하자면 순수한 관심이랄 수 있었다. 그는 직업상의 이해나 사심을 벗어나 독립적으로 저 혼자 '단지 사람에 대한' 관심을 가지고 살아갔다. 시모노프가 나를 대하는 태도는 부하를 대하는 상관이 아니라 나이 어린 사람을 대하는 연장자와 같았다. 그는 지시하거나 명령하지 않았고 내 의견을 묻거나 상담하는 것처럼 말했다.

"그래, 자네 생각은 어때? 이 비합법 조직을 제거해야 할 때가 됐나?"

내가 시급히 제거해야 할 거라고 말하면 그는 두말없이 내 말에 동의했다.

그는 내게 일종의 절약이라고 부를 수 있는 그런 감정을 가지고 있었다. 그것은 사냥꾼이 좋은 사냥개를 아끼는 것과 같은 사랑의 감정이라고 할 수 있었다. 냉소나 비애를 담아 하는 말이 아니다. 나는 아주 그럴듯한 속담을 들은 적이 있다. '가장 아름다운 여자라 해도 그녀가 가지고 있는 것 이상을 줄 수 없다.' 영혼이 갈망하는 것을 잘 진정시켜주는 속담 아닌가?

왜 그랬는지 모르지만 수많은 동지들이 있었는데도 불구하고 나는 친구가 없었다. 마음을 터놓고 나 자신에 대해 얘기해볼 사람이 단 한 명도 없었다. 물론 나는 그런 얘기를 해보려고 했지만 그런 식의 대화는 늘 실패했고 날 만족시키지 못했다. 영혼의 갈증을 책으로 틀어막을 수는 없는 법이다. 게다가 그 갈증을 더욱 넓고 깊게 만드는 사악한 책들도 있지 않은가. 세상의 모든 것은 그림자를 갖고 있으며 모든 진실과 진리 역시 그에 덧붙은 부가물을—당연히 잉여인—벗어버리지 못한다는 점을 아는 사람은 아주 드물다. 바로 이 그림자들은 진리의 순결함에 대해 의심을 품게 한다. 금지되거나 아니면 부끄러운 것, 말하자면 바람직하지 않은 것으로 여겨지는 그런 의심 말이다. 의심을 품은 사람은 항상 미심쩍게 그래, 여기 이 진실에는 그림자가 없단 말이지, 라고 생각한다.

동지들 사이에서 나는 이념적으로 불안정하고 변덕스러운데다 더 나쁘게는 낭만주의(다른 누구보다 더 자주 만났던 바소프가 말한 대로라면 '형이상학')에 경도된 사람으로 소문나 있었다.

"혁명가는 유물론자여야 하네. 유물론, 그것은 모든 비이성적인, 불합리한 것을 완벽하게 제거한 의지일세."

바소프는 'R'자를 강조해서 발음하며 내게 이렇게 말했었다. 나는 바소프의 말이 맞다고 생각했지만 그에 대한 거부감 때문에 그 말에 동의하지는 않았다.

시모노프는 무엇에 대해서든 편하게 말할 수 있었던 사람이다. 그는 주의깊게 내 말을 들어주었으며 그건 모르겠다, 이해 못하겠다고 말하기를 주저하지 않았다. 때로는 직설적으로 말하기도 했다.

"그런 것은 내가 알 필요가 없지."

신이 필요 없다는 그의 말은 놀라웠다. 그가 종교를 믿는 사람이라고 생각했기 때문에 더욱 놀라웠다.

"그런 걸 묻다니 정말 이상하구면." 그는 어깨를 으쓱하며 말했다. "우리들 각자가 뱃속에 일 미터도 넘는 창자를 담고 있는데 거기 무슨 신이 있나? 그리고 가령 신이 있다면 낙타나 물고기나 돼지나 다 신을 느껴야 되는 거 아냐? 안 그런가? 인간도 동물이니까 말이야. 이성? 인간 말고도 이성을 가진 동물은 많아. 그리고 이 문제에서 이성이 무슨 필요가 있다고 그래. 신은 이성으로 구하는 게 아니잖아. 말이 안 되지…… 자넨 정말 브렘의 책을 읽었어야 해!"

그는 또 탄식했다.

"정말 지식인들이 자넬 많이 망쳐놨어!"

"그럼, 그렇지 않았다면 내가 어떤 사람이 됐을 거라고 생각하십니까?"

뚫어지게 나를 보더니 그가 대답했다.

"모르겠어. 아마, 무슨 발명가? 몰라. 자넨 참 이상해."

시모노프는 살아 있는 사람이 아니라 왠지 잘못 꾸며내 만든 사람 같았고 아주 고독한 사람이었다. 그는 말이 많았지만 제스처에는 아주 인색했다. 팔을 느릿느릿 움직였고 웃음 짓는 일도 드물었다. 그래서 삶이나 사람에 대해 몹시 냉담하다는 느낌을 주었다. 하지만 그건 그가 게을렀기 때문이고, 어쩌면 일에 지치고 피로해져서 늘어졌기 때문일 수도 있다.

나는 곧 사냥과 놀이의 재미에 대한 그의 말이 사실 자신을 위해 꾸며낸 것이고 남의 말에서 따온 것이라고 확신하게 됐다. 그는 사람을 사냥하는 일에 매료되어 있지 않았다. 프락치 활동을 하는 정보원들을 많이 가지고 있다는 것에 만족할 뿐 먼저 나서서 적극적으로 일을 하는 법이 없었던 것이다. 사실 나도 그러려고만 했다면 아무 일도 하지 않을 수 있었다. 그저 당 활동중의 일화나 혁명가들의 행태에 대해 이야기나 하면서 지낼 수 있었을 것이다. 그는 사건의 본질에 대한 것보다 혁명 활동의 일화에 더 흥미를 보이는 듯했다. 그는 깊은 관심을 가지고 그런 일화에 귀를 기울였다. 일화가 어리석은 것일수록 생기 없이 창백한 그의 얼굴에 더 환한 미소가 떠올랐다. 한번은 그가 한숨을 내쉬고는 이렇게 말했다.

"포펜코는 자네보다 더 우습게 말했었는데. 그 친구 꼭 브렘처럼 말했었지."

'브렘처럼', 이것은 시모노프의 입에서 나오는 최고의 찬사였다. 그는 독일 메노파* 교도가 성경을 붙잡고 있는 것처럼 항상 『동물의 생활』을 손에 들고 읽었다.

한번은 내가 물어보았다.

"그런데 왜 포포프를 포펜코라고 부르죠?"

"그렇게 보이니까." 그가 대답했다. "사람은 다 제 나름대로 보잖아. 포포프라고 부르려면 키가 좀더 크고 팔도 좀 길어야지."

시모노프에게는 하나의 특징이라고 할까 습관 같은 것이 있었는데 약간은 불쾌하고 미심쩍은 느낌을 주곤 했다. 가끔씩 대화중에 갑자

---

* 16세기 종교개혁기에 등장한 개신교 종파 중 하나. 재세례파 운동에 연원을 두고 있으며 신약성서에 근거하여 비폭력주의를 주장한다.

기 내가 알 수 없는 어딘가로 침잠해들어가는 것이다. 그럴 때면 그는 표정 없는 얼굴을 심각하게, 그러나 우둔하게 찡그리고, 눈동자를 멍하게 크게 뜨고는 마치 최면이라도 걸듯이 엄격한 눈으로 집중해서 나를 응시했다. 그러나 나는 그가 뭔가 다른 것을, 끔찍한 무언가를 바라보고 있다는 느낌을 받았다. 그럴 때마다 그는 손을 책상 밑에 숨기고 꼼지락거렸는데 마치 나를 쏘려고 몰래 권총을 찾고 있는 것만 같았다. 이런 느닷없는 발작 증세, 무언의 깊은 사념, 나는 닿을 수 없는 그 어딘가로의 침잠은 그에게 자주 일어나는 일이었지만 그럴 때마다 나는 기분이 썩 좋지 않았다.

나중에 나는 시모노프에게 그 자신도 두려워하는 인간적인 아주 은밀한 무언가가 숨겨져 있다고 생각하게 되었다. 나는 그가 내 앞에서 그걸 열어 보일 때를 기다렸고, 그에 대한 나의 관심은 더욱 긴장되고 초조히 뭔가를 기다리는 감정이 되었다.

선에 대한 이론은 성서나 코란이나 탈무드, 그리고 여러 가지 책에 존재한다. 그렇다면 악에 대한 이론, 비열함에 대한 이론도 존재해야 한다. 그런 이론도 있어야만 한다. 모든 것을 설명해야만 하니까, 모든 것을. 그렇지 않다면 어떻게 살아가겠는가?

나는 어제 이렇게 썼다.

'내가 그러려고만 했다면 아무 일도 하지 않을 수 있었다'라고. 달리 말하면 나는 동지들을 배신하지 않을 수 있었다는 얘기다. 게다가 동지들에게 작게나마 도움이 되는 일을 손쉽게 할 수 있었다. 실제로 그런 일을 하기도 했다. 그러나 그러고 나서 나는 그럴 필요가 없다고, 그런 일을 해봤자 내 안의 그 무엇도 변하는 것은 없다고 느꼈다.

나는 배신을 했다. 왜? 나는 기관에서 일하는 첫날부터 이런 질문을 스스로에게 던지고 있었다. 그러나 그 대답을 찾지는 못했다. 나는 나의 내부에서 저항이 일어나기를, '양심의 불꽃이 타오르기를' 내내 기다렸다. 그러나 양심은 침묵했다. 그저 호기심만이 '앞으로 어떻게 될까?' 하고 물을 뿐이었다.

나는 나를 비난하고 '넌 죄인이다'라고 단호하게 말해줄 그런 감정이 일어나도록 애쓰면서 스스로를 몹시 다그쳤다.

이성적으로는 내가 비열한 짓을 하고 있다고 인정하고 있었지만, 이 인식에는 자기비판과 혐오, 후회의 감정이 뒷받침되지 않았다. 하다못해 두려운 마음이라도 있어야 할 텐데, 그런 것도 없었다. 아니, 그 비슷한 것도 느끼지 않았다. 아무것도, 단지 호기심밖에는. 호기심은 여러 가지 질문, 예를 들면 '영웅적인 위업으로부터 비열함으로의 전이가 왜 그렇게 쉽게 이루어지는가?' 따위를 던지면서 점점 더 자극적이 되었고 전율을 느끼게 했다.

그 시시껄렁한 포포프의 말, '어느 싸움에서건 영웅은 양쪽 편에 다 있는 거잖아요', 그 말이 정말 옳단 말인가.

그러나 나는 과거에 '영웅'이었고, 지금은 괴이한 질문에 짓눌려 그걸 풀어야 하는 사람일 뿐이다. '왜 비열한 짓을 하면서 스스로에게 혐오감을 느끼지 않는가?'라는. 나는 이런 질문을 나 자신에게 수백 번도 넘게 던져보았다.

그러다가 이렇게 생각하게 됐다. 만약 시모노프가 옳다면, 인생이란 미쳐버린 짐승과 같고 그 안의 모든 것은 다 쓸데없는 것들이며 놀이에 불과하다면, 그렇다면 나는 정말 지식인이나 책 때문에 망가져버렸단 말인가? 만일 이 모든 '인생의 스승들', 즉 사회주의자, 인문주의자, 도덕주의자가 거짓말을 하고 있다면, 그 어떤 사회적 양심이란 것도 존재하지 않으며 사람들 사이의 관계에 대한 인식은 한낱 꾸며진 것에 지나지 않고 모두들 다른 사람의 희생을 딛고 살아가려고 애쓸 뿐이며 영원히 그러하다면……

아무것도 없다. 모든 것은 꾸며졌다. 모두 거짓이다. 그렇다면 내게는 거짓을 폭로해야 할 사명이 있다. 나는 사람들에게 그걸 폭로해줄 최초의 사람이다. 모두 기만당했다. 인생이란 실제로는 적나라한 짐승들의 투쟁이고 그걸 막을 이유도 없으며, 더 중요한 것은 그 무엇으로도 막을 수 없다는 점이다. 그래, 나는 사람에게는 자신 속에 들어있는 비열함에 저항할 힘이 없으며 그에 저항할 필요도 없다는 사실을(비열함은 서로 투쟁할 때 당연히 사용하는 효과적인 무기일 뿐이기 때문이다) 최초로 밝혀낸 사람이다.

아주 신랄한 이야기가 있다. 사람들이 모두 임금님의 옷이 아름답고 훌륭하다고 칭송하는데 한 어린애가 갑자기 '임금님은 벌거숭이!'라고 소리쳤다. 그제야 모두들 임금님은 벌거숭이고 추하다는 진실을 바로 보게 되었다.

바로 내가 그 깨어 있는 어린애 역할을 해야 하는 게 아닐까?

1914년, 저주 같은 전쟁*이 일어나 모든 인간적인 것이 썩은 물고기의 비늘처럼 사람들에게서 빠져나갈 때 이런 식의 생각들은 특히

---

* 제1차세계대전.

나를 집요하게 괴롭혔다.

쓴 글을 읽어본 뒤 나는 이 모든 것이 꼭 써야 할 내용도 아니고 사실대로 말하지도 않았음을 알았다. 나는 나 자신을, 고담준론이나 늘어놓으며 난마처럼 얽힌 생각들에 빠져버린 사람으로, 영혼을 내다버리고 그 안에 들어 있던 선하고 훌륭하다고 생각되는 모든 인간적인 것을 죽여버린 사람으로 그려놓았다. 아니다, 그것은 아니다, 그렇지 않다.

생각들은 아무리 넘쳐난다 하더라도 결코 나를 당황하게 만들거나 내 마음을 사로잡지 못했다. 그것들은 내게 있어 끓는 감정의 표면에서 부풀어올랐다가 터져서 사라지고 또다시 일어나는 기포에 지나지 않는다. 오직 감정으로 장전된 생각들만이 살아 있고 의미 있는 것이다. 그럴 때 나는 몸으로 그것을 느낀다. 그러면 생각들은 손가락이 되어 사실들을 움켜쥐고 고르고 뒤섞어 조각품을 만들고 건물을 짓는다. 그렇게 감정으로 잉태된 생각들은 다시 새로운 감정을 낳는다. 감정으로 잉태되지 않은 생각 자체는 사람에게서 그 어떤 변화도 이끌어내지 못하면서 매춘부처럼 사람을 가지고 놀 뿐이다. 물론 때로 매춘부에게도 진정한 사랑이 있을 수 있다. 그러나 매춘부를 대할 때는 조심하는 것이 당연하다. 뭔가 훔칠 수도 있고 병을 옮길지도 모르니까.

19년가량 나는 똑같이 생각하는 사람들 틈에서 살아왔다. 말하자면 똑같은 색으로 염색한 사상의 분위기에서 살아온 것이다. 이 염색은 나를 만족시키지 못했고 음산한 가을날처럼 지루하고 달갑지 않았다. 그러나 사람들을 매혹시킨 사상이 너무나 철저하게 몸에 배어 살과 뼈가 되어버렸기 때문에 이제는 너무나 견고한 굴레가 되어버렸다는 것을 알고 있었다. 그런 사상은 기포가 아니라 꽉 쥔 주먹이요, 자신의 힘을 추앙하는 사상이다.

1907년과 1914년에 사람들이 얼마나 쉽게 자신의 믿음을 내던지는지를 보고 나서, 나는 그들에겐 무언가가 결코 없다고 확신했다. 그 무언가란 뭘까? 그들의 사상이 부정하는 것에 대한 육체적 혐오의 감정? 정직하게 사는 습관이 없었던가?

자, 여기에서 나는 확실한 어떤 것을 포착한 것 같다. 정직하게 사는 습관, 이것이 바로 사람들에게 부족한 것이다. 이런 습관은 나의 동지들도 충분히 지니고 있지 않았다. 그들의 행태는 '신념'과 '원칙', 즉 믿음의 교의에 모순을 일으켰다. 이런 모순이 특히 날카롭게 드러난 것은 분파투쟁의 기술에서였다. 즉 같은 믿음을 가지고 있지만 서로 다른 전술을 가진 사람들 사이에 벌어지는 적대 행위에서 말이다. 철면피 같은 위선, 간교한 모략이 판을 쳤고, 심지어 도박 그 자체에 푹 빠져서 도박을 위해 도박을 하는 도박꾼들이나 사용하는 비열한 수법들도 서슴없이 나타났다.

그래, 그렇다. 정직하게 사는 습관이 사람들에게는 없었던 것이다! 물론 나는 그들 중 많은 사람들이 이런 습관을 익힐 가능성을 갖지 못했고 지금도 그렇다는 것을 알고 있다. 그러나 삶을 개조하고 사람들을 재교육하겠다고 나선 사람들이 '투쟁에서 모든 수단은 허용된다'고 생각하면서 잘못에 빠지고 있는 것이다. 아니다. 그런 교의의 지배를 받으면서 사람들이 정직하게 사는 습관을 기른다는 것은 있을 수 없는 일이다.

어쩌면 모든 비열한 짓을 해야 할 때가, 모든 범죄를 저지르고 모든 악을 다 써먹어야 할 때가 왔는지도 모른다. 그리하여 이 모든 것이 지겹고 싫증나고 끔찍해져서 죽어버리도록 말이다.

정말 이상한 일이다! 나는 어떻게 해도 나 자신을 다른 사람들이나 사건과 연관시키지 않을 수가 없다. 그럴 수가 없다. 그렇다면 이것은 아무리 뭐라고 해도 분명히 일종의 자기합리화다. 그걸 내가 서투르게 감추고 있을 뿐이다.

그렇지만 나는 나 자신을 정당화하고 싶은 생각이 전혀 없다. 나는 그것을 알고 있고 느끼고 있다. 이 마음은 오만이나 돌이킬 수 없이 인생을 망가뜨린 데 대한 절망에서 나오는 것이 아니다. 그래, 난 범죄자다, 너도 마찬가지다, 그러나 힘은 너에게 있다, 죽여라! 하고 소리치고 싶어서 그런 것도 아니다.

나는 그 어디에도, 그 누구에게도 소리치고 싶지 않다. 나는 사람들을 느끼지 못하며 그들을 필요로 하지 않는다.

나도 모르게 자기합리화를 하게 된다는 사실 때문에 더욱 밝히기 어려워진 중요한 것이 있다. 왜 변절의 길로 나아가는 나를 막는 야유의 휘파람 소리 하나, 종소리 하나, 비명소리 하나도 나의 영혼에서 찾을 수 없는가. 왜 나는 자신을 스스로 비난하지 못하는가. 자신을 죄인이라 부르고 고백하면서도 왜 나는 양심의 가책을 느끼지 못하는가.

만일 나의 이 기록에 목적이 있다면 그것은 다만 내가 왜 그렇게 혼자 영구히 떨어져나가게 되었는가, 이 문제를 풀어보려는 데 있다.

나는 대답을 얻기 위해 나 자신을 가차없이 몰아쳤다고 이미 쓴 바

있다. 나는 가장 탁월한 당원 동지 중 한 사람, 정말 보기 드물게 훌륭한 사람을 기관에 넘겨 유형을 당하도록 만들었다. 나는 정말 그 영혼의 순결함과 대담한 정신, 지칠 줄 모르는 근면함, 선량함과 명랑한 성격을 존경했다. 그는 막 감옥에서 탈출해 세번째로 비합법적인 일을 도모하던 차였다. 나는 그를 넘겼고 이제는 내 영혼 속에서 뭔가가 일어나겠지 하고 기다렸다.

그러나 아무 일도 일어나지 않았다.

시모노프는 내게 아주 특별한 향과 맛을 지닌 적포도주를 대접했다. 그가 말했다.

"모스크바나 페테르부르크로 옮겨가지 않겠나? 이제 여기는 놀 물이 좀 좁아. 나도 곧 수도로 옮겨갈 것 같은데."

"표트르 필리포비치." 나는 정색을 하고 물었다. "내가 왜 이러고 있다고 보십니까?"

그는 평소처럼 즉답을 피했다. 처음에는 주의깊게 나를 바라보다가 천장을 바라본 다음 어깨를 움찔하며 말했다.

"모르겠어. 자네는 돈을 바라지도 않고 공명심 같은 것도 안 보이는데, 복수심 때문인가? 그런 것도 아냐. 자넨 알고 보면 호인이야."

미소를 지으며 그는 조심스럽게 말을 이었다.

"자네가 그런 질문을 한 게 처음은 아니지. 하지만 내가 이미 말했지 않나. 자네는 이상한 사람이라고. 어쩌면 자네는 조금 미친 거 아닐까? 역시 그것도 아냐. 그래, 자네 자신은 왜 그런다고 생각하나?"

그래서 나는 간단하게 내 생각을 말하기 시작했다. 그는 말없이 내 말을 주의깊게 들었다. 들으면서 담배를 연달아 피워 물었다. 내가 말을 마치자 시모노프는 냉담하게 말했다.

"아니, 그건 아주 위험한 생각 같은데. 흐흠, 정말이지 망할 놈의 지식인들이 자넬 어디까지 망쳐놓았는지 모르겠구먼."

그러고는 새 담배에 불을 붙이며 한숨을 내쉬었다.

"이런 사람 같으니, 머지않아 날 쏘겠어, 자네. 이제 자네에게 남은 게 뭐겠어? 오직 하나지. 누군가를 죽이는 거. 그런 다음 아마 몸을 떨면서 소리를 질러댈 거야."

그는 포도주를 가득 따른 뒤 내게 등을 돌리고 서서 술잔을 들어 빛에 비추며 들여다보았다. 기분 나쁘게 평범한 이 사람이, 그 순간엔 평소보다 훨씬 더 평범해 보였다. 그는 그렇게 오랫동안 서 있었다. 습관처럼 발작이 찾아와 내가 알 수 없는 무언가로 침잠해들어갔다고 나는 추측했다.

"왜 그러십니까?"

그는 천천히 돌아서서 자리에 앉고는 포도주 잔을 비우고 나서 한숨을 내쉰 다음 담배를 피워 물었다.

"이봐, 자네가 공연히 꾸며낸 거야. 이런 내면적인 따분한 얘깃거리 말이야. 꾸며냈어, 그래! 재미로 말이지. 내 그걸 알지. 나도 가끔 자려고 누웠다가 잠이 오지 않으면 나를 대단한 악당이나 성자로 상상해보곤 하지. 재미있잖은가. 요술쟁이, 정말 특별난 재주를 부리는 요술쟁이라는 상상을 제일 많이 하지."

그리고 시모노프는 갑자기 책상에 팔을 괴더니 전엔 결코 본 적이 없던 활기를 띠면서 낮고 쉰 목소리로 말했다.

"알겠나? 정말 별난 요술쟁이라고 상상한다고. 우선 무대로 나가는 거야. 몸에 착 달라붙는 옷을 입고, 알겠어? 곡예사처럼. 주머니는 하나도 없는 옷 말이야!"

그는 행복한 미소를 지으며 바보처럼 우스꽝스럽게 눈을 깜박여 보였다.

"그런데 갑자기 내 손에서 오리가 탁 나오는 거야. 내가 오리를 마루에 내려놓으면 그놈은 무대를 걸어다니며 꽥꽥거리다가 알을 낳아! 알겠나? 그런데 이번엔 알을 깨고 돼지 새끼가 나오지. 아니면 다르게 할 수도 있어. 토끼가 나오고 부엉이가 나오게 말이지, 한 열 마리쯤 말일세. 관중들의 반응이 어떻겠어, 응? 모두들 자리에서 일어나 눈을 비벼대면서 망원경을 꺼내들고 보겠지, 경악해서! 모두들 바보가 된 기분일 거야, 특히 주지사가. 주지사가 대중들 앞에서 백치가 되는 기분이 어떻겠어, 응? 또 갑자기 내 머리가 두 개가 돼! 게다가 담배를 피우는 거야, 두 개를! 하지만 연기는 나지 않고, 그다음 연기가 발가락에서 나온다면, 상상이 되나? 무대에선 토끼가 깡충깡충 뛰고 돼지 새끼가 뛰어다니고 불빛에 눈이 먼 부엉이가 사납게 눈을 부라린 채 사람들을 노려보고 있어. 그리고 더 많은 동물들이 나타나서 그 수가 점점 늘어나고, 대혼란이 일어나는 거지!"

무표정한 눈을 크게 뜨고 반혁명 전사, 보안지소장 표트르 필리포비치 시모노프는 깊은 확신을 담아 탄성을 질렀다.

"제길, 사람을 바보로 만들려면야 끝도 없지, 젠장!"

터무니없는 그의 헛소리를 들으면서 나는 백치가 된 느낌이었다. 그가 술에 취한 것은 아니었다. 많이 마시기는 했지만 결코 취하는 법이 없는 사람이었다.

나는 그에게 물었다.

"그런데 말이죠, 이야기하다가 갑자기 어딘가로 사라진 것처럼 흐트러져버리던데 무슨 생각을 하는 거죠?"

"그건……" 그가 고개를 끄덕이고 대답했다. "그건 느닷없이 찾아오는 거야. 심지어 경찰청에 가서 보고할 때도 말일세. 갑자기 내가 공중에 손가락으로 내 이름을 불붙은 글자로 쓸 수 있다는 생각이 드는 거야. 자네라면 어떻게 하겠나? 쓰기 시작하면 바로 결과를 보게 되지. 청장의 눈앞에서 불붙은 글자들이 공중에 타올라, 시모노프, 시모노프…… 나는 놀란 눈으로 청장을 바라보지. 아니, 저 양반은 어떻게 이게 안 보이나? 그럼 그분이 내게 묻는 거야. '왜 그래, 자네? 어디 안 좋은가?' 겁나지, 물론."

언뜻 조용한 광기가 시모노프의 눈에 비쳤다. 그로 인해 얼굴은 훨씬 더 의미심장해 보였다.

뭔가 다른 것을 기대하며 내가 물었다.

"그거 말고 다른 건 없어요?"

그 또한 내게 반문했다.

"무슨 말을 하고 싶은 건가?"

그는 이상하게 죽었다. 밤에 두 시간가량 나와 같이 있었는데 그때만 해도 아주 건강했다. 그런데 낮 네시에 그는 정원의 그물 침대에 누워 죽었다.

바소프 동무가 찾아왔다. 머리를 붕대로 감은 어릿광대 같은 사람이 같이 왔다.

"날 몰라보겠소, 카라모라?" 그가 물었다.

그는 자신을 소개했다. 내가 탈출시켰던 사람 중 한 명이라고 했다. 나는 기억을 못했다. 감옥에 세 사람이 있었지.

바소프가 물었다. 그 탈출을 계획할 때도 기관에 협조하고 있었느냐고. 바보 같은 질문이다. 기관의 문서를 보면 그렇다는 것을 알 수 있지 않은가.

삼십여 분 정도, 그들은 해야 할 일을 하는 공정한 재판관의 어투로 나와 이야기를 나누고는 가버렸다.

어쩌면 그들이 내 목숨만은 살려둘지도 모른다. 재미있다. 남은 목숨으로 내가 무얼 할 것인가. 또 의문이 생긴다. 생명은 인간에게 처분권과 함께 주어진 것인가, 아니면 인간이 생명에게 마음대로 처리되는 것인가. 도대체 생명은 누구의 간계인가. 본질적으로 참 바보 같은 간계다.

그래, 나는 기관에 협조하면서 동지들에게 작은 만족을 주기도 했다. 감옥이나 유형지에서 탈출하게 해주었고 인쇄소와 문서보관소 등을 만들어주기도 했다. 이렇게 표리부동하게 행동한 이유가 나에 대한 불신을 씻어낸 다음 동지들을 보안기관에 넘겨버리기 위한 것은 아니었다. 거기에는 여러 가지 이유가 있었다. 때로는 동정심에, 때로는 호기심에(이것이 가장 중요했다. 즉 '그러면 어떻게 될 것인가?'라는) 나는 그들을 도와주곤 했다.

눈에는 '수정체'라는 게 있어 사물을 올바르게 볼 수 있다고들 말한다. 인간의 영혼에도 그런 수정체가 있어야만 한다. 하지만 그런 건 없다. 영혼에 수정체가 없다는 데 문제의 핵심이 있는 것이다.

정직하게 사는 습관? 그건 올바르게 느끼는 습관이다. 하지만 올바르게 느낀다는 것은 그것을 완전히 자유롭게 드러낼 수 있을 때에만 가능하다. 그런데 인간이 성자로 태어나지 않은 이상, 혹은 영혼의 장님으로 태어나지 않은 이상, 감정을 자유롭게 드러내는 일은 인간을 짐승이나 속물로 만들어버린다. 그래, 어쩌면 눈이 멀었다는 것, 그것은 성스럽다는 뜻이 아닐까?

나는 다 쓰지 않았다. 쓴 것도 모두 사실이 아니다. 그러나 더이상 쓰고 싶지 않다.

형사범들이 〈인터내셔널가〉를 부르고 있고, 복도의 간수가 나지막이 따라 부른다. 주질린, 우스운 성을 가진 사람이다.

우리 위원회에는 미로노바라는 놀라운 선동가 처녀가 있었다. 사샤의 친구였다. 마음이 얼마나 다정하고 굳건했던가! 예쁘다고는 할 수 없었지만 그보다 더 사랑스러운 여인은 보지 못했다. 왜 갑자기 그 여자가 생각나는 걸까. 나는 그 여자를 보안기관에 넘겼다.

생각의 흐름. 끊임없는 생각의 흐름.

그런데 만약 내가 오직 혼자 진실을 볼 수 있었던 그 어린애와 같다면?

'임금님은 벌거숭이야, 안 그래?'

또다시 내게 기어드는 생각들……
지긋지긋하다.

고뇌 속에 더욱 맑아진 영혼의 수정체를 찾아서

위대한 고통의 작가 막심 고리키의 단편문학

고리키, 고리키, 고리키

'고리키'는 러시아어로 '고통스러움, 쓰라림'을 뜻한다. 막심 고리키Максим Горький, 그러니까 '가장 고통스러운 사람'이라는 뜻으로 들리는 이 이름보다 더 강렬하게 작가의 삶과 문학을 표현하는 말이 또 어디 있을까?*

막심 고리키의 본명은 알렉세이 막시모비치 페시코프Алексей Максимович Пешков다. 그는 러시아 중부 지역 니즈니노브고로드에서 태어났다. 세 살 때 아버지가 돌아가시면서 외할아버지에게 맡겨진 어린 알렉세이는 초등학교 2학년을 갓 마치고 세상으로 내몰려 온갖

---

* 러시아어로 막시뭄(максимум)은 '가장' '최대'라는 뜻.

하층 직업을 전전하며 부랑자처럼 러시아를 떠돌아다녀야 했다. 그런 그가 맞닥뜨렸던 쓰라리고 잔혹한 현실, 출구가 없어 보이는 자신의 삶과 러시아의 현실에 대한 비극적인 인식, 바로 그것이 '막심 고리키'라는 필명에 함축되어 있다.

「마카르 추드라」로 등단한 고리키는 1898년 두 권의 단편 작품 모음집을 출간하면서 러시아뿐만 아니라 독일과 프랑스 등 전 유럽의 주목을 받기 시작했다. 깡마르고 허름한 차림새에 투박한 농민용 외투 하나를 걸치고 수도 페테르부르크에 나타난 막심 고리키는 당대 문학인들에게 말 그대로 '민중 속으로부터' 그대로 걸어나온 인물이었다. 거칠고 힘에 넘치는 그의 작품들은 세기말의 우울을 겪고 있던 러시아와 유럽 사회에 새로운 힘이자 동경의 대상으로 받아들여졌다. 최하층 부랑자 출신으로 당대 최고의 인기 작가가 된 고리키는 일약 러시아 저항문학의 상징으로 떠올랐고 1917년 러시아혁명 이후에는 러시아문화의 수호자로 불렸으며 말년에는 소련작가동맹의 초대 의장으로 선출되기까지 한다. 이렇게 민중 속에서 뒹굴며 살아온 그의 삶은 '고리키'라는 필명과 함께 세계문학 속에 하나의 신화로 아로새겨진 것이다. 불우한 어린 시절을 딛고 세계적 작가로 성장한 그의 문학적 이력은 세계문학사에서 다시 보기 힘든 대단한 입지전적 출세가 아닐 수 없다. 그런 점에서 '고리키'라는 필명은 고통스럽고 쓰라린 삶이 아니라 달콤한 성공이라는 역설적 의미로 들릴 법도 하다.

그러나 고리키는 문학적 출세에 도취되지 않는다. 세계적인 명성을 얻은 이후에도 그는 결코 평온하거나 달콤한 삶을 누리지 못한다. 그

에게 문학은 여전히 고통스러운 삶과 현실 속에서의 몸부림이었을 뿐
성공과 영예는 그다지 큰 의미를 지니지 않는 것이었다. 고리키는 억
압적인 전제정권에 대한 저항과 혁명운동에 대한 지원을 멈추지 않았
다. 이는 당연하게도 수차례의 투옥과 국외 추방으로 이어졌고 그의
작품들은 언제나 검열과 출판 금지 대상이 되기 일쑤였다. 삶과 현실
의 혁명적 변화를 꿈꾸는 고리키가 점차 전제정권과 직접적으로 충돌
하게 되는 것은 불가피했다.

1905년, 평화적인 권리 청원 시위를 폭력으로 짓밟은 '피의 일요일
사건'이 일어났다. 이에 대한 분노와 항의를 담아 고리키는 '전 세계
지식인들에게 보내는 호소문'을 작성하여 발표했고 이로 인해 체포,
투옥되고 만다. 전 세계 지식인들의 항의와 석방운동에 힘입어 풀려
난 고리키는 그러나 이후 8년여에 걸쳐 해외로 망명을 해야만 했다.*
하지만 고리키의 이런 수난은 그가 그렇게 오랫동안 갈망해마지않았
던 러시아혁명의 성공으로 끝나지 않는다. 혁명에 수반되는 잔혹한
폭력과 권력 남용, 대중의 무지한 힘의 분출과 문화 파괴가 고리키의
내면에 고통스럽고 불안한 감정을 불러일으킨 것이다. 볼셰비키와 폭
력적 혁명을 격렬하게 비난하던 고리키는 결국 볼셰비키 정권과의 불
화를 견디지 못하고 다시 한번 국외로 나가 10여 년에 걸친 '망명 아
닌 망명' 생활을 보내야 했다(공식적으로는 신병치료차였다). 그리고

---

* 이 기간 동안 고리키는 러시아 혁명운동 진영과 긴밀한 관련을 맺으며 물심양면으로
지속적인 후원을 아끼지 않는다. 특히 볼셰비키의 수장이었던 레닌과 고리키, 이 두 사
람은 사상적으로나 정치적으로 갈등을 빚으며 논쟁을 벌이기도 했지만 평생 서로를 인
정한 '험난한 우정'으로 유명하다. 그들은 혁명 이후 극적인 대립 속에서도 마지막 순간
까지 서로에 대한 인간적 신뢰를 잃지 않았다.

말년에 소련으로 귀국하여 스탈린 정권과 일정 부분 타협을 이룬 것 같았지만 1936년 의혹이 없지 않은 죽음을 맞이할 때까지, 그 이면에는 스탈린과의 갈등과 비밀스러운 정치적 행보 등 여전히 고뇌하고 '고통스러워하는' 고리키가 숨어 있었다.

그의 운명적 고난은 여기서 멈추지 않는다.

고리키 사후 소련 정권은 문화 예술 분야에서 고리키를 레닌에 버금갈 정도로 추앙하고 신격화했다. 그는 레닌을 비롯한 혁명의 수장들과 나란히 크렘린 묘지에 안장되었고 그가 태어난 도시는 고리키 시로 개명되었다. 모스크바의 중앙로, 수많은 극장과 대학 등에 고리키라는 이름이 새겨지고 전국 곳곳에 그의 동상이 세워졌으며, 그의 문학작품은 초등학교에서부터 대학에 이르기까지 감히 넘볼 수 없는 고전의 반열에 놓였다. 수많은 학자들의 과도한 평가와 입에 발린 수사가 뒤를 이은 것은 당연했다. 이런 상황을 잘 보여주는 일화가 있다. 고리키가 젊은 시절에 떠돌아다닌 한 도시에서 그를 기념하여 동상을 세우기로 결정했다. 조각가는 당연히 부랑자 시절의 허름한 옷차림과 헝클어진 긴 머리로 고리키를 형상화했다. 그러나 동상이 세워지자 지역 정치위원회에서 '위대한 소련문학의 창시자, 전 세계 프롤레타리아 문학의 아버지'인 '위대한 고리키'가 저렇게 허름하고 지저분한 차림으로 서 있을 수 있겠느냐고 문제를 제기했고 급기야 고리키의 머리를 단정하게 자르라는 결정이 내려졌다. 웃어넘길 수만은 없는 이 우스운 일화는 소련에서 고리키의 운명이 어떠했는지를 단적으로 말해준다. 단정하게 이발한 고리키, 그는 자신의 진정한 내면의 모습과 진정한 문학세계와는 멀리 떨어진 곳에서 머쓱한 모습으로

'고통스럽게' 서 있을 수밖에 없었던 것이다.

1991년, 소련의 몰락은 이제까지와는 정반대의 시련을 몰고 온다. 소련 시절에 대한 무조건적인 무고와 부정의 회오리를 고리키 역시 피해갈 수 없었던 것이다. 곳곳에서 고리키 동상이 끌어내려지고 고리키로 명명된 도시가 다시 개명되는 등 고리키에 대한 명예 찬탈이 격렬하게 진행됐다. '고리키가 어떻게 스탈린에 매수되었는지' '스탈린의 하수인이 되어 얼마나 못된 짓을 많이 저질렀는지' '실제로는 별 예술성이 없는 그의 문학이 얼마나 이데올로기적으로 부풀려졌는지'를 무고하는 기사들이 수많은 문학지의 지면에 연일 가득 넘쳐났다.

그러나 이러한 격정과 소란은 오래가지 못했다. 10년이 채 되지 않아 러시아 문학계는 다시 차분히 고리키에 주목하기 시작한다. 과연 진정한 고리키는 누구였는가, 그의 문학은 어디에 있는가. 이념적 회오리에 사로잡히지 않은 보다 냉정한 재평가 속에 고리키는 새롭게 다시 태어나기 시작했다. 새로운 전기가 여러 권 발간되었고 작품세계를 새롭게 조명하는 의미 있는 연구들이 발표되었다. 감춰져 있던 각종 문서들이 공개되면서 고리키의 문학활동과 정치활동의 진면목도 보다 정확하게 드러났다. 오늘날 이 위대한 고통의 작가, 거인과도 같은 작가 고리키를 러시아문학의 위대한 주춧돌 중 하나로 꼽는 데 주저하는 독자나 문학자를 찾아보기란 쉽지 않을 것이다.

보샤키의 적극적 행동주의와 그 뒷모습

—「거짓말하는 검은방울새와 진실의 애호가 딱따구리」「첼카시」「이제르길 노파」

고리키 문학세계를 몇몇 단편으로 가늠해보기란 쉽지 않은 일이다. 단편뿐만 아니라 수많은 장편소설과 희곡, 문학론과 시평 들이 매우 다양한 스펙트럼을 형성하고 있기 때문이다. 그럼에도 불구하고 고리키가 단편에서 빼어난 예술성을 보여주고 있다는 일반적 평가를 고려하면 대표 단편들을 통해 고리키 문학의 특성과 현대적 면모의 일단을 맛보는 것도 불가능한 일만은 아닐 것이다. 하지만 이제까지 고리키 단편을 소개한 많은 단편집들은 대체로 초기 작품들에 집중되어 있거나 혹은 별다른 선별 관점이 없는 모음집이었다는 점에서 고리키 단편 세계의 진면목을 감상하는 데 아쉬운 점이 없지 않았다. 이런 점에서 이 책은 초기에서 중기, 후기로 가며 변화하는 고리키 문학의 전모를 파악하고 현대적 해석의 가능성을 살펴볼 수 있는 대표 단편선이라는 점에서 작지 않은 의미를 가진다고 말할 수 있을 것이다.

우리나라에 처음 소개되는 「거짓말하는 검은방울새와 진실의 애호가 딱따구리」를 맨 처음 배치한 것은 고리키 초기 문학의 새로운 측면을 보여주고자 하는 뜻에서다. 고리키를 혁명의 문학가로만 알고 있는 독자, 특히 『어머니』만을 알고 있는 독자라면 이 단편을 처음 펼치고 낯선 인상을 받을지도 모르겠다. 그러나 산문시와도 같은 이 단편은 고리키가 초기부터 인간의 삶과 이념의 문제가 간단치 않다는 진실을 상당히 깊이 인식하고 있었음을 잘 보여준다. 음침한 숲속에서 까마귀의 절망적인 노래만 들으며 살아가는 새들에게 숲을 벗어나 따뜻하고 먹을거리가 많은 들판으로 나아가자고 용감하게 노래하는 검은방울새, 이런 노래를 듣고 많은 새들이 고무되어 용기를 내려던 차에 저 말은 거짓이며 어디에도 그 말을 뒷받침할 증거가 없다며 진실을 똑바로 봐야 한다고 반박하는 진실의 애호가 딱따구리. 고리키는 누구의 손을 들어줄 것인가. 고리키라는 작가의 특성을 조금이라도 알고 있는 독자라면 작가의 시선이 검은방울새에 닿아 있음을 어렵지 않게 짐작할 수 있을 것이다. 그러나 작가의 말은 마지막 부분에 다소 냉소적으로 부가되어 있을 뿐, 대립된 두 견해는 각자의 뚜렷한 논지에 근거하여 나름대로 독립적인 형상으로 제시되어 있다. 다시 말해 딱따구리의 입장 역시 작가의 의견에 의해 왜곡되지 않고 최대한의 가능성을 담은, 부정하기 힘든 객관적 진리로 형상화되어 있는 것이다. 고리키는 초기 작품에서부터 인간의 이념과 특성을 예민하게 파악하고 모순적 양립성 자체에 주목하는 지적인 면모를 보여주고 있다. 그럼에도 불구하고 작품의 끝에서 작가가 덧붙이는 냉소적인 말만 보고 작품의 이념을 폐쇄적이고 단일한 것으로 결론을 내린다면 이는 다소 성급한 일이 아닐 수 없다. 고리키는 어떤 이념에 경도되어 있을 때조차 그 반대편을 냉정하게 응시함으로써 자기 이념이 잘못되었을 수 있다는 성찰을 놓치지 않는 작가다.

고리키가 초기 10여 년 동안 발표한 단편들은 대부분 집 없이 떠돌아다니거나 보잘것없이 사는 사회 하층민을 대상으로 한다는 점에서 보통 '부랑자 문학' 혹은 '보샤키босяки* 문학'으로 불린다. 등장인물에는 어린 시절부터 정규 학교를 다니지 못하고 온갖 하층 직업을 전전하며 떠돌아다니면서 인생 수업을 한 작가의 개인적 체험이 그대로 묻어나고 있다.

부랑자 문학은 당시 급속하게 진행된 러시아 자본주의 산업화 과정, 즉 농촌이 해체되고 농촌 인구가 도시로 집중하는 과정에서 다량으로 발생한 산업예비군 계층에 대한 문학적 반영이다. 산업사회로 접어드는 초입에서 새롭게 형성된 러시아의 독자들은 섬세하지만 장황한 기존의 '고전적' 러시아 리얼리즘 작품보다 짧고 속도감 있게 진행되는 사건과 즉각적이고 적극적인 행동으로 나아가는 고리키의 주인공들에 환호했다. 고리키 문학은 1880년대 러시아 사회의 침체와 우울한 전망을 거부하고 1890년대의 새로운 사회 상황과 분위기에 적극적으로 부응했던 것이다.

「첼카시」와 「이제르길 노파」의 주인공들 역시 농촌에서 내쫓겨 항구나 도시 주변, 건설 현장, 초원지대를 떠도는 인물이다. 첼카시는 농촌 출신으로 항구 주변을 떠도는 부랑자 도둑이다. 도둑질에 대한 윤리적 죄책감 같은 것은 전혀 가지고 있지 않다. 그러나 그는 물욕에 사로잡혀 인간성까지 상실한 인간은 아니다. 첼카시는 역시 농촌 출신인 가브릴라에게 한편으로 동정을 보내면서 다른 한편으로는 그 지나친 탐욕을 경멸한다. 그는 돈을 벌기 위해 농촌을 떠나온 소심한 가브릴라를 부추겨 도둑질에 끌어들인 뒤 번 돈을 나누어준다. 그러나 가브릴라는 첼카시의 몫까지 달라며 애걸하다가 첼카시의 머리를 돌로 내리쳐 쓰러뜨린 뒤 달아난다. 양심의 가책을 받고 되돌아온 가브

---

* 러시아어로 부랑자, 하층민, 맨발로 떠도는 사람들이라는 뜻.

릴라는 용서를 빌며 첼카시 앞에 무릎을 꿇는다. 그러나 첼카시는 가브릴라에게 돈을 뿌리며 소리친다.

첼카시가 (…) 얼굴에 돈을 내던졌다.

"주워! (…) 사람 하나 죽일 뻔했다고 부끄러워할 거 없어! 나 같은 놈 죽었다고 누가 찾지도 않아. 그저 감사합니다, 하겠지. 자, 어서 주워!"

가브릴라는 첼카시가 웃는 모습을 보고 마음이 조금 가벼워졌다. 그는 돈을 손에 꽉 움켜쥐었다.

"아저씨! 절 용서해주시는 거죠? 그렇죠? 예?" 가브릴라가 울먹였다.

"이봐!……" 첼카시가 비틀비틀 일어서며 대답했다. "용서하고 말고가 어딨어? 오늘은 네가 나를, 내일은 내가 너를……"

(…)

첼카시가 걸음을 옮기며 비웃듯이 말했다.

다리가 떨리고 걸음이 비틀거렸다. 그는 머리를 잃어버릴까 걱정이라도 된다는 듯이 머리를 잡고 이상한 모습으로 걸었다.

(…)

가브릴라는 그가 빗속으로 사라질 때까지 눈을 떼지 못하고 하염없이 그의 뒷모습을 바라보았다. 쏟아붓는 빗줄기는 점점 더 굵어졌고 그가 사라진 초원은 짙은 안개 탓에 강철 벽을 두른 것만 같았다.

이윽고 가브릴라는 비에 젖은 모자를 벗어 들고 성호를 그었다.

그리고 손에 쥔 돈을 바라보며 홀가분하다는 듯 깊은숨을 몰아쉬더니 품속에 돈을 감춰넣었다. 그러고는 첼카시가 사라진 반대 방향으로 성큼성큼 씩씩하게 걸어갔다.

초기 작품세계의 특징을 아주 잘 보여주는 장면이다. 첼카시는 비록 도둑이지만 소심한 가브릴라에 비해 대담하고 로맨틱하기까지 하다. 돈을 뺏으려고 자신을 공격한 가브릴라에게 오히려 돈을 던져주며 아무런 응징도 가하지 않는다. 여기에 농민적 세계관에 대한 결별과 기존의 도덕률에 대한 거부가 함께 담겨 있음은 물론이다. 바로 이 첼카시의 모습은 분명한 방향을 가지고 있지는 않지만 개인적 차원에서 강렬한 저항과 자유를 추구하는 초기 단편의 주인공들을 대표한다.

그러나 오늘날 우리는 첼카시의 이 적극적인 행동 이면에서 아주 의외의 작가적 태도를 감지할 수 있다. 고리키는 자연을 묘사함에 있어 전통적인 사실적 묘사를 중시하기보다 인물과 상황의 변화를 적극적으로 반영하므로 신낭만주의적 경향을 띤다고 평가된다. 이를테면 즐겁고 유쾌한 상황 전개를 암시하며 바다나 태양이 웃음을 짓는다고 표현하는 식이다. 「첼카시」에서도 이런 태도는 유감없이 발휘된다. 음울한 노동 환경을 묘사하며 하늘이 무겁게 회색으로 내려앉는다고 묘사하고 주인공들의 평온한 마음 상태와 더불어 바다는 "부드럽게 숨쉬며" "노동자처럼 단잠을 잔다". 그런데 '영웅적으로' 가브릴라에게 돈을 뿌리고 돌아서는 첼카시 뒤에 남은 바다는 어떠한가.

바다는 포효하고 거대한 파도는 백사장을 덮치며 포말로 부서지고 물보라를 일으켰다. 폭우는 쉴 없이 바다와 대지를 때리고······ 바람은 울부짖었다······ 세상은 온통 울부짖음과 아우성, 굉음으로 가득찼다. 이제 바다도 하늘도 보이지 않았다.

첼카시가 쓰러졌던 자리의 붉은 핏자국도 첼카시와 젊은이가 서 있던 흔적도 금세 비와 파도에 씻겨나갔다. 그리하여 그 황량한 해변에 두 사람 사이의 작은 드라마를 추억할 만한 것은 아무것도 남지 않았다.

거대한 파도가 밀려오고 바람이 울부짖고 바다도 하늘도 경계가 없다. 첼카시의 흔적은 이내 파도에 씻겨나가고 황량한 해변에는 그를 기억할 만한 것은 아무것도 남지 않는다. 이런 자연 묘사는 분명 작가적 시선이 풍부하게 담겨 있는 것으로, 이 사건을 바라보는 작가의 이념적 정조情操를 드러내는 부분이라고 말할 수 있다. 그런데 적극적으로 행동하고 나름대로 영웅적인 모습을 보여준 주인공의 뒷모습치고는 너무 쓸쓸하지 않은가. 게다가 첼카시는 비틀거리며 떠나가고 있다. 반면 그와 맞섰던 가브릴라는 "반대 방향으로 성큼성큼 씩씩하게" 걸어간다. 첼카시의 정신과 대립되는 가브릴라는 첼카시의 영혼에 전혀 감염되지 않은 모습이다. 적극적 행동주의의 대표적 형상인 첼카시의 뒷모습이 우수와 허무에 젖어 있을 뿐 그 행동은 어디에도 강인한 흔적을 남겨놓지 못하고 있는 것이다. 바로 이런 부분, 가브릴라의 탐욕을 경멸하면서도 어쩔 수 없는 인간의 본능을 깊이 이해하며 떠나갈 수밖에 없는 첼카시의 뒷모습과 그들의 흔적을 쓸어가는 폭우의 이미지는 적극적 행동주의의 밝은 전망과는 다소 어긋나는 정조를 담고 있다. 이것이야말로 오늘날 고리키 문학세계를 새롭게 이해하기 위해 주목해야 할 중요한 단서다.

「이제르길 노파」에서 노파가 '나'에게 들려주는 전설에 등장하는 단코 역시 적극적인 행동과 의지의 표상이다. 단코는 다른 부족에 의해 내몰린 동족을 이끌고 새로운 삶의 터전을 찾아 떠나는 지도자다. 그러나 확신에 찬 그의 영도를 믿고 따르던 동족은 고난의 연속 끝에 그의 신념을 의심하고 불신과 절망에 빠진다. 그러자 단코는 자신의 가슴을 열어 심장을 꺼내 보인다.

심장은 태양처럼 선명하게, 아니 태양보다 선명하게 불타올랐고, 사람들을 향한 위대한 사랑의 횃불에 숲 전체는 일순 숨을 멈췄지. 그 빛에 산산이 부서진 어둠은 숲 저편 깊숙이 날아가 썩은 늪지의 아가리 속으로 바르르 흔들리며 빨려들어가버렸어.

실의에 빠져 있던 사람들은 불타오르는 단코의 심장을 바라보며 그의 뒤를 따라 돌진한다. 사람들은 계속해서 죽어갔지만 모두 용감하게 달려갔고 불평이나 눈물은 없었다. 단코는 여전히 앞장을 섰고 그의 심장도 여전히 활활 타올랐다. 부족은 마침내 갖은 신고 끝에 새로운 땅에 다다른다.

돌연 숲이 활짝 열리고, 그 꽉 막히고 답답했던 숲이 등뒤로 멀리 사라지는 게 아니겠어. 단코와 사람들은 햇빛의 바다와 비에 씻긴 신선한 대기 속으로 뛰어들어갔어. 그들 뒤, 저 숲 위에서는 번개가 번쩍였지만 여기 이곳에서는 태양이 밝은 빛을 뿌리고, 초원이 숨을 쉬며, 보석같이 영롱한 이슬을 머금은 푸릇한 풀들이 반짝였지. 황금빛으로 빛나는 강물도 흐르고…… 저녁 무렵이었어. 강물에 비친 석양이 단코의 찢긴 가슴에서 뜨겁게 흘러내리는 선혈처럼 붉디붉었지.

영웅적이고 헌신적인 행동으로 종족을 구한 지도자 단코의 신화적인 모습은 너무나 아름답다. 이와 같은 단코의 형상은 고리키 문학 전반에 나타나는 주인공의 원형이라고까지 말할 수 있다. 단코와 같은 인간상, 신념과 확신에 찬 인간상, 인간에 대한 강한 믿음을 지니고 동족을 위해 자신의 심장까지도 꺼내 보이는 인간상 속에는 당대 러시아 사회의 혁명적 변혁을 가져올 영웅적 인간상이 담겨 있으며, 그러한 인간(개인이든 집단이든)의 도래를 꿈꾸는 고리키의 열망이 담겨 있는 것이다. 단코는 혁명가의 용기와 희생에 대한 메타포가 되어 당대 러시아 혁명가들에게 널리 사랑을 받고 이후 고리키 문학의 영웅적 혁명가상을 예감하는 가장 대표적인 형상이다.

그러나 바로 이어지는 주인공의 비극적 최후와 그 뒷모습은 어떠한가.

당당한 용사 단코는 눈앞에 광활하게 펼쳐진 초원을 바라보았어. 그는 자유로운 대지를 향해 기쁨에 찬 시선을 던지며 당당하게 웃음을 터뜨렸지. 그리고 쓰러져 죽었어.

기쁨과 희망에 겨운 사람들은 아무도 단코의 죽음을 알지 못하고, 단코의 시체 옆에서 여전히 불타고 있는 그의 용감한 심장 또한 보지 못했어. 다만 어느 소심한 사람 하나가 그걸 보았고, 왠지 겁이 났던지 그 당당한 심장을 발로 밟아 불을 꺼버렸지…… 그러자 그 심장은 수많은 불꽃으로 흩어져 사라져버렸어……

새로운 대지를 찾은 사람들은 기쁨과 희망에 가득찬 나머지 단코가 '확 트인 대지에 기쁨에 찬 눈길을 던지고는 의연히 미소 지으며 쓰러지는' 것을 알아채지 못했고 단코의 주검 옆에서 그의 용감한 심장이 여전히 불타고 있는 것도 보지 못했다. 어떤 소심한 사람만이 왠지 두려운 마음에 심장을 발로 밟아버렸을 뿐이다. 그러자 심장은 불꽃으로 흩어져 스러져갔고 이후 뇌우에 앞서 초원에는 담청색 불빛이 나타난다. 앞서 첼카시의 운명처럼 우리는 여기서도 서늘하고도 비극적인 운명의 이미지를 지워버리기 힘들다. 동족의 운명을 구하고 쓰러지는 영웅의 모습이야 숭고한 희생을 강조한 것이라 해도, 왜 동족들은 자신들의 영웅과 승리의 기쁨을 같이하지 않고 심지어 불타고 있는 심장을 소중히 받들기는커녕 발로 밟아 꺼버린 것일까. 이런 부분에서 영웅적 지도자와 민중의 엇갈린 비극적 운명에 대한 작가의 역사적 예감 같은 것, 어떤 혁명도 대중의 이반離反을 피하기 힘들다는 비극적 인식을 읽어낸다면 너무 과장된 해석일까. 그러나 「거짓말하는 검은방울새와 진실의 애호가 딱따구리」「첼카시」 등에서 보았던 이념과 삶의 모순적 양립성이 여기서도 분명히 그 흔적을 남기고 있다는 사실을 전적으로 부정하기는 힘들다.

노동과 소외, 보다 구체적인 현실 속으로
— 「스물여섯 명의 사내와 한 처녀」 「첫사랑」

고리키 문학 초기의 부랑자 주인공들은 중기에 접어들면서 보다 구체적인 사회계층으로 변모한다. 장편 『어머니』의 혁명적 노동자들이 그 대표적인 형상이다. 「스물여섯 명의 사내와 한 처녀」 역시 중기를 열어가는 고리키 문학의 발전 양상을 잘 보여준다.

지하실의 답답한 빵공장에서 일하는 스물여섯 명의 노동자들은 아무 희망도 없이 우울하게 하루하루를 살아간다. 그런 그들에게 매일 아침 빵을 얻으러 찾아오는 처녀 타냐는 유일한 즐거움이자 삶의 이유다. 그런데 어느 날 이웃 빵공장에 멋쟁이 빵구이가 나타나고 그는 즉시 주변 여공들의 시선을 한몸에 받는다. 그 사내가 자신들의 모습과는 전혀 다르다는 점에 시기심을 느끼면서, 그리고 자신들의 우상인 타냐는 그런 사내에게 마음을 뺏기지 않을 거라 확신하면서, 지하실의 노동자들은 타냐를 유혹할 수 있을지를 두고 그 사내와 내기를 벌인다.

이 작품에서 우선 주목할 것은 주인공들이 정착노동자라는 점과 노동현장에 대한 묘사가 매우 세밀하고 구체적이라는 점이다. 여전히 고리키 특유의 낭만주의적 묘사가 남아 있기는 하지만 세부묘사의 밀도와 사실성이 돋보이기 시작하는 것이다.

지하실의 창문 바깥에는 창문보다 조금 낮은 움푹한 마당이 이어져 있었다. 그 마당 바닥에는 벽돌이 깔려 있었는데 습기 때문에 초록색 이끼가 잔뜩 끼어 있었다. 창틀 바깥에는 철망이 설치되어 있었고 유리창에는 먼지가 가득 덮여 햇빛조차 스며들 수 없었다.

(…)

그을음과 거미줄로 덮인 낮은 천정이 무겁게 짓누르는 이 돌상자 속에서 스물여섯 명이 생활하는 것은 좁고 숨이 막히는 일이었다. 얼룩덜룩한 찌든 때와 곰팡이 따위가 덮여 있는 두꺼운 벽 속에 갇힌 삶이란 역겹고 힘겹기 짝이 없었던 것이다. 우리는 새벽 다섯시에 일어나야 해서 늘 잠이 부족했다. 여섯시면 우리는 멍하게 아무 생각 없이 작업대 앞에 앉아 우리가 잘 때 다른 동료들이 만들어놓은 반죽으로 크렌델리를 만들기 시작했다. 그렇게 새벽부터 밤 열시까지, 한 무리는 작업대 앞에 앉아 굳어지는 몸을 흔들어가며 탄력 있는 반죽을 손으로 잡아 늘이고 다른 한 무리는 밀가루에 물을 부어 반죽을 만든다.

이렇게 노동현장의 열악한 모습이 구체적으로 그려지고 노동자들의 심리 역시 구체적으로 묘사된다. 개인적 자유를 갈망하지만 이유와 방향이 모호했던 초기 단편 세계가, 제한된 노동현장에서의 억압된 심리와 분출이라는 매우 현실적 형상으로 변화되고 있는 것이다.

간혹 우리는 노래를 부른다. 우리의 노래는 이렇게 시작되곤 한다. 일을 하다가 누군가 갑자기 피로에 지친 말처럼 깊게 한숨을 내쉬고 느릿한 노래를 조용히 흥얼거리기 시작한다. 처량하고 부드러운 노랫가락은 답답한 가슴을 조금이나마 달래주는 법이다. 한 사람이 그렇게 노래를 부르면 다들 처음에는 말없이 그 쓸쓸한 노래를 듣기만 한다. 그 노래는 마치 납빛 지붕 같은 회색 하늘 아래 초원에 피워놓은 습한 가을밤의 작은 모닥불처럼 지하실의 무거운 천장 아래로 훅 하고 피어올랐다가 사그라진다. 그러면 다른 사람이 그 노래에 따라붙고 두 사람의 목소리가 비좁고 답답한 동굴 속을 조용히 구슬프게 떠다닌다. 그러다가 갑자기 여러 명의 목소리가 노래를 이어받으며 노래는 파도처럼 끓어올라 점점 더 힘차게 커진다. 마치 돌 감옥의 축축하고 육중한 벽을 밀쳐버리기라도 할 듯이……

고리키는 노동자의 구체적 현실과 그 현실 속에서 태어나는 노동자의 감성을 미세하게 표현하고 집단으로서의 노동자가 가지는 심리를 파헤쳐감으로써 노동자 문학가로서의 면모를 서서히 드러내기 시작한다. 그러나 이 시기에는 집단으로서의 노동자에 대한 동정이나 공감, 이데올로기적인 상징화로 나아가지는 않는다. 즉『어머니』의 사회주의 혁명가 형상은 아직은 미래인 것이다. 다만 여기서 새롭게 주목해볼 것은 노동자들이 자신들의 희망이자 사랑의 상징, 우상이었던 타냐를 두고 불필요한 내기에 나섰다가 그 대가를 뼈저리게 체험한다는 점, 그런 노동자들에 대해 타냐가 강렬하게 저항의 몸짓을 보인다는 점, 그리하여 그들의 이상과 현실이 극적으로 갈린다는 점이다. 앞서의 단편들에서 본 것처럼 이 작품에서도 주체의 용기와 이상이 실제 현실과 커다란 간극을 두고 형상화되고 있는 것이다. 고리키는 노동현실과 노동자 심리에 대해 이상화, 혹은 이데올로기화로 나아가는 서사를 선택하지 않는다. 이런 주제와 사건을 다루면서 이토록 냉정하게 노동의 고단함과 피폐화된 인간성을 내부적 시선으로 그려낼 수 있는 것은 아마도 그런 노동을 뼈저리게 체험한 사람에게만 가능한 일일지도 모른다.

현실에 대한 세밀한 묘사와 현실 속에서의 심리 포착은 중기 이후 고리키 문학의 핵심을 이룬다. 『포마 고르제예프』와 『어머니』, 자전적 삼부작 『어린 시절』 『세상 속으로』 『나의 대학』, 그리고 『이탈리아 이야기』 『오쿠로프 도시 연작』 등은 고리키 문학 리얼리즘의 절정을 이루고 있다. 단편 「첫사랑」은 혁명 이후인 1923년에 발표된 작품으로, 시기적으로는 후기에 속한다고 할 수 있지만 그 주제와 창작 경향은 중기 문학의 연속선 위에 있다.

「첫사랑」은 작가 자신의 개인적 경험을 다룬 자전적 연작으로, 사랑에 눈뜬 순수한 젊은이의 끓어오르는 열정과 자기 연민, 그리고 삶의 의미를 되묻는 자기 성찰과 분석을 아름답게 그려낸다. 상당히 솔직한 자세로 청년 시절 첫사랑의 열병을 회상하고 있는 셈이다. 자신을 주인공으로 한다는 것, 즉 자전적 작품을 쓴다는 것은 그만큼 한 인간의 내면을 충실하고 풍부하게 그릴 수 있다는 장점을 지닌다. 대상이 자기 자신일망정 어쨌든 인간의 미묘한 심리를 깊이 파헤쳐나갈 수 있는 형식인 것이다.

만일 진짜 나 자신을 찾아낸다면 그건 정말 온갖 이상한 생각과 감정이 뒤범벅되어 혐오스럽고 끔찍한, 눈뜨고 볼 수 없는 놈일 거라고 생각했다. 그런 놈이 마음의 여인 앞에 서 있다면 그녀는 얼마나 놀라고 두려워할 것인가. 나는 이런 나를 어떻게든 해야 했다. 나는 바로 이 여인이 진정한 나 자신을 느낄 수 있게 해줄 수 있을 거라고 확신했다. 그뿐만 아니라 이 여인은 삶에 대한 저 어두운 생각들로부터 벗어나게 해주고 내 영혼의 무거운 짐을 영원히 벗어버리도록 마법을 부릴 수 있는 사람이라고 확신했다. 그녀는 위대한 힘, 위대한 기쁨의 불꽃으로 내 앞에 타오를 것이었다.

(⋯)

아주 어린 시절 언젠가, 현실의 경계 저 너머 아득한 곳에서 아주 강렬한 영혼의 폭발을, 달콤한 전율의 감각을 체험한 적이 있었다. 아니, 그것은 어떤 조화의 예감 같은 것이라고 해야 더 옳을 것이다. 그것은 마치 아침에 아주 환하게 떠오르는 태양과도 같은 기쁨이었다. 어쩌면 그것은 내가 어머니 뱃속에 있을 때 어머니의 신경 에너지의 행복한 폭발이 뜨거운 충격으로 내게 전해지면서 나의 영혼이 창조되고 나의 영혼이 생명을 향해 최초로 불타오르기 시작했을 때의 느낌이었을지도 모른다. 내가 평생 여자에 대해 어떤 특별한 것을 고대해마지않았던 까닭은 어쩌면 어머니와 관련된 이 황홀한 행복의 느낌과 기억 탓이었을 것이다.

사랑에 대한 젊은이의 환상, 그리고 자신의 감각에 대한 감성적인 리얼리티가 잘 나타나는 부분이다. 인간과 환경에 대한 구체적인 묘사와 인간의 내면과 감각에 대한 포착이라는 고리키 중기 문학의 특성을 잘 보여주고 있는 것이다. 그러나 언제나 그렇듯이 고리키는 여기에 머무르지 않는다. 현실과 그 속에서의 인간에 대한 묘사는 항상 극적

아이러니로까지 나아간다. 대상이 자기 자신인 경우에도 예외가 없다. 이를테면 주인공의 사랑 고백과 여인의 결별 선언이라는 극적인 사건 속에서조차 전혀 예기치 못한 우습고도 슬픈 상황이 전개된다.

　모든 것이 아주 슬프고도 또 좋았지만, 그때 뭔가 저속하고도 우스꽝스러운 일이 벌어지고 말았다.
　내 바지는 허리춤이 너무 커서 나는 옷을 접어 3인치나 되는 커다란 구리 핀으로 고정하고 다녔다. 오늘날엔 그런 핀을 쓸 일이 없을 테니 사랑에 빠진 가난한 사람들에게 참 다행스러운 일이 아닐 수 없다. 그런데 이 빌어먹을 핀 끝이 쉴새없이 내 살갗을 콕콕 찔러대다가 내가 몸을 잘못 움직이는 탓에 그대로 침 전체가 옆구리를 푹 찌르고 들어간 것이다. 나는 어찌어찌 그녀의 눈에 띄지 않게 핀을 뽑아내긴 했지만 깊은 상처에서 피가 뭉클뭉클 흘러나와 바지를 적시는 느낌에 하얗게 질리고 말았다. 나는 내의를 따로 입고 있지 않았고 요리사 윗도리는 짤막해서 허리춤까지밖에 가리지 못했다. 피에 젖어 몸에 달라붙은 바지를 입고 어떻게 일어서서 걸어간단 말인가.
　꼴이 우습게 되었다고 생각하면서, 게다가 부끄러운 모양새가 되었다는 사실에 나는 몹시 당황했다. 나는 미친 사람처럼 부르르 떨며 자신이 할 역할을 잊어버린 배우처럼 이상한 목소리로 마구 지껄여대기 시작했다.

사랑하는 여인 앞에서 조금이라도 낭만적이고 멋지게 보이고 싶은 마음에도 불구하고 주인공의 현실은 전혀 그렇지 못했다. 제대로 옷을 갖춰 입을 형편이 아니었던 그는 핀으로 바지를 고정하고 다녔는데 그 핀이 옆구리를 찔러 피를 흘리게 만든 것이다. 차마 내색을 할 수 없었던 주인공은 당황해서 횡설수설하고 여인이 먼저 떠난 다음 혼절해버리고 만다. 이 장면은 훗날 다시 재회하여 함께 살게 되지만 문학을 전혀 이해하지 못하는 여인과 여인의 세속성에 마음이 식어버린 주인공의 운명적 엇갈림을 역설적으로 상징하는 것만 같다. 삶은 언제나 아이러니하기 마련이고 구체적으로 묘파해갈수록 그 아이러니는 본질적으로 깊어질 수밖에 없다. 그런 점에서 이 부분은 고리키의 예술적 현실 인식과 묘사의 특징을 전형적으로 보여주고 있다고 평가해도 무리는 아닐 것이다.

혁명과 인간, 그 깊은 심연 속으로

— 「은둔자」 「카라모라」

1917년 러시아 사회주의 혁명은 누구 못지않게 그것을 예고하고 기다려왔고 또 직접적으로 지원했던 '혁명의 바다제비'* 고리키에게 당연히 적극적으로 환영받을 일이었다. 게다가 적극적 행동주의와 이

---

* 고리키의 산문시 「바다제비의 노래」에서 유래한 중기 이후의 별명으로, 고리키 문학의 혁명성을 바닷가에서 가장 높이 올라 폭풍우를 예고하는 바다제비에 비유하고 있다. 이 산문시의 여러 구절은 혁명 팸플릿 등에 자주 이용됨으로써 고리키를 규정하는 신화적 기표로 작용한다.

성적 의지에 입각한 영웅적 실천을 노래하던 고리키에게 혁명은 나름 대로 시적인 찬양의 대상이 될 수도 있었다. 그러나 1917년 혁명 과정을 지켜보던 고리키는 천만뜻밖에도 『신생활』을 통해 혁명을 가혹하게 비판하기 시작한다. 「시의에 맞지 않는 생각들」이라는 칼럼을 통해, 고리키는 레닌과 트로츠키 등 혁명의 지도자들이 권력욕에 사로잡힌 냉혹하고 무자비한 인물이며 이들에 의해 선동을 받은 프롤레타리아트는 무지한 폭력과 테러에 사로잡힌 군중이라고 공개적으로 비난하고 나선 것이다.

레닌과 트로츠키, 그들의 측근들은 이미 권력이라는 썩어빠진 독에 중독되었다. 민주주의가 투쟁해서 얻은 모든 권리와 언론, 개인의 자유에 대한 그들의 파렴치한 태도가 이 사실을 확실히 증명해주고 있다.
맹목적인 광신자들과 비양심적인 모험가들은 마치 '사회혁명'의 노선을 따라 쏜살같이 질주하고 있는 듯하다. 그러나 이 노선은 무정부 상태와 혁명, 프롤레타리아트를 파멸로 이끄는 길이다.

비록 혁명 과정의 혼란함과 참혹한 학살, 폭력에 커다란 충격을 받고 쓴 글이라고는 하지만 레닌과 고리키의 매우 깊은 우정(비록 '험난한 우정'이었다 해도)과 신뢰를 생각하면, 그리고 고리키 자신이 늘 사회주의 혁명을 지지하고 직접적으로 지원해왔다는 점을 생각하면 이와 같은 격렬한 비난은 너무나 뜻밖의 것이 아닐 수 없었다. 이는 혁명 후 엄혹한 정치 상황에서, 아무리 고리키라 해도 매우 위험한 발언이었다. 결국『신생활』은 폐간되고, 정부와의 타협 속에서 고리키는 창작 활동보다 문화사업과 문예조직사업 등에 더 많은 노력을 기울인다. 그런 중에도 정부에 대한 비판적 발언과 정부 정책에 대한 개입 등 문제 제기를 멈추지 않았고, 고리키는 마침내 레닌의 강권에 의해 해외로 '망명'하지 않을 수 없었다. 공식적으로는 신병 치료라는 명목이었다. 1921년 독일을 거쳐 이탈리아의 소렌토에 정착한 고리키는 소련의 정치 상황에 대해 거의 발언하지 않고 칩거한다. 그러나 레닌 사후 집권한 스탈린의 집요한 회유와 설득하에 1928년 소련으로 여행을 하고, 1931년에는 영주귀국하여 소련작가동맹 초대 의장으로 추대된다.

이 시기 고리키의 내면에 어떤 변화가 일고 있었는지, 혁명을 체험한 이후 혁명과 인간을 대하는 관점에 어떤 변화가 있었는지는 개인 고리키의 문제이기 이전에 혁명과 혁명 과정에 대한, 그리고 그 속에서의 인간에 대한 미묘하고 복잡다단한 역사적 문제이기도 하다. 당시 그의 예술적 내면은 단편「은둔자」와「카라모라」에 잘 나타나 있다. 이 작품들은 혁명 이후 집필한 단편들은 모은『1922~1924년 단편집』에 포함되어 발표된 것이다. 혁명을 체험하고 해외로 나온 고리키는 이 작품집을 통해 이전과는 전혀 다른 형식과 주제를 탐구할 뿐만 아니라 정치평론에서 드러나던 가치관과는 사뭇 다른 세계를 우리 앞에 보여준다. 개인적 체험에 기초한 적극적 행동주의와 러시아 현실 비판이 주조를 이루었던 이제까지의 경향에 비해 이 작품집은 현실에 대한 회의와 반성, 역사와 혁명에 대한 새로운 성찰, 그리고 인간의 내면에 대한 새로운 관찰을 다양하게 드러내고 있는 것이다. 나는 이 작품집을 『대답 없는 사랑』(문학동네, 2009)으로 번역하여 소개한 바 있으나, 그 의미에 비해 독자들에게 충분히 주목받지 못했다는 아쉬움과 고리키 후기 문학의 특징을 보여주기 위해 꼭 필요하겠다는 생각에서 이중 두 편을 여기에 다시 수록하였다.

「은둔자」의 주인공 사벨리는 산속 동굴에 은거하여 살아가는 인물이다. 그는 온갖 세상 풍파를 겪은 사람으로, "벽돌처럼 불그죽죽한 얼굴은 보기 흉했고, 왼쪽 뺨에는 귀에서부터 턱까지 깊은 흉터가 (…) 눈꺼풀이 있어야 할 자리에는 붉은 흉터가 자리잡고 (…) 머리칼은 군데군데 한줌씩 빠"진 흉측한 외모를 가지고 있다. 그러나 산 아래 마을 사람들은 그를 존경하며 어렵고 힘든 일이 생기면 그를 찾아와 상담한다. 그는 도덕적 훈계나 설교, 논리적 설득이 아니라 진정한 사랑이 담긴 말로 그들의 말을 들어주고 위로한다.

은둔자 노인이 살아가는 환경은 살아 숨쉬는 자연과 동화된 세계다. 숲속 계곡, 계곡 아래 풀숲을 헤치며 흐르는 시냇물, 푸르른 하늘, 밤마다 황금 농어처럼 노니는 별들, 마른풀 냄새가 가득한 동굴, 그 앞에 자라는 보리수나무, 자작나무, 단풍나무 세 그루…… 작중 화자인 '나'에게 그는 이미 자연과 한몸이 되어 있는 존재로 비친다. "잠긴 듯 부드러운 그의 목소리는 노래하듯이 들려왔고 저녁의 따스한 대기 속에 풀냄새와 바람의 숨결, 살랑대는 나뭇잎 소리, 그리고 돌 사이를 흐르는 조용한 계곡 물소리와 함께 쉼 없이 이어지며 다정하게 섞이고 있었다. 그가 말을 멈춘다면 밤은 그렇게 충만하지도, 그렇게 아름답지도, 그렇게 정겹지도 않으리라." 그는 저녁 추위에도 모닥불을 군이 피우지 않으려고 한다. 온갖 날벌레들이 몰려들어 타 죽을까 걱정하는 것이다. 너무 추워지자 어쩔 수 없이 모닥불을 피우지만 모닥불 옆에서 연신 손을 내저으며 "온갖 살아 있는 작은 것들"이 날아들지 못하도록 한다.

한마디로 이 은둔자 노인은 인생을 달관하고 세상사를 꿰뚫어보며 자연에 동화되어 살아가면서 사람들을 위로해주는 존재다. 그에게 신이란 엄한 계율과 금욕을 요구하는 존재가 아니라 사람들 속에 살아 있는 인간에 대한 믿음이자 삶에 대한 믿음을 의미한다. 그는 자기를 찾아온 사람들에게 따스한 사랑과 위로의 말을 던지며 그들 자신 속에 들어 있는 아름다움과 힘을 일깨워준다.

"알지, 너는 지상에 핀 꽃이야. 주님은 널 기쁨으로 키워주셨어. 그래서 넌 커다란 기쁨을 줄 수 있단다. 너의 예쁜 눈과 맑은 눈빛은 모든 영혼의 축제란다. 밀라야!"

밀라야, 이 단어의 용량은 끝이 없었다. 이 단어는 삶의 모든 비밀의 열쇠를 깊은 곳에 담고 있어 인간사의 모든 난마를 풀어주는 힘을 가진 것만 같았다. 이 단어는 그 마법의 힘으로 시골 아낙네뿐만 아니라 모든 사람들, 살아 있는 모든 것을 매혹시킬 수 있었다. 사벨리는 이 단어를 한없이 다양하게 발음했다. 다정하게, 또는 당당하게, 감동적인 슬픔을 담아. 이 단어는 때로는 부드럽게 꾸짖듯이 들려왔고 기쁨으로 충만한 소리로 흘러넘쳤다. 이 단어를 들으면 나는 항상 이 단어의 뿌리가 무한한 사랑이라는 것, 사랑 이외에는 아무것도 알지 못하고 그 자체로 충만한 사랑, 오직 그 속에서만 존재의 의미와 목적, 삶의 모든 아름다움을 느끼는 사랑, 그 힘으로 온 세상의 고통을 편안하게 해주는 사랑이라는 걸 느꼈다.

은둔자. 막심 고리키는 혁명 이후 후기 작품 세계를 왜 이렇게 사랑과 위로가 넘치는 인물로 시작하는 것일까. 적극적인 행동을 낭만적으로 예찬하던 초기 보샤키 주인공은 어디로 갔는가. 『어머니』의 파벨처럼 강철 같은 사회주의 운동가는 은둔자 노인과 어떤 연관을 지니고 있단 말인가. 어쩌면 이 노인의 형상은 혁명 과정을 거쳐 망명길에 오른 막심 고리키의 정신세계를 담고 있는 것이 아닐까.

고리키는 이 작품집을 집필하면서 '자신의 내면에 무성하게 자란 수염을 깎고 싶'으며 '새로운 어조와 새로운 형식'을 찾고 싶다고 말했다. 작가의 의도대로 분명 이 은둔자의 형상에는 고리키의 변화된 내면, 혹은 잠재된 내면의 일부가 극명하게 투영되어 있다. 무엇보다 이 은둔자 노인은 어떤 이념의 통일성과 일관성을 보여주는 형상이라기보다 살아 있는 복합적이고 모순적인 형상인 것이다. 그의 형상에는 사랑과 위로를 베푸는 성자와도 같은 현재의 삶과 추하고 일그러진 외모, 그리고 어두운 과거가 복잡하게 뒤엉켜 있다. 그런 그의 모습은 화자인 '나'에게 "아주 아름다워 보였다. 알록달록 교묘하게 짜놓은 인생의 아름다움처럼".

그렇다면 혁명 이후 고리키 문학세계는 소련문학에서 표상되어온 기존의 고리키와는 전혀 다른 모습을 보여주고 있다고 할 수 있다. 그는 더이상 이념과 이성으로 주조된 행동하는 인간형, 작가의 이념과 사회적 목적에 부합하는 서사적 주인공을 추구하지 않는다. 은둔자 사벨리는 자신의 과거를 부정하고 새로운 이념을 외부에서 수동적으로 받아들이는 사람이 아니다. 자신의 추함과 어두운 과거에서 자라 나온, 자신 안에 숨어 있는 '가장 순수한 불꽃'을 피워올린 존재다. 사벨리와 같은 존재에게는 언어와 의식, 현실이 상호 일치하는 논리적 정합성이 그리 중요하지 않다. 그는 살아 있는 존재, 모순적이며 복합적인 변화과정을 매 순간 그대로 보여주는, 영원히 변화하고 움직이는 미완결적인 존재 그 자체이기 때문이다. 다양한 미학적 가치들은 하나의 논리적 이성으로 일반화시킬 수 없고 경험과 직관 속에서만 살아 있을 수 있다. 언어와 의식은 존재의 현실을 일반화하고 추상화하는 것을 기본 원리로 하지만 인간의 말 속에는 무한히 다양한 어조와 숨결이 살아 숨쉰다. 인간의 의식 역시 사회적, 역사적 규정을 받지만, 그 규정을 넘어 존재 자체의 생명 현상에 직접적으로 관여하고자 하는 지향성을 동시에 지니고 있다. 고리키의 새로운 어조와 형식은 바로 이와 같은 새로운 인간관으로부터 발현되는 것이다.

고리키의 새로운 인간관은 인간에 대한 추상적인 명상으로 끝나지 않는다. 은둔자가 고립된 어느 산속에 은둔함으로써 존재하는 인물이라면 「카라모라」의 주인공은 구체적인 역사적 현실, 여전히 눈앞에 진행되고 있던 혁명과정 안에 존재하는 인물이다. 이 인물은 바로 이 역사적 현장성으로 인해 더욱 충격을 안겨준다.

「카라모라」는 탁월한 혁명 운동가였던 표트르 카라진이 혁명을 배신하고 기관의 앞잡이가 되었다가 혁명이 발발한 후 체포되어 사형 언도를 기다리며 지나온 삶을 되돌아보는 독백적인 수기다. 이 작품에서 주목해야 하는 것은 혁명가 카라진의 이념이나 혁명의 당위성, 그것을 수용하는 열정이나 양심 같은 문제가 아니라 그것들이 주인공 '나'의 의식에 의해 어떻게 굴절되고 우연적으로 변형되는가다.

카라모라에게 사회주의 이념이라든가 인간에 대한 사랑이라든가 하는 '영혼'은 애초부터 존재하지 않았다.

사람들에 대한 사랑, 그게 뭐야? 난 그런 게 뭔지 모른다. 간단히 말하면 사회주의는 나와 맞지 않았다, 나보다 작은 건지 큰 건지는 몰라도. 사회주의와는 전혀 상관 없는 사회주의자들을 나는 많이 보았다. 그런 사람들은 마치 계산기와 같아서 무슨 수를 집어넣든지 상관하지 않고 항상 결과가 올바르게 나오면 된다. 거기에는 영혼은 없고 오직 형해화한 산술만이 있을 뿐이다.

카라모라에게 혁명 운동은 '영혼'이 없는 '오직 형해화한 산술'이고 '사회적 기계공학'일 뿐이다. 그래서 더욱 빼어난 역량을 발휘할 수 있었는지도 모른다. 남에게 명령하는 일을 좋아하고 권력을 행사하는 일을 즐기면서 카라모라는 존경받는 원로 당원의 지위까지 오를 수 있었다. 그러나 영혼 없는 상태는 그를 끝없이 무모한 도전과 위험으로 내몰았고, 그는 무모함 속에서 무영혼에 대한 알리바이를 찾는다. 카라모라는 떠내려가는 얼음 위에 탄 사람을 목숨을 걸고 구해내는가 하면 감옥에 갇힌 동료를 구해내 탈출하다가 총을 쏘며 쫓아오는 헌병의 총구 앞에 갑자기 멈춰 서서 오히려 상대가 기절초풍하도록 만들기도 한다. 카라모라의 무영혼 상태는 포포프라는 변절자의 실체를 파악하는 과정에서 분명하게 드러난다. 그는 변절자를 심문하는 과정에서 그자의 활동과 이력을 들으며 분노와 적개심보다 기이한 호기심과 흥미를 느끼는 자신을 목도한다. 그리고 포포프에게 흥미와 호기심을 느끼는 자신에게 당황하여 서둘러 그를 죽음으로 몰아넣는다. 카라모라가 포포프를 살해한 혐의로 체포된 후 보안지소장의 권유에 따라 변절하는 것은 그 자신에게 그리 놀라운 일이 아니다. 그는 영웅적인 혁명 활동에서도 영혼을 찾을 수가 없었고 비열한 배신 행위에서도 내부의 저항이나 양심의 가책을 느낄 수 없었다. 이성적으로는 자신의 잘못을 인정하면서도 자기비판과 혐오, 후회의 감정은 없었던 것이다. 그는 오직 자신에 대한 호기심, '그래서 어떻게 될 것인가'라는 자기 실험에의 호기심을 느꼈을 뿐이다.

카라모라의 행동 변화에는 어떤 도덕적 준거도 개입하지 않는다. 혁명에 참여한 것도, 혁명을 배반한 것도 사회주의 이념과는 전혀 무관하다. 그는 분열된 상태 속에서 거듭 자신을 확인하려는 시도를 하고 있을 뿐이다. 고리키는 「카라모라」가 "죄를 저지르는 자신을 금지할 수 있는 힘이 자신 속에 들어 있는지를 알아보기 위해 변절하지만 그런 힘을 찾지 못한" 사람을 다루는 작품이라고 말한다. 이런 사람들은 "그들 내부의 모든 것이 불확실하고 모든 것이 불타고 떠돌고 감정의 총체성이 파괴되고, 그들의 사상이나 언어에서는 감정이 가스처럼 기화되어버리는 그런 사람들"*로, 마치 자기 머리를 갈라서 그 속에 무엇이 들어 있는지 알고 싶다는 충동을 가지고 있는 사람들이라는 것이다. 실제로 카라모라는 자신의 삶을 되돌아보며 자신 속에 서로

---

* 로맹 롤랑에게 보낸 1923년 9월 18일자 편지에서.

다른 자아, 혁명가와 반혁명가가 공존한다는 사실을 고백하고 나아가 두 자아를 넘어 제3의 자아, 제4의 자아가 있다고 느낀다. 세번째 자아는 내면에 존재하는 두 자아의 대립이 어디에서 오는 것인지 알고 싶어서 둘의 대립과 불화를 지켜보기만 하는 존재다. 바로 이 세번째 자아가 그로 하여금 글을 쓰게 만든다. 그러나 그 세번째 자아에 대해 의심을 던지는 또하나의 자아가 존재한다.

어떤 사람에게든 두 명의 자아가 있다. 한 자아는 단지 자신에 대해서만 알고 싶어하고 다른 자아는 사람들에 대해 알고 싶어한다. 그러나 내 안에는 네 명의 자아가 살고 있으며 모두 사이가 좋지 않고 서로 다른 생각을 한다. 하나가 무슨 생각을 하면 다른 내가 반대하고 세번째 나는 이렇게 묻는다. '아니, 그런데 왜 그렇게 싸우는 거야? 그래서 뭐가 어떻게 다르다는 건데?'
하지만 유감스럽게도 또하나의 나, 네번째 자아가 세번째 자아보다 더 깊이 숨어서 때를 기다리며 사나운 짐승처럼 말없이 노려보고 있다. 아마도 네번째 자아는 평생 침묵을 지키며 모습을 드러내지 않은 채 냉담하게 이 혼란을 관찰하기만 할지도 모른다.

이 모든 자기분석이 카라모라의 내면에서 일어나는 단편적인 생각의 흐름으로 이어지기 때문에 그의 최종 판단은 쉽게 드러나지 않는다. 그러나 죽음을 두려워하지 않고 오직 자기 자신을 위해 글을 쓴다는 상황은 고백의 진실성을 높여준다. 그는 혁명과 그 과정을 통해 자기 내면의 가장 깊은 곳까지 들여다보고 거듭해서 그 너머까지 바라보고자 한다. 그것은 훼손된 자아를 치유하기 위한, 분열된 자아와 세계를 통합하기 위한 지난한 몸부림이다. 그의 치유는 혁명의 논리 중 하나, 즉 둘로 분리된 자아의 어느 하나를 분명하게 선택함으로써 이루어질 수 있는 것이 아니다. 오히려 제1과 제2의 자아의 대립을 지켜보고 관찰하는 제3의 자아와 그런 제3의 자아를 또다시 냉엄하게 관찰하고 있을, 그러나 모습을 드러내지 않고 침묵하는 제4의 자아 사이의 원활한 소통만이 치유를 가능하게 해준다고 할 수 있다.

이쯤이면 다섯번째 자아, 아니 그 이상의 자아도 충분히 가능하다. 카라모라는 글을 쓰면서 수없이 분열하는 자아를 관찰하고 있다. 그러나 그것은 단순한 분열의 연속이 아니라 진실에 보다 냉철하게 다가가기 위한 허위와의 싸움이다. 그가 분석한 자아를 넘어선 또다른 자아의 존재 가능성, '평생 침묵을 지키며 모습을 드러내지 않은 채 냉담하게 이 혼란을 관찰하기만' 할지도 모르는 네번째 '나'는 단순히 숫자가 아니라 무한대에 가까운 자기분석을 의미한다. 이러한 거듭된 자기분석은 오늘날 주체의 거듭된 자기 해체를 통해 근대적 인간의 권력화된 주체의식을 극복하고자 하는 해체주의적 전략을 연상시킨다.

카라모라는 자신의 분열성을 긍정하며 그것을 보편적인 인간 개념으로 확장한다. 혁명과 반혁명의 이념 이전에 보다 근본적인 인간적 본성에 비판적으로 접근하고 있는 셈이다. 인간에게는 진실을 볼 수 있는 '영혼의 수정체'가 필요하지만 그것이 실재하지는 않는다는 고통스러운 분석과 통찰은, 혁명과 관련된 인간의 내면적 변화와 성찰의 일단을 보여주는 동시에 고리키의 새로운 내면적 변화와 그 핵심을 시사하고 있음이 틀림없다.

21세기 영혼의 수정체를 위하여

"고리키는 있었는가?"

드미트리 비코프의 고리키 전기는 이런 질문으로 시작한다. 그는 고리키의 문학과 삶에 덧씌워진 신화를 벗겨내고 내면의 진정한 고뇌를 새롭게 조망하기 위해 고리키의 존재 여부에 대해 먼저 질문을 던지는 것이다. 비코프는 민중 출신의 고리키라는 초기의 신화에서부터 혁명의 바다제비라는 중기 이후의 신화, 나아가 사회주의 리얼리즘의 창시자라는 신화, 게다가 고리키에게 부여된 다양한 이데올로기적 낙인, 그에 반발하는 1990년대의 급격한 평가 절하까지 모든 것이 고리키라는 작가와 그의 문학이 러시아문학사에서 차지하는 진정한 의미를 왜곡하고 있다고 비판한다. 그리고 고리키의 문학이 "주체의 힘과 문화를 결합하고 인간성과 결단력 있는 행동을 결합하고, 자유로운 의지와 고난을 함께 감수해내는 새로운 인간 유형(그런 인간 유형이 없이는 인류가 존재할 수 없는)을 추구하고 있다"고 확신한다. 이전의 고리키 연구가 고리키에게서 이런 인간 유형을 확정된 형태로 찾아내고자 했다면, 비코프는 고리키는 "이런 인간 유형의 신뢰할만한 유형을 우리에게 선사하지는 못한다. 다만 그를 위해 되지 말아야 할, 있어서는 안 될 유형에 대해서는 충분하게 이야기해준다"고 말한다. 오늘날 우리는 러시아 역사의 격변기를 살았던 고리키의 삶과 문학의 진정한 모습을 다시 읽어내야 하며, 이에 대해 비코프는 그런 문제의식에 깊은 시사를 던져주는 "고리키는 있었다"*고 답하는 것이다.**
이러한 해석은 확고한 일원론적 해석을 전제로 하는 기존의 평가들을 전복하려는 시도이며, 이 전복은 고리키의 문학적 창작에 대한 보다 깊은 이해와 성찰을 바탕으로 이루어지고 있다. '소년은 있었는가?' 나 '고리키는 있었는가?'라는 질문 자체가 고리키 창작세계에서 이제까지 거의 주목되지 않았던 새로운 지점들에 대한 연구가 깊어지고 있음을 잘 보여주는 것이다.

분명 고리키는 있었다. 그러나 과연 지금 우리에게는 어떤 고리키가 남아 있는 것일까?

「카라모라」의 주인공은 이렇게 말한다.

눈에는 '수정체'라는 게 있어 사물을 올바르게 볼 수 있다고들 말한다. 인간의 영혼에도 그런 수정체가 있어야만 한다. 하지만 그런 건 없다. 영혼에 수정체가 없다는 데 문제의 핵심이 있는 것이다.

(…)

그런데 만약 내가 오직 혼자 진실을 볼 수 있었던 그 어린애와 같다면?

'임금님은 벌거숭이야, 안 그래?'

---

* Быков, Д. 『Был ли Горький?』, AST, М., 2008, pp. 347~348.
** '고리키는 있었는가?'라는 표현은 마지막 대작 『클림 삼긴의 생애』에서 존재의 알리바이를 묻는 질문, '소년은 있었는가?'에서 따온 것이다. 『클림 삼긴의 생애』에는 주인공 클림 삼긴의 어린 시절의 맞수라고 할 수 있는 보리스가 얼음 구덩이에 익사하는 장면이 나온다. 클림은 분명히 소년의 죽음을 목격했지만 뒤이어 달려온 누군가가 "아니, 소년이 있기는 있었어? 없었던 것 아냐?"라고 말한다. 클림은 "있었어!" 하고 대답하려 하지만 의식을 잃고 만다. 이 모티프는 존재에 대한 알리바이를 묻는 모티프로 소설 속에 지속적으로 등장한다.

카라모라는 영웅적 혁명가에서 반동적 배신자로까지 전락한 인물이지만, 그 과정에서 그가 얻은 것은 어떤 이념과 행위 속에서든 인간이 진정으로 가져야 하는 것이 무엇인지에 대한 통찰이다. 그 통찰의 지혜는 자신에 대한 끝없는 분석과 반성이라는 과정 자체다. 아마도 21세기에 우리가 고리키 문학을 다시 읽으며 얻을 수 있는 가장 탁월한 성취는 바로 이런 것이리라. '올바르게 느끼고' '자유롭게 드러내며' '정직하게 사는 습관', 설사 그 결과 우리가 '짐승이나 속물처럼' 보일지라도 그 무엇에 눈이 멀지 않는 것, 자신만의 영혼의 수정체를 가지는 것. 이것이야말로 사회의 가장 밑바닥에서 걸어나와 최고의 지성으로 성장하였으나 여전히 고통스럽게 자신과 인간을 깊이 응시하는 작가 고리키가 시대를 넘어 우리에게 육성으로 전하고자 하는 진정한 내면의 목소리 아닐까.

대표 단편선을 엮으면서 명색이 고리키 문학 전공자로서 조금이라도 더 생생하게 작품의 참맛을 살려보려고 최선의 노력을 기울였다. 하지만 내 능력의 한계까지 넘어설 수는 없었을 것이다. 부족한 번역은 독자들의 애정 어린 독서를 통해 보완될 수 있으리라 기대한다.

고리키 문학에 대한 기존의 판에 박힌 해설을 넘어 새로운 고리키를 담아보기 위해 조금 길게 작품해설을 덧붙였다. 이 단편선이 많은 독자를 만나서 우리 시대의 영혼의 수정체를 더욱 맑게 하는 데 작은 도움이 되었으면 좋겠다. 이 책을 기획·편집한 문학동네 세계문학전집 편집위원회에 감사를 표하고, 특히 탁월한 교정 능력으로 많은 부분을 다듬어준 박신양 선생님께 각별한 감사를 드린다.

번역 원본은 막심 고리키 전집Полное собрание сочинений в 25 то-
мах, Наука, М., 1968~1976에서 선별하였음을 밝혀둔다.

운남산 자락에서

이강은

1868년	3월 16일(신력으로는 3월 28일)[*] 러시아 중부 산업도시 니즈니노브고로드에서 아버지 막심 사바티예비치 페시코프와 어머니 바르바라 바실리예브나 카시리나 사이에서 탄생. 본명은 알렉세이 막시모비치 페시코프. 아버지는 고급가구를 제조하던 목수였고 어머니는 소시민^{**} 카시린 가문 출신이었다.

1868년   3월 16일(신력으로는 3월 28일)* 러시아 중부 산업도시 니즈니노브고로드에서 아버지 막심 사바티예비치 페시코프와 어머니 바르바라 바실리예브나 카시리나 사이에서 탄생. 본명은 알렉세이 막시모비치 페시코프. 아버지는 고급가구를 제조하던 목수였고 어머니는 소시민** 카시린 가문 출신이었다.

1871년   봄에 아버지와 함께 가족이 아스트라한으로 이사.

7월 29일 아버지가 콜레라로 사망.

1873~   외할아버지 집에 의탁. 염색공장을 하던 외할아버지 바실리
1878년   바실리예비치 카시린은 매우 엄격한 가장이었고, 외할머니 아쿨리나 이바노브나 카시리나는 따뜻하고 감성이 풍부하며 종교적인 분이었다. 외할머니에게 큰 영향을 받음. 외할아버지에게서 성경 시편과 기도서로 글을 배움. 외할아버지의 사업이 기울기 시작하면서 니즈니노브고로드 자유농민학교에 입학. 넝마를 주워 학비를 범.

1879년   8월 5일 어머니 사망.

1879~   외할아버지가 파산하면서 세상으로 내몰림. 가게 심부름꾼,
1884년   신발가게 점원, 여객선 접시닦이, 성상화 제작소 보조, 야간

---

* 러시아는 1917년 혁명 전까지 율리우스력을 사용하다 그후에야 일반적으로 사용하는 그레고리력을 받아들였다. 율리우스력은 그레고리력보다 13일이 늦다. 이 연보는 1917년 이전까지는 구력으로 표기하되, 필요한 경우 신력을 병기하였고 1918년부터는 신력으로 표기한다.

** 소시민(мещанин)은 상인 계층 아래 일반 시민계급이었다.

경비원 등등 온갖 하층 직업을 전전하며 생계를 꾸림. 그 과정에서 독학으로 글을 깨치고 수많은 책을 읽음. 삶에 대한 풀 수 없는 의문으로 가득해진 상태로 전 러시아를 방랑하기 시작함.

1884년 공부를 계속하기 위해 카잔 대학을 방문했지만 입학을 허락받지 못함. 부두에서 일하며 농촌 사회주의를 꿈꾸는 인민주의 운동가와 대학생 집회에 드나듦.

1885년 세묘노프 빵공장에서 일하며 노동자들과 함께 생활함.

1887년 데렌코프 빵공장에서 하루 14시간씩 노동을 하며 처음으로 마르크시스트 활동가들을 접함.

2월 16일 외할머니 사망.

5월 1일 외할아버지 사망.

12월 12일 자살을 기도했지만 한쪽 폐만 상하고 실패. 이로 인해 평생 폐질환으로 고통받음. 자살기도에 대해 이후 매우 수치스럽게 생각하여 두 번 다시 언급하기 싫어함.

1888년 인민주의 혁명가 로마스와 함께 혁명 선동을 목적으로 카잔 지역 크라스노비도보 마을로 이사. 부농들이 적의를 품고 로마스의 가게를 불태워버리자 근처에서 품팔이 농사일을 하다가 카스피 해 지역으로 떠나와 어업협동조합에서 일함.

1889년 크루타이 역에서 중량 측정원으로 일함. 톨스토이의 영향을 받아 농업 집단을 조직하고자 결심하고 이에 대해 레프 톨스토이에게 편지를 보냄. 편지에는 '모든 사람을 대신하여, 소시민 A. M. 페시코프'라고 서명. 답장을 받지 못하자 톨스토이를 만나려 했지만 만나지 못함. 로마스와 연루된 혐의로 체포되어 구금되지만 고향으로 돌아가는 조건으로 석방됨. 니즈니노브고로드로 귀향.

니즈니노브고로드에서 당대의 저명한 작가 코롤렌코를 만나

자작시 「늙은 참나무의 노래Песнь старого дуба」를 보여 주었지만 혹독한 평가를 받음.

1890년　코롤렌코의 소개로 변호사 사무실에서 서기로 근무. 화학도였던 바실리예프를 통해 철학에 눈뜸.

1891년　4월 전 러시아를 여행하기로 마음먹고 볼가 강과 돈 강을 따라 곳곳을 떠돌며 우크라이나와 크림 지역, 캅카스 지역까지 여행.

　　　　11월 티플리스(현 조지아의 트빌리시)에 도착. 철로 작업장에서 일을 구함. 인민주의자 칼류즈니를 만나게 되고 그의 충고를 따라 글을 쓰기 시작함.

1892년　9월 12일 티플리스 지역 신문 〈캅카스Кавказ〉에 단편 「마카르 추드라Макар Чудра」 발표. 이때 'M. 고리키'라는 필명을 처음 사용함.

　　　　10월 니즈니노브고로드로 귀향.

1893년　신문 〈볼가 사람Волгарь〉과 〈볼가 소식Волжский вестник〉 등에 일련의 단편을 기고. 코롤렌코를 문학적 스승으로 삼는다. 단편 「예멜리안 필랴이Емельян Пиляй」 「거짓말하는 검은방울새와 진실의 애호가 딱따구리О чиже, который лгал и о дятле-любите леистины」 발표.

1894년　8월 코롤렌코의 추천으로 중앙지 〈러시아의 부Русское богатство〉에 중편 「첼카시Челкаш」 기고.

1895년　코롤렌코의 추천으로 사마라로 이사, 신문기자로 근무. '이에구디일 흘라미다'라는 필명으로 재미있는 이야기와 실화, 칼럼 등을 게재.

　　　　6월 〈러시아의 부〉에 「첼카시」가 발표되면서 고리키라는 이름이 알려지기 시작함. 단편 「이제르길 노파Старуха Изергиль」 발표.

1896년	8월 30일 귀족 여학교 출신의 예카테리나 파블로브나 볼지나와 결혼.
	10월 결핵 발병.
1897년	잡지 『러시아의 사상Русская мысль』 『새로운 말Новое слово』 『북녘 통보Северный вестник』 등과 협력 관계 형성. 단편 「코노발로프Коновалов」 「자주브리나Зазубрина」 「콜트바 시장Ярмарка в Голтве」 「오를로프 부부Супруги Орловы」 「말바Мальва」 「영락한 사람들Бывшие люди」 등 발표.
	7월 2일 아들 막심 태어남.
	10월 『포마 고르데예프Фома Гордеев』 집필 시작.
1898년	두 권으로 된 단편집이 발간되고 단기간에 10만 부 이상 판매됨. 당시 돌려 읽고 필사해 읽던 관습을 고려하면 이는 고리키의 대중적 인기가 유례가 없을 정도로 폭발적이었음을 증명한다. 이 단편집이 곧바로 유럽 전역에 번역 출간되며 세계적 명성까지 얻기 시작. 그러나 혁명 활동가들과 연루되어 체포되는 등 지속적인 경찰의 감시 대상이 됨.
	이해 여름, 이 단편집을 체호프에게 보내고 이를 계기로 이후 오랫동안 서신 교환.
1899년	장편 『포마 고르데예프』, 중편 「스물여섯 명의 사내와 한 처녀」 발표.
	3~4월 폐결핵이 악화되어 치료차 남부 휴양도시 얄타로 감. 이곳에서 체호프와 만나 문학적 우정을 나눔.
	10월 처음으로 수도 상트페테르부르크 방문. 화가 레핀, 문학 평론가 미하일롭스키, 작가 베레사예프 등 당대의 저명한 지식인들과 조우. 잡지 『인생Жизнь』 편집부에서 마련한 50명 이상의 지식인들이 모인 연회에 참석, 「매의 노래Песня о

Соколе」를 문학의 밤 행사에서 낭독하여 커다란 반향을 얻음. 그러나 수도의 지식인 사회 분위기는 그에게 잘 맞지 않았으며, 수도의 지식들 역시 '농민복을 입고 민중 속에서 걸어나온 작가'를 자연스럽게 대하기 어려워했다.

12월 텔레쇼프가 주도한 문학 서클 '스레다Среда'에 동인으로 참여.

1900년 출판사 '즈나니에Знание'에서 고리키 작품집 발간.

3월 1일 모스크바에서 체호프의 소개로 레프 톨스토이와 만남. 톨스토이는 고리키를 글을 통해서 알았던 것보다 더 훌륭한 사람이라고 평가함. 체호프와 톨스토이는 문학적 성향의 차이에도 불구하고 고리키를 기꺼이 동료로 인정하고 서신을 교환하는 등 오랫동안 우정을 나눔. 특히 체호프와는 많은 서신 교환을 통해 문학적 견해를 주고받음.

3월 12일 소설가 레오니드 안드레예프와 만남.

5~6월 체호프를 비롯해 여러 문학인들과 함께 캅카스 여행. 티플리스에서 칼류즈니를 만남. 장편 『세 사람Трое』 발표.

1901년 피아트니츠키와 함께 즈나니에 출판사 운영에 나섬.

4월 4일 페테르부르크의 카잔 성당 근처 광장에서 전개된 시위에 참여. 문학인을 비롯한 많은 사회활동가들과 함께 폭력적 시위진압에 대한 항의문 발표.

4월 17일 밤 혁명 활동 혐의로 체포. 레프 톨스토이가 고리키의 건강 상태를 고려하여 즉시 석방할 것을 청원.

5월 17일 감옥에서 석방되어 가택 연금.

5월 26일 딸 카탸 태어남.

6월 8일 「바다제비의 노래Песня о буревестнике」를 게재했다는 이유로 당국으로부터 잡지 『인생』이 폐간 조치를 당함. 「바다제비의 노래」는 「매의 노래」와 더불어 도래할 혁명을 상징하고 혁명 활동에 나서는 영웅적인 인간의 의지를 노래하는 작품으로 받아들여지면서 각종 정치 팸플릿에 자주 사용되었다.

9월 25일 희곡『소시민Мещане』완성.

11월 12일 건강 문제로 휴양지 얄타로 가서 체호프와 함께 지냄.

11~12월 얄타에서 가까운 휴양지 가스프라에서 요양하던 톨스토이를 체호프와 함께 방문. 세 문학인이 제각각 병에 걸려 휴양지에서 만난 사진이 유명하다.

1902년 2월 25일 과학아카데미 러시아 어문학 분과에서 고리키를 명예 아카데미 회원으로 선출.

3월 5일 황제 니콜라이 2세는 고리키의 명예 아카데미 회원 선출에 관해 '이보다 더 독창적일 수는 없다!'라고 냉소적으로 응답.

3월 10일『정부 통보Правительственный вестник』에 명예 아카데미 회원 선출 취소가 공지됨. 체호프는 강력하게 이를 비난함.

3월 26일 페테르부르크에서 열린 초청공연기간 중 모스크바 예술극장의 〈소시민〉이 초연됨.

10월 6일 야스나야 폴랴나로 레프 톨스토이 방문.

12월 18일 희곡『밑바닥에서На дне』를 집필하여 모스크바 예술극장에서 초연. 대대적인 성공을 거둠.

1903년 1월 10일 독일 베를린에서 〈밑바닥에서〉 공연. 큰 성공을 거둠. 희곡『소시민』과『밑바닥에서』로 두 번 연속 그리보예도프상을 수상하지만, 러시아 국내 공연은 정치적 시위와 관련되어 금지됨.

1904년 니즈니노브고로드에 거주하며 희곡『별장 사람들Дачники』

집필.

11월 10일 코미사르젭스키 극장에서 〈별장 사람들〉 초연.

1905년 혁명 운동에 적극적으로 참여. 볼셰비키 신문 발간에 재정 후원. 러시아 사회민주노동당대회에 참여.

1월 9일 페테르부르크에서 평화적인 권리 청원 시위대와 노동자 시위대에 대한 발포로 이어진 '피의 일요일' 사건에 항의하여 '전 러시아 시민들과 유럽 국가들에 호소함'이라는 성명서를 통해 전제정치에 맞서 싸울 것을 호소.

1월 11일 반국가 활동 혐의로 리가에서 체포됨.

1월 12일 페테르부르크로 이송되어 페트로파블롭스키 요새 감옥에 갇힘. 감옥에서 희곡 『태양의 아이들Дети солнца』 집필. 러시아와 독일에서 사회단체들이 고리키 체포에 항의하고 석방을 촉구. 오스트리아, 이탈리아, 영국, 덴마크 등 유럽 여러 나라에서도 동참.

2월 14일 만 루블의 보석금을 내고 석방됨.

10월 12일 코미사르젭스키 극장에서 〈태양의 아이들〉 초연.

10월 24일 모스크바 예술극장에서 〈태양의 아이들〉 공연.

11월 27일 페테르부르크에서 개최된 러시아 사회민주노동당 중앙위원회에 참석한 레닌과 만남. 이후 오랫동안 가깝고도 거리가 있는 '험난한 우정'을 나눈다. 연말에 고리키는 경찰의 추적을 피해 핀란드로 떠난다.

1906년 4월 러시아 노동자 후원금 모집차 미국 뉴욕을 방문. 모스크바 예술극장 여배우 안드레예바와 동행. 러시아 정부에 차관을 제공하지 말 것을 호소. 이 기간에 『미국에 대한 인상기В Америке』, 희곡 『야만인들Варвары』 『적들Враги』, 소설 『어머니Мать』 집필.

8월 16일 딸 카탸 사망.

10월 20일 미국을 떠나 이탈리아 카프리에 거주하며 1913년까지 망명생활 시작. 미국에서 『어머니』가 발표되고 독일에서 〈적들〉이 공연됨.

1907년　　4월 1일 페테르부르크 현대극장에서 〈적들〉 공연.

4월 런던에서 개최된 러시아 사회민주노동당대회에서 레닌과 밀접한 친교. 카우츠키, 로자 룩셈부르크, 플레하노프 등과 만나고 영국의 작가 버나드 쇼, 조지프 콘래드 등과도 교류. 잡지 『러시아 사상』에 필로소포프의 「고리키의 끝Конец Горького」이라는 글이 발표됨.

6월 베를린에서 『어머니』 출간. 소설 『어느 쓸모없는 인간의 삶Жизнь ненужного человека』 발표.

1908년　　건신주의*적 경향의 작품 『고백Исповедь』, 희곡 『마지막 사람들Последние』 집필. 루나차르스키, 보그다노프 등과 함께 카프리 노동자 학교를 개설.

4월 레닌과 당원 문학가들이 카프리 방문. 레닌은 건신주의적 철학노선에 대한 반대를 표명. 이후 여러 논문과 편지를 통해 고리키의 건신주의를 비판.

1909년　　소설 『여름Лето』 『마트베이 코제먀킨의 생애Жизнь Матвея Кожемякина』 『오쿠로프 도시Городок Окуров』, 논문 「개인의 파멸Разрушение личности」 발표.

8~11월 카프리에 있는 당 학교에서 러시아문학 강의.

1910년　　희곡 『괴짜들Чудаки』, 『바사 젤레즈노바Васса Железнова』 창작.

4월 모스크바에서 희곡 〈야만인들〉 공연.

---

* 1905년 혁명에서 패배한 후 사회민주주의자들 사이에서 일어난 사조로, 사회주의와 종교를 융합시키려 했다.

8월 베를린에서 〈마지막 사람들〉 공연.

1911년　　2월 8일 베를린에서 〈바사 젤레즈노바〉 공연.

1912년　　단편 연작집 『이탈리아 이야기Сказки об Италии』 『러시아 이야기Русские сказки』 『러시아 순례По Руси』 발표. 『바사 젤레즈노바』로 세번째 그리보예도프상 수상. 잡지 『동시대인Современник』 편집 책임.

1913년　　소설 『주인Хозяин』 출간. 희곡 『위조 동전Фальшивая монета』과 자전적 삼부작 제1부 『어린 시절Детство』 집필. 로마노프 왕조 300주년 기념 특사로 러시아 귀국이 허가됨. 모스크바 예술극장에서 도스토옙스키의 〈악령〉이 공연되자 이를 비판하는 논문 「카라마조프주의에 대하여О "карамазовщине"」 「다시 한번 카라마조프주의에 대하여Ещё о "карамазовщине"」를 쓴다. 레닌과의 관계 악화.

1914년　　핀란드와 페테르부르크, 모스크바 등지에서 활동. 자전적 삼부작 제2부 『세상 속으로В людях』 집필.

　　　　　3월 페테르부르크로 이주.

　　　　　7월 19일(신력 8월 1일) 독일 대러 선전포고.

　　　　　9월 28일 독일의 만행을 규탄하고 맞서 싸우자는 취지로 부닌이 작성한 '모든 작가와 화가, 예술가들의 이름으로'라는 성명서에 서명. 그후 이 서명 행위에 유감을 표하고 폭력 일반에 반대하며 반전 평화주의 입장을 견지함.

1915년　　출판사 '돛대' 설립. 잡지 『연대기Летопись』를 발행하며 민족적 자기비판과 관련된 글들을 집중 게재. 여기에 발표한 「두 영혼Две души」이라는 논문에서 러시아에 동양과 서양의 두 영혼이 혼재한다고 비판. 고리키와 아주 가까웠던 안드레예프조차 고리키가 러시아를 증오한다고 비난함.

1916년　　출판사와 잡지 일에 전념.

| 1917년 | 2월 27일 '2월 혁명'으로 러시아 전제정권 전복. 혁명 후 '예술분야 특별 위원회'를 설립하여 문화재와 문화인 보호에 진력하고 노동자에게 지식을 확산하고 과학 발전을 도모하는 활동에 적극 참여. |

3월 15일 명예 아카데미 회원 자격 복권.

4월 21일 사회민주당원 일부와 국제주의자들의 기관지 『신생활Новая жизнь』을 창간하고 '시의에 맞지 않는 생각들Несвоевременные мысли' 칼럼을 게재하기 시작. 레닌은 「대포에 맞서 성상을 들고, 자본에 맞서 미사여구를 들고」라는 기사에서 이 신문의 입장을 비판했다.

10월 25일(신력 11월 7일) 러시아 사회주의 혁명(볼셰비키 혁명)이 발발. 고리키는 '시의에 맞지 않는 생각들' 칼럼을 통해 혁명의 무모함과 폭력, 테러 등을 강력하게 비난. 심지어 레닌과 트로츠키 등 볼셰비키를 권력에 중독된 자들이라고 비난. 당시 이런 비판을 공개적으로 펼치고 무사할 수 있었던 사람은 러시아 내에 단 한 사람, 고리키뿐이었다.

1918년   『시의에 맞지 않는 생각들』 출판. 혁명에 비판적이었던 잡지 『신생활』이 폐간당한다. 고리키는 정부와 일정하게 타협하지 않을 수 없어 레닌의 비호하에 다양하고 방대한 문화예술 보호 사업을 추진하여 지식인과 예술가 등을 보호하는 강력한 후원자 역할을 수행한다.

9월 4일 볼셰비키 정부와 '세계문학' 출판사 설립 협약.

12월 28일 노동자와 적군 대의원 페트로그라드 소비에트 집행위원회 위원으로 선출.

1919년   '세계문학' 출판사에서 적극적인 활동.

2월 1일 모스크바 말르이 극장에서 1915년 작 〈노인Старик〉 공연.

3월 탄생 50주년 기념행사[*]가 광범위하게 전개됨.

7월 19일 레프 톨스토이 회상기를 낭독. 강당에 사람이 넘쳐 들어갈 수 없을 정도였음.

7월 31일 레닌이 편지를 보내 페트로그라드[**]를 떠나라고 강권.

1920년 레닌에게 수많은 편지를 보내, 체포되거나 실형 선고된 많은 지식인들을 구명하기 위해 다방면으로 노력함. 문화에 대한 수많은 강연과 다양한 보고서 작성.

1월 13일 '학자 생활 개선위원회'를 조직. 고리키와 올덴부르크, 바바예프 등이 참여.

1921년 내전과 극심한 기근으로 인해 기아 상태에 빠진 러시아 민중을 도와달라는 성명서를 발표하여 전 세계의 반응을 불러일으킴. 또한 정치적 박해로부터 많은 지식인과 예술가를 구하고 이들의 망명을 지원함. 당시 고리키의 도움을 받지 않은 작가와 예술가, 학자는 한 사람도 없다는 말이 나올 정도. 그러나 거듭된 반볼셰비키 태도와 소련 정부 정책에 대한 비판으로 인해 레닌에게 정치적 부담을 안겨주자(레닌은 고리키의 어떤 행위도 두둔하고 후원하고자 했다. 심지어 자신에 대한 격렬한 비난까지도 포용했다), 레닌은 고리키에게 신병 치료차 외국으로 나갈 것을 강권함.

10월 16일 핀란드를 거쳐 독일로 출국.

1922년 독일 거주. 러시아의 심각한 기근을 도와달라는 거듭된 호소를 담은 국제 성명서 발표. 체호프, 톨스토이, 코롤렌코, 예세

---

[*] 고리키는 한동안 자신이 1869년생이라고 생각하고 있었다.
[**] 상트페테르부르크는 혁명 직후 페트로그라드로 개명되었다. 이후 다시 레닌그라드로 개명되었다가 소련 붕괴 후 상트페테르부르크로 복원되었다.

닌 등에 대한 회상기 집필. 자전적 삼부작 제3부 『나의 대학M
ои университеты』과 젊은 시절 체험을 담은 『일기로부터
의 단상Заметки из дневника』 등 미루고 있던 작품들 집
필. 망명한 지식인 그룹과 미묘한 관계 형성. 체험적 단편 「첫
사랑」 발표.

1924년   새로운 형식과 새로운 어조를 탐색하는 실험적 소설집
『1922~1924년 단편집Рассказы 1922~1924 годов』 집필. 이
작품집에 「카라모라Карамора」 「은둔자Отщельник」 등 아
홉 편의 단편이 실림.

1월 21일 레닌 사망.

1월 23일 레닌의 장례에 '안녕, 친구여'라고 서명을 한 화환을
보냄.

레닌에 대한 회상기 집필. 프라하를 거쳐 이탈리아로 가서
정착.

1925년   3대에 걸친 러시아 사업가의 일생을 통해 러시아 자본주의의
성장과 운명을 그린 『아르타모노프가의 사업Дело Артамо-
новых』 집필. 최후의 대작, '모든 것을 총결산하기 위한'
『클림 삼긴의 생애Жизнь Клима Самгина』 집필 시작. 이
탈리아에서 수많은 망명 지식인들과 교류하고 전 세계에서 찾
아오는 손님들을 맞이하는 등 한편으로 평온하고 다른 한편
내적으로 복잡다단한 고뇌 속에 생활함.

1927년   소련측 인사들과 망명 지식인들과 두루 만나거나 서신 교환을
하며 문학과 현실에 대한 다양한 견해를 표명. 『클림 삼긴의
생애』 제1부 출간. 국내외, 신구 세대 사이에 커다란 대립적
평가를 불러일으킴.

1928년   탄생 60주년을 기념하여 거듭된 정부의 초청을 수락, 소련을
방문. 벨로루스키 역에서 대대적인 환영 행사 거행. 변화된 현

실을 살펴보기 위해 전 소련을 여행함. 정부의 통제를 벗어나기 위해 가면을 쓰고 모스크바 시내에 나가기도 하지만 결코 감시에서 완전히 벗어날 수 없었음. 병이 악화되어 이해 말 다시 소렌토로 돌아감.

1929년   소련 여행의 체험을 담은 『소련 순례По Союзу Советов』 발표.

1931년   소련 이차 방문. 희곡 『소모프와 그 이웃Сомов и другие』 『예고르 불르이체프와 그 이웃Егор Булычов и другие』 『도스티가예프와 그 이웃Достигаев и другие』 집필. 소련 문학 환경과 정치 환경에 내밀한 관심을 가지고 관찰.

1932년   명실공히 소련 최고의 작가로 인정받음. 스탈린과의 특별한 관계를 활용하여 극좌파적 문학단체를 견제하기 위해 전소 작가동맹 결성을 추진.

1933년   5월 9일 소련으로 귀국.

              11월 6일과 25일 레닌그라드와 모스크바에서 〈도스티가예프와 그 이웃〉 공연.

1934년   전소 작가동맹이 결성되고 그 의장으로 선출됨.

              5월 11일 아들 막심 사망.

              7월 25일 모스크바 근교 고르키에 있는 별장에서 웰스와 만남.

              8월 17일 제1차 전소 작가대회 개최. 의장으로 개막 연설.

1935년   6~7월 모스크바를 방문한 프랑스 전기 작가 로맹 롤랑과 만남. 이들은 20여 년 동안 우정 어린 서신을 교환했는데 그 편지 속에는 고리키의 솔직한 생각과 사상이 풍부하게 담겨 있다. 롤랑은 이때의 만남을 「모스크바 일기」라는 글로 남긴다.

              8월 볼가 강을 따라 여행.

              10월 10일 모스크바 예술극장에서 〈적들〉 공연.

1936년   감기가 폐렴으로 번짐.

6월 6일 건강 이상에 대한 보도가 나옴. 고리키의 건강에 대한 보도를 삭제한 신문을 따로 만들어 고리키에게 전달.

6월 8일 혼수상태. 스탈린과 몰로토프, 보로실로프 등 당대 소련 최고 지도부가 방문함.

6월 18일 11시 10분 별장에서 사망. 이 시기 고리키와 스탈린 사이에 내밀한 갈등이 존재한 탓에 죽음에 대한 음독설이 유포되었으나 정확한 진상은 여전히 밝혀지지 않았음.

6월 20일 모스크바에서 장례식 거행. 붉은 광장 크렘린 벽에 유골함 안치.

문학동네 세계문학전집 발간에 부쳐

세계문학은 국민문학 혹은 지역문학을 떠나 존재하는 문학이 아니지만 그것들의 총합도 아니다. 세계문학이라는 용어에는 그 나름의 언어와 전통을 갖고 있는 국민문학이나 지역문학의 존재를 인정하면서 그것을 넘어서는 문학의 보편적 질서에 대한 관념이 새겨져 있다. 그 용어를 처음 고안한 19세기 유럽인들은 유럽문학을 중심으로 그 질서를 구축했지만 풍부한 국민문학의 전통을 가지고 있는 현대의 문학 강국들은 나름의 방식으로 세계문학을 이해하면서 정전(正典)의 목록을 작성하고 또 수정한다.

한국에서도 세계문학 관념은 우리 사회와 문화의 변화 속에서 거듭 수정돼왔다. 어느 시기에는 제국 일본의 교양주의를 반영한 세계문학 관념이, 어느 시기에는 제3세계 민족주의에 동조한 세계문학 관념이 출현했고, 그러한 관념을 실천한 전집물이 출판됐다. 21세기 한국에 새로운 세계문학전집이 필요하다는 것은 명백하다. 우리의 지성과 감성의 기준에 부합하는 세계문학을 다시 구상할 때가 되었다.

문학동네 세계문학전집은 범세계적으로 통용되는 고전에 대한 상식을 존중하면서도 지난 반세기 동안 해외 주요 언어권에서 창작과 연구의 진전에 따라 일어난 정전의 변동을 고려하여 편성되었다. 그래서 불멸의 명작은 물론 동시대 세계의 중요한 정치·문화적 실천에 영감을 준 새로운 작품들을 두루 포함시켰다.

창립 이후 지금까지 한국문학 및 번역문학 출판에서 가장 전문적이고 생산적인 그룹을 대표해온 문학동네가 그간 축적한 문학 출판 경험을 바탕으로 새로운 세계문학전집을 펴낸다. 인류가 무지와 몽매의 어둠 속을 방황하면서도 끝내 길을 잃지 않은 것은 세계문학사의 하늘에 떠 있는 빛나는 별들이 길잡이가 되어주었기 때문이다. 우리가 자부심과 사명감 속에서 그리게 될 이 새로운 별자리가 독자들의 관심과 애정에 힘입어 우리 모두의 뿌듯한 자산이 되기를 소망한다.

문학동네 세계문학전집 편집위원
민은경, 박유하, 변현태, 송병선, 이재룡, 홍길표, 남진우, 황종연

세계문학전집 110
은둔자

1판 1쇄 2013년 7월 20일
1판 5쇄 2025년 6월 20일

지은이 막심 고리키 | 옮긴이 이강은

책임편집 박신양 | 편집 엄정원 오동규 | 독자모니터 정성은 이희연
디자인 김선미 최미영 | 저작권 박지영 형소진 오서영 조경은
마케팅 정민호 서지화 한민아 이민경 왕지경 정유진 정경주 김수인 김혜원 김예진 나현후
        이서진
브랜딩 함유지 박민재 이송이 김희숙 박다솔 조다현 김하연 이준희
제작 강신은 김동욱 이순호 | 제작처 영신사

펴낸곳 (주)문학동네 | 펴낸이 김소영
출판등록 1993년 10월 22일 제2003-000045호
주소 10881 경기도 파주시 회동길 210
전자우편 editor@munhak.com
대표전화 031)955-8888 | 팩스 031)955-8855
문학동네카페 http://cafe.naver.com/mhdn
인스타그램 @munhakdongne | 트위터 @munhakdongne
북클럽문학동네 http://bookclubmunhak.com

ISBN 978-89-546-2188-5 04890
        978-89-546-0901-2 (세트)

www.munhak.com

● 문학동네 세계문학전집은 계속 출간됩니다